Hannah

Christian Gálvez

Hannah

Papel certificado por el Forest Stewardship Council®

MIXTO
Papel procedente de
fuentes responsables
FSC
www.fsc.org FSC® C117695

Primera edición: marzo de 2020

© 2020, Christian Gálvez
© 2020, de la presente edición en castellano para todo el mundo:
Penguin Random House Grupo Editorial, S.A.U.
Travessera de Gràcia, 47-49. 08021 Barcelona

Mapa de guardas: Courtesy of the University of Texas Libraries,
The University of Texas at Austin.

Printed in Spain – Impreso en España

ISBN: 978-84-9129-440-5
Depósito legal: B-501-2020

Compuesto en Arca Edinet, S. L.
Impreso en Rodesa
Villatuerta (Navarra)

SL 9 4 4 0 5

Penguin
Random House
Grupo Editorial

A Gerhard Wolf,
símbolo viviente del valor humano
y la fraternidad.

A Almudena Cid,
mi puente hacia la felicidad.

Solo hay dos legados duraderos que podemos
esperar dar a nuestros hijos.
Uno de ellos son raíces; el otro, alas.
JOHANN WOLFGANG VON GOETHE

1

Agosto de 1944
Florencia

La ciudad olía a pólvora y a restos de mármol. También a derrota.

El legado de los Médici se caía a pedazos.

La bota militar impactó en su boca. La mujer cayó de espaldas.

El bullicio de las sirenas de la ciudad amortiguó el sonido del golpe contra el suelo del Piazzale degli Uffizi. Entre sollozos comprobó que había perdido alguna pieza dental, mientras la sangre caía sobre su vestido desgastado. Dirigió su mirada aterrorizada a los dos miembros que portaban la temida esvástica. Uno de ellos, el más alto y fuerte, comprobaba su bota con asco; tenía sangre en la punta. Llevaba un brazalete de la Organización Todt. El otro, más bajo, con entradas prominentes y raya a un lado, observaba indiferente la escena. Le faltaba el brazo izquierdo y la mano derecha la tenía parcialmente paralizada. Era miembro del cuerpo de combate de élite de las Schutzstaffel, las temidas SS. Tras ellos, una manada de soldados alemanes empuñaban subfusiles

Maschinenpistole 40 a la espera de órdenes. Frente a ellos, un par de armazones, que contenían valiosas obras de arte, aguardaban la deportación en un Fiat 1100. La mujer apoyó sus manos temblorosas sobre el suelo, con el ánimo de alzarse con la poca dignidad que le quedaba. El fornido militar pisó con fuerza su mano. Daniella gritó desgarrada. Acababa de perder su dedo meñique.

—¡Es suficiente! —Se alzó la voz de un tercer hombre en la plaza, que también se identificó mediante un brazalete con una cruz gamada.

No necesitó introducción. Los dos agentes sabían perfectamente quién era. Los soldados bajaron las armas. El hombre sin brazo tomó la palabra.

—*Heil Hitler!* —gritó emocionado—. Soy Walter Reder, comandante de la decimosexta división de Granaderos Panzer Reichsführer SS.

Ambos soldados eran miembros de escuadrones de ejecución.

—*Heil Hitler!* Como sabrán, los aliados están a punto de entrar en Florencia. En breves momentos se activará la Operación Feuerzauber. Kesselring ha ordenado volar los puentes de la ciudad. Deben marcharse —enfatizó el recién llegado.

—¿Sabe usted quién es ella? —preguntó Reder señalando con la cabeza a la judía malherida.

—Una prisionera. Estaba escondida en la galería.

Daniella no entendía ni una palabra del alemán, pero sabía perfectamente que estaban hablando de ella. Se encontraba muy asustada, contando los que quizá fueran los últimos minutos de su vida. Su mente solo podía pensar en su pequeña de cinco años, tan cerca, tan lejos.

—Como toda la escoria. ¿Qué hace usted aún aquí? Esta ciudad ya no es segura. ¿No le esperan en Bolzano? —insistió Reder.

—Así es, pero alguien tiene que asegurarse de que las pocas obras de arte que siguen en este edificio queden dispuestas para ser llevadas al Führer. Yo soy la persona al cargo. Esperan estos cuadros en Bolzano —dijo con autoridad.

—Es cierto.

—Yo debería estar allí, pero tanto usted como su compañero, como miembro de los Einsatzgruppen, están muy lejos de su zona habitual de actuación.

—Desde la Operación Barbarroja en el frente ruso la Todt ha tenido cierto… descontrol. —Sus palabras mostraban desaprobación—. Está aquí para ofrecer apoyo logístico a la Wehrmacht con la OT-Einsatzgruppe Italien. Órdenes del general Fischer. Nosotros hemos perdido Montecassino y han caído las líneas defensivas de Roma y Trasimeno.

—Y a punto está de caer la Línea Arno.

—No veo que tenga ningún material para realizar el registro de las obras.

—Los aliados se encuentran a las puertas de la ciudad. No he tenido tiempo de equiparme —se excusó el hombre.

Walter Reder instó al gigante a que buscara en su bolsillo. Extrajo un pequeño cuadernillo.

—Tenga —dijo Reder.

El miembro de la Todt le entregó un *wehrpass* de la 129 división, el cuaderno de registro de un soldado. Pertenecía a Genz Klinkerfuts, un joven caído en combate en el frente ruso en el 42. A continuación, el gigante, que aún no había soltado palabra, miró fijamente a la judía. Su bota ya se había cobrado dos dientes y un dedo. Ella se había agazapado horrorizada en un rincón bajo la escultura de Leonardo da Vinci, sujetando su mano mutilada. No se atrevía a intentar levantarse otra vez. La sangre formaba un charco en el suelo, pero ni por un momento había dejado de pensar en su hija.

—Apunte lo que necesite ahí, ese cuaderno ya no tiene otra utilidad. Podrá llevar el registro de las piezas que considere —continuó el miembro de las SS—. El Führer es un amante del arte y ha dado la orden de evacuar todas las obras que posee en Austria a las minas de Altaussee.

—Estoy al tanto, gracias. A Florencia le quedan solo horas. —Se guardó el *wehrpass* en su bolsillo interior—. ¡Váyanse ya!

—*Heil Hitler!* —gritó Reder.

Sin embargo, el gigante no se movió. Sus ojos estaban clavados en Daniella, la judía. Rompió su silencio.

—Nos marcharemos. Pero antes limpiemos la plaza. Como hicimos en Lituania.

Los miembros del escuadrón de ejecución se acercaron a la mujer. El soldado corpulento sacó su Walther P38. Se oyó una explosión en las inmediaciones de la galería Uffizi.

—¿No me han oído? ¡Váyanse! Ahora la necesito para cargar las obras. Después yo mismo lo haré.

El gigante miró al encargado de la galería mientras apuntaba a Daniella. Tras un vistazo breve, observó que aquel hombre no portaba un arma. Mirándole a la cara, con cierta desconfianza, le entregó su Walther P38.

—¡Hágalo usted! —ordenó sediento de sangre, repitiendo una y otra vez—. ¡Hágalo!

Muy lentamente, el hombre agarró la semiautomática. Dirigió su mirada a la mujer, que no dejaba de derramar lágrimas por sus mejillas. Los dos nazis, y todo el escuadrón, esperaban que actuara. Él volvió a mirar a los soldados.

—Solo tiene una bala —dijo con intención el gigante de la Todt.

Los soldados mantuvieron sus armas en alerta. Aquel hombre acorralado analizó el panorama. Allí reposaba, dentro de su estructura de madera, el *Jarrón de flores* de Jan van Huysum. Volvió a mirar fijamente a Daniella. Ella, aprovechando sus últimos segundos de vida, dirigió también su mirada a un segundo armazón que reposaba junto al *Jarrón de flores*. Momentos después, sus ojos se encontraron con los de aquel hombre que tenía un arma en la mano. El ejecutor apuntó a su cabeza.

Daniella cerró los ojos.

2

Hoy

¿Podemos heredar un recuerdo traumático?

¿Te lo has preguntado alguna vez?

Los investigadores ya han demostrado que ciertos temores pueden heredarse de generación en generación, al menos en los animales.

A día de hoy, yo sigo dándole vueltas a la cuestión.

Mi nombre es Hannah.

Podría ser tú. Podría ser cualquiera.

En mi salón suena, a través de unos altavoces, el piano de Einaudi. Me ayuda a concentrarme. La música en general favorece que me sumerja en mis pensamientos, que ordene mis ideas.

Todo puede comenzar con un sonido, una imagen o una palabra.

En mi caso todo empezó con una llamada. Una de esas que te cambian la vida.

Supuso para mí enfrentarme a una realidad que había permanecido oculta más de setenta años, pues el destino puede hacer que te topes con una persona, un recuerdo o un objeto que trastoque toda tu existencia. Como si, de repente, al mirar hacia atrás, comprobaras que existe una delgada línea que te une con todo lo anterior. Con el primero de los nuestros.

Y entonces surge la maldita pregunta.

¿Podemos heredar un recuerdo traumático?

Este es el camino que he recorrido desde entonces. Desde aquella llamada.

Esta es mi historia.

Nuestra historia.

Por justicia.

Por preservar la memoria.

3

Mayo de 2019
Florencia

Florencia era un hervidero de turistas cada fin de semana.

Desde la Fortezza da Basso hasta la basílica de la Santa Croce, el centro histórico de la ciudad del Arno se inundaba de viajes organizados, cazadores de *selfies* o apasionados del arte en busca del síndrome de Stendhal. Los veintidós grados que arropaban a la ciudad eran más que agradables e invitaban a realizar paseos hasta el Piazzale Michelangelo para obtener una formidable panorámica de una urbe que no necesitaba demasiada carta de presentación.

Cerca de Santa Maria Novella, mi amiga Noa y yo éramos las inquilinas de un apartamento de alquiler donde vivíamos ajenas al trasiego turístico de la ciudad del lirio. En ese momento una voz pronunciaba unas palabras.

—Con la promesa de esas cosas, las fieras alcanzaron el poder. Pero mintieron. No han cumplido sus promesas ni nunca las cumplirán. Los dictadores son libres, solo ellos. Pero esclavizan al pueblo. Luchemos ahora para hacer nosotros realidad lo prometido. Todos a luchar para libertar al mundo.

Para derribar barreras nacionales. Para eliminar la ambición, el odio y la intolerancia. Luchemos por el mundo de la razón. Un mundo donde la ciencia, donde el progreso nos conduzca a todos a la felicidad. ¡Soldados, en nombre de la democracia, debemos unirnos todos! Hannah…, ¿puedes oírme? Dondequiera que estés, mira a lo alto, Hannah. Las nubes se alejan, el sol está apareciendo. Vamos saliendo de las tinieblas hacia la luz. Caminamos hacia un mundo nuevo, un mundo de bondad en el que los hombres se elevarán por encima del odio, de la ambición, de la brutalidad. Mira a lo alto, Hannah. Al alma del hombre le han sido dadas alas y al fin está empezando a volar. Está volando hacia el arcoíris, hacia la luz de la esperanza, hacia el futuro. Un glorioso futuro que te pertenece a ti, a mí, a todos. Mira a lo alto, Hannah, mira a lo alto.

—Hannah…, ¿has oído eso?

De repente desperté. Alguien me llamaba por mi nombre.

—Hannah, espabila… —dijo la voz, zarandeándome.

Miré a mi alrededor tratando de ubicarme. Pelo corto, moreno. Era Noa. Me froté los ojos para despejarme un poco. Bostecé.

—Vamos, rubia, ¡arriba! O echarás a perder toda la tarde —me ordenó mi amiga tratando de levantarme contra mi voluntad.

—¡Voy! ¿Qué hora es? —pregunté al tiempo que me incorporaba del sofá.

—Casi las cuatro.

—¿Ya? —Empecé a agobiarme.

En mi Mac terminaba de reproducirse *El gran dictador* de Charlie Chaplin. Me recogí mi cabello rubio en una coleta y, descalza y en ropa interior, caminé hasta el baño a refrescarme la cara.

—¿Sabes que la protagonista de la película se llama Hannah? ¿Y que la propia madre de Charlie Chaplin se llamaba Hannah? —Me miré al espejo—. Uf, menudo careto tengo.

—No, no lo sabía. —Noa, desde la otra habitación, restó importancia a la conversación y cerró la tapa del portátil—. Vamos, ¡vístete! Te van a cerrar la Uffizi.

Me puse una camiseta, unos jeans, unas zapatillas planas y cogí mi mochila de David Delfín. *«Zeige deine Wunde»*. Adoraba a ese diseñador.

—¡Hannah! —continué—. Como mi abuela, ¡como yo! Es muy guay.

—Sí, y como Hannah Montana. Ya me has contado mil veces que tu nombre es capicúa...

—¡Palíndromo!

—Eso, eso. ¡Pija!

—¡Peínate!

Ambas nos empujamos levemente y reímos. Noa se removió el pelo dejándolo aún más revuelto. Salimos de casa, bajamos a Via dei Fossi, cerca de la basílica dominicana del siglo xv, pedimos en la heladería de la esquina un *latte macchiato* para llevar y caminamos a través de la Via della Spada esquivando turistas con maletas en dirección a la Signoria.

—Ahora en serio, Noa —pregunté—. ¿No te parece muy curioso que Chaplin ridiculice a Hitler en plena guerra mundial? Leí que el propio dictador había visto la película dos veces. Yo creo que no entendió el mensaje final de Charlot. ¡Joder, cómo quema! —gruñí tras probar el café.

Noa, entre risas, evitó un ciclomotor que pasó a nuestro lado algo más rápido de lo que debía y trató de encenderse un cigarrillo.

—¿Cómo te fue esta mañana? —me preguntó después de la primera calada.

—Agotador. Demasiadas librerías, aunque encontré cosas interesantes en la Alfani y en la Giorni. Necesito poner en orden toda la información que he acumulado porque mi trabajo del doctorado me está quitando la vida.

—¿Cómo lo titularás?

—«Emociones faciales en la pintura de Renacimiento».

—El título apunta bien.

—En realidad es un homenaje a mi abuela. Siempre ha estado fascinada por la pintura renacentista.

—¿A ti no te gusta? —me preguntó Noa algo sorprendida.

—A ver, para mí sería mucho más fácil analizar expresiones faciales en las obras de Schiele o Messerschmidt, unos tipos bastante raritos. Pero prometí a mi abuela que al terminar mi grado de Psicología, tarde o temprano, haría el doctorado uniendo lo que más nos gustaba a cada una.

—Tienes para un libro, amiga —contestó Noa distraída, porque en ese momento estaba observando un cómodo conjunto de ropa en un escaparate de COS.

Con algo de miedo, me llevé el vaso de café a la boca y, tras comprobar que estaba un poco más frío, di un breve sorbo.

—Quita, quita. No me des ideas. —Sonreí pícara—. ¿Me oyes?

—¡Sí!

Noa se había detenido frente al escaparate de Patrizia Pepe. Ambas estábamos enamoradas de sus colecciones de última tendencia, pero los precios en muchas ocasiones resultaban prohibitivos para nosotras. Cruzamos la Piazza della Republica, donde una noria hacía felices a los más pequeños y los adultos disfrutaban de los placeres del Caffè Gilli. Una tienda de Apple, situada hoy en día en lo que fuera novecientos años atrás la iglesia de San Piero Buonconsiglio, hacía las delicias de los más *geeks*, mientras que vendedores de láminas y comerciantes de máscaras venecianas pugnaban por atraer más clientes. Esta vez pregunté yo.

—¿Tú qué tal con esa historia macabra?

—Mañana entrevisto a Lorenzo Bucossi. Es jefe de la Brigada Móvil de Florencia. Se encargó hace cinco años del crimen. Otro caso tipo «Monstruo de Florencia». Da un poco de asco. Eso me pasa por elegir ese caso como trabajo final de grado.

—Leí algo hace tiempo sobre eso —dije, verdaderamente interesada en el asunto—, en la mención especial en criminología, cuando terminé Psicología. Se llevaba como trofeo el pecho izquierdo y la vagina de la víctima, ¿verdad?

—Un hijo de puta.

—Sí, un hijo de puta. Lo que es la vida. Una criminóloga y una psicóloga compartiendo piso en Florencia por «amor al arte».

—No me lo recuerdes, niñata. —Ambas nos reímos.

Nos zafamos de un payaso que hacía figuras con globos y caminamos frente a la iglesia de Orsanmichele. Allí descansaba un fresco de Mariotto del siglo XIV, donde santa Ana abrazaba la ciudad de Florencia. Me paré un momento frente al *Santo Tomás* de Andrea del Verrocchio.

—¿No te pone?

—¿Cristo? —preguntó asqueada Noa.

—No, joder. Tomás. Quienquiera que fuera el modelo estaba como un tren. Tomás es mi *crush*.

—Estás zumbada, Hannah —concluyó, tirando la colilla al suelo.

—Y tú eres una cerda.

«Estás buenísimo —pensé—, Tomás». Cruzamos la Piazza della Signoria. Lamenté que se siguieran usando caballos como «instrumento de entretenimiento turístico». Durante el periodo de Adriano aquel lugar fue una plaza romana con instalaciones termales. Y en la Edad Media los artesanos se apropiaron del espacio y adoptó su forma actual. Desde el Renacimiento es un museo artístico al aire libre. Un lugar donde los dioses habían coincidido bajo los nombres de Filippo Brunelleschi o Michelangelo Buonarroti. Un emplazamiento donde hombres, envueltos en las sombras, hicieron y deshicieron a su antojo, como Mussolini o Savonarola. Una placa adornada con letras en bronce frente a la fuente de Neptuno recordaba, en mitad de la plaza, la ejecución del carismático y fanático religioso.

Un escenario donde combatieron güelfos y gibelinos, Médicis y Pazzis, nazis y aliados. Poco después de aquella tarde descubrí que todos los entusiastas se congregaron allí, en 1938, para saludar al Führer.

Allí, desde el balcón del Palazzo Vecchio, realizó el saludo fascista Adolf Hitler.

4

Hitler y Mussolini.

Todo el mundo esperaba la aparición de los dos hombres más importantes del momento.

Las gradas se habían dispuesto convenientemente en la Piazza Vittorio Emanuele II para que las autoridades de la ciudad asistieran cómodamente al cortejo.

En la Piazza della Signoria corría el rumor de que ya habían visitado el Palazzo Pitti y que el Führer había sido embaucado por un espectáculo florentino, con tambores repicando y banderas ondeando. Al parecer, Hitler disfrutaba del arte. A Mussolini, un hombre con alergia a cualquier expresión artística, se le hizo larga la visita. Pasearon por los jardines Boboli y rindieron homenaje a los mártires fascistas toscanos caídos en combate en el panteón de las glorias italianas, la basílica de la Santa Croce. El descapotable, escoltado por una patrulla motorizada a ambos flancos y seguido por cámaras de cine, pasó a través de los arcos de banderas que se habían preparado para la ocasión, como si la primavera florentina diera la bienvenida a ambos monstruos de pie en el vehículo. El automóvil se detuvo frente a la multitud. Ambos dictadores saludaron a los militares y al vulgo. Ni el *Calcio* florentino congregaba tantos espectadores.

Sin embargo, nadie se movía de la Piazza della Signoria. Para muchos aquel era un lugar privilegiado, codiciado por cualquier espectador, para disfrutar de un momento histórico. Los dos líderes, que habían declarado una alianza entre Roma y Berlín dos años antes, mostraban su sólida relación ante el público toscano.

Tarde o temprano llegarían al Palazzo Vecchio.

Los militares aguardaban en línea: miembros del cuerpo de infantería del ejército italiano, los Bersaglieri, así como los del Cuerpo de Carabineros y los de la Milicia Voluntaria para la Seguridad Nacional, los temidos camisas negras. Tras ellos, los jóvenes ondeaban al viento banderas italianas y alemanas. Todos encuadrados según las directrices de la organización fascista.

La Via Vacchereccia, que desembocaba en la histórica plaza, hacía gala de un dantesco y medieval espectáculo. Algunos de los vecinos colgaban de sus balcones insignias del *giglio,* la flor de lis, símbolo de Florencia, junto con el fascio *littorio* romano, emblema del poder dictatorial del régimen de Mussolini. Sobria riqueza del gusto toscano. Otros fueron más allá. Se atrevieron a pender una bandera roja con una esvástica negra incorporada en un círculo blanco. La *nationalflagge* nazi.

Los líderes llegaron a la galería de los Uffizi por el corredor vasariano, donde Adolf Hitler pudo admirar las bellas obras de los maestros Botticelli o Buonarroti. El director del

Kunsthistorisches Institut in Florenz, Friedrich Kriegbaum, ejercía de guía e intérprete. Al alcanzar la galería acristalada sobre el corredor de Vasari, Kriegbaum no dudó en ensalzar la grandeza arquitectónica sobre el Arno.

—*Mein Führer*, observe la belleza del Ponte Santa Trìnita, uno de los grandes orgullos de nuestra ciudad.

—¿Qué tiene de importante ese puente? —contestó fríamente el Führer.

—*Mein Führer*, la construcción de esa maravilla data de 1252. Una crecida del río lo destruyó y en 1567 fue recreado por el arquitecto Bartolomeo Ammannati, según un diseño del divino Michelangelo.

—Prefiero el Ponte Vecchio —replicó Hitler.

—Pero, *Mein Führer*, las partes más admirables del Ponte Vecchio datan de la década de 1860. —Kriegbaum intentaba llevarse al dictador alemán a su terreno.

—Mi favorito es el Ponte Vecchio.

Kriegbaum miró al Duce, a quien no le importaba lo más mínimo la conversación en alemán ni nada que tuviera que ver con el arte. El director del Kunsthistorisches Institut lo dejó por imposible. El pueblo florentino esperaba la hora. Ambos entraron en el Palazzo Vecchio. Mussolini aprovechó para registrar la histórica visita. Haciendo gala de su ego, y sintiéndose un peldaño moral por encima de su invitado, escribió en el libro de visitas: «*Firenze fascistissima*». Sonrió. El *comune* de Florencia anunció, mediante el sonido de trompetas, la aparición de los dos dictadores. Tras unos segundos de espera, sucedió. La Signoria estalló de júbilo, celebrando la acogida del Führer en la ciudad floreciente.

Salieron juntos al balcón.

El estruendo se oyó hasta Fiesole. La muchedumbre rugía ante semejante efigie del poder. Poco a poco, el balcón se llenó de lugartenientes.

Hitler, portando el brazalete nazi en su brazo izquierdo, saludaba con la diestra. Mussolini no escondía su felicidad. El secretario del Partido Nacional Fascista, Achille Starace, mandó callar a los asistentes con su mano derecha y ordenó al público el saludo al Führer y al Duce.

—*Heil Hitler!*

El público obedeció al unísono.

—*Heil!* —gritó Florencia.

El Führer mostró su felicidad, mientras el Duce no podía contener una carcajada. Ambos, satisfechos, saludaron de nuevo al público y tras unos minutos abandonaron el balcón.

Florencia vibraba.

Sin embargo, no todos los ciudadanos de la ciudad del Arno deseaban ser testigos de la entrada triunfante del Führer en Florencia. Ajenos a lo que estaba por llegar, los más osados colgaron como protesta reactiva banderas multicolor de seda, pintadas a mano y con vistosos flecos. Una pareja observaba desde una abarrotada Logia dei Lanzi el pintoresco recibimiento.

—A mí me parece poco impresionante —dijo él.

—Tiene una sonrisa nerviosa —apuntó ella.

—Sí, y el Duce lo trata con arrogancia —sentenció el hombre.

Ambos serían señalados en los meses venideros.

Sin embargo, en aquellos momentos la coreografía fascista caló hondo. Los italianos y los alemanes, en su mayoría, estuvieron entregados.

Cuando ambos líderes se retiraron, la Piazza de la Signoria volvió poco a poco a la normalidad. Cada ciudadano recuperó de nuevo sus quehaceres, pensando que habían sido partícipes de una jornada histórica.

La pareja abandonó la Logia y decidió volver a casa.

Ella tropezó, cayendo accidentalmente encima de Eugenio Montale, un intelectual antifascista que dirigía el Gabinetto Vieusseux y que acababa de observar el circo de los dictadores con plena incredulidad. La muchacha se recompuso como pudo y se excusó frente a aquel hombre. Montale no permitió que aquella humilde *ragazza* se humillara de esa manera.

—No ha sido nada, mujer, de verdad.

Reconoció enseguida a su pareja, que trataba de arroparla tras el susto con aquel escalón.

—*Che cavolo!* ¡Usted es el barbero de Santa Maria Novella!

El gentío, que trataba de abandonar la plaza, no les permitía acercarse del todo.

—Sí, *signore*, disculpe usted el atropello.

—No se preocupen, de verdad. Pocas cosas pasan. Llévela a casa y vigile ese tobillo. Le visitaré la semana que viene. *A presto.*

La pareja saludó cortésmente e inició la marcha al otro lado del Arno. Al cabo de un rato, Eugenio Montale miró a su alrededor y, tras reposar lo que acababa de ver en el balcón del Palazzo Vecchio, un miedo contenido se apoderó de él. Sacó su pequeña libreta y escribió una línea.

`Ya nadie estará libre de culpa nunca más.`

A varios kilómetros de la plaza, el séquito italiano había escoltado a la comitiva alemana hasta la estación de ferrocarril. Se gestó el acuerdo que confirmaba la amistad entre los dos pueblos. Antes de subir al tren, Hitler recibió un último mensaje de su homólogo italiano.

—A partir de ahora, no habrá fuerza en la tierra que pueda separarnos.

Hitler, satisfecho, se dispuso a volver a Alemania. El tren partió y el dictador, desde la ventana, dedicó un último saludo fascista al pueblo italiano. Su país ya dominaba Austria y Checoslovaquia. En un año tendrían Polonia.

Era cuestión de tiempo que Mussolini se uniera bélicamente a su causa.

La Nazione, en su edición del 10 de mayo, rescató con excesiva zalamería el encuentro de los líderes.

`Iniciativa triunfal en las jornadas italianas`
`del Führer en el año del imperio.`
`Florencia en un insuperable ardor`
`elogia al jefe de Alemania amiga y al Duce.`

Florencia ya era psicológicamente nazi.

5

Mayo de 2019
Florencia

Mussolini se unió a su causa, sin duda.

«Aun así, Stendhal tiene razón», pensé, mientras no dejaba de admirar la ciudad como si fuera mía.

No lejos de allí, uno de los puentes más famosos del mundo era testigo del cauce del Arno. El Ponte Vecchio. Un coloso pétreo reconstruido en 1335 después de ser devastado a causa de una inundación dos años antes. En otros tiempos, un lugar donde convergían cambistas, zapateros, barberos, herreros, pescadores o curtidores. Hoy en día, un área infestada de peregrinos. Ayer y hoy, uno de los símbolos de la capital de la región de la Toscana.

Frente a nosotras, el Palazzo Vecchio, cuya vanguardia escultórica exponía el carácter laico de la ciudad. A la izquierda, una copia del *marzocco,* el león sonriente de Donatello, custodiaba el lirio, blasón de Florencia. Símbolo de la fuerza y el coraje, pronto conquistó a los florentinos y se convirtió en la efigie del pueblo.

En el centro, imponente, una copia del coloso de Buonarroti, su *David.* El guardián de Florencia escudriñaba el horizonte, siempre en dirección a la ciudad eterna, su atemporal enemiga, como si quisiera recordar a Roma que el tamaño no importaba. «Que le pregunten a Goliat».

A nuestra derecha, en la Loggia dei Lanzi, el inmortal *Perseo* de Cellini, siempre vigilante, era testigo imperecedero tanto de los premios como de las cicatrices de la ciudad. Pocos eran los que se atrevían a observar el bronce manierista desde atrás, donde el artista escondió su propio autorretrato. Bajo sus pies, algunas vanidades reducidas a cenizas.

En la calle, un violinista callejero improvisaba de maravilla una versión propia del *Nessun Dorma* de Puccini y servía de banda sonora para un par de turistas que, guía en mano, acababan de descubrir el perfil de una cabeza de hombre grabado en la pared de la fachada principal del Palazzo Vecchio. A pesar de que pasaba casi desapercibido para la mayoría de los visitantes de la ciudad, se trataba de una obra de Michelangelo Buonarroti. Ella sostenía la teoría de que pertenecía a un comerciante que importunaba constantemente al genio, mientras él defendía la posibilidad de que fuese de un reo condenado a muerte. Era curioso comprobar cómo un mero bosquejo en una baldosa provocaba aquel tipo de acaloradas conversaciones. A mí me gustaban ambas versiones.

Tras recoger nuestras entradas previamente reservadas, esperamos unos minutos antes de poder entrar en la pinacoteca más visitada de Italia. Sorteamos los arcos de seguridad de la galería y pasamos el torno con agilidad.

—¿Ascensor o escaleras? —pregunté.

—¿Lo dices en serio? —Noa torció el gesto.

Ascendimos por la escalera hasta el segundo piso. Con paso decidido, sorteamos turistas más interesados en sacar algunos *selfies* con los que generar minúsculas envidias que en dejarse llevar por los mensajes imperecederos y semiocultos de los artistas. Alcanzamos en pocos minutos la sala dedicada al florentino Sandro Botticelli y el Primer Renacimiento, abarrotada de ropa primaveral y olor a sudor. Muchos visitantes se agolpaban frente a los retratos de los duques de Urbino de Piero della Francesca.

—Turistas… —lamenté.

—Pero ¿tú qué crees que eres? —me increpó Noa con complicidad.

—Investigadora —resolví con dignidad—. Además, cuando una sabe dónde venden la carne más barata ya es de la ciudad.

Noa no se terminaba de creer lo que acababa de escuchar. Dejamos atrás el ámbito dedicado a los hermanos Pollaiolo y entramos en la sala número diez. La luz tenue ayudaba a entrar en ambiente. Me escurrí entre los turistas para grabar algunos vídeos con mi *smartphone.* Desde cada esquina de la sala quería registrar lo que provocaban las obras de Botticelli a los turistas que se amontonaban frente a ellas. Terminaría haciendo aquello que critiqué, colgando los vídeos en mis redes sociales. Noa me dejó hacer y se abrió paso hasta plantarse frente a *La Primavera,* olvidando por el camino obras tan majestuosas como las *Anunciaciones* o las *Madonnas* con sus *bambini.* El led inferior y el color blanco mate de las paredes multiplicaba sus virtudes. Me acerqué desde atrás.

—La genovesa Simonetta Cattaneo, esposa de Marco Vespucci. Su belleza enamoró a Sandro, a Piero de Cosimo y a Ghirlandaio, entre otros. La pobre falleció de tuberculosis a la edad de veintitrés años, pero nuestro amigo Sandro no dejó de inmortalizarla. Ahí está —dije señalando a uno de los personajes de *La Primavera*— y allí también. —Ambas caminamos a la sala contigua, donde reposaba *El nacimiento de Venus*—. Musa inmortal.

Aquella sala estaba aún más concurrida. Mientras que todo el recinto artístico se encontraba protegido por una barandilla, las dos obras más famosas de Botticelli, curiosamente, se exponían al público sin aquella coraza. ¿El motivo? Las dos obras maestras de Sandro estaban protegidas por un cristal antibalas. Las encargadas de la vigilancia intentaban contener el volumen de las voces que crecía. La gente invertía más tiempo en tomar una instantánea digital que en contemplar con sus ojos semejante belleza. Para la mayoría de los visitantes no existía nada más en aquella sala. *Retrato de hombre con la medalla de Cosme el Viejo* era ninguneado constantemente, *Pallas y el centauro* no llamaba la atención, *La calumnia de Apelles* era demasiado insignificante... Todos venían a cazar su trofeo.

—¿Llegaron a intimar? —me preguntó Noa prendada de la historia.

—No, que sepamos. Para Sandro fue un amor platónico. El artista murió muchos años después, pero al final sus restos se encontraron una vez más con los de Simonetta Vespucci: Botticelli pidió ser enterrado en el mismo lugar que su amada Simonetta.

—¿¡Dónde?! —La curiosidad de Noa en ocasiones era superior a la mía.

—A pocos metros de aquí, en la iglesia de Ognissanti. Está al lado de casa.

—A la mierda el doctorado. Insisto. Escribe una novela. Ganarás más dinero.

Me eché a reír. Puede que Noa tuviera razón. En realidad, siempre me había preguntado por qué hacía lo que hacía. Siempre tenía el mismo debate. Aún a día de hoy lo tengo. ¿Estudiaba para mi propia satisfacción o para demostrar algo a mi abuela? En una sociedad afectada por el mal de lo que algunos en mi entorno denominaban «titulitis», yo siempre pensaba qué hacer y para quién. Había estudiado Psicología porque leí a Paul Ekman y me quedé prendada de la psicología facial y de las microexpresiones. Sí, me jactaba de haber devorado *Lie to me* en Fox en cinco días. En aquel momento, a punto de acabar el doctorado, aún tenía dudas sobre el verdadero motivo de mi elección: mi propio deseo de aprender o la obsesión de mi abuela con el arte del Renacimiento. Yo no estaba demasiado interesada en el qué ni en el cómo de ningún artista. Mi principal motivación en torno al arte era el porqué y el para qué, motivos que sincronizaban perfectamente con mi vocación psicológica. Me apasionan los desnudos semirretorcidos de Schiele y los gritos de dolor en los bustos de Messerschmidt. Pero en vez de estar ese mes de mayo en Viena, donde coincidían ambos artistas en el Museo Leopold y en el Lower Belvedere, me encontraba en la galería florentina de Vasari.

—Quédate con tu Sandro —me dijo Noa—. Te espero en la sala de Leonardo.

—Está bien, pero tardaré.

Noa se alejó entre la multitud, perdiéndose por la galería de los Uffizi. Yo intenté estimular mi creatividad frente a Botticelli. Dejaría a Leonardo para otro día, ya que allí estaba el patrón de la belleza del pintor del Quattrocento que tanto me llamaba la atención. Un amor imposible, mortal e inmortal al mismo tiempo. Ni siquiera Giuliano de Médici pudo conquistar a la bella Simonetta, la «sin igual». Sin embargo, este pintor se obsesionó con ella. ¿Por qué?, ¿para qué? Esas eran las cuestiones a las que pretendía dar respuesta a través de mi trabajo final del doctorado.

Puse mi teléfono en modo avión. Nada de molestias.

Me presenté frente al temple sobre lienzo que mostraba una simbiosis entre armonía y serenidad. Céfiro, dios del viento, y su esposa Cloris, diosa de los jardines, a un lado. Al otro, la Hora de la primavera. En medio de la composición, Venus, alias Simonetta. Frente a todos ellos, una mujer, yo, arrastrada por el arma más poderosa: la curiosidad.

Cerré los ojos.

Viajé en el tiempo, a casa de mi abuela. Cuando era pequeña, me contaba cuentos. Mi abuela no solía tirar de clásicos como *Pinocho* o *Caperucita Roja*. Ella me contaba historias de amor del Renacimiento italiano. Reales o inventadas. Recuerdo cada una de las palabras que me narraba sobre Raffaello Sanzio o el mismo Sandro Botticelli.

«La *bottega* olía a aceite y a restos de pigmento. También a amor platónico.

El legado de los Médici empezaba a alzarse.

Frente al lienzo, trataba de retratar a la mujer más bella que había pisado la faz de la tierra.

Delante del artista, una joven dama posaba tímida para el pintor. La bella luz diurna, tan especial en la Toscana, iluminaba su rostro y no hacía sino multiplicar su esplendor, aunque estuviera de perfil. Cerca del éxtasis, Botticelli intentaba templar su alma y retrataba a su musa una vez más. Había muchísima confianza entre la modelo y el pintor. «Lástima que no haya algo más», lamentaba para su ser Sandro Botticelli, que, a pesar de tener un alma entregada a Dios, ardía en deseos de poseer a aquella joven.

—¿Conocéis, bella Simonetta, a Leonardo, el pintor de Vinci? —preguntó el artista mientras retocaba suavemente un centímetro de lienzo.

—¿Cómo no, *messer* Botticelli? Todo el mundo habla de él. Es bien conocida en la ciudad de Florencia la denuncia sobre su delito de sodomía.

—¡Ah! El caso Saltarelli, menuda infamia. No prestéis atención, bella Simonetta, a todo lo que oigáis en las calles. Si invitáis a comer a un florentino, acabará lamiendo vuestro plato. El caso es que en una ocasión, cuando ambos disfrutábamos de las lecciones del maestro Verrocchio, Leonardo, gran orador, alcanzó a decir que la belleza perecía en la vida pero era inmortal en el arte.

—Bellas y sensatas palabras, ¿no es así, *messer* Botticelli?

—Podría ser, pero en mi humilde trabajo, señorita Vespucci, tan solo retengo momentáneamente la belleza eterna de vuestro rostro. Soy más partidario de las palabras de Dante cuando defendía que había un secreto para vivir feliz con la persona amada y era, nada más y nada menos, no pretender modificarla. En mi caso, mi arte se rinde ante vos y perece ante vuestra eterna belleza.

Aquellas palabras sonrojaron a Simonetta y, aunque nunca llegaría a confesarlo, las disfrutó mucho más de lo que la moral le permitía».

Mi abuela siempre sonreía pícara en aquella parte de la historia, como si supiera algo más de aquellas personas. Yo en aquel momento también sonreí. Abrí los ojos. A pocos centímetros de mi cara, frente a mí, una vigilante de la galería de los Uffizi me observaba. Ambas estábamos sentadas en un par de sillas que separaban levemente ambas estancias.

—*Signorina?* —me preguntó extrañada la vigilante.

—*Oh, mi scussi* —respondí sonrojada en un perfecto italiano.

La pobre creyó que me había quedado dormida. Me levanté para huir de aquella situación y, mezclándome con los turistas, me planté de nuevo frente a *El nacimiento de Venus*.

—Venga, va, Sandro. Lo hiciste muy bien con Dan Brown y tus infiernos. Dame alguna pista, vamos. ¿Qué pasa con Simonetta? ¿Hay algo que no nos hayas contado?

Miré a mi alrededor. Un tipo con una gorra bostezaba, un niño jugaba con un cascabel que le caía del pelo en una especie de trenza, una señora recogía su móvil estampado contra el suelo, un matrimonio con acento latino trataba de sobrevivir con el carrito de su bebé, un par de mujeres españolas retrocedían para volver a disfrutar de *La Primavera*, una señora de la limpieza velaba por la pulcritud de la sala esquivando hábilmente a los turistas allí presentes, un hombre deambulaba sin sentido con las manos en los bolsillos, una señora con un brazo en cabestrillo pugnaba con su nariz, una horda seguía fotografiando las obras pictóricas.

Pasaron bastantes minutos antes de salir de aquella sala. Dediqué un último vistazo. Un «hasta pronto». En la sala número quince Van der Goes no tenía nada que ofrecer, o eso pensaban los turistas que se dejaban llevar por los *capolavori*. Para muchos, pobre de él, una sala de transición.

Fui a buscar a Noa.

Por el camino no pude evitar detenerme en los ventanales panorámicos del segundo piso de la Uffizi. Los puentes sobre el Arno vertebraban las dos mitades de la ciudad. El Ponte Vecchio, que unía el centro con el barrio Oltrarno, reclamaba toda la atención y desde la galería se veía a la perfección el parche que supuso el corredor vasariano sobre los locales que poblaban aquel puente. Sirvió para paliar los miedos de Cosme I de Médici. A pesar de ello la vista era deliciosa. A mi lado, una pareja de japoneses trataba de aupar a sus críos. La pequeña peleaba contra su padre, intentando regresar al suelo. La pobre no disfrutó ni dejó disfrutar al padre del bello panorama que teníamos ante nosotros. Allí, inmóvil, me dediqué unos segundos por puro romanticismo y continué.

Sala treinta y cinco: Leonardo da Vinci.

Luces aún más tenues, casi otorgando un misticismo inconsciente. El aire acondicionado a plena potencia. Decoración minimalista. Tres focos de atención. *El bautismo* del Verrocchio, a la izquierda; *La adoración de los magos* de Da Vinci en el centro, y su *Anunciación* a la derecha. En esta última, la gente, erróneamente, se colocaba frente a la pintura; tan solo un par de jóvenes entendieron de qué se trataba y, desde un ángulo diagonal, disfrutaron del Leonardo en su totalidad. Bendita anamorfosis.

La expresión facial y la comunicación no verbal en el arte de Leonardo daban para unos cuantos doctorados.

Salimos aprovechando las salas contiguas, por la colección de Raffaello y Michelangelo. Caminamos por la larga galería y dejamos atrás la copia del *Laoconte*. En la primera planta continuaba una muestra que debería haber terminado en octubre de 2018. *Grand Tourismo*, de Zaganelli. El artista seguía haciéndonos reflexionar sobre la identidad del turismo de estos días, reinterpretando cómo habíamos adquirido el hábito de mirar obras de arte a través de teléfonos móviles o cámaras de vídeo.

—Mierda —le dije a Noa—, acabo de hacer eso mismo.

—Hazte un *stories*. —Se quedó tan ancha.

Al bajar, no pude evitar detenerme en la fastuosa librería de los Uffizi. Por mucho que no me lo pudiera permitir, nunca estaba de más alguna que otra ojeada. Una nunca sabía lo que podría llegar a encontrar entre semejantes tesoros.

La tarde caía y, con los últimos visitantes, salimos Noa y yo de la galería. Activé de nuevo el teléfono. Nos sorprendió un cuarteto de cuerda improvisado en mitad de la galería exterior de estatuas de la Uffizi, que mostraban su virtuosismo con un tango de Gardel. Uno de ellos, delgado y con mocasines, era muy guapo. Noa y yo nos miramos y, sin decir palabra, nos sentamos en las escaleras donde se empezaba a acumular un buen número de turistas para exprimir aquellas últimas horas del día.

Tras tararear, gracias a los artistas callejeros, una versión de *Juego de tronos* y un breve recital de Vivaldi, el sonido de un mensaje me sacó del idilio. Busqué en mi bolsillo y desbloqueé el terminal.

Era de mi tía.

Leí el mensaje y me preocupé.

«Llama, es urgente».

Mi tía era de las que nunca llamaba. «Por si molesto», solía decir. Con un gesto a Noa, que entendió a la perfección, me aparté del tumulto en dirección al Arno con paso ligero. Aquel mensaje era demasiado extraño, demasiado urgente.

Apoyada en el muro que separaba la calle del Arno, y con el Ponte Vecchio a pocos metros, marqué el número de mi tía.

—¿Hannah? —dijo la voz en el auricular.

—Sí, tía, soy yo. ¿Qué ha pasado?

—La abuela, Hannah —respiró profundamente y su voz se quebró—, se nos muere la abuela.

Y entonces todo se fue a la mierda.

Gardel, la Uffizi y Florencia.

6

Junio de 1940
Roma

La ciudad eterna se hallaba casi desierta.

Su gente se había congregado en un lugar específico. Los romanos estaban ansiosos. Aquel 10 de junio la Piazza Venezia estaba abarrotada. La gente voceaba, las banderas ondeaban. La multitud allí congregada estallaba en júbilo. En el balcón del Palazzo Venezia, sede del fascismo italiano desde 1929, se encontraba el que estaba a punto de convertirse en subsecretario del Partido Fascista Nacional, Pietro Capoferri. A su lado, vistiendo el uniforme de primer cabo de honor de la Milicia Voluntaria para la Seguridad Nacional, *il Duce* Benito Mussolini.

Hacía un año que Alemania e Italia, su país, habían firmado el Pacto de Acero, una alianza entre el régimen fascista italiano y el Reich alemán.

«Constantemente en contacto», firmaron.

No fue así. Hitler invadió Polonia sin consultar al Duce.

Desde 1939 Pío XII se sentaba en el trono de Pedro. El Papa de la Paz, le llamarían. Sin embargo, todos sus intentos por evitar la guerra y solventar las diferencias a través de la diplomacia y el diálogo no fructificarían. El Papa optaría por la neutralidad y sería criticado duramente por su comportamiento.

En mayo Mussolini había citado a los mariscales Balbo y Badoglio. Había tomado una decisión que no había comunicado al Gran Consejo de Ministros ni al Gran Consejo del Fascismo.

—Debo informarles a ustedes —dijo el Duce— de que ayer envié por correo una declaración mía a Hitler, para darle a entender que no me propongo permanecer inactivo y que, a partir del 5 de junio, estaré dispuesto para declarar la guerra a Gran Bretaña.

Ambos mariscales se quedaron mudos. La ira se apoderó del Duce.

—Vuecencia está al corriente de nuestra absoluta falta de preparación militar —acertó a decir Badoglio—. Todos los datos correspondientes le han sido entregados semanalmente. Tenemos una veintena de divisiones preparadas al setenta por ciento; otras veinte al cincuenta por ciento. No disponemos de ningún carro armado. La aviación, como sabe muy bien vuecencia, gracias a las declaraciones del general Pricolo, no está en disposición de actuar. Y no he hablado del equipo, porque ni siquiera tenemos el número suficiente de camisas para todos los soldados.

—¿Cómo es posible declarar la guerra en tales condiciones? —Balbo se sumó a los razonamientos de su compañero—. A las colonias les hace falta de todo. Tenemos una gran parte de la marina mercante navegando.

—Es un suicidio.

El silencio invadió aquel salón.

El Duce recuperó la palabra.

—Usted, señor mariscal —le dijo a Badoglio—, solo tiene la experiencia de Etiopía en 1935. Es, pues, evidente que le falta la tranquilidad necesaria para llevar a cabo una exacta valoración de nuestra situación actual. Le aseguro que en septiembre todo estará terminado y solo necesitaré algunos millares de muertos para sentarme a la mesa de la paz como beligerante.

Días después de aquella improvisada reunión, Capoferri levantó la mano, seña del saludo fascista, para vitorear al Duce. El populacho reverenció a su líder. Eran las seis de la tarde. Con un gesto fugaz de la mano, el Duce, que había obtenido el mando de las Fuerzas Armadas en operaciones por orden del Rey, dio la bienvenida y mandó callar. La gente poco a poco fue amortiguando el sonido. El Duce se agarró el cinturón con ambas manos y comenzó, con serio semblante, su arenga. Roma estaba en silencio. Toda Italia, mediante la radio, pendiente. Tenía que hacer olvidar los brillantes y recientes discursos de Churchill, donde se mencionaba sangre, esfuerzo, lágrimas y sudor y se instaba a luchar incluso en las playas sin rendición. *Il Duce* levantó el mentón con aires de superioridad.

«Combatientes de tierra, del mar y del aire. Camisas Negras de la Revolución y de las Legiones, hombres y mujeres de Italia, del Imperio y del Reino de Albania. ¡Escuchen! Una hora marcada en el destino sacude el cielo de nuestra patria, una hora de las decisiones irrevocables. La declaración de guerra ya ha sido consignada...».

El pueblo italiano estalló en júbilo. Ante la sonora celebración, el Duce tuvo que esperar unos segundos, inmóvil. Solo sus ojos escudriñaban levemente de derecha a izquierda el panorama que tenía ante él.

«… a los embajadores de Gran Bretaña y de Francia».

En esta ocasión, los italianos dedicaron una sonora pitada a sus enemigos. El Duce mandó callar levantando el índice derecho.

«Salgamos al campo contra las democracias plutocráticas y reaccionarias de Occidente, que siempre han obstaculizado la marcha y a menudo han atentado contra la existencia misma del pueblo italiano. Algunos lustros de la historia más reciente se pueden resumir en estas palabras: frases, promesas, amenazas, chantaje y, al final, cual coronamiento del edificio, el infame asedio asociado de cincuenta y dos estados».

Los vítores y los silbidos se mezclaban por igual. Mussolini, que no estaba acostumbrado a las interrupciones en sus discursos, levantó de nuevo su mentón con satisfacción y continuó con solemnidad.

«Nuestra conciencia está absolutamente tranquila. Con ustedes el mundo entero es testigo de que la Italia del Littorio ha hecho cuanto era humanamente posible para evitar la tormenta que convulsiona Europa. Pero todo fue en vano. Bastaba con no rechazar la propuesta que el Führer hizo el 6 de octubre del año pasado, después de terminada la Campaña de Polonia. Ya todo eso pertenece al pasado. Si hoy nosotros estamos decididos a afrontar los riesgos y los sacrificios de una guerra es porque el honor, los intereses, el futuro férreamente lo imponen, ya que un gran pueblo es realmente

tal si considera sagrados sus empeños y si no evade las pruebas supremas que ha dispuesto el curso de la Historia».

Una nueva riada de voces alentó al Duce. Nadie se movía de aquel lugar. Nadie podría, aunque quisiera.

«Nosotros queremos romper las cadenas del orden
territorial y militar que sofocan nuestro mar, porque un pueblo de cuarenta y cinco millones de almas no es verdaderamente libre si no ha liberado el acceso a su océano. Esta gi-
gantesca lucha es la lucha del pueblo pobre con brazos
numerosos en contra de los hambrientos que retienen feroz-
mente el monopolio de todas las riquezas y todo el oro de la
tierra. Es la lucha de los pueblos fecundos y jóvenes contra
los pueblos estériles y que tienden al ocaso. ¡Italianos! En
una memorable concentración, aquella de Berlín, yo dije que,
según las leyes de la moral fascista, cuando se tiene a un amigo se marcha hasta el final con él. Esto hemos hecho y lo
haremos con Alemania, con su pueblo, con sus victoriosas
Fuerzas Armadas. La Italia proletaria y fascista está por tercera vez en pie, fuerte, orgullosa y compacta como no lo estuvo nunca. La palabra de orden es una sola, categórica y com-
prometida para todos. Ella ya sobrevuela y enciende los
corazones desde los Alpes al océano Índico: ¡Vencer!».

La audiencia estalló en aplausos. Las banderas y las pan-
cartas ondeaban. Aquella palabra, «vencer», corrió por las
venas de los habitantes de la península itálica. Vencer.

«Y venceremos para por fin lograr un largo periodo de
paz, con justicia para Italia, para Europa, para el mundo».

El rugido de las masas fue en aumento. El pueblo celebraba sin duda la decisión de su líder. Una gran jornada.

«¡Pueblo italiano, corre a las armas y demuestra tu tenacidad, tu ánimo, tu valor!».

Mussolini alzó la mano, saludó y en apenas unos segundos había abandonado el balcón, mientras doscientas cincuenta mil almas italianas festejaban la tenacidad, el ánimo y el valor.

Al día siguiente, el *Corriere della Sera* resaltaba aquella declaración en portada.

El deslumbrante anuncio del Duce.
La guerra contra Gran Bretaña y Francia.

En la ciudad de Florencia, la Piazza della Signoria se abarrotó de banderas de la Vecchia Guardia y estandartes de varios grupos fascistas. A pocos kilómetros, en un barrio humilde, un joven barbero y su mujer, padres primerizos, escuchaban la radio con temor, mientras cuidaban de su pequeña. Echaron la vista atrás, cuando fueron testigos de la visita del Führer en la Piazza della Signoria.

Solo habían hecho falta dos años para que Hitler obtuviera lo que vino a buscar en 1938.

Italia acababa de entrar en la Segunda Guerra Mundial.

7

Últimos días de aquel mes de mayo.

Aterricé en la capital pronto. Había sido una noche horrenda, pero me las había apañado para coger el primer vuelo que salía de Florencia en dirección a Madrid. Durante aquellas horas repasé todo lo que mi abuela había hecho por mí. Aquella eterna luchadora se había vuelto frágil y la situación, por el tono de mi tía, tenía pinta de no acabar muy bien.

Maldita neumonía.

Mi abuela...

Mi abuela nació en 1939 en Italia, bajo el seno de una familia judía. Aunque nunca recordaba demasiado de aquella época (disparos, obras de arte y poco más), sus seres queridos le contaron cómo los aliados entraron en Florencia y rescataron a miles de personas del yugo fascista. Mi abuela hablaba de su adolescencia con felicidad. Acogida por una familia en Arezzo que se dedicaba al negocio del oro, creció, estudió y cultivó su pasión por el arte. Allí conoció a mi abuelo durante un viaje. Él, un adolescente que ejercía como fotógrafo de un periódico de La Línea de la Concepción durante la Guerra Civil española, sobrevivió al conflicto bélico y decidió recorrer el mundo con su cámara. Visitó la Toscana realizando un reportaje sobre el oro y la orfebrería y se quedó prendado de mi abuela, a quien nunca dejó de fotografiar. Ella era su Simonetta y él su Botticelli. Sustituyeron los lienzos por carretes y recorrieron el mundo con humildad, lejos de la barbarie europea, para olvidar. El destino no quiso privarles de amor, complicidad y descendencia y, tras pasar unos años de nuevo en Arezzo, terminaron por establecer su residencia en España, solo después de caer la Dictadura. Mi abuela perdió a sus padres bajo el régimen fascista de alemanes e italianos y mi abuelo fue testigo de la muerte de los intelectuales por la represión franquista, y bajo ningún concepto quisieron repetir una vida bajo la opresión de la ultraderecha.

Tras muchos años de felicidad, mi abuelo la esperaba en el Cielo. Eso, al menos, pensaba mi abuela.

Tras desembarcar en la Terminal 4 del Aeropuerto Adolfo Suárez, no escatimé y cogí un taxi en dirección al hospital. La necesidad de ver a la abuela se impuso a mi monedero.

Al llegar, saludé a mi tía con un abrazo enorme y me abalancé sobre mi abuela. El beso fue épico, a pesar de los tubos que se introducían en su nariz. No pude soltarla durante un buen rato. Estaba tumbada, como si fuera la viva imagen de la fragilidad. Ella no paraba de besarme en la frente, como siempre le había gustado hacer.

Mi tía, tratando de aparentar cualquier otra cosa, no pudo ocultar el sentimiento que la embargaba. Pobrecilla. No sabía que cuando existe la emoción de la tristeza verdadera, se produce en el interior de la cavidad ocular y pegado al tabique nasal un hueco en forma de triángulo. Ese triángulo solo aparece si la emoción es real. Allí estaba.

Tristeza.

Algo de miedo también. Y todo era veraz.

Me centré en mi abuela.

—¿Cómo te encuentras?

—Bastante jodida. —Tosió.

No mentía, pero tampoco se privaba de su sentido del humor y de su lenguaje, en ocasiones demasiado vulgar. Si la palabra que definía su estado de ánimo o salud era «jodida», nada ni nadie evitarían que la pronunciara. En cualquier lugar, en cualquier momento.

«Jodida».

Mi abuela no era del tipo de personas que les gustaba dar lástima. Si decía que no estaba bien, era para echarse a temblar.

—Ya verás como mejoras.

Alcancé a decir tontamente eso que todo el mundo dice en un hospital, aunque tengamos la certeza de que, en ocasiones, es una mentira piadosa.

Mientras las enfermeras la lavaban, dejamos a mi abuela tranquila unos minutos e invité a mi tía a un café en la sala de espera, ya que estaba convencida de que la mujer necesitaba desahogarse. Era su madre la que estaba postrada en aquella cama.

—Y tú ¿cómo estás?

—Mal, Hannah, muy mal. —Empezó a llorar—. No va a salir de esta.

—¿Cómo puedes estar tan segura? —pregunté mientras la acunaba en mis brazos.

—Me lo han dicho los médicos. Hablan de un fallo multiorgánico por las defensas bajas...

—Algo podrán hacer...

—Se apaga, Hannah, la yaya se apaga. Es muy mayor...

Mi tía apuró el café y quiso volver a la habitación. Su cara era el fiel reflejo de una persona que llevaba demasiado tiempo sin dormir. Me confesó que, tras recibir aquella noticia, no había vuelto a pegar ojo. Y ya habían pasado más de veinticuatro horas. La invité a que se marchara a casa y descansara.

—Pero... —dudó.

—Estoy yo, tía. He vivido con ella casi veinte años, ¿recuerdas?

—Sí, bonita. Casi la conoces mejor que yo...

Llegamos a la habitación y mi tía besó a su madre. Noté que aquel gesto tenía algo de despedida, como si la hija pensara que probablemente no la volvería a besar con vida. Igual se equivocaba, quizá tendría muchas más oportunidades de despedirse de su madre, pero no era una mala actitud. Si tenía que suceder, era la mejor manera de enfrentarse a una pérdida. Despedirse de la persona que amas.

—¿De verdad que no necesitas nada? —preguntó mi tía.

—Nada de nada, de verdad. Ve a descansar.

Ambas nos besamos y, tras recoger sus pertenencias, se marchó a casa. Merecía unas horas de descanso.

Me quedé sola con mi abuela. Allí estaba ella, tan bonita, mirándome fijamente. Sonreía. Tosía. Volvía a sonreír. Observé su cara durante un rato.

—¿Ya me estás haciendo eso que tanto te gusta hacer? —preguntó jocosa.

—¡No! —Me sonrojé un poco porque, en el fondo, sí lo hacía: trataba de adivinar sus emociones.

—A tu propia abuela…

—¡Abuela!, no te estoy analizando.

Frunció el ceño, uno de los síntomas de la emoción de la ira. Me acerqué a ella para comprobar que me estaba tomando el pelo. Soltó una carcajada que acabó en una estrepitosa tos.

—A mí no me engañas, abuela.

—Sabe más el diablo por viejo que por diablo. —Guiñó un ojo.

En ese momento fui yo quien se rio. ¿Cómo podía explicarle a mi abuela la ausencia de voluntariedad de las microexpresiones y de las emociones en el rostro? Ya lo había intentado alguna vez, pero mi abuela era toda una negacionista.

Me encantaba enfrentarme a ella.

—Te vas a poner bien, abuela.

—Esta vez no, hija mía, esta vez no. —Tosió de nuevo—. Pronto veré al abuelo y a tus papás…

Ella no mentía, o al menos estaba convencida de que esa realidad era su verdad. Me preocupé. Me entristecí. A los pocos minutos entró el doctor y me saludó por primera vez.

—Buenas tardes. Soy el doctor José Enrique Cabrero.

—Hannah, encantada. —Ambos estrechamos nuestras manos—. Soy su nieta.

—Bueno, bueno, Hannah abuela y Hannah nieta. —Se dirigió a mi abuela—: ¿Cómo está usted hoy, «Hannah abuela»? —preguntó con humor.

—Podría estar mejor, doctor —contestó mi yaya con algo de solera.

—Bueno, aquí le dejo la medicina. No se olvide —recordó con cariño el doctor mientras depositaba un bote con medicamentos en su mesita.

—A mi edad todavía puedo...

—Lo sé, lo sé —respondió comprensivo.

El doctor comprobó el gotero. El antibiótico caía con fluidez. Le tomó el pulso y la temperatura a mi abuela. Todo estaba en orden. Después se dirigió a mí.

—Volveré en un rato para ver cómo está. Cuídemela. Hasta ahora.

Aproveché el momento y, realizando una suave caricia en el brazo de mi abuela, me dirigí al doctor.

—Le acompaño fuera.

Ambos salimos de la habitación.

—Disculpe el atrevimiento. Quizá no sea de mi incumbencia, pero quería agradecerle el trato que tiene usted con mi abuela.

—No hay nada que agradecer. Trato a todos los pacientes por igual. Pero gracias por el cumplido.

—Puede que usted —hice hincapié— trate a todos los pacientes con el mismo cariño, doctor. Pero aun así yo le agradezco que mi abuela no sea la paciente número treinta y siete, como aparece en el botecito de las pastillas que acaba de dejar. Para usted ella es Hannah —rectifiqué sonriendo tímidamente—. Bueno, ahora «Hannah abuela».

—Hay que estar con el enfermo sin que sea continuamente el enfermo, sino también la persona. Haya ciencia o no detrás de ello, pienso seguir llamando a los pacientes por su nombre, siempre y cuando me den permiso y les haga bien. La empatía es esencial en determinados trabajos.

—Y el sentido común —añadí—, y veo que usted tiene ambas capacidades. Gracias, doctor Cabrero.

—Un placer.

Se dirigió al pasillo y yo iba a regresar a la habitación, pero no pude evitar llamar la atención de aquel profesional de nuevo.

—¡Doctor Cabrero!

Se giró. Me acerqué para no tener que alzar demasiado la voz. Poco a poco se apoderaban de mi cuerpo el miedo y la vergüenza.

—¿Cómo lo ve? —pregunté muy preocupada.

El doctor respiró con pausa, como si debatiera pronunciar aquellas palabras en aquel instante, en aquel lugar.

—Lamento ser tan sincero con usted, joven. No va a mejorar. En cualquier momento…

Un rayo atravesó mi cuerpo. No me esperaba esa respuesta. No tan pronto. No tan directa. Intenté articular una frase coherente, pero aquella información tan directa me había desarmado por completo.

—Pero… —balbuceé.

—El sentido común me dice —continuó el doctor con aflicción— que lo mejor es que aprovechen para despedirse de ella.

—Las pocas personas cercanas que le quedan ya han estado aquí… Y me consta que mi abuela se ha ido despidiendo de todos.

Colocó su mano derecha en mi hombro, como si se tratara de una relación paterno-filial. Aquel gesto estaba cargado de cariño y de intención. Estoy segura.

—Entonces ahora aproveche usted.

El doctor, a pesar del titánico esfuerzo que realizó para acompañar aquel gesto con una cálida sonrisa, no pudo ocultar su verdadero sentimiento. Al menos no ante mí, que había dedicado tanto tiempo a estudiar las emociones. En su rostro, a pesar de la leve sonrisa, solo había sitio para un sentimiento.

Tristeza.

Lo entendí enseguida.

Con una palabra de agradecimiento le dejé marchar. Tardé unos segundos en dar la vuelta y caminar hacia la habitación.

Miles de recuerdos atormentaban mi cabeza.

No estaba preparada para vivir sin mi abuela.

Logré cruzar el umbral de la puerta donde residía la paciente número treinta y siete, mi yaya Hannah.

Ella trataba de alcanzar el bote de las pastillas, situado en una mesita cercana a su cama. Aceleré el paso tratando de ayudarla.

—Espera, abuela, no seas cabezota. ¿Qué quieres?

—Mi bote…

—Abuela, ahora no tocan las pastillas.

—No quiero pastillas, Hannah. —Volvió a toser.

No entendí nada. Tomé el pequeño bote y se lo entregué. «Caprichos de anciana», pensé, sin tener en cuenta que podrían ser mis últimos momentos con ella. A la hora de escribir estas líneas aún me arrepiento de haber pensado eso siquiera, pero me he prometido ser transparente, sincera.

Allí, tumbada en la cama, mi abuela agarró aquel bote como si fuera la última pertenencia de su vida. Miró detenidamente la pegatina. Solo aparecía un número: el treinta y siete. Nada más. Ella jugueteó con el bote, mirándolo desde todos los puntos de vista posibles. De repente, algo llamó su atención. Atisbé una breve emoción en su rostro. Su mandíbula se abrió ligeramente y las cejas y los ojos se alzaron un poco.

Sorpresa.

Acto seguido, el rostro de mi yaya se transformó. Las comisuras de sus labios se elevaron sutilmente y los músculos externos que rodeaban sus ojos se tensaron un poco. Igual es demasiado prepotente justificar que soy experta descifrando emociones. Pero aquello era felicidad. Algo, en lo más profundo de su mente, había provocado cierta sorpresa y felicidad.

—¿Qué sucede, abuela? —pregunté con dulzura.

—Nada, bonita, nada. —No podía borrar la sonrisa de su rostro. Ni siquiera por la tos.

—Abuela... —El tono portaba benevolencia, con una pizca de reclamación.

—A mi edad, el júbilo de aprender, de llegar a comprender, todavía está vivo.

Me contó que Michelangelo, ese que tanto le gustaba a mi abuelo, escribió a sus ochenta y ocho años que todavía seguía aprendiendo. Le respondí que era un acto de humildad, aunque siempre le había considerado un capullo.

A mi abuelo no, a Michelangelo.

Ambas reímos al unísono. Sabía que Buonarroti, o al menos eso había leído, había sido un genio, sí, pero también un tipo difícil de llevar. Mi abuela necesitaba sonrisas.

—No sé, bonita mía, si soy un poco capulla, pero desde luego sigo aprendiendo. No dejes de hacerlo nunca, cariño. ¿Vale? —insistió, como si en aquel momento quisiera darme una última lección de vida—. Con el paso del tiempo he aprendido que una de las grandes lacras de la humanidad siempre ha sido y será presuponer. Prejuzgar. No ir más allá de lo que nos han contado, porque así está bien. «¿Qué más da?», dicen los necios.

Mi abuela intentó buscar una posición más cómoda en la cama. No lo logró. Yo le pregunté directamente si tenía ganas de darme un sermón, por el rumbo que estaba tomando la conversación.

—Solo tengo ganas de que no dejes nunca de ser mejor persona.

—Tú me hiciste una gran persona.

Sonrió. Aquellas palabras la hicieron muy feliz.

—Sigo aprendiendo… —añadió, señalando el botecito de pastillas y respirando con dificultad.

—¿Qué quieres decir?

Mi abuela intentó respirar profundamente, aunque cada vez lo hacía con más dificultad. Creo que se pensó durante unos segundos las palabras que pronunció a continuación.

—Siempre me preguntabas sobre la guerra, y yo nunca te conté nada de lo que viví en mi niñez porque la guerra es algo horrible que no debería ni siquiera permanecer en el recuerdo de las personas. Y a mí me tocó vivir la peor de todas, aunque te confieso que a veces hay una luz al final del camino. Hay que intentar tener fe. Yo encontré aquella luz y tuve fe. Siempre me preguntabas y yo, tonta de mí, lo traté como un tema tabú. Pero ahora te digo que mires siempre más allá, como cuando analizas las caras de las personas. Que, por cierto, *jodía,* eso da mucho miedo. —El tono de su voz iba disminuyendo progresivamente por la falta de energía—. Hagas lo que hagas, nunca juzgues sin conocer.

Recogí el consejo de mi abuela sin darle mayor importancia en aquel momento y bordeé la cama hasta aproximarme al otro flanco. Trataba de decirme algo, pero no atiné con la pregunta. Sin saber por qué, me centré en su obsesión. Puse el foco en la Uffizi.

—No hay un gran porqué. Solo sé que tengo grabada a fuego en mi mente esa bella galería desde muy pequeñita. Es uno de los pocos recuerdos positivos de la guerra junto con un bello cuadro con flores. ¡Cómo me gustaba ese cuadro! La galería y el cuadro siempre me dieron esperanza. Como el número de ese botecito. Me gusta ese número…

—Vale… Y no eres una capulla. Te quiero, abuela. —Le besé la frente, como si aquel tímido gesto la protegiera.

—Y yo a ti, bonita mía. —Ella sonrió sinceramente con la boca, los ojos y el alma—. Te quiero. Te queda muy bien ese pelito.

Era increíble la obsesión de mi abuela por un cuadro que nunca más volvió a ver. Tuvo que observarlo en unas condiciones muy especiales para que se le quedara grabado a fuego en la memoria, porque, una vez mayor, volvió a los Uffizi y nunca lo encontró.

Acerqué el incómodo sillón que había en la habitación. Me senté como pude y cogí con delicadeza su mano. La miré durante un rato. Cada línea de su cara, cada arruga de la piel. Su respiración era débil. Se le escapaba la vida. Y yo sabía que me ocultaba algo. También sentía que le debía tanto…

—Que empieza… —dijo con algo de ilusión mientras volvía la dichosa tos.

—¿Que empieza qué, abuela? —pregunté sin entender.

—Empieza…

Hizo ademán de coger el mando, pero le faltó fuerza. Lo agarré por ella y encendí el televisor. Ahí estaba.

—El concurso que veíamos todas las tardes, ¿te acuerdas? —me dijo.

Casi me puse a llorar. Aquella mujer no habló más. Allí estaba su programa, el de cada día. Al parecer, durante varias emisiones estaban teniendo un duelo muy interesante un concursante de Salamanca, cordial y pausado, y otro de Burgos, joven y desinhibido. Mi abuela se quedó absorta disfrutando del programa sin soltarme la mano.

También me entregué a la causa y me dejé llevar por la emoción. Durante unos minutos, ambas mirábamos el televisor sin soltarnos.

Ante el fallo de un concursante, me puse las manos en la cabeza y de un brinco me levanté del sillón.

—¡No! Pero ¿cómo puedes fallar eso? —le grité al televisor.

Me tiré de nuevo en el asiento y busqué la complicidad de mi abuela. Traté de agarrar su mano, como símbolo del vínculo imperecedero que habíamos forjado durante tanto tiempo.

No hallé tensión.

La mano, inerte, no respondía a mis caricias.

Salté del sillón y me lancé sobre ella.

—¡Yaya!

Pero Hannah, mi abuela, mi «yaya», ya no estaba allí. Y un pedazo de mi ser, de mi vida, se había ido con ella, para siempre.

Y lloré como nunca había llorado antes. Y miles de recuerdos me asaltaron de pronto.

Ya no pasearíamos más por el Rastro agarradas de la mano los domingos por la mañana.

Ya no iríamos juntas al teatro a ver a aquel actor que tanto admiraba.

Ya no comeríamos juntas más magdalenas, esas que tanto le gustaban.

Ya no veríamos juntas aquel concurso, nunca más.

Ya no me abrazaría con paciencia infinita cada vez que llorara por un chico.

Ya no me contaría más cuentos sobre Botticelli.

Ya no volveríamos a estar juntas.

Ya no.

Y, por unos instantes, me sentí la mujer más sola del planeta.

Pasaron minutos interminables hasta que el doctor Cabrero entró de nuevo en la habitación de Hannah, mi abuela, la paciente número treinta y siete. Al abrir la puerta, se dio cuenta de que se había consumado la despedida. No dijo nada, aguardó el tiempo suficiente. Hasta ese momento estaba apoyada en el cuerpo inmóvil de mi abuela, pero terminé alzando la cabeza. Allí estaba el doctor.

Hice un titánico esfuerzo para recuperar la compostura y me sequé rápidamente las lágrimas. Me puse en pie, con el ánimo de poder hablar con aquel profesional que me había brindado minutos atrás algo de complicidad.

—Doctor...

—Tranquila. Tómese su tiempo... —respondió con un tono suave.

—Ya sé que ahora viene el protocolo y todo eso.

—Esté usted tranquila, Hannah. El equipo del hospital se encargará del certificado de defunción y todo el papeleo.

—Es judía...

—Hannah, tranquila. Lo sé, su abuela pidió colocar una estrella de David en lugar del Cristo. No se preocupe. Tramitaremos todo para que sea conducida al cementerio hebreo de Madrid, si es eso lo que desean.

Intenté agradecer el detalle. El doctor se acercó y, pasando su brazo por encima de mi hombro, me invitó a salir de la habitación. Observé de nuevo a mi abuela. Ya descansaba para siempre. Todavía agarraba en su mano derecha el bote con aquel número treinta y siete. Me deshice del brazo del doctor con suavidad y cogí aquel bote como si fuera mi último tótem. Mi abuela convirtió aquel bote y aquel número en algo extraordinario, y no me dijo por qué.

El doctor Cabrero me dejó hacer.

Al salir de la habitación, no pude evitar de nuevo las lágrimas. Ya no volvería a ver a mi abuela nunca más. Aquello era el adiós definitivo. Ella descansaba con el «yayo» y con mis padres.

—¿Sabe, doctor? —balbucí—. Murió sujetando mi mano con cariño, viendo su concurso favorito.

—Al final somos esas cosas, las pequeñas, las de todos los días —dijo el médico—. Y ver el concurso de la tele era para ella una pizca de normalidad en el día que se iba a morir.

—¿Tanta importancia tiene un programa de televisión? —pregunté desorientada.

—Claro que no tiene importancia —hizo una breve pausa—, o la tiene toda.

—¿Qué quiere decir?

—Quizá, a partir de ahora, le guste pensar que lo que estaba haciendo su abuela en sus últimos momentos era regresar al sillón de su casa, una tarde de invierno, con su nieta jugando en el salón. Y la tele de fondo.

Viajé en el tiempo durante unos segundos. El sofá, la alfombra, la tele puesta, el árbol de Navidad, los regalos, el roscón de Reyes, la sonrisa de mi abuela.

Amor.

Volví para limpiarme con tristeza y coquetería una lágrima que descendía por la mejilla.

Aquellas palabras eran un gran homenaje a mi abuela.

—Así me gusta recordar también a mi madre, Marga. —Aquel hombre me guiñó un ojo con ternura y complicidad.

Se despidió y volvió a sus quehaceres y yo, sin moverme del sitio, me giré hacia la habitación. Una parte de mi ser se acababa de quedar en aquella estancia para siempre. Un pedacito de mi alma voló junto a mi abuela.

Lloré de nuevo, con una mezcla de tristeza y egoísmo. Con la mirada perdida y el rímel ensuciándome la cara, volví a pasear brevemente por un invierno cualquiera, jugando en el salón con mi abuela.

Miré aquel extraño bote.

Número treinta y siete.

Y sin saber qué provocó aquella cifra a mi abuela, sonreí, con una mezcla de tristeza y eterna gratitud.

8

Noviembre de 1940
Florencia

El director del Kunsthistorisches Institut in Florenz fue de gran ayuda para el recién llegado a la hora de ubicarse en la ciudad. Friedrich Kriegbaum era un hombre de cuarenta y cuatro años, alto, con frente prominente y cabello moreno. Sus orejas y su nariz le daban personalidad. Abandonó su apartamento, cerca del Palazzo Guadagni en Oltrarno, para encontrarse con el nuevo cónsul de la ciudad. Habían pasado dos años desde que tuvo que ejercer de cicerone para el líder de la Alemania nacionalsocialista y desde entonces se había dedicado, ajeno a la guerra, a continuar sus estudios en la sucesión escultórica de Michelangelo Buonarroti en los trabajos de Cellini, Danti o Giambologna.

Tenía buenas sensaciones en torno a la figura del nuevo cónsul. Este acababa de ejercer la dirección del negociado de los colegios alemanes en el extranjero, que dependían del departamento de cultura del Ministerio de Asuntos Exteriores en Berlín. Al parecer, era políglota y todo un amante del arte.

El encuentro se realizaría en la iglesia Santo Spirito, frente al antiguo taller del escultor florentino Romanelli, a pocos metros de su residencia. Kriegbaum caminó con la celeridad propia de alguien a quien se le ha insuflado una nueva ilusión. Al llegar, un hombre vestido de uniforme militar esperaba al director. Bigote, raya a un lado, bien peinado. Se trataba del doctor Bernhard Rust, ministro nazi de Ciencia, Educación y Cultura. A su lado, un cuarentón de ojos azules ataviado con un traje completamente negro de oficina extranjera fumaba un Toscano, *il sigaro italiano dal 1818*. Ambos hombres, el director y el recién llegado, se miraron de arriba abajo. No había ningún distintivo nazi que los identificara.

—*Herr* Kriegbaum —dijo Rust—, le presento al nuevo cónsul alemán en la ciudad, el señor Wolf. Miembro del partido 7024445. —Ambos estrecharon sus manos—. Tengo asuntos que atender —continuó el ministro nazi—. Supongo que usted, señor Kriegbaum, le hará sentir como en casa.

—Sin ninguna duda, *Herr* Rust —contestó el director.

Se despidieron brevemente y los dos hombres quedaron en silencio. El cónsul tomó la iniciativa.

—*Herr* Kriegbaum…

—¿Le gustaría acompañarme a mi paseo matinal? —Sin querer, Kriegbaum habló atropelladamente sobre las palabras del cónsul—. *Herr* Wolf, usted disculpe, no quería…

—Será un honor —contestó rápidamente el cónsul con una sonrisa de oreja a oreja—. ¿Tiene hora?

—Por supuesto. —Kriegbaum sacó su Kienzle del bolsillo—. Son las nueve y media.

Wolf no perdió detalle.

Ambos caminaron por el Oltrarno, mientras el director del Instituto ponía al día al delegado de todos los asuntos relativos al arte. No eran prioritarios, pero resultaba una buena justificación para empezar a construir una amistad.

—¿Berlín? —preguntó Kriegbaum para romper el hielo.

—Dresde —contestó el cónsul.

—¡Oh, Elbflorenz! La Florencia del Elba.

—Cierto. ¿Usted, señor Kriegbaum?

—Núremberg. ¿Familia?

—Sí, una esposa, Hilde, y una hija, Veronika, de cinco años —respondió el cónsul—. Nos alojamos temporalmente en el Minerva, en Santa Maria Novella, pero pronto nos mudaremos a Fiesole.

—Hermosa plaza. Y hermosos alrededores rurales. Y, dígame, ¿su señora también está enrolada en la Organización de Mujeres Nacionalsocialistas?

—Ella se libró de la Frauenschaft.

Aquellas palabras no pasaron desapercibidas para Kriegbaum. El cónsul podría haber elegido cualquier otra locución, pero la frase sonó firme en su boca. Permaneció en silencio. Este se percató de la situación, quizá algo incómoda para su acompañante.

—Mi querido nuevo amigo, no creo que le sorprenda. Ambos nos dimos cuenta de que ninguno de nosotros nos identificamos con la parafernalia nazi y estoy seguro de que ambos lamentamos el ataque aéreo a Tarento.

Kriegbaum respiró algo aliviado.

—Además —continuó el cónsul—, no creo que sea una coincidencia el hecho de que lleve usted grabada sobre la parte trasera de su Kienzle un hacha. O bien es usted fascista o bien esa hacha simboliza a los escuadrones del pueblo y es usted un opositor al régimen de Mussolini. Por el nerviosismo que mostró frente a Bernard Rust, apostaría mi caja de Toscanos a que se decanta por la segunda opción.

—Es... —balbuceó Kriegbaum no sin cierta inquietud—. Es usted muy observador... ¿Y cuál es su misión en Florencia?

—Tras la retirada de Dunkerque y ante la inesperada y fulgurante victoria sobre Francia el pasado mes de junio —explicó el cónsul—, perdí toda esperanza de ejercer cualquier tipo de influencia sensata o moderadora en Berlín. La victoria del partido comenzó a penetrar en el Ministerio de Asuntos Exteriores y se volvió insoportable trabajar allí. Entonces escuché que el puesto de cónsul en Florencia había quedado vacante y me sentí justificado a seguir el consejo de Platón de que es natural que un hombre trate de escapar de las circunstancias malignas y trágicas y así sobrevivir.

Kriegbaum celebró dos cosas: que aquel hombre mencionara a Platón y que señalara la maldad que emanaba Berlín. Los dos hombres hablaban la misma lengua y amaban el arte y las letras.

—Aquí no están mejor las cosas. Tenemos revistas teorizando sobre la pertenencia a la raza aria del pueblo italiano.

—Revista *Interlandi*, ¿verdad?

—Veo que como cónsul ha realizado sus tareas.

—No lo dude. La Fiorentina ganó la Copa de Italia, su primer título —bromeó—. Y soy un entusiasta de los *cantuccini*.

Kriegbaum no pudo contener la sonrisa. Aquel hombre tenía sentido del humor, incluso en una época tan frágil como la que estaban viviendo.

—No está el pueblo florentino para celebrar victorias. Al menos no deportivas.

—Lo sé. Soy consciente de que en Italia se está prohibiendo a los judíos formar parte de las administraciones, de las entidades municipales, de la banca y de los seguros.

—E incluso de la escuela. Hace dos años los judíos italianos perdieron sus derechos civiles. Muchos emigraron. Los que pudieron. Nos quedamos sin intelectuales como Modigliani, Momigliano o Fano. —Kriegbaum trataba de no emocionarse—. Han abierto medio centenar de campos de concentración para encerrar a presos políticos. Eso dicen. También han ingresado a algún que otro judío extranjero. Dios santo, ¿sabía usted que Hitler estuvo hace una semana de nuevo aquí, en la ciudad?

—Sí —contestó el cónsul—, al parecer el Führer no aprobó el ataque de Mussolini a Grecia.

—Pero el Duce aplacó su ira con un obsequio. El Führer se había obsesionado anteriormente con un tríptico de Hans Makart, *La plaga en Florencia*. Adivine dónde está ahora la obra. ¡Es una tropelía! —Kriegbaum denunciaba y al mismo tiempo lamentaba semejante expolio.

—Los monstruos también tienen buen gusto.

—Huele a beligerancia, *Herr* Wolf. Tarde o temprano nos alcanzará la guerra. Hace poco clausuraron la exposición del Cinquecento en el Palazzo Strozzi. Sin embargo, pienso que no deberíamos esconder nuestras obras de arte. Deberíamos exhibirlas aún más.

—¿Qué quiere decir? —preguntó extrañado el cónsul.

—Esto ya sucedió antes. El general francés Dupont, durante su invasión de la ciudad en 1800, ordenó cerrar las puertas de la Uffizi. Solo por respeto. Florencia no es únicamente de los florentinos. Florencia es del mundo.

Caminaron a lo largo de la Via Maggio y Kriegbaum aprovechó para mostrar al cónsul el impresionante *sgrafitto* del Palazzo di Bianca Cappello. A escasos metros, un cartel colgaba de una tienda:

```
Questo negozio e' ariano.
```

A pesar del ligero disgusto que le produjo la división que se pretendía crear con la estúpida raza aria en el núcleo urbano, aquel hombre destilaba pasión en cada palabra que dedicaba a aquella ciudad. Sin duda, Kriegbaum amaba Florencia.

El paseo terminó sobre el Ponte Santa Trìnita. Desde allí, las vistas matutinas del Ponte Vecchio y las aguas del Arno bañando la ciudad no tenían parangón. La ciudad parecía ajena al derrumbe del viejo continente. Solo se trataba de la calma que precedería a la tormenta. Ambos se quedaron allí, sobre el puente, observando en silencio durante unos minutos.

—¿Quién querría destruir semejante belleza? —preguntó Kriegbaum retóricamente.

—Solo un desalmado —contestó el cónsul, fascinado con la estampa del Ponte Vecchio.

—*Herr* cónsul, no me refería a ese puente. El Ponte Vecchio ya tiene a su guardián. Un pobre diablo llamado Burgassi. Yo me refería a este. En 1252 fue su primera construcción. Y se reedificó más tarde, en 1557, acuñando una idea de Michelangelo Buonarroti.

Wolf miró a Kriegbaum. Aquel hombre no solo amaba Florencia en su conjunto, sino que además tenía una especial predilección por el puente que pisaba con respeto, con honor. Kriegbaum sonrió.

El Ponte Santa Trìnita.

—Insisto, solo un desalmado —volvió a contestar el diplomático.

Ambos rieron.

Una pareja paseaba por el puente con un crío travieso. Al desprenderse de la mano de su padre, tropezó con la pierna del señor Kriegbaum. Sus padres se acercaron para pedir disculpas mientras el pequeño se sonrojaba por la reprimenda. Kriegbaum rebuscó en sus bolsillos. Extrajo algo pequeño y, arrodillándose ante el niño, cerró ambos puños.

—Si adivinas dónde está, te daré un caramelo.

Los ojos del chiquillo se iluminaron. Sus padres aceptaron de buen grado el pasatiempo. El pequeño dudó, pues solo con mirarle la cara uno podía ver que deseaba hacerse con ese tesoro.

Seleccionó la mano derecha y se llevó las manos a la boca, expectante. Kriegbaum aprovechó para realizar una pausa dramática y añadir tensión al momento. Lentamente su mano se abrió y el chiquillo estalló de júbilo. Había conseguido toda una fortuna. Un caramelo Rossana, con su característico envoltorio rojo.

El sonido que producía el chaval despojando al caramelo de su envoltorio era para Kriegbaum el más bonito del mundo.

Los padres del muchacho agradecieron, en un ambiente tenso tras la reciente declaración de guerra, ese instante de felicidad junto a su hijo. Kriegbaum saludó cortésmente. Wolf miró con fascinación a aquel hombre mientras se reincorporaba.

—Lo tenía bastante fácil el crío, ¿no es así?

—¿Cómo dice, señor cónsul? —preguntó Kriegbaum haciéndose el despistado.

—Tenía usted dos caramelos, amigo mío.

Kriegbaum abrió la mano izquierda... y allí estaba. Otro Rossana. Sonrió pícaro al cónsul.

—Pero ¿cómo...? —Kriegbaum no terminó la pregunta.

—He leído demasiado a Doyle. —Wolf hizo referencia al método deductivo de su personaje más célebre—. Será fácil enamorarme de esta ciudad con personas como usted, señor Kriegbaum.

—Oh, gracias —contestó algo ruborizado—. ¿Quiere uno? —Le tendió la mano.

—No, gracias, señor Kriegbaum.

—Llámeme Friedrich, por favor. Algo me dice que, a pesar de que haya huido de Berlín, con un carácter tan puro y decente como el suyo seguro que encuentra oportunidades para trabajar para el bien y la justicia desde sus capacidades diplomáticas, incluso bajo este malvado sistema.

—Friedrich, la diplomacia en tiempos de guerra no es más que una mera contención. Un débil remiendo. Serví cinco años en el ejército y he podido comprobar que determinados miembros del partido llevan insignias solo por protección. Incluso algunos, los que portan camisas negras, las visten con vergüenza. Espero tener éxito a la hora de persuadir a nuestras autoridades en Roma para que Florencia sea considerada una ciudad con ambiente civilizado particularmente distinguido, que debería ser perturbado lo menos posible por manifestaciones ruidosas y violentas del partido.

Kriegbaum sonrió. Quizá aquel hombre era lo que necesitaba Florencia.

—¿Sabe? Al final creo que lo mejor que podemos hacer en esta vida es correr riesgos. Si ganamos, señor Wolf, seremos más felices, ¿no cree?

—¿Y si perdemos, Friedrich?

—Seremos más sabios.

—Friedrich...

—¿Sí? —respondió el historiador de arte.

—Llámeme Gerhard. ¿Quiere almorzar con mi familia?

—Será..., será un placer, señor cónsul. ¿Quiere un caramelo?

El nuevo cónsul de Florencia se empezó a reír y se encendió un cigarrillo.

9

Junio de 2019
Madrid

«Crecer es aprender a despedirse», dijo una vez un miembro del jurado de un programa de televisión.

Abrí la puerta del apartamento de mi abuela.

Abrí aquella maldita puerta y tardé algunos segundos en reaccionar. Mi abuela nunca había necesitado nada ni a nadie. Superviviente de una guerra que vivió siendo una niña, a sus ochenta años siguió siendo autosuficiente. Di un primer paso. Ya estaba dentro. Respiré profundamente y di otro más. Ya podía cerrar la puerta. La casa estaba destemplada. Encendí las luces. «¿Por dónde empiezo?», pensé. Dejé mi mochila encima de la mesa del comedor y abrí las persianas. La luz natural invadió la casa, que no estaba demasiado abandonada. La muerte de mi abuela llegó por sorpresa y fue fulminante.

Habían pasado unos cuantos días. Miré a mi alrededor y traté de ubicarme para decidirme por dónde comenzar la limpieza. No era el momento para pensar el futuro del inmueble. Este primer viaje solo serviría para recoger algunas pertenencias personales y recuerdos, sobre todo recuerdos.

Recuerdos.

Aquel apartamento formaba parte de una colección de fotografías. Navidades, veranos, cumpleaños. En aquel pequeño salón todavía aguantaba el paso del tiempo el sillón donde mi abuela se balanceaba tímidamente viendo la televisión. Me acordé del doctor. Tragué saliva. No quería llorar más. Sin embargo, ante aquel cúmulo de ráfagas que me venían a la mente, era imposible no dejarse llevar por las emociones. Sobre un vetusto mueble, una pequeña galería de recuerdos impresos en diez por dieciocho. Mate.

Una colección de fotos de mi familia. Me rompí por dentro un poco más. El sonido de mi móvil me hizo reaccionar.

Un *whatsapp* esperaba un *double check*. «¿Cuál es el piso?», decía el mensaje de texto. Telefoneé.

—¿Noa? —pregunté extrañada.

—Claro, tonta. ¿Cuál es el piso? —respondió mi inseparable amiga al otro lado de la línea.

—¿Qué piso?

—Mira por la ventana. —Oí por el altavoz.

Con el teléfono en la oreja, me asomé por la ventana del salón. Allí abajo estaba Noa, que terminaba de colgar la llamada. Sonreí de oreja a oreja.

—Pero ¡si estabas en Italia! ¡Te abro! —grité desde la ventana.

En un par de minutos Noa alcanzó el rellano. Yo estaba esperando con la puerta abierta.

—¿Qué haces aquí, tonta? —pregunté con ñoñez.

—¿Crees que iba a dejar a mi mejor amiga pasar por esto sola? Estás loca —replicó Noa.

—Gracias, tía.

Nos abrazamos. Por un momento nos quedamos en silencio. Noa aún esperaba en el descansillo.

—¿Qué? ¿Puedo pasar?

—¡Claro, joder!

Cerré la puerta. La presencia de Noa me ayudó mucho, pues con decisión y sin un componente sentimental tan arraigado como el mío, empezó a dar órdenes. Acordamos que yo me encargaría de las carpetas y los documentos mientras que Noa se ocuparía de colocar las fotos familiares en una caja con cuidado.

—Intenté llegar al funeral, pero no había vuelos. Lo siento.

—No importa, estás aquí. —Creo que mis ojos mostraron gratitud.

—Me encanta. —Noa señaló a la pared.

Repasó las fotos delicadamente. En algunas de ellas aparecíamos ambas, Hannah abuela y Hannah nieta. Aquellas eran estampas de felicidad. Noa se detuvo en una fotografía porque no reconoció a los que aparecían en ella.

—Hannah… ¿Son ellos? —preguntó con respeto.

—Sí. Tiene ya mucho tiempo esa foto.

La instantánea inmortalizó, años atrás, la efigie de mis padres. Ambos aparecían jugando conmigo.

—¿Los echas de menos?

—No mucho, la verdad. No es que no los quiera, claro. Es que pasé muy poco tiempo con ellos. A veces recupero algún recuerdo perdido, y los pocos que conservo son muy bonitos, pero quien cuidó de mí durante la mayor parte de mi vida fue mi abuela.

—Nunca me has contado qué pasó. —Noa se dio cuenta de que se estaba metiendo en un terreno que a lo mejor me molestaba—. Joder, Hannah, lo siento. No quería...

—No, tranquila. Quizá sea el momento.

Caminé hasta la cocina y busqué entre los utensilios que guardaba mi abuela. De repente, di con lo que estaba buscando.

—Fíjate, es de las antiguas. Como para meterle una cápsula...

Mostré a Noa una cafetera de metal. Ambas sonreímos y me dispuse a hacer un poco de café. Si íbamos a confesarnos, necesitábamos o un café o un helado, y mi pobre abuela no tenía helado. Le conté brevemente cómo el destino quiso que mi abuela sobreviviera a una guerra mundial y no que mis padres se salvaran de un maldito accidente de coche, provocado por un tipo ebrio que los sacó de la carretera.

—Qué hijo de perra —dijo Noa.

—Pues sí... Al final, bueno, el destino me quitó una vida y me dio otra con mi abuela.

—Y, gracias a tu abuela, una vida conmigo. —Noa sonrió de oreja a oreja.

—También es verdad, aunque habría preferido una vida con Pablo López y su piano...

—Puta...

No sé cómo lo hacía, pero Noa era capaz de sacarme una sonrisa en el peor momento de mi vida. Tras colar el café, serví dos tazas cargadas. Aquello tenía pinta de no tener fin.

—¿Café? —Tendí una taza bien caliente.

—Gracias. —Noa la tomó agradecida—. Por tu abuela.

—Amagamos un brindis.

Ambas bebimos y continuamos con el trabajo. Encontré un papel desgastado. En él, una poesía, que leí atentamente. El poema, sin más, llevaba como nombre «Botticelli (arabesco)».

```
La Gracia que se vuela,

que se escapa en sonrisa,

pincelada a la vela,

brisa en curva deprisa...
```

Eran palabras de Rafael Alberti que, con cuidado, mi abuela apuntó con su puño y letra, por algún motivo, en algún momento.

Noa me miró con cariño. Sabía que aquello era importante para mi abuela y, por lo tanto, también para mí.

Pasaron las horas. Era increíble comprobar cómo mi abuela había ido amontonando recuerdos de su vida. Miles de kilómetros apilados en cajas, cajones y armarios. La ausencia de todo la marcó en la posguerra.

Por la tarde, y con ánimo de desentumecer el culo, Noa miró a un lado y a otro y no pudo evitar fijarse en un mueble cuya puerta, tímidamente semiabierta, invitaba a curiosear. Yo la dejé hacer sin prestarle demasiada atención. Tenía los ojos bastante cansados. Se dejó llevar y profundizó en su interior. Papeles, carpetas, algún que otro periódico antiguo con una capa de polvo. Su mano, guiada por la curiosidad, se deslizó entre papeles, viejas fotografías, recuerdos de viajes varios, hasta tropezar con una caja que descansaba al fondo de la repisa. La extrajo con cuidado y la abrió. Allí encontró una foto de la boda de mis padres, un sonajero y una especie de cuaderno pequeño. Lo agarró y lo sacó de la caja. En la parte posterior alcanzó a leer algunas palabras. «Nationalet», «Werbedruf», «Berlín». Al girarlo y observar la portada, sus pupilas se dilataron.

—Hannah... —me dijo con temblor.

—¿Qué pasa, Noa?

Observé el rostro de mi amiga. Analicé aquella emoción. Cejas alzadas, juntas, que generaban pequeñas arrugas horizontales en el centro de la frente. Párpados superiores elevados. Dilatación de las fosas nasales. Labios tensados horizontalmente. Mi amiga Noa tenía miedo.

—Noa, por Dios, ¿qué ocurre?

—Tu abuela...

Noa no pudo continuar. Elevó aquel cuadernillo algo arrugado, con aspecto anticuado, a la altura de mis ojos. La sorpresa me invadió. No sabía qué era aquello, pero solo podía distinguir dos cosas. Una palabra en alemán: *wehrpass*. Un símbolo: un águila sobre una esvástica nazi.

—Pero qué coño... —dije para mí—. ¿De dónde lo has sacado?

—Estaba en una caja en ese mueble. —Noa intentó no sentirse culpable.

—Joder con la criminóloga. No entiendo nada. ¿Qué hace eso ahí? Mi abuela era judía.

—Pues eso es nazi, Hannah. ¿Por qué crees que tendría esto guardado? —preguntó con disgusto.

—Ni idea. Dámelo.

Noa me entregó el cuaderno y me puse a hojear las páginas. Tras repasarlas un par de veces, me detuve en una de ellas. Se la mostré a mi amiga.

—Joder, hay una foto de un tipo aquí dentro... No entiendo nada. Será alemán.

—¿Qué hacemos? —ella seguía nerviosa.

—¿Cómo que qué hacemos, Noa? Es una libreta, no un cadáver. Ya miraremos con más calma.

Deposité el cuaderno sobre la mesa, tras comprobar otra vez el contenido de la caja. No di demasiada importancia en aquel momento a lo que había dentro, y no era demasiado romántica para pensar en mi primer sonajero. Continué revolviendo papeles en busca de algún que otro texto manuscrito por mi abuela. Para mí eso sí que tenía valor. Noa, tras reposar el disgusto, tomó con delicadeza aquel cuaderno una vez más y curioseó cada una de sus páginas. Me dijo que la letra era bastante ininteligible. El joven de la foto era bastante agraciado. «Prefiero al Tomás del Verrocchio, tonta», pensé. Observó un 1920 y Noa dedujo que se trataba de la fecha de nacimiento de aquel pobre diablo, como me hizo saber después. En otra línea, 1939. Año del comienzo de la guerra. Noa buscó en su teléfono la palabra *wehrpass* y empezó a atar cabos. Aquello era una cartilla de reclutamiento del ejército nazi. Y mi amiga supuso que 1939 también fue la fecha del enrolamiento del joven en el ejército.

Yo seguía a lo mío, ordenando los pequeños papeles que pertenecían a la administración de la casa.

Noa continuó echando un vistazo, pero el hecho de no saber traducir el alemán y de no entender las palabras escritas a mano en aquel cuaderno no ayudaron demasiado. Lo dejó por imposible, yo tampoco estaba por la labor de colaborar. Pasó las páginas rápidamente queriendo llegar al final y cerró la cartilla.

Algo llamó su atención. En el interior de aquel *wehrpass*, en la última página, le había parecido ver que había algo escrito en diagonal. Algo que atravesaba toda la página. Deslizó de nuevo la contracubierta y allí halló un texto breve. Aquellas palabras se podían leer a la perfección. Y el rostro de Noa se volvió pálido de repente.

—Hannah…

—¿Qué? —contesté alargando exageradamente aquella última vocal.

—Por favor, mira.

Alcé la vista. Noa, pálida, sostenía el *wehrpass,* abierto aún por aquella extraña página.

—¿Qué pone?

—Por…, por favor…, léelo tú… —Noa temblaba.

Deposité varios papeles a un lado para que no se mezclaran con los que ya había clasificado. Me levanté y me acerqué a mi compañera.

Creo que mi cara cambió de color.

Tomé el cuaderno en mis manos.

Aquel *wehrpass* tenía una anotación que cruzaba diagonalmente la ridícula página. El texto estaba en italiano, un idioma que nosotras dominábamos a la perfección. Mis ojos no paraban de recorrer aquellas palabras, aquellos nombres. «¿Qué es esto?», pensaba una y otra vez.

—No me jodas… —Fue lo único que acerté a pronunciar.

Aquel documento, perteneciente a un soldado nazi de la Segunda Guerra Mundial, contenía un mensaje en italiano, escrito a mano, tan escueto como contundente.

Hannah, niña número 37. G. Wolf.

10

En Isolotto-Legnaia, el barrio cuatro al suroeste de la ciudad, Alessandro se despertó temprano para abrir la barbería en Via Faenza, cerca de la nueva estación de ferrocarriles Firenze SMN. El trayecto pasaba por el Ponte alla Carraia y le llevaba casi una hora a pie.

La declaración de guerra del Duce no había cambiado casi nada en la ciudad. Los trabajadores, no sin miedo e incertidumbre, se levantaban cada mañana para ganar el jornal y los pequeños, casi ajenos a las matanzas europeas, madrugaban para continuar con su formación.

La ciudad estaba asombrosamente dibujada con una fina pátina de normalidad. Algunas madres recibían cartas de hijos perdidos en el frente, pero la batalla quedaba lejos, y no era de consideración para la mayoría de los ciudadanos. Las madres lloraban a solas. Los padres se hacían cargo de los improvisados huertos del pueblo, labranzas necesarias ante la escasez de alimentos tras la declaración de guerra.

Mientras Alessandro cruzaba la Piazza di Santa Maria Novella, una trompeta invitaba a los ciudadanos a depositar sus cachivaches inservibles en una mesa para su posterior reciclaje.

Alessandro, en sus ratos libres, trataba de acostumbrarse a la implementación de un nuevo invento, el secador de pelo. Era pesado, lento, pero toda una revolución tecnológica en su profesión. Si bien era cierto que su barbería se dedicaba exclusivamente a los caballeros, nunca estaba de más ponerse al día de los avances de su ministerio. Uno se preparaba para todo, a pesar de que la diferencia entre los barberos y los peluqueros para las damas era abismal.

Eran tiempos de guerra.

Dedicó unos minutos a leer el matutino deportivo, la *Gazzetta dello Sport,* y celebró en soledad los dos goles que había marcado Valcareggi para la Fiorentina en el cuatro a cero contra el Bari, mientras en la radio sonaba, tras las tempranas *canzoni del tempo di guerra, Piccole stelle* del Trio Lescano.

Era aún pronto cuando entró el primer cliente. Un hombre elegante, con gabardina y sombrero. Apuró el cigarro y echó un breve vistazo al pequeño negocio. Tras comprobar rápidamente el tipo de lectura que almacenaba el barbero en su estantería y asegurarse de que no había ningún otro cliente esperando, depositó el sombrero en el perchero, dio los buenos días y se sentó en la silla.

—Barba rasurada y pelo fijado hacia atrás.

—¿Navaja o rastrillo, caballero?

—Navaja, por favor, soy un romántico tradicional.

Alessandro sonrió, se lavó las manos y preparó la espuma con la brocha en un tazón.

—¿Cómo le trata la vida, señor? —preguntó el cliente.

—No me haga usted preguntas incómodas, caballero —comentó el barbero en tono jocoso—, y no tendré que mentirle.

—No pretendía incomodarle.

Las barberías no dejaban de ser centros de charlas que animaban la historia de las ciudades de todo el planeta. Alessandro, con confianza, empezó a enumerar mientras le colocaba a aquel hombre una pequeña bata para evitar cualquier posible mancha.

—Hambre, frío, inseguridad…

—¿Miedo? —volvió a preguntar el cliente.

—Desgraciadamente, así es.

—¿Qué piensa usted de la guerra?

Alessandro tomó sus precauciones. Los ciudadanos de a pie no expresaban su opinión a la ligera sobre cuestiones bélicas. Cualquier chismorreo en la barbería podría convertirse en una transgresión verbal si su cliente, el que preguntaba, era afín al Partido Fascista. El cliente notó la desconfianza.

—No se preocupe, caballero, yo también tengo miedo. Por mi mujer y por mi hija. La guerra me parece cuando menos una insensatez. Solo trato de sondear la opinión del florentino de a pie.

—Usted… —dijo nervioso Alessandro—. Usted es…

—¿Alemán?

—Sí, alemán.

—Así es —contestó el cliente—. Soy un alemán con sentido común. —Alessandro detuvo su navaja—. Hoy en día —continuó el cliente— son tan peligrosos los italianos como los alemanes. ¿Debería yo temerle a usted?

Aquella pregunta relajó levemente al barbero.

—No, señor. Claro que no.

Alessandro continuó rasurando la barba de aquel hombre. Una vez hubo terminado el delicado trabajo, se afanó con la loción para después del afeitado.

—¿Tiene usted familia? —inquirió el cliente.

—Sí, esposa y una niña de un año.

—¿Trabaja su señora?

—No —dijo aún con el miedo arraigado en sus pensamientos—, quiere ser actriz, de esas de teatro y cine, pero no son tiempos para dedicarse a esos disparates.

—¿Es judía?

El silencio que obtuvo el cliente por respuesta fue suficiente.

—Por si no lo sabía, en abril la Sociedad Italiana de Autores y Editores comunicó que el Ministerio de Cultura popular había prohibido la representación de autores judíos, aunque sean italianos. No creo que los actores y actrices tengan mejor suerte.

Alessandro, en silencio y como colofón a su labor con el cabello, aprovechó para fijar el de su cliente con Fixina, un producto brillante y poco graso recién adquirido en la farmacia inglesa Roberts que hacía las delicias de los consumidores más selectos. El cliente comprobó la hora en su Stowa, recogió sus pertenencias y pagó el servicio prestado, dejando una generosa propina.

—Muchas gracias, señor…

—Alessandro —se identificó el barbero.

—Me gusta repetir en los lugares donde realizan su oficio con esmero y dedicación, Alessandro. Gracias por su trabajo.

—*Grazie mille*. ¿Puedo preguntar a qué se dedica? —El barbero dudaba de si había cruzado la delgada línea que marcaba la prudencia, pero aun así continuó—. De ese modo, si es verdad que usted repite, tendré tema de conversación con algo más de confianza.

—No se preocupe. Entiendo la suspicacia generalizada. Me dedico a la diplomacia. Soy el cónsul de la ciudad, Gerhard Wolf.

—Encantado de conocerle, señor Wolf.

—Hasta otra —se despidió el cónsul con un gesto cortés con su sombrero no sin antes volver a dirigirle la palabra al barbero—. Por cierto, no tenga a la vista ese tomo de los cuentos de Giacomo Debenedetti —dijo señalando a una pequeña estantería que había observado nada más entrar en la barbería—. Es un autor que no es del agrado del régimen fascista de Mussolini.

Mientras Wolf se dirigía al consulado en dirección a la basílica de San Lorenzo, Alessandro limpió su puesto de trabajo sin dejar de pensar en el hombre que acababa de conocer. Con solo un vistazo había adivinado sus inclinaciones políticas. Tenía que estar más alerta.

En tiempos de guerra no eran muchos los que se preocupaban por su aspecto exterior, pero no escatimaban recursos para ingeniarse algún que otro modo de llevarse algo a la boca. Esa era la prioridad. Aun así esperó a algún improvisado cliente.

Dejó pasar el tiempo entre aquel aparato, el secador, y la lectura del número ochenta y siete de la revista *Tempo*, donde el rostro de un piloto en su portada invitaba a leer un especial sobre el primer año de la guerra.

La contienda le provocaba una mezcla de miedo y desidia.

Después de ejecutar servilmente un par de peticiones más y de adecentar la barbería para el día siguiente, Alessandro cerró pronto. Echó un último vistazo a su estantería y decidió esconder el ejemplar del *Amedeo* de Debenedetti para que quedase fuera del alcance de otros ojos curiosos.

Se abrigó con su chaqueta y se dirigió a casa.

Diciembre llegaba a su fin. Aquel extraño 1940 estaba a punto de terminar y la incertidumbre se apoderaba cada vez más de los florentinos. Italia había entrado en la guerra, pero nadie sabía qué les depararía el futuro.

El frío y la humedad del Arno acompañaron a Alessandro durante el trayecto de vuelta a su casa. En el camino, una breve parada para comprar pan y algo de leche para su pequeña. No había demasiado movimiento por las calles y los pocos transeúntes que deambulaban por Florencia no levantaban la mirada para saludar a causa de las bajas temperaturas.

El sol se había despedido temprano y la oscuridad reinaba por las calles de uno de los barrios más pobres de la ciudad. Al entrar en aquel humilde hogar, Alessandro se encontró a Daniella acostando a su pequeña. Depositó las viandas en la mesa y se acercó despacio, con cariño y prudencia. Besó a su mujer en la cabeza y se detuvo unos segundos a admirar su tesoro más preciado, aquella pequeña profundamente dormida.

Pensó en el cónsul y en cómo viviría su familia al ejercer este sus labores de diplomático. Seguramente, ellos no pasarían tanto frío ese invierno.

Intentó apartar aquellos pensamientos de su cabeza.

Era tarde; entornaron un poco la puerta y Alessandro y Daniella se dejaron llevar.

Nada mejor que un combate piel con piel para entrar en calor en la frialdad de aquel diciembre florentino.

Sin magulladuras de guerra y tras refriegas en todos los frentes, ambos obtuvieron la victoria. Los dos celebraron sus escaramuzas en la cama.

Recorrió cada palmo de aquel territorio con sus labios usurpadores.

A los pocos minutos subió para rendir cuentas a la que era su superiora.

Era su todo.

Y su todo estaba embelesada.

—Treinta y dos.

—¿Treinta y dos? —preguntó Daniella aún desnuda, deliciosa y desorientada.

—Treinta y dos —volvió a afirmar Alessandro.

La mujer esperó. Sonreía mientras le daba tiempo a su hombre para que se recreara en ese momento.

—Treinta y dos besos. —Sonrió.

Daniella rio a carcajadas y él le tapó la boca para no despertar a la pequeña.

—Tu cadera —prosiguió—. Tu cadera mide treinta y dos besos.

Ella le cogió la cara y la elevó a la altura de sus labios.

Allí no había lugar para ningún tipo de jerarquía.

Lo besó.

El bebé interrumpió el romántico instante. La pequeña lloraba.

—¿No es el sonido más bonito del mundo? —preguntó la madre.

—A veces —puntualizó Alessandro—, solo a veces, prefiero tus gemidos.

Daniella le acarició la cara, se arropó con una manta raída y se levantó a atender a la pequeña. La cogió con sumo cuidado, la besó en la frente y la arrulló entre sus brazos. A continuación cantó una nana en un dialecto italiano.

```
Nana bobò nana bobò,
tutti i bambini dorme e Hannah no.
```

Él se acercó y estrechó a ambas en sus brazos. Besó en el cuello a Daniella, que seguía cantando.

```
E dormi dormi più di una contèsa
to mama la regina
to pare 'l conte
to mare la regina de la tera
to pare il conte de la a-primavera.
```

Al terminar, la pequeña se había quedado dormida. Antes de introducirla en aquel improvisado armazón de madera que hacía las veces de cuna, Daniella se dirigió a su hija.

—Hannah —le dijo—, eres la niña más bonita del mundo.

11

Hannah fue la abuela más bonita del mundo.

Me desperté con ese pensamiento.

Noa se quedó aquella noche en mi apartamento, ese que heredé a la muerte de mis padres. Sí, comimos helado hasta hartarnos. También bebimos cerveza, con la tonta excusa de la victoria del Liverpool en la Champions, y nos pusimos al día con chismorreos varios. Noa no dejó de bromear con *El cuento de la criada*. La hija de la protagonista se llama Hannah. La protagonista de *Por trece razones* también. Estaba harta de tanta guasa. Solo me hacía gracia Chaplin.

Creo que la borrachera ayudó a que durmiera algo aquella noche, porque me parecía bastante complicado gestionar todas las emociones que me habían sacudido en casa de mi abuela.

Los bares se deben abrir para cerrar las heridas. Al menos eso decía Fito. A nosotras nos bastó solo con abrir las botellas.

Creo que hicimos un gran trabajo en casa de mi abuela. Tarde o temprano tendría que pasarse mi tía por allí para recoger algún objeto con valor sentimental.

Al final solo me apoderé de unas cuantas fotos, un par de poemas y un pasaporte nazi donde aparecía el nombre de mi abuela.

Consulté Twitter. *El País* dedicaba un artículo a Marie Colvin, una corresponsal de guerra con un parche en el ojo obsesionada con destapar la verdad. Parecía que aquel artículo me gritaba: «Ella, sí; ¿tú, no?».

Me levanté. Necesitaba café. Creo que soy adicta. Sí, sin ninguna duda. Viva el café.

—¡Joder! —exclamé sobresaltada.

—¿¡Qué?! —gritó Noa, que fumaba a escondidas en la cocina.

—¿En serio, tía? —pregunté molesta.

—¡Vale! Ya lo apago. —Noa, torpemente, buscó dónde tirar la colilla.

—No es por el cigarro, estúpida. ¿Tienes que pasearte por la casa con las tetas al aire? Ponte algo, que yo llevo este pijama de mierda y me siento ridícula.

Allí estaba mi amiga, con un cuerpo espectacular. Desnuda, fumando en la cocina. Esa era Noa, espontánea, divertida. Parecía que solo era yo la que llevaba tatuada en la frente la palabra «responsabilidad». Bueno, la verdad es que Noa valía muchísimo... cuando quería.

—Usted perdone... —respondió con mofa.

—Me vas a hacer dudar de mi heterosexualidad. ¡Cuerpo! —la piropeé bromeando.

—A este paso… —comentó levantando una ceja.

—Capulla.

Noa tiró a dar, aunque lo hacía sin maldad. Yo llevaba tiempo sin una relación estable, aunque no la necesitaba. O eso creía yo. Apareció poco después con una camiseta de los Guns N' Roses demasiado corta.

—Me lo he pensado mejor —le dije—. Para ponerte esa mierda, enseña las tetas. ¿Qué más da? La próxima vez llama a tu primo, el bombero.

—Ni loca. Paso de mangueras.

Ambas reímos. Nos duraba todavía la borrachera de la noche anterior.

—¿Café? —pregunté, sabiendo de antemano la respuesta.

—Lee mi mente —me dijo, haciendo muecas con la cara—. Espidifen.

Intenté alcanzar un par de tazas, pero no estaban en el pequeño mueble que tenía en la cocina. «Lavavajillas». Tras servir dos tazas de café y ponerle el antiinflamatorio, nos sentamos en el sofá y Noa, dejando a un lado las bromas, pasó a la acción.

—¿Qué vas a hacer?

—Ducharme —contesté sin más—. Y luego pasearé por el Retiro. Está la Feria del Libro.

—Con el pasaporte nazi, estúpida. ¿Qué vas a hacer?

—¿Qué quieres que haga? Nada.

Noa se sorprendió con la respuesta.

—¿Nada?

—Noa, sé que tu espíritu de investigadora le ha dado mil vueltas esta noche. Yo también, pero no hay necesidad de remover el pasado. Si mi abuela guardaba esto, por el motivo que fuera, y no me contó nada después de tantos años, quizá sea mejor mantenerlo así, en el olvido. Para mi abuela la guerra era tabú.

—Lo dices de coña, ¿verdad?

—Lo digo en serio.

Me levanté, dejé el café a medias y me fui a la habitación. Recordé cómo, en otros tiempos, algunos compañeros de clase me llegaron a llamar «la suiza», por aquello de la neutralidad. Nunca me gustaron los linchamientos en las redes sociales. Dijeras lo que dijeras, seguro que te caía un rapapolvo encima. Nunca precisé denunciar nada, pues yo no podía cambiar la historia. Es cierto que si muchos pensaran como yo, no tendríamos derecho a quejarnos después de unas elecciones políticas, pero yo no sentía la necesidad de ser una especie de paladín de ningún tipo.

Miento.

En el caso de La Manada me apunté a un bombardeo. Faltaban pocos días para que el Tribunal Supremo dictara una sentencia definitiva. Quería justicia. Todas la queríamos.

Me quité aquel horrible pijama y me metí en la ducha. Necesitaba apartar de mi cabeza aquellos pensamientos.

Agua caliente.

Sensación de alivio, temporal pero necesario.

Café y ducha caliente.

No necesitaba más en la vida. Bueno, sí, sexo, pero no me quedaba ningún amigo en Madrid dispuesto al «aquí te pillo». También sabía lo que no necesitaba. Una amiga pesada que se inmiscuyera en algo en lo que yo no quería profun-

dizar por un intenso respeto a mi abuela. Pero eso era imposible. Esa amiga estaba en casa y me estaba presionando.

—No lo dices en serio —insistió Noa entornando la
puerta.

—¿No vas a dejarme tranquila?

—Puedes ducharte mientras te lo piensas de nuevo.

—¡Noa!

Se calló, me dejó enjabonarme, aclararme, ponerme el
acondicionador y toda la parafernalia que rodea una simple
ducha. Era mi puñetero momento. Ella estaba sentada en el
retrete.

—¿Puedo hacerte una foto y colgarla en las redes?

—Pero ¿tú eres tonta? Definitivamente sigues borracha.

—Entonces hablemos del pasaporte.

Opté por el silencio. Aquella batalla la había perdido
mucho antes de empezar a librarla.

—Hannah, tu abuela es una superviviente de la Segunda Guerra Mundial y no sabes nada de ella. De esa época.

—Por Dios, Noa, mi abuela tenía cinco años cuando
acabó. Te repito que ella no quería hablar de esos tiempos y
que no me contó nada. Nada —deletreé aquella última palabra.

Necesitaba música. Busqué al azar en el iPhone.

Morgan. Me encanta Morgan.

Home.

Me puse a tararear.

—*I don't know for how long I'll stay...*

—¿En serio no recordaba nada de nada? —Noa no se
rendía fácilmente.

—*I'm lost and I need to find my place...*

—¡Hannah! —Noa se puso a gritar como una posesa—. ¡Hannah!

—Pero ¿te quieres callar? ¡Que tengo vecinos, estúpida!

—¿En serio tu abuela no recordaba nada de nada?

Noa, esa gran perseverante. Definitivamente había perdido contra ella. Mi amiga estaba dispuesta a librar una batalla psicológica de proporciones épicas desde el sofá de casa. Me senté frente a ella envuelta en toallas.

—Un cuadro con flores y el número treinta y siete. Nada más. Cinco años, Noa. ¿Qué quieres que recuerde una niña de la guerra? Era Florencia en 1944, la puta Segunda Guerra Mundial. Me parece de lo más lógico que una niña de cinco años solo recuerde tonterías.

Creo que Noa empezó a comprender que me estaba calentando demasiado y que no debía forzar la máquina más. Cambió de rumbo.

—¿Cómo pudo suceder?

—Ya ves. Aunque no me gusta demasiado, Nietzsche decía que el mono era demasiado bueno como para que descendiéramos de él. Toda una crítica a nuestra condición bélica.

—Pero, Hannah, hay algo que no entiendo. Si los judíos eran millones, ¿por qué no se rebelaron contra los nazis?

Noa formuló la pregunta clave, aquella gran duda que incluso a día de hoy muchas personas se plantean, así que decidí recuperar el café que había dejado a medias por una ducha improvisada y me senté junto a ella.

—Se llama indefensión aprendida. Un fenómeno psicológico por el cual una persona desarrolla una pasividad asombrosa ante una situación dolorosa o negativa cuando no han triunfado las acciones para evitar esa situación. En resumen, se trata de una limitación de la autoestima.

—No lo entiendo, Hannah. Llámame estúpida.

—Escucha, en psicología siempre acudimos al ejemplo de la rana. Imagínatela.

Noa cerró los ojos dejándose llevar.

—Ok.

—Ahora, ¿qué sucede si, para cocinar esa rana viva, la introduces en un recipiente de agua hirviendo?

—Mmm... ¿Saltará? —contestó abriendo un ojo para buscar mi aprobación.

—Correcto. —Noa sonrió; continué—. ¿Qué sucedería si, por el contrario, introduces la misma rana en agua fría y poco a poco vas subiendo la temperatura?

—¿No saltaría? —Abrió de nuevo el ojo, como una niña pequeña.

—No, terminaría hirviendo con el agua. Quizá es un ejemplo demasiado trivial para explicar el Holocausto judío, y demasiado resumido, pero es exactamente lo que ocurrió. Los judíos asumieron el rol de perdedores. Los convencieron de que, hicieran lo que hicieran, no podrían evitar ese destino.

—¿No se puede cambiar ese pensamiento? —preguntó Noa algo desolada, sin ganas ya de jugar.

Aproveché para acomodarme de nuevo en el sofá, colocándome en posición de loto. Le conté que había terapias para ello, mecanismos que ayudaban al paciente a realizar una reestructuración de sus pensamientos y emociones, por ejemplo a través de una terapia cognitivo-conductual. También le expuse otro caso para explicarle someramente el pensamiento nazi. Un psicólogo de la Universidad de Stanford realizó en 1971 el ensayo conocido como el Experimento de la Cárcel de Stanford. Con él trató de demostrar si las personas tenían conciencia de lo que se consideraba bueno o malo cuando ejercían el rol que se les había otorgado. Aquel psicólogo dividió a veinticuatro universitarios voluntarios en dos grupos: la mitad serían carceleros y la otra mitad, los presos. A los dos días empezaron a observar que los carceleros adoptaban conductas de humillación hacia los presos. El experimento estaba diseñado para dos semanas. Tuvieron que pararlo a los siete días.

—¿Eso quiere decir, Hannah, que cualquiera de nosotros podría haber adoptado ese rol?

Le expliqué que lógicamente dependía de cada persona, pero que estábamos hablando de situaciones extremas. Cualquiera podría mostrar conductas agresivas o indeseables. Le pedí que imaginase una situación de poder. En realidad no hacía falta que nos fuéramos tan lejos. A día de hoy, palabras como *bullying* o *mobbing* demuestran que, desgraciadamente, podemos encontrar la indefensión aprendida en cualquier lugar.

—Violencia de género…

—Así es —asentí.

—Alucino con Hitler…

—No sé mucho sobre la Segunda Guerra Mundial, pero en psicología estudiamos casos concretos. Para que veas cómo la Historia podría haber cambiado. Freud recomendó meter a Hitler en un internado cuando tenía seis años para que le trataran.

—¿En serio? ¿Por qué?

—Al parecer padecía síntomas histéricos, obsesivos y paranoicos.

—¿Y?

—Su padre se negó, le maltrató y años después Europa se fue a la mierda.

Ambas nos quedamos en silencio durante unos segundos, asimilando la conversación que acabábamos de tener.

—Y tu abuela en mitad de esa movida. Qué fuerte.

Miré a Noa. No tenía filtro. Tampoco maldad. Eché la vista atrás. Hacía unos días, en la Uffizi, nunca nos habríamos imaginado que estaríamos hablando de Hitler tras la muerte de mi abuela. Siempre pensé que la mejor manera de honrar a los que ya no estaban con nosotros era simplemente vivir. Y eso intentábamos hacer. Continuar con nuestra vida. Pero, ¡joder!, estábamos hablando de nazis. En el iPhone seguía sonando Morgan, uno de mis grupos favoritos. Turno de *Sargento de hierro*.

—Me encanta este grupo —comentó Noa mientras se encendía un cigarro sin pudor de nuevo en la cocina.

—Morgan —me limité a decir.

Sin premeditarlo, escuchamos aquella parte de la canción. Gran piano, sutil acompañamiento musical. Brillante voz la de Nina.

```
No me despedí / y lo siento.
No me dio tiempo a decir / lo mucho que te quiero.
Cúrame viento, / ven a mí
y llévame lejos, / sácame de aquí.
```

`Cúrame tiempo, / pasa para mí.`

`Sálvalos a ellos, / sálvalos a ellos.`

Algo atravesó mi cuerpo. Aquella letra parecía mandar un mensaje. Noa palideció. Tardó un par de segundos en dirigirme la mirada. No pestañeaba. No daba caladas. La parte instrumental de la canción acompañaba aquel instante.

—Hannah...

—Has pensado en mi abuela, ¿verdad?

Noa solo asintió con el cigarro en la mano.

Tenía claro que cada uno podría interpretar cualquier canción de la manera que considerara correcta, amparándose únicamente en lo que le provocaría en un momento determinado.

Mi momento determinado era aquel, con Noa, en casa, sintiendo la muerte de mi abuela en lo más profundo de mi ser y debatiendo si debería indagar en el origen de un pasaporte de un soldado del Partido Nacionalsocialista alemán.

Apuré el café y volví la vista al cuaderno de registro nazi.

«Llévame lejos, sácame de aquí, sálvalos a ellos», rezaba la canción.

«Hannah, niña número 37. G. Wolf», clamaba aquella anotación manuscrita.

12

Tras desayunar con su mujer y su pequeña como cada mañana, no tardó demasiado en alcanzar su oficina en el número 20 de Via de' Bardi, en aquel último viernes de 1940. Dejó atrás, a su izquierda, los impresionantes palacios de Capponi delle Rovinate y Canigiani y la iglesia de Santa Lucia dei Magnoli. Frente al lugar santo, un pequeño relieve conmemoraba la primera visita a Florencia de san Francisco de Asís.

La planta superior de su edificio estaba ocupada por el pastor luterano que lideraba la Iglesia Evangélica Romana. Wolf subió las escaleras y se quedó en la planta intermedia, donde cuatro habitaciones encaladas formaban el consulado. Entró en su despacho, iluminado, con buenas vistas a un jardín cuyos árboles entorpecían un generoso panorama del Arno. Se sentó en su escritorio. Levantó la mirada. Frente a él, una litografía con el rostro de Goethe.

«El único hombre que nunca se equivoca es el que nunca hace nada».

Se relajó unos minutos en su despacho, mientras desde la radio Lale Andersen animaba aquel trance con su *Lili Marleen*.

Hizo llamar a los intérpretes del consulado.

Se presentaron ante él el atractivo doctor Hans Wildt, medio italiano, medio alemán, y el doctor Erich Poppe, un hombre miope. Ambos saludaron al cónsul.

—Disculpe, *Herr* cónsul. —Wildt tomó la palabra—. No quise molestarle anteriormente. Estamos obligados a tener en nuestras oficinas, frente a nuestro escritorio, una gran fotografía del Führer, pero usted la tiene a sus espaldas. Si quiere, me encargaré hoy mismo de volver a decorar su despacho.

—No será necesario —zanjó Wolf.

—Pero es obligatorio… — insistió Wildt.

—*Herr* Wildt, de veras no se preocupe por mí. La foto del Führer está bien ahí. —El cónsul señaló la pared oscura detrás de su escritorio—. No tiene de qué preocuparse.

Poppe forzó la vista para comprobarlo. Wildt echó un vistazo a la pared principal.

—Pero…

—Querido Hans —Wolf optó por tutearle—, nuestros visitantes deberían tener el privilegio y el deleite de observar al Führer. Me reservo a Goethe para mí. Pónganme al día.

Interrumpió en ese momento *Herr* Rettig con rostro serio y un semblante hierático. Era un oficial de bienvenida del Partido Nazi, dependiente de la NS-Volkswohlfahrt, la Organización de Ayuda Social Nacionalsocialista.

—*Heil Hitler!* —saludó excéntricamente.

Los tres miembros del consulado devolvieron el saludo oficial.

—*Herr* cónsul, le esperan en el Kunsthistorisches Institut. Hay un pequeño comité de bienvenida. Desean felicitarle las fiestas para terminar el año.

Aquel perro guardián político dio la vuelta y se marchó, no sin antes darse cuenta de que no era Adolf Hitler el que decoraba la pared principal de la oficina del nuevo cónsul de Florencia. Era Goethe. Se detuvo un par de segundos y continuó su marcha.

—Nos pondremos al día más tarde. Si me permiten…

Wolf se excusó, agarró su abrigo y su sombrero y se encaminó al instituto que dirigía su amigo Kriegbaum.

Minutos más tarde, su colega ya le esperaba en la puerta y, tras un saludo efusivo y cordial, se adentraron en el edificio. Un grupo de personas esperaba la visita del cónsul. Allí estaban congregadas algunas de las personalidades más relevantes de la ciudad de Florencia. Wolf echó un vistazo rápido y se dio cuenta de que aquel lugar reunía a miembros del Partido Fascista italiano, algún alemán del Partido Nazi y algún que otro pensador antifascista. Era obvio que algunos tenían más información que otros. *Herr* Rettig miraba con atención.

—Antes de empezar —comenzó su discurso Wolf—, ¿serían tan amables de decirme cuál de ustedes es el espía del partido para evitar tener que decir algo que pueda sentarle mal?

Todos rieron. Todos menos Kriegbaum. Rettig tampoco sonreía. Aquello era jugar con fuego, aunque parecía que Wolf sabía lo que hacía. Achille Malavasi, el censor jefe, también participó de la jocosa escena, algo que provocó que Rettig se relajara un poco. Sin embargo, su compañera, una dama con algún título nobiliario, se acercó al cónsul.

—*Herr* cónsul, tengo entendido que usted, en las pocas semanas que lleva en la ciudad, parece granjearse amistades con todos aquellos que se jactan de poseer ideales contrarios a nuestro líder Mussolini. ¿Qué tiene que decir ante eso?

En la sala se hizo el silencio. Malavasi torció el gesto. Kriegbaum empezó a sudar. Rettig frunció el ceño.

—¿De veras? Disculpe mi desconocimiento. —Wolf se dispuso a jugar—. ¿Me podría facilitar algún nombre para que pueda identificarlo y denunciarlo ante *Herr* Rettig y *Signor* Malavasi, aquí presentes?

Los dos aludidos disfrutaron del breve protagonismo que les concedía Wolf con su intervención. La condesa se quedó totalmente descolocada por el contraataque inesperado del cónsul.

—Condesa, dígame, ¿qué más puedo hacer? —prosiguió Wolf—. En el caso de que su acusación fuera cierta, solo podría decirle que sus amigos fascistas ya están en la senda correcta. Yo debo poner todo mi empeño en convencer a los otros. Eso mismo debería hacer usted.

Aquellas palabras sorprendieron de nuevo a la condesa, convencieron al censor jefe y al perro de presa y provocaron una carcajada a los allí presentes.

Kriegbaum respiró aliviado. Wolf era inteligente. Muy inteligente.

Los asistentes se dividieron en grupos, formando pequeñas comunidades de habladurías. Kriegbaum tomó a Wolf por el hombro y lo apartó unos metros.

—Acompáñeme, señor Wolf, quiero presentarle a unos amigos. Tenga un caramelo.

Se aproximaron a un hombre y a un par de mujeres que observaban la escena desde lejos. Los tres no apartaban la vista del nuevo cónsul de Florencia.

—Señor Berenson —comenzó Kriegbaum con las presentaciones—, el cónsul de Florencia, Gerhard Wolf.

—Un placer, señor Wolf. Tengo muy buenas referencias de usted, gracias a nuestro amigo en común —dijo aquel hombre pequeño, con barba y una manta que constantemente caía de sus hombros.

—El placer es mío, señor Berenson. Soy conocedor de su gran trabajo de divulgación en torno al Renacimiento italiano. Y parece que tenemos las mismas referencias el uno del otro. —Wolf guiñó un ojo en señal de complicidad—. ¿Qué opinión le merecen los trabajos de protección de las obras de arte?

—Considero que si el régimen fascista quería hacer visible al ciudadano florentino lo que significa estar en guerra, sin duda lo ha conseguido. La Sala d'Arme del Palazzo Vecchio parece un mercado, con ese maldito depósito de arte. No deberíamos esconder las obras, tendríamos que exhibirlas aún más.

Wolf miró a Kriegbaum y este sonrió. Aquellos hombres pensaban de la misma manera. El arte podría salvar una ciudad entera.

—Verá, *Herr* Wolf —añadió con complicidad Krieg-baum—, el gobierno fascista ha improvisado la protección de las obras de arte. El «blindaje con sacos terreros», como lo llaman, no ha dado sus frutos. Se acabaron los sacos de yute y el papel cuando se moja no sirve. Ahora solo funcionan los muros de ladrillo.

—Podría ser peor —contestó el cónsul—. Piensen en Londres. No sabemos si sobrevivirá a estas Navidades.

Todos asintieron. Una mujer que acompañaba a Bernard Berenson esperó a que tanto Kriegbaum como Wolf terminaran de hablar y se presentó.

—Natalie Clifford Barney, mucho gusto. Ella es Romaine Brooks.

—Encantada —añadió Brooks.

—El gusto es mío, señoritas —respondió cortésmente Wolf—. Admiro profundamente su labor en Francia, señorita Barney, sobre todo la iniciativa de la Academia Francesa. Tiene usted más de lo que a muchos hombres les falta.

—Gracias, señor Wolf —replicó Barney sonrojada y sorprendida por lo bien informado que estaba aquel hombre.

Wolf se aproximó a las damas un poco más.

—Tengan cuidado —dijo con disimulo—. No es muy común observar a una escritora y a una pintora con una relación abiertamente homosexual. No son buenos tiempos para la libertad.

Ambas mujeres, ligeramente sorprendidas por la astucia del cónsul, se miraron, soltaron sus meñiques entrelazados y asintieron con complicidad.

—Es usted muy observador, señor Wolf. Suerte que no estamos en Alemania —afirmó Brooks tratando de encontrar complicidad con sus palabras.

—No estamos muy lejos de ser Alemania, señorita. —Wolf sintió la necesidad de alertarlas—. La Oficina Central del Reich para la Lucha contra la Homosexualidad y el Aborto lleva cuatro años en funcionamiento. Están ya señalando a los homosexuales, «corruptores de la juventud» dicen, con triángulos rosas en los campos de concentración. No tardarán en llegar. Tengan cuidado con sus meñiques.

Todos guardaron un incómodo silencio. Un hombre se acercó por la espalda y carraspeó. Wolf se giró.

—¡Ah!, *Herr* Rettig, debería cuidar su garganta. Estamos en invierno y la humedad del Arno no le ayudará. Tenga un caramelo.

Rettig no encajó la broma de buena manera. Kriegbaum vio cómo su caramelo había terminado en manos de aquel terrorífico individuo. Rettig miró a cada uno de los miembros de aquel grupo con cierto desprecio y se detuvo en Gerhard Wolf. Aquel hombre le desconcertaba sobremanera.

—Acompáñeme.

Los dos hombres se separaron de la cálida compañía del grupo de Kriegbaum y se dirigieron a un lugar más apartado, aunque no ajenos a las miradas de los allí presentes. Ganaron unos metros de distancia y Wolf se dirigió a Rettig.

—¿Qué necesita?

—Le diré qué es lo que necesita usted, señor Wolf. —Rettig, que no se andaba con rodeos, habló con frialdad—. Tengo una sugerencia bastante interesante. Permítame decirle que me compadezco de usted por las estrechas e inadecuadas instalaciones consulares que le han asignado frente a las de la Iglesia Evangélica. Ahora que los británicos han abandonado sus elegantes instalaciones en el Palazzo Antinori, sede actual del Partito Nazionale Fascista, he hablado con sus miembros y hemos llegado juntos a la conclusión de que el consulado alemán debería trasladarse allí, con el fin de estar más cerca de su hotel y de la dignidad del Gran Reich.

Wolf, intentando ganar algo de tiempo, extrajo de su traje su cajetilla de cigarros Toscano. Se encendió un pitillo y le ofreció uno a Rettig. Este rechazó la invitación.

—Le agradezco sinceramente su propuesta, *Herr* Rettig, pero mis condiciones actuales son bastante adecuadas para mi propósito. Además, nada más abandonar Via de' Bardi tengo frente a mí, al otro lado del Arno, la Uffizi y el Ponte Vecchio. Nada podría superar eso.

—Insisto. —Nunca una palabra tuvo tanta fuerza.

Rettig nunca aceptaba un «no» por respuesta. El cónsul, sin doblegarse, se aproximó al oficial y mostró convicción y seguridad. Exhaló algo de humo y, mediante un susurro conspirador, explicó al oficial de bienvenida del Partido Nazi que como cónsul había sido enviado por el Ministerio de Asuntos Exteriores para contrarrestar las tendencias anglófilas y afroamericanas entre los florentinos, al menos en las esferas culturales y sociales. Esa era la razón por la que Wolf decidió estar en Via de' Bardi. Si se trasladaban al Palazzo Antinori, añadió el cónsul, no solo fortalecería aquellas tendencias peligrosas al otro lado del Arno, sino que convertiría al Reich en un cúmulo de risas.

Rettig empezó a dudar. Aquellas palabras, aquella misión, tenían algo de sentido en su mente. No quería acabar convertido en el hazmerreír de Berlín. Wolf saludó a Kriegbaum, que ahora se encontraba en compañía solo de las dos mujeres, y este devolvió el saludo con una sonrisa tonta sin entender muy bien qué sucedía.

—Tanto Kriegbaum como yo hemos recibido instrucciones para colocar bajo la protección de Suiza, estado neutral, la biblioteca y los efectos del Instituto Británico. Le ruego no se entrometa en asuntos que no le conciernen o tendré que informar al ministro Ribbentrop.

Wolf le dio una pequeña palmada en la espalda e invitó a aquel oficial de bienvenida del Partido Nazi a que disfrutara del convite.

De pronto, comenzó a sonar la voz de Mario Ruccione con su *Faccetta Nera* a través de un gramófono Odeon.

`Si desde tu altiplano ves el mar...`

Wolf aprovechó la jocosa situación.

—Baile, *Herr* Rettig, esa canción fue aprobada por nuestro socio Mussolini hace unos años.

Rettig, con su sempiterno semblante serio, se marchó. Inmediatamente, se incorporó Bernard Berenson y entregó al cónsul una copa de Aperol.

—Celebro su agradable e impecable sentido de protocolo, señor Wolf. Es algo imprescindible en los tiempos que corren. Y puede que usted también lo sea.

El crítico de arte se las había apañado para estar al tanto de los pormenores de la conversación.

—Gracias, pero yo no soy tan optimista. Los cementerios están llenos de hombres imprescindibles.

Berenson sonrió. Sabía quién era el dueño de aquellas palabras que Gerhard Wolf acababa de pronunciar.

—Goethe.

Wolf asintió con una sonrisa protocolaria.

Se aproximaron de nuevo Kriegbaum y las señoritas Barney y Brooks. Todos brindaron, aunque no tenían demasiado claro qué debían celebrar.

—Mírele —añadió Berenson señalando con la cabeza a Rettig, que abandonaba el Instituto con paso firme—. Ahí tiene usted a su primer enemigo en Florencia. No se alarme aún. Vendrán muchos más. Feliz Año Nuevo.

Wolf observó los últimos pasos de aquel perro guardián nazi. Quizá había tentado demasiado a la suerte. Sin embargo, estaba convencido de que no podía mostrar debilidad. Tenía que aparentar firmeza y convicción.

El cónsul de Florencia lamentó que continuara reproduciéndose aquella horrible canción.

```
Tu bandera será la italiana,
marcharemos junto contigo
y desfilaremos frente al Duce y frente al rey.
```

Wolf apuró con amargura su licor de un trago.

13

Junio de 2019
Madrid

No hizo falta que Noa continuara siendo demasiado pertinaz y terminé por ceder, prometiendo que aquella misma jornada haría algún esfuerzo, mínimo, por tratar de dilucidar qué se escondía en aquel enigmático mensaje. Ella se marchó para ver a sus padres, aprovechando aquellos días en Madrid.

En el fondo, yo era consciente de la tremenda coincidencia del número treinta y siete.

Se me ocurrió entonces llamar a mi antiguo profesor de Literatura, un hombre muy generoso con quien había granjeado a lo largo de los años una poderosa amistad.

Sin tener en cuenta las lecciones de mi época estudiantil en el instituto, una de las primeras veces que me acerqué a la Segunda Guerra Mundial fue gracias a él. Un par de mensajes con Aurora, su mujer, fueron suficientes para que me invitaran aquella misma tarde. Sin pensármelo dos veces, conduje por la A-6 durante una media hora y aparqué frente a su casa.

Me recibieron en su hogar como siempre, con una gran sonrisa y un cálido abrazo. Curioso destino. Mis antiguos profesores de Griego y Literatura ayudándome en una búsqueda que no terminaba de tener mucho sentido para mí. Rápidamente nos acomodamos en su sofá, donde ya había tomado más de una vez algún tentempié. Aurora me ofreció algo para beber y mi profesor me regaló su nueva publicación. Curiosamente, un ensayo sobre la amenaza fascista en el siglo XXI.

—¿Qué era eso tan importante que tenías que decirme? —preguntó con interés.

—Verás, Querol —me gustaba llamar a mi profesor, mi amigo, por su apellido—, he encontrado esto en la casa de mi abuela. Falleció hace unos días…

—Lo siento, Hannah —me dijo Aurora con mucha dulzura.

—Gracias… Bueno, en realidad he venido por esto. —Saqué el *wehrpass* de mi mochila.

Los ojos de Querol se abrieron como platos.

—¿Es de verdad? —preguntó con curiosidad.

—Espero que no…

Querol lo cogió y Aurora se acercó para verlo. Leyeron las primeras páginas.

—Es auténtico… —afirmó mi profesor recolocándose las gafas—. Genz Klinkerfuts —añadió en un perfecto alemán—. ¿Qué se supone que tengo que buscar?

—Mira en las últimas páginas —le dije.

Querol chequeó página a página aquel cuadernillo hasta que llegó al final.

—Aquí está. Italiano. «Hannah, niña número 37. G. Wolf».

—No sé quién es Wolf.

Mi pronunciación hizo que a Querol le saltase la alarma. Al parecer, según me contó, Wolf en alemán se pronuncia como si fuera una «b». Nunca como en inglés. «Al igual que *wehrpass* o Volkswagen», añadió. Wolf con «b». No se me olvidaría.

—«Bolf» —repetí una y otra vez, mientras Querol y Aurora se reían de mi insistencia—. Esperaba que pudierais ayudarme... —contesté un poco abrumada—. Mi abuela era judía...

—Una niña judía en un documento oficial nazi. ¿Qué pinta una niña judía en un *wehrpass* alemán? ¿Por qué la número treinta y siete? ¿Quién es Wolf?

—No tengo ni idea, profe. Además, lo único que aprendí sobre la Segunda Guerra Mundial tiene que ver solo con la psicología.

—¿No había carreras más aburridas? —Sonrió pícaro.

Estuve a punto de lanzarle el *wehrpass* a la cara, aunque sabía que bromeaba.

—La Segunda Guerra Mundial —insistió Querol— fue una época muy oscura. La gente nunca tiene en cuenta el hambre después de la crisis del veintinueve, el auge del comportamiento amoral, la prostitución y el tráfico de drogas.

—¿Tráfico de drogas?

—Ay, Hannah, eso no es nada nuevo. No es de ahora. Hablamos de sobrevivir. La esperanza fascista fue el espejismo al que se aferró la sociedad europea en los años veinte y treinta con ganas de seguridad y bienestar. En el *wehrpass* hay una anotación en italiano. Mussolini concibió el fascismo como una renovación material y moral de Italia. Y llegó la

Segunda Guerra Mundial. La moral cedió en muchos casos. El horror material del nazismo podría explicarse por el hecho de que su actividad se correspondió con la tecnología que permitió los asesinatos por millones. Incluso había judíos que trabajaban para los nazis. ¿Ves? También nos encontramos con la extrañeza de la contradicción. Hubo gente muy importante, intelectuales muy comprometidos, que pensaron que los nazis ganarían. ¿Sabes cómo acabó Stefan Zweig?

No lo sabía, pero disfruté mucho leyendo sus *Momentos estelares* cuando era estudiante. Mi profesor me contó cómo en febrero de 1942 encontraron a Zweig y a su mujer en la cama, abrazados, sin vida. En la mesilla, vasos con veneno y algunas cartas. Últimas palabras de despedida. Querol buscó en Internet a través de su portátil. No tardó demasiado en encontrar el documento que me quería mostrar. Aurora nos abandonó unos minutos. Me invitó a echar un vistazo. Me acomodé frente al ordenador y leí en voz alta.

```
Prefiero, pues, poner fin a mi vida en el momento
apropiado, erguido, como un hombre cuyo trabajo
cultural siempre ha sido su felicidad más pura y
su libertad personal, su más preciada posesión en
esta tierra.
    Mando saludos a todos mis amigos.
    Ojalá vivan para ver el amanecer tras esta lar-
ga noche.
    Yo, que soy muy impaciente, me voy antes que
ellos.
```

—Es…, es… —traté de buscar la palabra correcta.

—Terrible. Sí. Muy triste también. Se suicidaron pensando que los nazis dominarían el mundo.

No consigo quitarme de la cabeza esa carta. Amor, terror, desesperanza…, todo al mismo tiempo.

—Es lógico pensar en ello desde una perspectiva apocalíptica. Imagina a los soldados en las lanchas de desembarco justo antes de pisar la arena de la playa de Omaha. Muchos de ellos no llegaron a tocar tierra. Un suboficial jefe de la Guardia Costera de los Estados Unidos llamado Robert F. Sargent tomó una fotografía de aquel momento. Lo llamó «En las fauces de la muerte». Aquello fue terror. Mira.

El profesor realizó una nueva búsqueda y me mostró la fotografía. Me estremecí. Aparté la mirada.

—Ahora, Hannah, piensa en las madres de todos esos muchachos… En sus abuelas, si quieres.

Aurora se acercó con tres tazas de café bien cargadas, recriminando con la mirada el inoportuno comentario de las abuelas. No se lo tuve en cuenta. Sé que tenía una buena intención. Depositó la bandeja en la mesa y nos invitó a parar un momento.

—Cuando se pone con la Segunda Guerra Mundial —señaló Aurora a su marido con la cabeza— no hay quien le pare. Lo vas a necesitar.

—Gracias, Aurora.

—Pero no olvides que la gente luchaba por la normalidad. Había mucha hambre, sí, pero la gente iba a trabajar, porque si no lo hacía, no cobraba. Los niños iban a la escuela y algunos, incluso, bebían vino al lado de los soldados alemanes, aunque no hablaran con ellos. Hitler y Mussolini quisieron asaltar el cielo, como los titanes, y, como ellos, manifestaron su poder, caos y furia; pero afortunadamente los dioses se los tragaron. Bueno —continuó Querol con la taza en sus manos—, no creo que hayas venido a escuchar a este pobre viejo hablar de la guerra. Volvamos a la anotación del *wehrpass*. Los números servían, por ejemplo, para marcar prisioneros. Perdona por la pregunta tan directa: ¿estuvo tu abuela en un campo de concentración?

Tomé el *wehrpass* en mis manos.

—No que yo sepa. Nació en 1939, no creo que le diera tiempo…

—No te equivoques —me interrumpió el profesor—, los niños también eran deportados. Solo que… —hizo una breve pausa— duraban menos. Me intrigan dos cosas: el número, que puede marcarnos un registro, y quién hizo el registro. El alemán del *wehrpass* o ese tal Wolf…

—¿Tráfico de niños? —intenté aportar mi granito de arena.

Querol me explicó que eso sería casi imposible. El tráfico de niños judíos para los nazis habría sido algo así como adoptar una rata. Me contó que en Chile y Argentina sí había pasado, así como en España. Recordé el caso de los niños robados. Por otro lado, remarcó aún más la barbarie en nuestro territorio. España, por culpa de la dictadura de Franco, es el primer país de la Unión Europea en número de desapariciones forzadas y el segundo de todo el mundo solo por detrás de Camboya.

Querol se concedió una pausa generosa. Mi cabeza estaba a punto de explotar. Deportación de niños. ¿Qué sufrió mi abuela?

—Hay que encontrar al tal Wolf, para saber qué tipo de registro es ese —recapacitó al fin.

—Bueno, no os preocupéis. En realidad solo venía empujada por la curiosidad. Tampoco es algo a lo que quiera dedicar mucho tiempo. Sabía que os haría ilusión verlo, pero no quiero haceros perder más tiempo.

—Nunca nos haces perder el tiempo, Hannah —añadió Aurora amorosamente.

—Gracias.

Era muy agradable tener el cariño de dos personas que me habían tratado años atrás como una alumna. Al menos ya no sentía la vergüenza de los primeros meses de amistad, porque, la verdad, no había sido una alumna demasiado ejemplar.

—Bueno, profes, muchas gracias.

—Deberías investigar —me dijo él como sentencia.

Temía que aquello se convirtiera en la misma fastidiosa persecución a la que me había sometido mi compañera. Noa había insistido y ahora mis profesores también. Me estaba hartando. Todo el mundo me decía lo que tenía que hacer, pero nadie me explicaba por qué debería hacerlo. Esa suele ser una de las preguntas más complicadas de contestar. Mi corazón decía «continúa», mi cabeza ordenaba «olvídalo».

—¿Por qué? —pregunté directamente.

—Quizá porque el mundo necesita saber —replicó Querol con tono suave—. Puede que la historia no llegue a ningún sitio. En cualquier caso, ¿qué te cuesta?

—Ahora estoy muy cómoda en Florencia, terminando la investigación para el doctorado. No quiero distracciones.

—Tómalo como un reto —añadió Aurora con un guiño muy femenino.

—Mi reto es el Renacimiento. El resto, bueno, no es prioritario, ¿verdad?

—Entonces, ¿por qué has venido? —Aquello sonó a sutil reprimenda.

Tenía que hacer un ejercicio de sinceridad ya que, al fin y al cabo, esperaba que ellos me proporcionaran la vía rápida y fácil para acabar con todo aquel asunto. Sí, la verdad es que era como copiar el examen del alumno más listo de clase para asegurar el aprobado.

—Supongo que para sacar algo en claro… —fue todo lo que dije.

—¿Creías que encontrarías la respuesta final directamente en casa de tus viejos profesores?

—¡No sois tan viejos! —protesté con cariño.

Querol se levantó de su asiento y se acercó a mí. Se sentó a mi lado, en el sofá, y me miró fijamente a los ojos.

—Todo lo importante en esta vida requiere tiempo. Necesitamos esfuerzo, sacrificios. Los resultados no llegan porque sí. ¿Recuerdas el trabajo que te suspendí en el instituto?

Aurora suspiró. «Otra vez», creo que pensó. Lo mismo hice yo. Ese tema era recurrente cuando queríamos rememorar alguna que otra rencilla sin importancia.

—¿Cómo no? Te cogí mucha manía. Me mandaste a la convocatoria de junio.

—Lo hice por dos motivos. El primero, para comprobar si de verdad lo habías realizado tú. Era demasiado bueno.

—Vaya, gracias… —solté con ironía.

—El segundo —continuó con una sonrisa—, y el más importante: te ponía a prueba. Era un reto. Sabía que eras buena y estaba seguro de que podías ser mejor.

—¿Adónde quieres llegar ahora? —pregunté con respeto.

—A que aquel trabajo, aquel examen, lo tomaste como un reto. Y lo mejoraste. No te rendías fácilmente, Hannah. ¿Ahora sí?

Aurora nos miraba con una infinita compasión. Creo que le encantaba aquella relación entre una antigua alumna y un antiguo profesor, ahora convertidos en compañeros de un viaje sin destino fijo, pero con muchos puntos en común.

—Pero… no tengo tiempo para buscar algo que no me llevará a ninguna parte. Mirad, mi abuela no me contó nunca nada, en casa estaba prohibido hablar de la guerra. En su lecho de muerte pareció reconocer que algo había descubierto, algo que la instó a seguir aprendiendo, pero no me dijo qué fue. Nunca quiso revivir el horror de la guerra. Mi abuelo tampoco lo hizo. ¿Por qué tendría que remover su historia?

—Por una sencilla razón: por preservar la memoria. Eso es lo único que tenemos. Memoria. No podemos perderla. —Querol hizo una pausa, como si tratara de ordenar sus pensamientos antes de dirigirse a mí de nuevo—. Dime una cosa: ¿dónde estaba ese *wehrpass?*

—En una caja.

—¿No había nada más?

—Sí, una foto de mis padres, del día de su boda. Y un sonajero, mi primer sonajero. —Sonreí con algo de tristeza, pues recordaba perfectamente el contenido de la caja que encontró Noa.

—¿No lo ves, Hannah? ¿Por qué lo guardó con cariño? ¿Por qué entre tantos recuerdos positivos, felices? Piénsalo por un momento. Si tu abuela guardó ese pasaporte con los recuerdos más importantes de su vida, debió de ser por un motivo muy especial. Es un pasaporte alemán, y lo guardaba una judía. O bien ese pasaporte o bien esa persona, G. Wolf, fueron muy importantes para ella. Tu abuela vivió una época muy oscura de la que sabemos muy poco. La guerra la perdió Alemania y la ganó Estados Unidos. El vencedor siempre escribe su propia historia. Sin embargo, la verdadera historia está en los documentos y en las personas, en la memoria oral de los supervivientes. Ellos no tuvieron demasiado tiempo. Nosotros, sí. Somos unos privilegiados.

—Yo no soy una privilegiada. Soy una chica normal, que va a terminar su doctorado.

—Realizar un doctorado sobre el Renacimiento viviendo en Florencia sí es un privilegio…

Aurora tenía razón. Estuvo rápida. Muy rápida. Sus palabras me devolvieron a la realidad. Quedé noqueada. Sí, era una maldita privilegiada que no había valorado lo suficiente su situación en la vida. Querol recogió con inteligencia las palabras de su mujer y preguntó con audacia:

—¿No le debes a nadie ese privilegio?

No tenía argumentos demasiado sólidos para rebatirles. Aun así lo intenté. Tomé primero un sorbo de café para armarme de valor.

—Me lo puedo permitir gracias al seguro de vida que cobré por la muerte de mis padres. —Verbalizar aquello fue duro, pero he prometido ser sincera durante este relato.

—¿Y crees que lo que tienes te lo has ganado? —Aquella pregunta no se formuló con violencia, sino con condescendencia.

En realidad, no sabía qué contestar. Querol se adelantó.

—Igual se lo debes a alguien. A tu abuela o a tus padres. Llámalo justicia poética si quieres. Pero ese *wehrpass* forma parte de tu propia historia. Quizá sin ella o sin eso que tienes entre tus manos no estarías aquí. O tal vez te protegía de algo. Pero la historia de tu abuela es tu propia historia. Es parte de ti. Formamos una línea que nos une con el primero de los nuestros, como si de una cadena se tratara.

Aquellas palabras se clavaron en lo más profundo de mi ser. Mi profesor me había conectado con mi abuela de una manera gráfica como nunca antes había podido describir. Creo que mostré constantemente mi agradecimiento mientras vivió, pero nunca nadie me había esclarecido aquella verdad tan aplastante. La historia de mi abuela era mi historia, ¿cómo no? Tal vez, sin la información de ese *wehrpass,* no estaría disfrutando de aquel café con Aurora y Querol, o no estaría constantemente discutiendo con Noa sobre qué hacer o no con el maldito cuaderno nazi. Me acababan de dar por fin un porqué. Querol volvió a la carga.

—Hannah, ¿sabes cuál es el trabajo del intelectual?

—¿Del intelectual?

—Sí, una persona con conciencia. Una persona que está viva y está en el mundo. Que cultiva las ciencias y las letras. Alguien como tú.

Me sentí halagada.

—No sabría contestar —dije con vergüenza.

—El trabajo de un intelectual no es imponer su criterio. Su trabajo es imponerse el reto de desvelar, quitar el velo de las cosas, de los enigmas, de los acertijos. Un intelectual tiene que ir más allá. Hannah, no debes quedarte en la ignorancia. Eso es para la gente normal, que vive su vida ciegamente. No tienes que sobrevivir, como tuvo que hacer tu abuela. Vive tu historia. Hónrala.

Vivir. Honrar.

Aquella odisea personal nublaba mi mente y tenía como objetivo encontrar quién era G. Wolf, algo que, por respeto, no terminaba de convencerme. Llegué a mi apartamento sin las fuerzas suficientes como para continuar la búsqueda. La tarde había sido muy fructífera con mis profesores y sus palabras habían arraigado en mi corazón como la hiedra. No solo obtuve un porqué, también sabía que el *wehrpass* que tenía en mi posesión, aquel cuaderno de registro de un soldado de la división número ciento veintinueve, perteneció a un joven llamado Genz Klinkerfuts, caído en combate en el frente ruso en el año 1942. Gracias a la traducción de Querol, supe que aquel chaval nació en octubre de 1920 y se incorporó al ejército alemán con diecinueve años. Incluso recibió la insignia de herido en negro en septiembre de 1941, una condecoración que se otorgaba por heridas de diferentes magnitudes o por los efectos de congelación. La última unidad en la que sirvió fue la decimotercera compañía del regimiento de infantería cuatrocientos veintiocho perteneciente a la división número ciento veintinueve.

Puede que poco tuviera que ver con aquella persona, Wolf, y con mi abuela. Tampoco tenía noción de cuándo pudo ese o esa tal Wolf escribir el nombre de mi abuela.

Hora de relajarse.

Me desnudé y dejé la ropa tirada por el suelo. La recogería por la mañana. Abrí el grifo del agua caliente de la bañera a pesar de que hacía bastante calor aquella noche del mes de junio. Mientras se llenaba, aproveché para desmaquillarme y en mi cabeza revoloteaban palabras de un lado a otro. Sabía mucho de psicología, era bastante buena en nociones de arte, pero la Segunda Guerra Mundial no era uno de mis puntos fuertes. Era un periodo histórico que siempre me había provocado demasiada tensión. Sin embargo, las palabras de mis profesores me afectaron profundamente.

No se trataba de mí, se trataba de nosotras.

No era la historia de mi abuela. Se trataba de nuestra historia.

Después de unos minutos de tranquilidad, dudé si coger un juguete y dejarme llevar o ponerme a trabajar. El deber ganó la batalla al placer. Cosas del respeto moral. Salí, me sequé rápidamente, me puse una bata y anudé una toalla en mi cabeza para no acostarme con el pelo húmedo. Fui a la nevera, agarré una Franziskaner, me senté en el sofá y cogí mi Mac.

Tecleé.

G Wolf

Pulsé *enter*. Me asombré. Todas las entradas en mi buscador remitían a un coche de juguete de radio-control. Busqué en las siguientes páginas de Google. Encontré un productor musical noruego, algún que otro escritor, una científica alemana del Weizmann Institute of Science y una psicóloga estadounidense experta en la interacción persona-máquina.

«Mierda», lamenté.

Definitivamente, aquella no era mi guerra.

Terminé la cerveza mientras disfrutaba de un capítulo de *Chernobyl* en HBO y, antes de irme a la cama, el placer terminó ganando la batalla al deber.

14

Me levanté con dolor de cabeza. No había descansado demasiado bien. La presión del legado de mi abuela me impidió dormir de un tirón.

«La verdad».

Ese era el *leitmotiv* de *Chernobyl*.

Mi ropa estaba tirada en el suelo y el Mac parecía reclamar de nuevo mi atención. La pereza se apoderó de mí.

«¿Qué más da?».

Café, tostada con aceite y un poco de aguacate.

Disfruté del desayuno.

En mi iTunes sonaba música española. Maren. *Heroes Never Die*. Cómo me gusta su voz.

Tarde o temprano tendría que volver a Florencia. No podía retrasar mucho más el trabajo del doctorado. Me dirigí a mi dormitorio y abrí el vestidor. Calcetines. Abrí un cajón. Me equivoqué.

Respiré profundo.

Allí no había calcetines. Solo pequeños recuerdos almacenados, desordenados, y una caja. Un tesoro.

Dudé.

¿Me equivoqué a propósito?

Me armé de valor.

Tomé la caja y me senté en la cama.

Tenía la sensación de que si abría aquel pequeño arcón, mi vida iba a dar un giro de ciento ochenta grados.

No estaba en la obligación de abrirla, pero aun así me dejé llevar.

Algo dentro de mí deseaba destapar aquello.

Allí estaban.

Mis punteras. Mis primeras punteras de gimnasia rítmica. Pequeñas, eternas. Almacenadas para recordarme quién fui y quién no llegué a ser. Pero allí estaban. Porque yo lo decidí. Porque eran importantes. Porque formaban parte de una experiencia. De mi memoria. Mi vida.

Recordé un par de preguntas de mi antiguo profesor.

«¿Dónde estaba ese *werhpass*?, ¿no había nada más?».

Cuando obtuvo las respuestas, dio la estocada final.

«Si tu abuela guardó ese pasaporte con los recuerdos más importantes de su vida, debió de ser por un motivo muy especial».

Allí estaban aquellas punteras de la niña que fui, y las guardé por un motivo muy especial. Junto a ellas, dos mujeres inseparables reposaban en una fotografía. Una señora y una niña. Una abuela y una nieta. Hannah y Hannah.

Mi yaya.

Cuánto la echaba de menos.

Mi abuela me inculcó los valores del deporte y del arte.

En realidad, me lo inculcó todo.

En ese momento fui consciente de lo que significaban las palabras de mi profesor y, por supuesto, cuán importante fue para mi abuela aquel pasaporte con su nombre escrito a mano.

Ella nunca me contó aquella historia, su historia, pero yo también guardé el secreto de tener unas punteras y una fotografía en un rinconcito de mi corazón.

«Preservar la memoria. Es lo único que tenemos».

De repente, otra vez vinieron a mi mente unas palabras que me dijo mi abuela antes de morir.

«"¿Qué más da?", dicen los necios».

Aquello me taladró la cabeza.

«No soy una necia, abuela».

También recordaba otras palabras.

«Te digo que mires siempre más allá, como cuando analizas las caras de las personas».

¿Y si mi abuela quiso darme un pequeño empujón?

¿Y si intentó durante toda su vida protegerme de algo y, justo antes de morir, se dio cuenta de lo injusta que había sido aquella decisión?

Continué.

Abrí el portátil y probé suerte con otra entrada.

```
G. Wolf II Guerra Mundial
```

Nada de nada. Añadí las palabras «nazi» y «Alemania», pero tampoco tuve suerte. Me desesperé un poco. Empecé a sudar, fruto de la impaciencia. Se me ocurrió una locura. Aquella persona podría ser un hombre o una mujer. Debía buscar diferentes combinaciones. Me detuve unos segundos. Llegué a la conclusión de que la Historia, al menos en su mayor parte, había sido escrita para bien o para mal por hombres, así que comencé con el género masculino.

```
Nombres masculinos alemanes g
```

Accedí a un par de páginas y recopilé los nombres por orden alfabético. Combiné el apellido Wolf con los nombres que obtuve. No me llevaría mucho. Gebbert, Gebhard, Geert, Georg, Gerald, Gerd, Gereon, Gerfried…

Nada.

No lo dejé por imposible.

Se había convertido en una cuestión de orgullo.

«No soy una necia, abuela».

Curiosamente, en mi reproductor la voz de James Blunt generaba una curiosa coincidencia.

«Te estoy llamando por tu nombre, alza la cabeza».

Sabía que aquella canción nada tenía que ver con abuelas, pero me pareció una bonita sincronía.

Volví a teclear.

```
Gerhard Wolf
```

Pulsé *enter*. Aparecieron varias entradas. Las dos primeras me llevaban a Wikipedia. Menuda pereza.

La primera entrada hablaba de un Wolf escritor y editor alemán que todavía estaba vivo. Contaba con noventa años y, al parecer, había sido reclutado como ayudante de artillería durante la Segunda Guerra Mundial y fue hecho prisionero por los estadounidenses. Era una muy buena pista.

Tras unos minutos, me di cuenta de que no era la búsqueda correcta.

Con la segunda entrada tuve ciertos problemas, ya que no hallé en esa dirección de Wikipedia una traducción a mi lengua. Alemán, inglés, italiano e incluso latín destacaban frente al ausente castellano. Probé suerte con aquellas que dominaba, inglés e italiano. Allí estaba.

Gerhard Wolf.

Cónsul de Florencia. Murió en 1971. Famoso por salvar la vida de numerosos judíos durante la Segunda Guerra Mundial.

—¡Joder! —grité en mi apartamento.

No me lo podía creer. Acababa de localizar al protagonista de la historia. Aquel que aparecía en un documento de un nazi de 1942. El hombre que, al parecer, había escrito de su puño y letra el nombre de mi abuela, Hannah, con el enigmático número treinta y siete.

Una vez más, el número treinta y siete.

No solo eso.

No solo había encontrado a mi hombre. Me acababa de dar cuenta de que estaba mucho más cerca de lo que podía haber imaginado nunca.

Gerhard Wolf fue el cónsul de Florencia.

Me detuve un momento.

Dudé.

Me formulé varias preguntas.

«¿Qué rol desempeña un cónsul?, ¿cuál es la diferencia entre un consulado y una embajada?».

Tecleé en mi ordenador.

Diferencias entre cónsul y embajador

Pulsé *enter*. El embajador, según mencionaba la página web, es la persona que se encarga de proteger los intereses de su país en el Estado en el que se encuentra. Algo así como un intermediario entre los dos gobiernos. La principal preocupación de un cónsul, rango menor, son los conciudadanos que están viviendo en ese país extranjero.

Por fin me había ubicado entre las dudas diplomáticas.

Continué leyendo. Gracias al artículo en la lengua anglosajona, descubrí que Wolf fue obligado a pertenecer al Partido Nazi, que salvó judíos en Florencia, que evitó el expolio de obras de arte y que evitó la destrucción del Ponte Vecchio. Wolf también fue nombrado ciudadano honorífico de Florencia en 1955.

«¿Florencia? Joder, qué casualidad».

Tenía que celebrarlo. Ese tío había salvado el Ponte Vecchio.

Yo había leído que Hitler se enamoró de ese puente y que por ese motivo no lo voló en mil pedazos. *Fake news* de la Segunda Guerra Mundial.

Ya tenía por dónde empezar. Mi abuela era judía y su nombre aparecía en una libreta nazi. Leí el artículo en italiano, ya que su extensión era considerablemente mayor. No noté gran diferencia en cuanto a la información que me podía ser de utilidad. Sin embargo, ambas entradas remitían a una única nota a pie de página. Recomendaban la lectura de un libro publicado en 1967, *Der Konsul von Florenz: Die Rettung einer Stadt,* de David Tutaev.

«Alemán —pensé—, ni puñetera idea».

Tecleé en mi ordenador.

David Tutaev

Pulsé *enter*. Y antes de la primera entrada, una galería de imágenes mostraba las publicaciones de Tutaev.

«¡Vamos!», grité para dentro.

Casi me pongo a saltar en el sofá. Allí estaban las portadas de las ediciones en inglés e italiano. Ni rastro de mi idioma natal, pero valía de todas formas. Me llamó la atención la disparidad en los títulos. Mientras que la versión italiana utilizaba como reclamo *El cónsul de Florencia,* la edición inglesa defendía un titular más amarillo, *El hombre que salvó Florencia.* Además, en su portada, el *David* de Miguel Ángel portaba un brazalete con la esvástica nazi. Llamaba la atención, desde luego. La imagen era muy potente. Daba miedo. Entré en Amazon y encontré una copia británica de segunda mano por menos de dieciséis euros. Me hice rápidamente con ella. No tardaría en llegar.

Pensé en la embajada de Italia en España, ya que yo no tenía ni idea de alemán. Me habían llegado buenas referencias del equipo diplomático italiano. Una amiga mía me había invitado a un evento que celebraría la Asociación de Mujeres empresarias, profesionales, directivas y ejecutivas en los próximos días. El *claim* me pareció de lo más acertado: «Hermanadas: mujeres profesionales en Italia y España». Aproveché para mandar un mail de confirmación.

Asimismo, intenté dar una oportunidad al tercer Gerhard Wolf de la lista. Un científico que dirigía el Kunsthistorisches Institut in Florenz desde 2003. No me costaba mandar un mail a la dirección que me aparecía en la página web del instituto.

Días más tarde me contestarían muy educadamente sacándome de la duda desde la *Direktionssekretariat* de dicho instituto, comunicándome en inglés vía mail que el director del Kunsthistorisches y el cónsul de Florencia no estaban emparentados.

Fail.

Asistí finalmente aquel día de junio al evento de la embajada italiana.

Presentaba aquel muchacho que tanto le gustaba a mi abuela y la jornada fue espectacular. Cuatro encantadoras mujeres hablaban sobre la superación del pasado, los obstáculos del presente y el liderazgo del futuro.

Una comandante del ejército, una campeona de Europa de boxeo, una gran empresaria italiana y la directora de *ELLE* España.

Casi nada.

Tras aquel evento enriquecedor, mi amiga, algo más tranquila, me presentó a parte del equipo de la embajada italiana. El embajador Sannino fue amabilísimo, así como Clelia Brigante-Colonna y Ugo Ferrero. Cuando la tarde se fue relajando, le expuse mi problema al señor Ferrero, primer secretario de Asuntos Políticos y Prensa, quien no dudó en realizar una rápida llamada, a pesar de que la tarde ya había avanzado demasiado aquel jueves. Le dejé algo de privacidad y, tras colgar, me dijo que tenía buenas noticias. Había realizado una llamada al Instituto de Historia Alemana en Roma, donde consideraba que podrían tener algo de información sobre aquel hombre.

Me gustaba jugar con la traducción de su nombre.

Curiosamente Wolf, tanto en inglés como en alemán, significa «lobo». Para mí Wolf se acababa de convertir en el lobo de Florencia.

El olfato del señor Ferrero fue espectacular.

En tan solo unos minutos recibió un archivo por parte del Instituto de Roma. Un documento con una breve biografía de Wolf. Automáticamente, me reenvió el documento. Ya tenía algo con lo que poder contrastar todo lo que podría leer en el libro de Tutaev.

Me despedí del señor Ferrero con toda la gratitud del mundo y me fui a recoger el coche al aparcamiento de la calle Castelló.

De momento, no me había costado encontrar las primeras piezas de un puzle que no me apetecía demasiado montar.

Subía por Velázquez cuando me topé con un par de ancianos que observaban una placa situada sobre un portal. Calle Velázquez, número 93. La curiosidad me pudo. Miré a lo alto al pasar.

En esta casa vivió el embajador de España
Ángel Sanz-Briz que salvó del Holocausto
a miles de seres humanos en Budapest
el año de 1944

Tenía que ser una broma. Sanz-Briz salvó a judíos en Budapest. Wolf salvó a judíos en Florencia. Si aquello no era una señal, maldeciría la palabra serendipia el resto de mi vida.

Con aquel encuentro fortuito rondándome la cabeza, nada más llegar a casa indagué en las cuarenta y tres páginas que componían aquel informe del archivo del Instituto de Historia Alemana en Roma. Estaba redactado por Cornelia Regin en 1997 y revisado por Karsten Jedlitschka en 2005. Apenas cuatro páginas contenían algo de información biográfica sobre el cónsul Wolf. Las demás incluían un compendio de currículos, certificados, registros y otros documentos. Dudé sobre el relato de Tutaev. El autor firmó alrededor de trescientas páginas en torno a la biografía del cónsul, pero en el archivo de Roma tan solo tres páginas contenían testimonio de su actividad.

«¿Cuánto habrá de literatura en ese libro?», pensé.

Según el archivo, Gerhard Wolf nació el 12 de agosto de 1896 en Dresde. En noviembre de 1915 se enroló en el ejército como cadete, fue ascendido a alférez en octubre de 1917 y se le condecoró repetidas veces.

«Tenía experiencia militar». Lo resalté.

Una vez concluida su etapa militar, Wolf estudió Historia del Arte, Filosofía y Literatura en Heidelberg, Múnich y Berlín, así como Ciencias Políticas y Economía nacional. Se doctoró en Ciencias Políticas por la Universidad de Heidelberg. Allí forjó amistad con Rudolf Rahn, el embajador alemán en Italia desde la creación de la República de Saló. En mayo de 1927 ingresó en el cuerpo diplomático y trabajó durante 1927 y 1928 como secretario del entonces ministro de Asuntos Exteriores, Stresemann.

Fue cofundador y miembro del club democrático Quiriten. «Ironías del destino», bromeé. No era muy democrático lo que se hacía en Italia por aquel entonces.

En 1930 Wolf superó el examen diplomático y consular y fue destinado en primer lugar a la legación en Varsovia y posteriormente, en 1933, a la embajada del Vaticano. Ese mismo año se casó con Hildegard Wolf y en 1935 vino al mundo su hija Veronika.

«Un padre de familia demócrata trabajando para los nazis».

Yo trataba de quedarme con lo que consideraba más útil para mi investigación. Wolf trabajó en el departamento político del Ministerio de Asuntos Exteriores en Berlín y posteriormente fue destinado al departamento económico de la embajada alemana en París. De 1938 a 1940 dirigió el negociado de los colegios alemanes en el extranjero del departamento de cultura del Ministerio de Asuntos Exteriores en Berlín. Tras unirse al Partido Nacional Socialista Alemán por obligación, entabló contacto entre 1938 y 1942 con la Resistencia alemana. Desde noviembre de 1940 a julio de 1944 ejerció de cónsul en Florencia y de noviembre de 1944 a abril de 1945 dirigió la oficina en Milán del representante del «Gran Reich».

«Aquí estás, ya sabemos cómo llegaste a cónsul».

Ya no tenía ningún sentido quedarme en Madrid.

Había llegado el momento de volver a Italia para buscar a Gerhard Wolf.

Debía llamar a Noa.

Debía encontrar al lobo de Florencia.

15

«Porta un bacione a Firenze».

La voz de Carlo Buti acompañaba a Wolf mientras repasaba su correspondencia sin dejar de pensar en su pequeña Veronika. Abandonar la suite del Hotel Minerva, la estancia que había sido su hogar durante los primeros cuatro meses en la ciudad del lirio, e instalarse en las colinas de la etrusca Fiesole había sido una gran decisión. No invertía demasiado tiempo en llegar a su oficina y en Le Tre Pulzelle, su pequeña villa del siglo XVI cercana a la Villa Médici, disfrutaba de la compañía de su amiga, su compañera, su confidente. Hilde, la mujer de su vida. También de la infancia de su pequeña Veronika, la niña más bonita del mundo. Aire puro, alejados del ambiente político enrarecido que se vivía en la ciudad. Solo necesitaba un automóvil. Tiempo al tiempo.

Su ayudante Hans Wildt interrumpió los quehaceres del cónsul.

—*Herr* Wolf, tiene visita.

—¿De quién se trata? —preguntó levantando la mirada.

—Un hombre viene a poner una queja.

—Que pase.

Wolf se encendió un cigarrillo y abrió la ventana para no cargar el ambiente. Su nueva secretaria, *Fräulein* Maria Faltien, observaba sin decir palabra. El cónsul fijó sus ojos en Goethe. El empresario alemán no tardó en ingresar en su despacho. La secretaria apagó la radio.

—Buenos días, *Herr* cónsul.

—Dígame.

—Quería poner una queja, denunciar a una dama con ciertas, ¿cómo decirlo?, observaciones antipatrióticas.

Wolf cruzó las piernas y suspiró. Maria Faltien esbozó una leve e imperceptible sonrisa. Aunque llevaba poco tiempo en su cargo, sabía que ese era el típico gesto del cónsul cuando estaba a punto de escuchar algo que no le interesaba lo más mínimo. Gajes del oficio.

—Soy todo oídos —mintió el cónsul.

—Verá, estaba narrando a mi círculo de confianza cómo había rechazado a un conocido judío y a toda su familia en la puerta de mi propia casa. Es nuestro deber y obligación enseñarle a esa escoria el lugar al que pertenecen. Aquella dama, sin ningún consentimiento, se incorporó a la conversación acusándome de cobardía, ya que, según ella, era una historia muy desagradable.

—Ya veo… ¿Algo más que añadir?

—Por supuesto. Con toda soberbia, no dudó en decirme su nombre: Hanna Kiel. Espero que usted, como defensor de los intereses de los alemanes en este país, sepa tratar este asunto con la autoridad pertinente.

—No tenga ningún tipo de duda, señor. Muchas gracias por su declaración.

Wolf se levantó de la silla e hizo que Wildt acompañara al empresario alemán hasta la calle. Llamó la atención de su secretaria.

—¿Señor?

—Localice a una tal señorita Hanna Kiel, por favor. Es urgente.

—Ahora mismo.

Maria salió del despacho y encendió de nuevo la radio. Mientras tanto, Gerhard Wolf dedicó algunos minutos a redactar una carta a su amigo Rudolf Rahn, que en aquel momento se encontraba en Túnez como oficial político bajo el mando de las fuerzas alemanas. Tras la rúbrica, encendió otro cigarrillo y leyó la prensa. Las últimas jornadas habían sido especialmente intensas.

Los dos países que amaba, Alemania e Italia, acababan de bombardear Malta. El Führer y el Duce habían celebrado una reunión en Berchtesgaden y los británicos habían roto el frente italiano en la Eritrea italiana. Además una nueva ofensiva sobre Albania se cernía en el horizonte. El cónsul se llevó la mano a la frente, como si un pequeño dolor de cabeza lamentara las crónicas que acababa de leer.

Kriegbaum llamó a su puerta. La inesperada visita de su amigo le hizo relajarse un poco y, tras fundirse en un abrazo entrañable, bajaron a la calle para airearse un poco. Kriegbaum aprovechó para comentar con el cónsul las labores de protección que se estaban llevando a cabo en la catedral y en la iglesia de San Lorenzo. Lo contaba con la misma pasión de siempre, el ambiente bélico no había mermado su entusiasmo. Wolf observaba cómo su amigo movía los brazos y caminaba de un lugar a otro explicando asuntos serios. El cónsul verdaderamente disfrutaba con la compañía de aquel hombre. Wolf le explicó sus inquietudes respecto al pueblo florentino. El descontento se estaba volviendo cada vez más y más vivo, agudo y profundo. No se manifestaba públicamente, porque se decía que la gente todavía disimulaba por el miedo, pero en los círculos de confianza se daba rienda suelta a duras críticas y comentarios severos sobre la situación actual, sobre el Duce y sobre la tendencia general de las cosas, que, así se afirmaba, empeoraban día a día y que terminarían, según Wolf, en una catástrofe para Italia.

Maria tardó en regresar, pero lo hizo con la tarea encomendada llevada a la perfección. Iba acompañada por una señorita.

—Señor, la señorita Hanna Kiel.

Maria, con el permiso de Wolf, subió al consulado. Hanna Kiel se quedó frente a los dos hombres. Kriegbaum no entendía nada, pero poco a poco iba acostumbrándose a esas actitudes enigmáticas del cónsul. Kiel y Wolf se batían en una especie de duelo ocular. Ambos se escudriñaban mutuamente.

—Gerhard Wolf, cónsul de Florencia —se presentó él.

—Hanna Kiel, escritora antifascista.

Kriegbaum no salía de su asombro. Hablar abiertamente en contra del fascismo era algo más que peligroso. A Wolf, sin embargo, no le sorprendió aquella actitud retadora. Más bien le provocó una leve carcajada.

—¿Alemana? —preguntó el cónsul.

—Alemana expatriada —afirmó la señorita.

Wolf estrechó su mano.

—He oído todo sobre su última fechoría, señorita Kiel, y la apruebo a fondo. Creo que debería unirse a nuestra conversación.

Wolf ofreció un Toscano a Kiel, quien, sonriendo, aceptó de buen grado.

—Debe de ser usted muy observadora —comentó Wolf— para presentarse tan abierta y peligrosamente ante nosotros.

—Creo que el observador es usted. Yo he contado con la ayuda de su secretaria. —Kiel guiñó un ojo.

Durante unos minutos conversaron sobre ella y sus trabajos. Tres novelas y un proyecto de investigación dedicado a «L'influenza del Germanesimo sul Rinascimento». Después repasaron la situación de Florencia, Alemania y el conflicto internacional. La coyuntura en Italia se volvía cada minuto más tensa y el pasado mes de febrero había sido bastante complicado no solo en Florencia, sino en todo el mundo.

—Mientras el Duce se reúne con el caudillo español en Bordighera —Wolf hablaba con la mirada perdida—, los italianos pierden efectivos en el frente griego y los británicos bombardean este país.

—¿Muchas bajas? —preguntó ella, preocupada.

—No lo sabemos. —Kriegbaum empezó a colaborar, mostrando algo más de confianza—. Aún son incuantificables los daños sufridos, pero Génova, Pisa, Livorno y La Spezia han sufrido varios ataques. Están arruinando los puertos del norte.

Se generó un silencio incómodo. Una mujer entrada en años les sacó de ese breve momento de letargo.

—¿Cónsul Wolf? —preguntó la dama.

—Soy yo —respondió el cónsul apurando el resto del cigarro y dirigiendo la mirada hacia la mujer.

—*Signora* Maria Comberti. Florentina, de San Miniato. Acabo de llegar de Alemania.

Wolf frunció leve e imperceptiblemente el ceño. Dudó. Escudriñó a la dama en busca de algo con lo que pudiera identificar sus intenciones. Nada. Pasó a la acción verbal.

—¿Mucho tiempo fuera?

—Nada más y nada menos que cuarenta años.

Wolf se puso en alerta. Aquella conversación no le provocaba confianza. Kriegbaum lo notó. «Alemania, demasiado tiempo fuera». Dejó hablar. La *signora* continuó.

—Tengo a mi hija conmigo y mi hijo sirve con los paracaidistas. Hemos venido para quedarnos y necesito un trabajo. Hemos contribuido en todo lo que se nos ha pedido. Incluso hemos donado nuestras baterías de cocina y las ollas de cobre para la fabricación de munición. Me preguntaba si podría ofrecer mis servicios como intérprete. Necesito urgentemente un trabajo.

Wolf se mantuvo en silencio. Alemania, demasiado tiempo fuera, hijo militar. La dama no se rendía. Justificaba que necesitaba aquel trabajo y sacó todas sus armas.

—Trabajé durante once años en el Tribunal de Justicia en Breslau.

—Polonia… —Aquella palabra fue todo lo que alcanzó a contestar Wolf.

—Así es.

El cónsul meditó unos segundos. No pudo adivinar si las intenciones de aquella mujer eran nobles o, por el contrario, se trataba de una trampa.

—Lo siento —zanjó ante la sorpresa de su compañía—, los puestos de intérprete están ocupados. Le deseo un buen día, *signora* Comberti.

La dama se quedó pasmada ante la frialdad del cónsul. Los rumores apuntaban a que se trataba de un hombre cálido y cordial, pero aquellas palabras cayeron como un jarro de agua fría. Demasiado directo, demasiado rudo.

—Buenos días.

Con aquella simple despedida, Maria Comberti, azorada, se marchó. De nuevo, el silencio se apoderó del trío. Fue la señorita Kiel, algo deslenguada, la que rompió aquella irritante monotonía apurando su cigarrillo.

—Así que tiene la capacidad, señor Wolf, en determinadas ocasiones, de dar la impresión de ser demasiado reservado y mostrar un carácter casi glacial.

—Son momentos difíciles. No me fío de Rettig —dijo mirando a Kriegbaum—. Uno nunca sabe cómo actuar con la Gestapo y los espías que me podrían mandar desde Berlín.

Tiró la colilla y, tras despedirse y haber emplazado a Kiel para volver a verse, regresó a su despacho con semblante serio. Kriegbaum y Kiel, que lo miraba con cierta fascinación, le dejaron marchar sin oposición.

Kriegbaum sabía que la situación del cónsul cada vez sería más complicada y que tarde o temprano caminaría por la cuerda floja. Consumía demasiada energía tratando de mantener un equilibrio que en algún momento saltaría por los aires.

—Está demasiado estresado, señorita Kiel —dijo Kriegbaum—, tiene que ocuparse de las Hitlerjugend que vienen a Italia de visita. ¿Quiere un caramelo?

Wolf cerró la puerta de su despacho y se quedó pensativo. Quizá aquella *signora*, Comberti, habría sido una buena incorporación para el consulado, pero no se podía permitir introducir profesionales que no pudiera controlar, gente en la que no pudiera confiar. Intentaba hacer la vida más fácil para los ciudadanos, pero no tenía muy claro si su desconfianza había condenado, de una manera u otra, la vida de aquella dama.

Aquello le atormentó unos instantes.

Miró de nuevo a Goethe.

«Quien en nombre de la libertad renuncia a ser el que tiene que ser es un suicida en pie».

—Quizá no te falte razón —le dijo a su litografía con algo de vergüenza.

Cerró la puerta de su despacho para acudir a casa junto a su mujer Hildegard y su pequeña Veronika.

16

Antes de volver a Florencia, decidí comer con mis mejores amigos para contarles qué me rondaba por la cabeza.

Tras un paseo matutino por el barrio de La Latina, me dirigí hacia el restaurante Oh Babbo, cerca del Teatro Real. Patri, Marta y Dani fueron partícipes de mi locura. Quedaría con Noa más tarde. Me preguntaron cariñosamente cómo me encontraba tras la pérdida de mi abuela.

Nos pusimos al día mientras nos comíamos una pizza de trufa.

Adoro la trufa. Trufa negra. Lo siento.

Dani y Marta acababan de ser papás. Patri estaba creando, junto a sus compañeros de Psicología, una organización que ayudaría a los deportistas de élite a encontrar su sitio tras la retirada de la alta competición.

Grandes personas con grandes sueños, que poco a poco se iban cumpliendo.

Cuando llegó mi turno les conté algo de mi vida en Florencia y qué me atormentaba últimamente: el hallazgo del *werhpass* y cada uno de los pasos que estaba dando para esclarecer la historia de mi abuela. Sabían dar buenos consejos, sin duda, pero sobre todo sabían escuchar.

La conversación derivó hacia Alemania en general, aquel país al que algunos, en otros tiempos, llamaban «el enfermo de Europa» por su obsesión por extenderse territorialmente, por su violencia y por su racismo. Nosotros, amantes de Grecia, no tardamos en poner encima de la mesa la cuestión helénica. Grecia, ese país que algunos periodistas consideran sumergido en una decepción crónica, perdonó a Alemania las deudas de la Segunda Guerra Mundial. No hace mucho Grecia luchaba por evitar la ruina y lo único que hizo Alemania fue apretar la soga del cuello de los helenos.

Tras quedarnos a gusto con nuestra crítica hacia Alemania, Dani tomó la iniciativa.

—Cosas buenas de los alemanes, venga. Empiezo. La cerveza.

—¡Cierto! La cerveza alemana de trigo es insuperable —añadí riendo—. ¡Viva el Oktoberfest!

—¿Los coches? —preguntó Patri sin tenerlo muy claro.

—¡Los coches! —afirmó Dani—. Siguiente. —Señaló a su chica.

—¡Las salchichas! —Marta se echó a reír.

—¡Correcto, cariño! ¿Pensabas en mí? —Dani besó a Marta—. ¿Algo más?

Bruno, el gigante italiano dueño del restaurante, se incorporó a la conversación.

—El pastor alemán.

Se hizo un breve silencio, pero después estallaron las carcajadas. Dani, con confianza, le lanzó la servilleta. El italiano, amigo del grupo, se dejó alcanzar.

—Gutenberg —dijo Patri.

—Eres un coñazo, Patri —bromeó Dani.

—Erich Fromm —continuó Patri con seriedad—. No te metas con Fromm.

—Apoyo a Patri —solté sin dudarlo—. Fromm y Goethe.

—¡Fromm y Goethe quedan desnazificados! —Dani se divertía con las burlas.

—¡Hugo Boss! —solté dejándome llevar.

—¡Premio! Aunque tiene un pasado oscuro, aceptamos la redención. Pidieron perdón. —Dani no pudo evitar una coletilla—. Yo sumo a Toni Kroos.

—¡Lili Marleen! —añadió cantarina Marta.

—¿Veis? —comenté, interrumpiendo la interminable lista que estaba colapsando la reunión—. No son tan malos los alemanes. No podemos juzgar a todo un pueblo, toda una historia, por un par de episodios bélicos.

Bruno se acercó de nuevo para tomar nota de los postres. Aquello nos permitió cambiar brevemente el rumbo de la conversación.

—¿Qué creéis que llevó a Hitler a iniciar la guerra? —preguntó Dani.

—Bueno, heridas narcisistas —respondió Patri.

—¿Cómo? —preguntó Marta.

Dejé hablar a Patri. Nos contó, de manera que se pudiera entender, que Freud publicó un texto en 1917 plasmando las tres heridas narcisistas de la humanidad. La primera fue el nuevo modelo de Copérnico, donde defendía que el amor propio del ser humano se vio afectado por la visión cosmológica, desplazándonos del centro del universo. La segunda herida la causó la teoría de la evolución de Darwin, donde se trataba de defender que no descendíamos de un ser superior, sino de un mono. La tercera, el inconsciente visto desde el psicoanálisis, intentando demostrar que no lo controlamos ni lo conocemos en profundidad. Es decir, que no somos dueños de nosotros mismos.

Dani y Marta comentaron aquellas heridas de la humanidad. Tenían la capacidad de hablar en serio y bromear al mismo tiempo. Eso me encantaba. Tomé la palabra.

—Posiblemente lo que desató la ira en un Hitler narcisista fue la amenaza que percibió sobre su autoestima.

—Querrás decir «nazicista» —soltó de repente Dani.

Todos reímos. Era bueno, muy bueno. Dani sabía relajar los ambientes tensos y aquel chiste era para enmarcar.

—Una herida en tu ego, eso es lo que te voy a provocar yo —le soltó Marta para después comérselo a besos.

Bruno, el dueño del local, se acercó con los cafés, los depositó en la mesa y esperó a que terminara aquella empalagosa situación.

—¿Queréis saber algo de Hitler?

Todos asentimos. El gigante italiano nos contó que «aquel enano», así llamó a Hitler, tenía ideas antisemitas desde que vivió en Viena. El alcalde de la ciudad ya era antisemita y Hitler lo admiró durante aquellos años. Fueron muchos los que culparon a los judíos de la derrota de Alemania en la Primera Guerra Mundial. Eso no era nada nuevo, pues ya quemaban judíos en la Edad Media, culpándolos de la peste negra.

—¿Cómo sabes todo eso? —pregunté disfrutando de su discurso.

—Leo libros, Hannah —me dijo sonriendo con mofa.

—*Stronzo* —le respondí.

Tras los postres y los cafés, la seriedad volvió a adueñarse de la sobremesa. Creo que mis amigos notaron cierta preocupación en mi rostro. Patri me preguntó con interés qué es lo que iba a hacer en ese momento, cuáles serían mis siguientes pasos.

—Regresar a Florencia —contesté—. Posiblemente encuentre algo más allí sobre ese tal Wolf.

—¿Necesitas algo? —me preguntó Patri.

—Si te llamo por teléfono, cógelo. Creo que eres mejor psicóloga que yo —le dije.

—¿Psicoanalista? Seguro. —Se echó a reír.

—¡Seguro! —contesté totalmente convencida.

—Sé que tú eres de Ekman, pero hazme caso —me dijo con cariño—, échale de nuevo un vistazo a los arquetipos de Jung. Igual te ayuda.

Me apunté el consejo. Los conocía, por supuesto, pero aquellas palabras de Patri me sonaban a «Ya lo entenderás».

Nos despedimos con abrazos, besos y alguna que otra lágrima. Patri era muy sentimental y, aunque nos veíamos poco, sabía que esa amistad también era para siempre. Estaba segura de que a partir de esa comida todos estarían pendientes de mi nueva obsesión.

Paseé por Madrid en busca de Noa. Nos habíamos citado aquella misma tarde, cuando terminara la comida, y mientras iba a su encuentro, aproveché para pasear por las calurosas calles de mi ciudad. Me puse los auriculares y disfruté el último single de Carlos Goñi. Terminé sentándome en el Starbucks a esperar a Noa, mientras un *frappuccino mocca* blanco y Google me hacían compañía.

«Arquetipos de Jung».

Con solo un vistazo en mi iPhone supe a qué se refería Patri. Tenía que aceptar mi «sombra», mis pensamientos reprimidos y debilidades personales. Debía superar el bloqueo que, de vez en cuando, me instaba a abandonar aquella búsqueda. Mi moral y mi racionalidad me incitaban a continuar con la investigación sobre el pasado de mi abuela. Mi impulsividad me dictaba otra cosa, desistir de aquella locura. El ello de Freud quería ganar la batalla, y aceptar mi «sombra» era, sencillamente, imprescindible para mi autoconocimiento.

Dejé de taladrarme la cabeza.

Mi principal obstáculo era por qué mi abuela nunca me lo contó.

Pasé a Twitter, donde se vivía en directo la ira de los siete pecados capitales. Un lugar donde los ofendidos permanentes y los seres de piel fina disfrutaban del libre albedrío de la opinión tras un apocado anonimato.

Sin embargo, leí el texto de alguien que había colgado una maravillosa cita.

`Y cuando la tormenta de arena haya pasado, tú no comprenderás cómo has logrado cruzarla con vida.`

147

¡No! Ni siquiera estarás seguro de que la tormenta haya cesado de verdad. Pero una cosa sí queda-
rá clara. Y es que la persona que surja de la
tormenta no será la misma persona que penetró en
ella. Y ahí reside el significado de la tormenta
de arena.

Bendito Murakami. No tenía ni puñetera idea de cómo
saldría de mi tormenta de arena, pero aquellas líneas me sirvieron de inspiración.

Capturé la pantalla y la guardé en mis favoritos.

Recordé unas palabras de mi amigo Dani durante la
cena: que Hugo Boss tenía un pasado oscuro. Aproveché para
volver a trastear en Internet. El universo nazi sobrevolaba mi
mente, a pesar del asco y el miedo que me provocaba. Sin
embargo, durante los minutos que estuve buceando en la web,
me enteré de que Hugo Boss fue miembro del Partido Nazi
y confeccionó los uniformes de las SS; que el papa Benedicto
XI había pertenecido a las juventudes hitlerianas; que Ferdi-
nand Porsche también fue miembro del Partido Nacionalis-
ta Alemán y que su Volkswagen fue un diseño de la administración nazi; y que el Zyklon B, el gas de las cámaras de los
campos de concentración, había sido fabricado por la farma-
céutica Bayer, la de las aspirinas, y otras dos compañías alemanas.

Alucinante. Terrorífico.

Sin saber muy bien cómo, terminé mirando la defini-
ción de *wehrpass* en un libro sobre datos clave del Tercer
Reich.

Me estaba volviendo un poco loca. Me aburría. Noa tardaba.

Era un registro básico personal, una hoja de servicio, de los miembros de las Fuerzas Armadas. Se les entregaba a los soldados cuando superaban su primer examen médico. Las libretas las portaban los dueños solo en periodos de inactividad. Así me lo hizo saber Querol.

Pobre Genz Klinkerfuts. Murió en el frente ruso y nunca pisó Florencia.

¿Cómo llegó aquel *wehrpass* a Florencia? ¿Cómo apareció el nombre de mi abuela anotado, supuestamente, por el entonces cónsul de Florencia?

Noa apareció con unas grandes gafas de sol para sacarme de aquella tortura. Me besó en la frente y fue corriendo a pedir algo para beber. A los pocos minutos estaba sustituyendo a las redes sociales.

—*Sorry!* ¿Cómo te ha ido estos días, Hannah?

—Bastante mejor de lo que pensaba. En la embajada italiana trabaja gente maravillosa.

—Y ahora, con todo lo que sabes, ¿crees que es buen momento para pasar a la acción o te vas a quedar colgada con el puñetero Renacimiento?

Me tomé un momento para encarar la conversación con Noa. A veces, solo a veces, resultaba un poco agresiva al hablar. Intenté dar un rodeo.

—Tuve una profesora en la carrera de Psicología, Inma Puig, que nos planteaba una duda maravillosa. Siempre nos decía que nos bombardeaban con cursos sobre cómo hablar, pero nunca nos enseñaban a escuchar.

Noa no me dejó continuar. Se ofendió demasiado pronto y contraatacó.

—Pues me leí el libro que me recomendaste sobre el psicoanálisis de los mitos de Campbell y he descubierto cuál es tu problema. Tu negativa a la llamada. Cierras el oído a tus propios intereses y eres incapaz de cruzar ese umbral que te separa de tu círculo de confort, de todo aquello que desconoces. Yo también tuve un profesor en el Instituto Vasco de Criminología, Francisco Etxeberria, y una vez me dijo que todo en esta vida se puede dividir en dos cosas: aquellas que son pertinentes y aquellas que no lo son. Y tú, decidiendo no hacer nada, eres impertinente.

—Pero Noa…

—No, no lo intentes, Hannah, no lo entenderé nunca.

Noa cada vez estaba más enfadada.

Nos conocimos en la universidad. Nuestras vidas se cruzaron cuando decidí terminar Psicología con mención especial en Criminología. Allí descubrí lo incesante que podía ser cuando perseguía algo. Por eso se convirtió en criminóloga. Quería y sabía llegar al final de las cosas. Por eso estaba tan enfadada conmigo. Consideraba que era una obligación querer saber la verdad. Me lo había echado en cara desde que encontró el maldito *wehrpass* en casa de mi abuela. Yo sabía que nunca iba a parar, aunque le costara la amistad.

—Noa…

—¡Qué!

—Sobre lo de escuchar…

—¡No quiero escuchar!

—¡Lo decía por mí, estúpida!

Se hizo un silencio. Noa se quedó con los ojos abiertos. La gente de alrededor nos miró. «Mierda», pensé.

—¿Qué has dicho? —preguntó.

—Estúpida. —Bajé la mirada—. Lo siento.

—No, imbécil. Lo anterior.

Levanté los ojos de nuevo.

—Que lo decía por mí. No sé escuchar. Y creo que ha llegado el momento de aprender a hacerlo.

Noa sonrió de oreja a oreja y se abalanzó sobre mí. Los dueños de las mesas adyacentes del establecimiento no pudieron evitar volver a dirigirnos sus miradas. «Están como una puta cabra», pensaron sin duda.

Acertaban.

—Pues tu profesora Puig tenía mucha razón.

—Tu profesor Etxeberria también.

Me abrazó y me comió a besos. Intenté zafarme de ella como pude, pero era igual de perseverante con las muestras exageradas de cariño. Saqué una pequeña carpeta y se la lancé. La abrió y observó el pequeño documento que había metido dentro.

—¿Has descubierto algo? —preguntó ansiosa.

—Calla y lee —zanjé.

Aquellos folios nada tenían que ver con el cónsul de Florencia. Guardaban relación conmigo. O eso quería creer yo.

En realidad se trataba de un estudio publicado en *Biological Psychiatry* sobre la herencia epigenética, es decir, sobre la transmisión de patrones que no vienen determinados por la secuencia genética. Aquel estudio demostraba que el trauma sufrido por los supervivientes del Holocausto se transmitía a los genes de los niños. Es decir, demostraba que los factores ambientales podían afectar a los genes de sus descendientes y que las experiencias de determinadas personas podían afectar a las generaciones posteriores.

—No sé cuánto de cierto tiene eso, pero ¿me puedes entender ahora?

—Por supuesto —me dijo con suavidad Noa.

Apuramos el café. El *frappuccino mocca* blanco se me había quedado frío. Noa, fumando, observaba la gente que pasaba de largo.

—Y ahora ¿qué hacemos? —preguntó afligida.

—Tengo que volver a Florencia.

Noa cambió su gesto y me miró con complicidad.

Sus ojos me hicieron saber que ya era hora de que volviésemos a Italia.

«Eres aquello que haces, no aquello que dices que harás».

Amén, Jung.

A Florencia.

A la caza del lobo.

17

Julio de 1943
Florencia

Noticias funestas para la Italia fascista.

A casi ochocientos kilómetros de distancia, el territorio italiano sufría una invasión no deseada. Sicilia era testigo, tres años después de la declaración de guerra por parte de Mussolini, de cómo las tropas aliadas decidían invadir el sur de Europa y reconquistar los territorios del fascismo. No dejaba de ser una gran estrategia para el tráfico del Mediterráneo. El ejército alemán fue humillado en Stalingrado y también lo sería en la tierra de los cíclopes.

En apenas un mes la isla estuvo en manos de los aliados.

Los civiles, aquellos ajenos a los delirios de grandeza de los líderes belicistas, fueron los que más sufrieron durante los bombardeos masivos. Los episodios de Milán, Génova, Pisa y Roma aceleraron un proceso que podría cambiar el curso de la Historia.

La ciudad eterna estaba a punto de estallar en aquellos últimos días de julio.

—Señores, han abierto ustedes la crisis del régimen.

Esas fueron las palabras del Duce Mussolini al conocer el resultado del escrutinio bajo el cual estaba siendo juzgado.

Reunido el Gran Consejo, el órgano principal del partido fascista y responsable de toda decisión política, se tomaba la decisión de romper relaciones unilateralmente con Alemania, proposición manifestada por Giuseppe Bottai, Dino Grandi, el antiguo ministro de Exteriores, y Galeazzo Ciano, el actual ministro y yerno del Duce.

Si tenía éxito la propuesta, Mussolini estaría prácticamente inhabilitado y el mando militar recaería de nuevo en el rey Víctor Manuel III «por el honor y la salvación de la patria». Ese era el principal objetivo del orden del día que había presentado Grandi.

Durante la sesión extraordinaria solo hubo dos abstenciones. Siete miembros allí presentes votaron en contra de aquella proposición y diecinueve votos decantaron la balanza en favor de la ruptura con Alemania.

—Han abierto ustedes la crisis del régimen.

El golpe de Estado había triunfado. El Duce fue arrestado. El general Badoglio fue elegido nuevo líder tras la caída de la dictadura. En un primer momento se planteó la posibilidad de declarar la guerra a los aliados, pero en un viraje de última hora Badoglio cambió de nuevo el rumbo del país.

Decidieron preparar la rendición y enmascarar el golpe de Estado.

El *Corriere della Sera* tituló su edición del lunes 26 de julio con una edulcorada cabecera.

La dimisión de Mussolini.
Badoglio, Jefe de Gobierno.

En el consulado alemán de Florencia, a última hora de la tarde, Gerhard Wolf se afanaba con la correspondencia pendiente mientras esperaba la visita de su buen amigo Kriegbaum y su colega, el director de la biblioteca de la galería de los Uffizi, Cesare Fasola.

Fraülein Maria Faltien entró en el despacho.

—Señor Wolf, su visita ha llegado.

La secretaria hizo pasar a los dos hombres y el cónsul les ofreció su despacho para poder charlar tranquilamente, lejos del oído enemigo.

Saludó cortésmente a Fasola y muy fraternalmente a su amigo Friedrich. En los dos últimos años su amistad se había consolidado fuertemente. Kriegbaum y Fasola extendieron sus papeles a lo largo de la mesa de Wolf. Kriegbaum empezó a señalar una lista tras otra.

—Veamos…, tenemos tres listas de obras de arte según su importancia. Las más importantes ya han sido retiradas. Nos urge la tercera lista. Son las obras que se deben proteger sin sacarlas de Florencia. Desde enero se están reforzando las defensas antiaéreas de los monumentos. Los cuadros de la exposición del Cinquecento han ido a parar a la Villa di Poppiano.

Las obras que pertenecían a la colección del Museo del Bargello estaban ya de camino al castillo de Poppi, según informó Kriegbaum. Por su parte, Fasola dio cuenta del destino de los globos terráqueos y algún que otro telescopio extraídos del Museo de la Ciencia. Habían sido trasladados al castillo de Cafaggiolo junto con los dibujos y los grabados de la galería de los Uffizi y algunos objetos rescatados del Museo degli Argenti.

Wolf preguntó por el estado de las iglesias. Estaban siendo protegidas por muros de mampostería. Por otro lado, las vidrieras en mayor o menor medida habían sido retiradas y los vanos se habían tapado con ladrillo. Kriegbaum le informó de que tenía documentación fotográfica si lo necesitaba.

—No se preocupe, Friedrich. ¿Cómo está actuando la Superintendencia de los Monumentos?

Fue Fasola quien aportó la información. Cada dos días salían camiones de Florencia cargados de obras de arte a diferentes destinos. Hacia los castillos de Poppi, Cafaggiolo y Poppiano, así como a los de Sant'Onofrio de Dicomano, Montalto, Dicomano y Poggio a Caiano y a las villas de Montegufoni y Badia de Passignano. Fasola apuntó que la Cassa di Risparmio de Florencia apoyaba todos estos movimientos y añadió que la Agenzia di Trasporti Espressi Univesali e Scampoli les estaban ofreciendo los embalajes y los medios de transporte.

—Aún queda civismo —suspiró Wolf—. ¿La Accademia, señor Fasola?

Este buscó entre sus documentos. Las obras sobre el *David* de Miguel Ángel estaban finalizando. La estructura de madera y los sacos terreros habían sido protegidos por muros de ladrillo. Bruno Bearzi, de la Superintendencia de los Monumentos, desmontaría las puertas del Battistero. Por otro lado, y aunque a priori se realizaba por un motivo meramente propagandístico, la Dirección General de las Artes del Ministerio de Educación había publicado un volumen con las actuaciones para la protección del patrimonio artístico. Wolf fue consciente de que habían cambiado el esplendor artístico de Florencia por la solidez y la frialdad del fibrocemento Eternit, pero sin duda merecería la pena.

—Han hecho un buen trabajo, caballeros —agradeció Wolf.

—No podemos hacer menos, señor cónsul —respondió con cierto protocolo Kriegbaum.

—¿Cuántas veces le he de recordar que puede llamarme Gerhard?

—Nunca serán suficientes —se avergonzó su amigo.

Wolf se levantó de su asiento y paseó algo nervioso por el despacho. Como de costumbre, abrió un cajón y sacó los Toscanos. Ofreció gentilmente un cigarro a sus visitas. Friedrich, agradecido, rechazó la invitación y Fasola prefirió uno de sus caramelos. El cónsul miró a Goethe. Al girarse, observó de nuevo a sus compañeros. Tras ellos, algo escondido, el retrato del Führer.

—¿Saben ustedes algo sobre el Einsatzgruppe Italien? —preguntó de repente Wolf.

Kriegbaum miró sorprendido sin entender. Fasola negó con la cabeza. El Einsatzgruppe Italien operaba desde el pasado día 1 de junio. Pertenecía a la Organización Todt y se encargaba de reparar infraestructuras y líneas ferroviarias dañadas por los bombardeos aéreos de los aliados. Lo lideraba el general Fischer. Wolf comunicó su temor de que tarde o temprano empezarían las redadas para reclutar trabajadores de manera forzada.

—¡Deberían arder en el infierno! —exclamó Kriegbaum sobresaltado.

—Ya no quedan infiernos como los de Dante, amigo Friedrich.

—La situación se está volviendo insostenible para los ciudadanos —agregó Fasola—. El dueño del bar Bruzzichelli, en Piazza Ciano, ha dicho abiertamente delante de varios clientes que la vida se ha vuelto insoportable debido al aumento de precio de todo y a que las nóminas de los operarios nunca llegan a tiempo. Están empezando a pasar penurias y la nutrición y la salud de los ciudadanos van a peor. La reducción de las raciones de pan ha provocado una situación catastrófica.

—Nuestra gente…, los florentinos no quieren esta guerra. —Kriegbaum se dejó llevar por la tristeza—. Siempre se ha dicho que Florencia era la ciudad más fascista de Italia. Bueno, yo no soy florentino, pero niego del modo más absoluto esta prerrogativa dirigida a mi ciudad.

Wolf dio una larga calada. Las noticias que llegaban al consulado alemán le provocaron cierto nerviosismo, algo que no se esforzaba por ocultar frente a aquellos hombres de confianza. El cónsul se llevó de nuevo el Toscano a la boca. En ese momento entró su secretaria como una exhalación. Llevaba un trozo de papel en la mano. Sin mencionar palabra se lo entregó a Gerhard Wolf.

—Lo acaban de decir en la radio —fue lo único que ella alcanzó a decir.

Entonces el cónsul lo leyó con atención.

```
El Duce Mussolini depuesto.
El Mariscal Badoglio toma el poder.
```

El silencio se apoderó de la sala. Ninguno esperaba esa noticia.

Fasola y Kriegbaum, con claras intenciones de celebrar la noticia, miraron a Wolf, el estadista del equipo. Su mente iba mucho más rápido que la de los demás. El cónsul intentaba mentalmente terminar el rompecabezas. Podría ser un golpe de Estado, ya que no contemplaba el hecho de que el propio Duce hubiese tomado la decisión de dejar su cargo voluntariamente. Su ego no lo permitía. Wolf pensó en el sucesor, Badoglio, toda una declaración de intenciones. Era el hombre que había sido acusado, por parte de los fascistas, de fracasar en la ofensiva contra Grecia. El mariscal desaconsejó al Duce entrar en la guerra en 1940. Ahora comprobarían si su cometido iba a ser firmar una alianza con los aliados o dejarse llevar por el cacique del Reich.

—No me gusta… —dijo cabizbajo Wolf con su mente puesta en Alemania.

—¿Qué es lo que no termina de convencerle, señor cónsul? —preguntó preocupado Kriegbaum.

—Algo va a suceder.

—¿Algo bueno o malo? —inquirió desconcertado Fasola.

—Ese es el problema, señor director. No lo sé.

Wolf miró por la ventana.

Quizá el armisticio depararía un futuro algo prometedor para el pueblo italiano.

Florencia estalló de alegría aquella misma noche, mientras continuaban reunidos. Las voces de algunos hombres que se habían lanzado a la calle para celebrar el fin del fascismo clamaban por el final de la guerra.

—*Finito Mussolini, finita la guerra!* —gritaban por las calles mientras quemaban publicaciones fascistas, retratos del Duce o destrozaban sus bustos.

El cónsul y sus acompañantes observaron desde la ventana. Fasola señaló a alguno de los hombres que invocaban la paz.

—Aquel hombre es el doctor Pieraccini. Miren allá —señaló en otra dirección—, ¡es el profesor de la universidad, Giorgio la Pira!

Lo que en realidad pretendía comunicar Fasola era el hecho de que todos los enemigos del régimen fascista habían tomado las calles sin miedo. Los antifascistas florentinos, pobres desdichados, se centraban en una batalla local que creían poder ganar. Sin embargo, no tuvieron en cuenta lo que se avecinaba en el horizonte. La felicidad tenía fecha de caducidad. Los aliados tomarían el sur del país, pero la presencia nazi se intensificaría y el ejército alemán terminaría ocupando el centro y el norte del país. En poco tiempo, Florencia sería el campo de batalla de todos los ejércitos. Antes de que el desenlace final sucediera, los nazis se encargarían de sembrar el terror.

A miles de kilómetros de Florencia, Hitler se tomó el golpe de Estado como un atentado contra su persona.

—Es necesario pasar a la acción —dijo el Führer a sus adláteres.

Aquellas palabras solo significaban una cosa.

Las matanzas estaban a punto de llegar a la ciudad del Arno.

18

Posiblemente, aquel fue el peor verano en la historia de Florencia. Así lo verbalizó Kriegbaum.

Poco se celebraba ya, apenas dos meses después de la caída del Duce. El hambre dominaba la ciudad. Las raciones eran más escasas que nunca. Algunos alimentos, como la mantequilla, habían desaparecido por completo y otros básicos para el sustento solo se conseguían en el mercado negro.

Demasiado riesgo para necesidades cortoplacistas.

La administración italiana de la ciudad intentaba gestionar sus asuntos con aparente normalidad. El arzobispo de Florencia, Elia Dalla Costa, apoyaba al nuevo jefe de Gobierno, el mariscal Pietro Badoglio. Así lo hacían también el prefecto de la ciudad, Alfonso Gaetani, y los intelectuales florentinos, Salvemini, los hermanos Rosselli o el experto en ley constitucional Piero Calamandrei, que resucitó el Partido de Acción, constituido clandestinamente en 1942 y formado por liberales y socialistas que habían estado en prisión para fortalecer la Resistencia italiana contra los fascistas.

```
"¡Italianos!
¡Griten en las plazas: paz y libertad!
¡Pidan un gobierno democrático!
¡Pidan la libertad de prensa, de unión,
de organización!
¡Únanse a nosotros bajo la guía nacional
de Acción!"
```

Un profesor universitario dominico, Giorgio La Pira, lideraba el partido Democracia Cristiana, el cual se basaba en que la paz construía y el amor reedificaba. Su activismo contra el régimen fascista le valdría un futuro prometedor.

En el bando alemán reinaba la duda.

Mientras que la versión oficial anunciaba que Benito Mussolini había dimitido de forma voluntaria, los rumores apuntaban a que el Duce había sido arrestado y conducido a un lugar totalmente secreto. Wolf había recibido órdenes de abandonar Florencia y toda la colonia alemana debía evacuar inmediatamente la ciudad, pero finalmente la última disposición confirmó que habían de quedarse a esperar un nuevo edicto.

La sinagoga, el lugar de culto de los judíos en la Via Farini de Florencia, sufrió un acto terrorista. El 27 de julio las bases de los pilares que sostenían la galería de las mujeres fueron seriamente dañadas por la explosión de unas minas que habían colocado los partidarios del régimen nazi-fascista.

Desde el día 8 de septiembre el Partido Comunista italiano empezó a reunirse en la clandestinidad en el sótano de la librería Giorni, en Via Martelli. Eran cónclaves donde imperaba la crisis y donde Giulio Montelatici provocaba que los libros hicieran las veces de contenedores de mensajes camuflados solo para los ojos de la Resistencia.

No todo eran noticias devastadoras.

Desde la Ciudad Eterna llegaba una buena nueva: Rudolf Rahn, amigo desde la infancia de Gerhard Wolf, acababa de ser nombrado en Roma embajador alemán y ministro plenipotenciario. Wolf supo de primera mano los deseos del Führer en cuanto a Italia y sintió la necesidad de que se solucionara pronto el problema político interno. También pudo conocer la estrategia de Badoglio, quien esperaba que los alemanes no provocaran altercados que hicieran que el pueblo italiano se levantara en armas. En un momento íntimo, Wolf recriminó con confianza a Rahn el hecho de que aceptara la embajada que estaba en manos de Hitler, el hombre que conducía a Europa al desastre.

El nuevo embajador se defendió.

—Gerhard, alguien debe tener el valor suficiente para realizar el trabajo que hemos de hacer. Si no, ¿quién encontrará aliados como nosotros?

Con aquellas palabras, Wolf supo que podía seguir confiando en su amigo.

Sin embargo, a su vuelta de Roma y desde el día 8 de septiembre, cuando llegó el armisticio, los alemanes se convirtieron en compañeros de viaje no deseados. Eso propició que Hitler pasara a la acción. La caída del Duce provocó que el ejército nazi invadiera, entre otras ciudades, Florencia. Badoglio y el rey Víctor Manuel III abandonaron Roma rumbo al sur, dejando el país en un caos total, e instalaron su base en Bríndisi.

Wolf no lo vio venir.

Rahn tampoco.

Días después los alemanes se hicieron con la ciudad. Se establecieron en la Piazza San Marco, ocuparon cuarteles, arrestaron a soldados italianos y colocaron tanques en puntos estratégicos de Florencia.

Los partisanos rodearon la ciudad clandestinamente, tratando de realizar escaramuzas que mermaran poco a poco las fuerzas alemanas. Durante aquellos días de incertidumbre nació el Comité de Liberación Nacional en Roma, que se oponía al régimen fascista italiano y a la ocupación alemana. Se evidenció aún más la incapacidad de la monarquía y su gobierno. Organizados en comités regionales, sus principales objetivos eran asumir todos los poderes constitucionales del Estado evitando cualquier actitud que pudiese comprometer la armonía de la nación y perjudicar la futura decisión popular, liderar la guerra de liberación junto a las Naciones Unidas y convocar al pueblo a cesar las hostilidades para decidir sobre la forma institucional del Estado. Los Grupos de Acción Patriótica realizaban arduos esfuerzos para distribuir periódicos clandestinos como *L'Italia Libera,* de predominante carácter propagandístico y político.

Nadie vio venir la Operación Roble.

En un acto cargado de osadía, Mussolini, retenido en un hotel situado en los montes Abruzos, fue liberado por un escuadrón de las SS liderado por el capitán Otto Skorzeny.

Los soldados del Sonderverband zbV Friedenthal y los paracaidistas alemanes realizaron una labor de extracción impecable. El Duce fue rescatado en un Fieseler Fi 156 Storch y posteriormente trasladado a Viena.

Primero fue Grecia. Esta era la segunda vez que Hitler sacaba las castañas del fuego a su socio italiano.

Skorzeny sería condecorado y ascendido a comandante del Sonderverband.

Mussolini, que fue convencido por el mismísimo Führer el mes de junio en Feltre de no abandonar su pacto con Berlín, no tardaría en pronunciar un discurso proclamando su vuelta y la instauración del nuevo Partido Fascista Republicano.

«¡Camisas negras, italianos e italianas! Después de un largo silencio, aquí vuelve mi voz y estoy seguro de que la reconoceréis: es la voz que os ha llamado a reuniros en momentos difíciles y que ha celebrado con vosotros los días triunfales de la Patria. No cabe duda de que el Rey autorizó, inmediatamente después de mi captura, las negociaciones del armisticio, negociaciones que tal vez ya habían comenzado entre las dos dinastías de Roma y Londres. Fue el Rey quien aconsejó a sus cómplices que engañaran a Alemania tan miserablemente, negando incluso después de la firma que las negociaciones estaban en marcha. El Rey no hizo ninguna objeción de ningún tipo con respecto a la entrega premeditada de mi persona al enemigo. Es el Rey quien, con su gesto, dictado por la preocupación por el futuro de su Corona, creó para Italia una situación de caos, de vergüenza interna. No es el régimen el que ha traicionado a la monarquía, sino la monarquía quien ha traicionado al régimen. Cuando una monarquía falla en sus tareas, pierde toda razón para vivir. El Estado que queremos establecer será nacional y social en el sentido más amplio de la palabra: será fascista en el sentido de nuestros orígenes. Tomaremos las armas nuevamente junto a Alemania, Japón y otros aliados; prepararemos la reorganización de nuestras Fuerzas Armadas en torno a las formaciones de la Milicia; eliminaremos a los traidores y en particular a aquellos que hasta el 25 de julio estuvieron activos en las filas del partido y pasaron a las filas del enemigo; y aniquilaremos las plutocracias parasitarias. ¡Fieles camisas negras de toda Italia! Os llamo de vuelta al trabajo y a las armas. Nuestra voluntad, nuestro coraje y fe le darán a Italia su rostro, su futuro, sus posibilidades de vida y su lugar en el mundo. Más que una esperanza, esto debe ser, para todos vosotros, una certeza suprema. ¡Viva Italia! ¡Viva el Partido Fascista Republicano!».

Esas fueron las palabras de Mussolini antes de crear el estado marioneta de los nazis, la República Socialista Italiana, desde Saló, a orillas del Lago di Garda.

Por otro lado, la mayoría del pueblo florentino estaba, aparentemente, tratando de mantener la normalidad a pesar de que existían dos Italias: la península itálica del sur, que ayudaba a los aliados, y la República de Saló, que se extendía hasta Cassino, donde se ubicaban las fortificaciones de la línea defensiva Gustav.

Los cines proyectaban en la ciudad películas italianas, los teatros y alguna que otra galería de arte seguían abiertos e incluso se daban recitales de Dante en el Palazzo dell'Arte, pero el público potencial tenía como objetivo entrar en calor y llenar sus barrigas.

El cónsul, tras su habitual desayuno familiar, asistió temprano a su cita con el barbero.

—Barba rasurada con navaja y pelo fijado hacia atrás.

Alessandro se lo sabía de memoria. Wolf había cumplido estoicamente su promesa. Volvió a aquella barbería. Debía mantener su imagen. Al fin y al cabo, él, como cónsul, no sufría las vicisitudes del pueblo florentino y tenía que simular constantemente ante las autoridades alemanas.

Tras ponerse al día de lo que acaecía en la ciudad con Alessandro, Wolf se puso de camino para encontrarse con Kriegbaum, a quien había invitado a un café caliente aquella mañana de septiembre. En las calles reinaban la tristeza y la amargura. Algunos florentinos esbozaban la sonrisa irónica típica de la ciudad del Arno, en señal de que no se dejarían engañar dos veces.

El director del Instituto trajo consigo a Bernard Berenson y a Hanna Kiel, a sabiendas de que el cónsul agradecería la improvisada visita.

El tema de conversación no pudo ser otro. Los nazis habían tomado la ciudad.

—Por un momento pensé que las tropas aliadas habían entrado en Florencia —se sinceró la señorita Kiel—. Desde mi jardín vi cómo los tanques portaban banderas blancas a través de Via Bolognese. Solo cuando llegué a Piazza Signoria caí en la cuenta. Estaba equivocada. Las tropas alemanas entregaban propaganda comunicando en italiano que Alemania era en verdad la amiga de los florentinos, pero en realidad se trataba de impresionar al pueblo con una demostración de fuerza.

Kiel informó de cómo los soldados alemanes repartían panfletos a modo de ultimátum a los ciudadanos, instando a oficiales, suboficiales y soldados italianos a rendirse ante las tropas germanas. En el caso de encontrarse con una negativa, los nazis no dudarían en apresarlos e inmediatamente fusilarlos.

—Debemos esperar —apuntó Wolf—. Aunque el nuevo ministro Pavolini está llamando al pueblo a las armas, en el consulado nos han informado de que debemos mantener la calma y esperar órdenes desde Berlín. Bajo la protección del consulado deberían estar todos ustedes a salvo.

—Parece ser —agregó Berenson— que usted es la clase de hombre que necesita tiempos turbulentos en los que mostrar su verdadero valor. Es de esos que en tiempos de paz se muestran bastante reservados, incluso descorteses.

—Veo que alguien habló con la *signora* Comberti. De eso hace mucho ya.

—Nunca es tarde para arreglar una situación enquistada —volvió a replicar el escritor—. Comberti, en la clandestinidad, está ayudando a familias judías.

—Tengamos cuidado. Las SS y la Gestapo han establecido oficinas en los antiguos despachos del Partido Fascista italiano. Temo que lo peor esté por llegar. Por cierto, señor Berenson —Wolf se dirigió al escritor—, ayer preguntaron por usted.

El interpelado se acarició la barba con preocupación. Su dedicación a los estudios del arte renacentista en ningún momento haría olvidar su origen judío.

—No se preocupe, señor Berenson —Wolf le tranquilizó—, usted está oficialmente en Portugal. No se deje ver demasiado en los próximos días. O evite las patrullas.

—Gracias, señor cónsul. Lo que están haciendo ustedes —señaló también a Kriegbaum— junto con el señor Fasola por la gente y por el arte de esta ciudad es… indescriptible.

—Nada que usted no haría si estuviera en sus manos —respondió gentilmente Kriegbaum.

—¿Cómo están las señoritas Barney y Brooks? —preguntó con interés Wolf.

—A salvo. Ellas y sus meñiques —bromeó Berenson.

Los cuatro se acercaron a la Piazza della Signoria, donde las tropas alemanas estaban omnipresentes. Decidieron dar un rodeo y evitar el puente principal, el Ponte Vecchio, pues no querían correr el riesgo de exponer demasiado a Berenson.

Cada vez que pasaba por aquel lugar, los ojos de Kriegbaum se iluminaban, resplandecían de manera diferente. El Ponte Santa Trìnita.

—Hace tres años… —dijo Wolf. Los tres compañeros lo miraron con cierta incredulidad—. Hace tres años que usted, Friedrich, me trajo aquí. —Wolf no pudo evitar cierta emoción—. Acababa de llegar a Florencia y usted ejerció de guía excepcional. Aún recuerdo su reloj.

Los ojos de Kriegbaum, que momentos antes brillaban de forma especial, se humedecieron. Desde que lo conoció, siempre había admirado al cónsul. Un tipo íntegro, amante del arte, de las personas y del sentido común. Kriegbaum aún conservaba ese reloj.

—No podemos parar el tiempo —afirmó Wolf—. Ni siquiera sabemos qué sucederá en el futuro. Nuestra vida es como una novela por entregas. Los capítulos que nos toca leer estos días posiblemente sean los más desagradables, pero tengo la certeza de que son necesarios para entender los episodios que vendrán a continuación, y aún mantengo la esperanza de encontrar un final feliz para esta historia.

Los cuatro hicieron un pequeño alto en el camino. Kriegbaum aprovechó el breve descanso para formular su pregunta favorita.

—¿Quién querría destruir semejante belleza? —preguntó.

Sus acompañantes miraban el Ponte Vecchio.

—Los alemanes… —dijo con tristeza Berenson.

—O los aliados… —replicó con la misma aflicción la señorita Kiel.

—No han entendido la pregunta, señores. —Kriegbaum seguía con su juego.

Ambos lo miraron, mientras el cónsul, sonriendo, se encendía un Toscano.

—No me refería a ese puente. Me refería a este que pisamos. Señor cónsul, ¿quién querría destruir semejante belleza? —repitió Kriegbaum señalando su Ponte Santa Trìnita.

—Solo un desalmado —contestó el cónsul guiñándole un ojo a aquel hombre que parecía la personificación de la bondad.

Berenson y Kiel se miraron sin entender la complicidad.

—Por cierto, Friedrich —le dijo Wolf a su amigo—, nunca le he visto tomar un caramelo. No me diga que los lleva consigo para los demás.

Kriegbaum enrojeció de vergüenza. Los miembros del grupo estallaron en una carcajada.

Los cuatro compañeros se despidieron para empezar sus respectivas jornadas laborales con la certeza de que al día siguiente volverían a encontrarse. Kriegbaum y Kiel se citaron aquella misma tarde para conversar sobre arte toscano.

—Ha de saber que a mí también me gusta más su puente, señor Kriegbaum.

Kiel dio un sonoro beso a su amigo en la mejilla, lo que hizo que se sonrojara durante unos segundos.

Tras una cálida despedida, Kriegbaum y Berenson se marcharon juntos hacia el Kunsthistorisches Institut. Hanna Kiel y Gerhard Wolf aguardaron un poco más. Ella se sumó a los Toscanos.

—No me apetece regresar tan pronto al consulado —se excusó Wolf—. ¿Me acompañaría a dar un paseo?

Kiel no lo dudó. Le sedujo la propuesta. Aquel hombre le parecía especialmente atractivo.

Caminaron juntos en dirección al Ponte alla Carraia.

Florencia. Tanques. Guerrilla en los alrededores.

Costaba trabajo creerlo.

Al menos, los florentinos no habían sufrido demasiado.

Aún.

Una estampida de gente les mostró que estaban muy equivocados.

Desde el puente vieron cómo una riada de personas corría en su dirección desde la Piazza Ognissanti. Wolf y Kiel se aventuraron rumbo a la plaza. El primero detuvo a una mujer con el gesto desencajado.

—¡Cuénteme qué sucede!

—¡Un atentado!

Wolf soltó a la mujer y continuó andando apresuradamente junto a Kiel. Nada más llegar a la plaza contemplaron la escena. En la puerta principal del Hotel Excelsior se mezclaban los que pretendían huir de la situación y los que se acercaban con curiosidad para ver qué sucedía en el interior. Alguno incluso había escalado el *Hércules y el león* de Romanelli para tener una vista privilegiada. Wolf echó mano del protocolo y consiguió acceder al recinto para ser testigos de la situación. Algunos hombres se amontonaban frente a otro que yacía en el suelo, herido de bala. Tras identificarse como el cónsul alemán de la ciudad y una breve ronda de preguntas, comprendió lo sucedido.

Rodolfo Graziani.

Su funesta etapa militar en Egipto y Libia había provocado su destitución por orden de Mussolini, pero tras la recién inaugurada República de Saló, Graziani había mantenido su fidelidad al Duce y acababa de ser nombrado ministro de Defensa y mariscal de las Fuerzas Armadas. Sus fieles habían elegido el Excelsior para escuchar un discurso radiofónico. Los partidarios vivieron apasionadamente la arenga y uno de ellos, al comprobar que uno de los allí presentes no se exaltaba con el discurso fascista, decidió acabar con su vida por considerarle un miembro espía de la Resistencia partisana.

El ejecutor había desaparecido.

Sin embargo, allí estaba el oficial de bienvenida del Partido Nazi, *Herr* Rettig, con el rostro serio, como era habitual. Observaba todo lo que acontecía dentro del hotel y, por supuesto, puso los ojos en el cónsul nada más entrar en aquel lugar. Su presencia provocó que Wolf no realizara ningún paso en falso. El cónsul intentó no manifestar sus verdaderos sentimientos y ejerció de autoridad alemana; se puso el disfraz de nazi colaborador.

El hombre en el suelo se desangraba.

—¿Pueden salvarle? —preguntó con desazón Wolf.

—Si conseguimos llegar al hospital y extraerle la bala, podríamos, sí —contestó un hombre que parecía entender de primeros auxilios.

Una vez más, el cónsul hizo gala de sus dotes de liderazgo y organizó la sala de tal manera que nadie entorpeciera el traslado de aquel hombre al hospital. La señorita Kiel observaba cómo ejecutaba su labor sin la menor vacilación, sin detenerse ante nada. Ni siquiera ante la atenta mirada de Rettig. Había decidido salvar la vida de aquel hombre fuera como fuese. O, al menos, iba a intentarlo hasta el final. En todo momento con la prudencia que le marcaba la diplomacia.

Wolf se acercó al herido.

—Todo va a salir bien, señor. —Este lo miraba con gratitud—. Soy el cónsul de Florencia, Gerhard Wolf.

—Piaggio —dijo el malherido con dificultad—, Enrico Piaggio.

El cónsul memorizó aquel nombre.

Cuando la situación volvió a la calma, los inquilinos del hotel regresaron a sus habitaciones. Kiel observaba a Wolf, aparentemente calmado.

—Le han disparado los fascistas. Ahora Florencia sí sangra.

—Posiblemente ya sangraba antes, Gerhard.

—Puede ser, pero ahora lo hemos visto con nuestros propios ojos.

—Eso te pasa por no querer ir a trabajar.

Con aquellas palabras, Kiel trató de relajar al cónsul. No lo consiguió. Wolf volvió de su paseo al consulado y Kiel regresó a su casa.

Las horas pasaron.

Wolf, intentando contabilizar cada minuto como un tiempo invertido en resolver diversos asuntos, repasó varios informes. Aquella misma jornada, el Ministerio del Interior advirtió de que el reclutamiento de trabajadores estaba siendo una ardua tarea, ya que los salarios, demasiado bajos, y la obligación de tener que desplazarse al centro de Italia no ayudaban a la hora de incorporar la tan necesitada mano de obra para reforzar la línea defensiva Gustav, en la frontera de la nueva República de Saló.

Era una prioridad absoluta del Führer.

El mariscal Albert Kesselring, comandante en jefe suroeste de las Fuerzas Armadas alemanas en Italia, presentó una queja ante el ministerio, puesto que la cifra de sesenta mil trabajadores que se le había prometido estaba muy lejos de convertirse en realidad. La llamada voluntaria de recluta-miento resultó ser un ejercicio inútil para la Organización Todt, coordinada por el general Fischer, también comandan-te del Einsatzgruppe Italien. Por supuesto, se trataba de un rechazo por parte del pueblo italiano a los invasores alemanes.

El cónsul trató de informarse aún más, comprobando los tres centros operativos regionales del Einsatzkomman-do Italien, ya que aquel general había establecido su sede en la ciudad del Arno.

Hanna Kiel, ajena a lo que estaba a punto de acaecer, jugueteaba con unas flores en la cafetería donde esperaba a Friedrich Kriegbaum, con quien se había citado para charlar.

A varios kilómetros de allí, Bernard Berenson, desde el edificio donde se hospedaba, observó un escuadrón de aviones aliados en formación triangular. No era la primera vez que un grupo de aviones sobrevolaba la ciudad hacia el norte de Ita-lia. Pero este escuadrón había venido para quedarse.

Un enorme estruendo sacudió Florencia.

El consulado, el hostal y el restaurante vibraron.

Llovió fuego en la ciudad.

El objetivo principal no fue alcanzado, pero los daños humanos colaterales se contarían por cientos. En un intento fallido de inutilizar los accesos ferroviarios florentinos en Campo di Marte, varios edificios sufrieron los estragos de las bombas que lanzaron una treintena de aviones B-17, perte-necientes al nonagésimo séptimo Grupo de Bombarderos Americanos, sin importar quiénes habitaban aquellos lugares.

Alemanes, italianos, fascistas, partisanos, hombres, mu-jeres.

Niños.

El supuesto armisticio era una farsa.

Volaron todos por los aires. Las baterías antiaéreas situadas en Fiesole nada pudieron hacer. Los alrededores de la estación ferroviaria se convirtieron en el mismísimo infierno. Las áreas de horticultura cerca del Estadio Municipal, la Piazza della Libertà, las residencias alrededor del Viale Giuseppe Mazzini y el cementerio de los ingleses en Piazzale Donatello…, todo arrasado.

El pánico se apoderó de la ciudad.

Hicieron falta más de treinta minutos para que se disipara en parte el humo que envolvió la ciudad en un abrazo no deseado. Se escuchaban sirenas de alarma por todas partes. Quizá hubiera una segunda batida.

Kiel hizo lo que pudo para alcanzar el consulado, atravesando los puentes sobre el Arno, donde algunos florentinos dirigían sus miradas y sus lágrimas en dirección a Fiesole.

Una hora después Kiel entró sin llamar.

—¿Dónde demonios se encuentran todos? —Wolf estaba fuera de sí, fruto de la preocupación por no saber el paradero de su gente—. Ahora sí ha empezado la guerra en Florencia.

—¿Qué cree, Gerhard? ¿No ha oído las explosiones?

—Lo siento —dijo honestamente Wolf—, las líneas telefónicas están cortadas y estaba preocupado por ustedes. Solo tengo conocimiento de lo que llega de los emisarios. ¿Dónde está Kriegbaum? ¿No comía con usted?

—No sé nada de él, no se presentó. Estaba visitando a su amigo Leo Planiscig, pero no llegó al almuerzo.

El rostro de Wolf palideció súbitamente.

—¿Qué sucede, Gerhard?

Wolf cerró los ojos, presa de un nerviosismo pasajero. Intentó hacer memoria. No lo consiguió. Sacó una libreta de su cajón que contenía datos ordenados alfabéticamente. Tras comprobar algo, hizo uso de un plano de la ciudad publicado por la oficina de guerra el año anterior.

—¿Gerhard? —Kiel no comprendía nada.

—Via Masaccio, 183… —dijo Wolf con miedo mientras buscaba en el mapa.

—Me estás asustando. ¿Qué haces?

El cónsul golpeó la mesa con su puño y se levantó de su silla. Caminó de un lado para otro en su despacho. Se llevó las manos a su cabello un par de veces. Su mente no estaba en aquella habitación.

—¡Por Dios, Gerhard! —gritó desesperada la señorita Kiel—. ¿Qué sucede?

—Via Masaccio, 183… —repitió con los ojos humedecidos—. Es la dirección de Planiscig. Se trata de la zona que han bombardeado los aliados. Kriegbaum estaba allí.

19

Días después volamos a Pisa. Era más económico, y tomamos el tren desde Pisa Central hasta Firenze Santa Maria Novella, justo al lado de casa.

Noa, un libro de la galería de los Uffizi de Cesare Fasola y *El triunfo de la libertad* de Leni Riefenstahl fueron mi compañía. Esta última por obligación y documentación. Menudo tostón. Entonces decidí dejarme llevar por las palabras que componían un estudio sobre el ego de los líderes de la Segunda Guerra Mundial. El análisis de aquel estudio era bastante singular. Mussolini hablaba en primera persona una de cada ochenta y tres palabras y Hitler, en cambio, utilizaba el «yo» una de cada cincuenta y tres. Churchill, por sorprendente que parezca, ganaba a los dos dictadores, empleando la primera persona una vez cada treinta y cinco palabras. La Segunda Guerra Mundial fue también una guerra del «yo», del ego.

Noa leía a Preston y Spezi. Su monstruo de Florencia. Cerré los ojos.

Max Richter salvó mi vida algunos minutos.

La banda sonora que compuso para aquella serie sobre desaparecidos es una puñetera obra maestra.

Tenía que ordenar mi nueva vida.

Nada más llegar a casa, Noa aprovechó para darse una ducha refrescante. Aquel maldito julio era demasiado caluroso. Yo no podía dejar de pensar en Alemania, Italia, los nazis…

¿Fuimos las mujeres cómplices de aquello? No era muy difícil encontrar la respuesta a golpe de clic. Fueron demasiadas las mujeres que contribuyeron al Holocausto: Irma Grese, Maria Mandel, Hermine Braunsteiner, Dorothea Binz, Isle Koch, Ruth Closius, Juana Bormann, Ewa Paradies. El terror no solo fue infundado por hombres. Todos tuvieron responsabilidad.

Me llamó la atención que incluso el dirigente indio Gandhi, en una de sus cartas de 1939, se dirigió a Hitler como «querido amigo» solicitándole que evitara una guerra que podría reducir la humanidad a un estado salvaje. Incluso se disculpaba en aquella misiva por si hubiese cometido un error al escribir al Führer directamente.

Creo que fue complicado luchar contra los ideales y los símbolos. Esa se convirtió en una de las astucias de Hitler, ya que en realidad el símbolo que identificaba el régimen nazi, la esvástica, era un antiguo emblema universal que representaba el sol y el ciclo del nacimiento y renacimiento. La cruz gamada, incluso, había servido para encarnar a los cuatro vientos o también a Buda. De hecho, en algunos mapas japoneses representaba a un templo budista. Algunos estudiosos afirmaban que pudo personificar a Mjolnir, el martillo del dios de la mitología nórdica y germánica, Thor. Pero Hitler se apropió del símbolo, lo prostituyó y con él se realizaron lavados de cerebro.

Dice un amigo mío que solo hay dos clases de personas: los que crean contenido y los que consumen contenido. Por lo tanto, en la Segunda Guerra Mundial todos tuvieron algo que ver con el conflicto bélico. Todos lo utilizaron a su favor, en su propio beneficio. A día de hoy, creo que no alcanzamos a comprender en su totalidad lo que implicó y a quiénes involucró la guerra de una manera directa o indirecta.

Me iba a estallar la cabeza.

Saqué a Noa de la ducha y la obligué a pasear conmigo.

Menos Hitler y más Botticelli.

Entré con Noa en la iglesia franciscana de San Salvatore in Ognissanti. La reconstrucción barroca de su interior dificultaba la localización de algunas sepulturas de la familia Vespucci. Simonetta era ilocalizable, según los inquilinos del lugar. El abuelo del descubridor Amerigo contaba con una pequeña lápida a modo de homenaje. Al menos Ghirlandaio sí rindió un honesto homenaje con su fresco. Avanzamos por la nave central y giramos a la derecha en el transepto. Allí descansaba, en la Capella Alcantara, Alessandro di Mariano di Vanni Filipepi, el verdadero nombre de Sandro Botticelli. Me arrodillé ante la pequeña lápida de forma circular y deposité una rosa. Noa me dejó hacer. Al fin y al cabo, Botticelli también formó parte de la historia de mi abuela, y estaba convencida de que a ella le habría encantado este gesto.

Me levanté, miré silenciosamente a mi alrededor durante unos segundos en señal de respeto e insté a Noa para que saliéramos de aquel lugar sagrado. Marchamos con discreción. Una vez fuera, estábamos a pocos minutos de nuestra vivienda.

—¿Cenamos hoy en el Mercato Centrale? —preguntó Noa intentando normalizar la situación.

—¡Hecho! —contesté ya repuesta de la melancolía que me había provocado despedirme de Botticelli.

No conozco a nadie que se haya negado a una buena pizza de ese lugar. Ambas continuamos caminando por el Borgo Ognissanti y giramos a la izquierda por Via dei Fossi, en dirección a nuestro apartamento. Noa se encendió un cigarro.

—¿Qué harás ahora? ¿Terminarás el trabajo? —preguntó tras la primera calada.

—Sí, pero creo que los próximos días me dedicaré a buscar algo sobre Wolf. Podría hacer algo de justicia escribiendo su historia, si es que termino encontrando algo.

—Serás capaz...

—Tú me diste la idea. —Metí el dedo en la llaga.

—Eso es cierto, joder. —Noa admitió la derrota.

Ambas nos dejamos llevar y pasamos de largo por nuestro portal para terminar sentándonos en la Piazza di Santa Maria Novella. De esa manera haríamos tiempo y algo de hambre para la cena.

—En serio, no tengo ni la menor idea de qué hacer. Creo que iré al consulado alemán a preguntar si tienen algo de información que me ayude a entender esta pequeña odisea.

—Te acaba de salir la psicóloga que llevas dentro. Me parece genial, en serio.

—Autoaceptación. Un proceso terapéutico muy importante.

Guardamos silencio. Yo jugaba con el botecito y su número treinta y siete, que me había traído de Madrid. Este objeto se volvió imprescindible para mí, como un amuleto. En la plaza, un joven italiano con su guitarra versionaba *L'essenziale* de Marco Mengoni.

```
Sostengono gli eroi
Se il gioco si fa duro, è da giocare!
```

Pensé en la versión en castellano. «Saco del cajón las lágrimas ocultas de algún héroe». De eso trataba mi epopeya. De sacar del cajón al héroe. Disfrutamos unos minutos del recital.

Me fijé en un grupo de turistas, todos ellos ancianos. Iban con los auriculares puestos siguiendo las instrucciones de la guía, que se esmeraba por ensalzar las virtudes de la fachada de Santa Maria Novella. Me llamaron la atención un par de ancianos que iban de la mano y parecía que no se soltarían nunca. Me di cuenta de cómo se hacían los despistados. Poco a poco fueron separándose del grupo y terminaron sentándose cerca de nosotras. Se quitaron con cuidado los incómodos auriculares y se dejaron llevar por el concierto acústico de aquel joven. Su grupo turístico continuó su rumbo y los perdieron de vista. El anciano abrazaba a su esposa y ella disfrutaba con su cabeza apoyada en el hombro de su héroe.

Joder, me dieron ganas de llorar. Me puse a pensar en mis abuelos. No sabía muy bien por qué, pero aquella longeva pareja hizo caso omiso de lo impuesto y prefirió disfrutar de la poca libertad que se presentaba ante ellos. No eran coleccionistas de fotografías, eran recopiladores de momentos especiales. Y aquel, sin duda, era uno de esos.

Mi teléfono sonó. Y he de reconocer que me achanté.

La última llamada que había recibido en Florencia había arrasado mi mundo por completo.

Sin embargo, era un teléfono italiano. Dudé unos segundos y terminé por responder.

—*Pronto?*

Se trataba de una llamada del consulado alemán en la ciudad. Me quedé de piedra. Me llamaron por mi nombre.

—Pase por nuestras oficinas cuando pueda. Tenemos noticias para usted.

20

Kiel se quedó en silencio, aturdida. Miraba fijamente a su amigo, el cónsul Wolf, con cierto recelo. Quería pensar en cualquier otra cosa que no fuera Kriegbaum.

—Por Dios, Hanna, no me mires así. Soy un cónsul alemán bajo el régimen nazi. Tengo que conocer dónde vive todo el mundo. Más aún si es de Viena.

La mujer se sintió satisfecha, pero empezó a temblar. Deseaba que su amigo Gerhard se equivocara de dirección, pero no era así. Ninguno de los dos habló durante un par de minutos. Una parte de Florencia se caía en pedazos tras el estruendo de las bombas y, sin embargo, en aquel despacho solo reinaba el silencio.

El silencio y el miedo.

Kiel rompió el mutismo.

—Cogeré un taxi y visitaré los hospitales. Puede que allí sepan algo.

—¿Un taxi? ¿En estado de alarma? No será posible. No nos preocupemos, seguro que está bien. —Wolf trataba de mentirse a sí mismo mientras daba vueltas alrededor del despacho.

—¿Y si le ha pasado algo?

Wolf posó su mirada en Kiel. Tras ella, Goethe, impertérrito, observaba la escena. El cónsul recordó unas palabras.

«Quien en nombre de la libertad renuncia a ser el que tiene que ser es un suicida en pie».

No hizo falta más.

—Señorita Kiel, iré con usted. Vayamos primero a la zona afectada.

Justo en el momento en el que iban a salir del despacho, su secretaria Maria Faltien le dio un buen consejo.

—Por favor, señor cónsul, llévese el escudo.

Kiel frunció el ceño sin comprender.

Wolf, a regañadientes, sabía que su secretaria tenía razón. Volvió a su escritorio y de su cajón extrajo un brazalete con una esvástica.

—Desgraciadamente, le abrirá muchas puertas —apostilló su secretaria con cierto tono maternal.

Portando aquel indeseado brazalete, una vez en la calle tuvo la oportunidad de sumarse a un pequeño destacamento militar que se dirigía desde su base en Piazza Santo Spirito hacia la zona afectada por los bombardeos. Ambos se subieron a un Henschel 33 D1.

La ciudad era un caos total. La guerra ya no estaba tan lejos.

Alcanzaron el lugar donde horas atrás se situaba el número 183 de la calle Via Masaccio. Militares y voluntarios trataban de acceder a las ruinas para, poco a poco, comprobar si alguien seguía con vida bajo los escombros. Un miembro del cuerpo de ingenieros alemán, que lideraba la retirada de los desechos del edificio, se acercó al cónsul para pedirle una acreditación.

Gerhard Wolf se identificó como el cónsul alemán en Florencia. El brazalete hizo el resto.

—Buscamos los restos de la casa de Leo Planiscig, historiador de arte de Viena.

—Los restos de su edificio son esos —dijo el ingeniero señalando una masa enorme de escombros—, pero tienen a su propietario allí.

El alemán señaló a un hombre que abrigaba a una mujer con el brazo maltrecho. Wolf y Kiel se acercaron con premura.

—¿Señor Planiscig?

—¿Sí? —contestó el aludido con la cara desencajada, presa del miedo y del desconcierto.

—Soy el cónsul Wolf. Me alegro de que estén ustedes bien...

Kiel interrumpió el protocolo de inmediato.

—¿Dónde está Kriegbaum?

Aquel hombre se puso a llorar en cuanto escuchó el apellido de su amigo. La mujer, aún convaleciente, no dijo nada.

—Yo... salí corriendo en cuanto oí la primera explosión. Friedrich iba detrás de mí, hasta que nos dimos cuenta de que mi esposa no nos seguía. —Planiscig la abrazó con más fuerza—. Yo me quedé helado, inmóvil, aterrorizado. Friedrich, sin dudarlo, se dio la vuelta y fue a rescatar a mi mujer. Lo..., lo siento mucho.

Kiel volvió a preguntar con tono imperativo.

—¿Dónde está Kriegbaum?

Planiscig tan solo levantó la cabeza para dirigir su vista hacia los escombros. Wolf y Kiel miraron al unísono. Frente a ellos se alzaba un edificio mutilado. Algunos muros se erigían esbeltos, desafiantes. Otros, en cambio, habían sucumbido ante los impactos. Cualquier superviviente sería fruto de un milagro. Una amalgama de ladrillos, madera y metal hacía temer lo peor. Entre los vestigios de lo que en otro momento fueron hogares con familias enteras en su interior ahora se extendía un cementerio improvisado. Hombres y mujeres se afanaban por retirar los escombros. Alguna voz ahogada. Algún llanto.

Wolf se quitó el abrigo y la americana, se remangó la camisa y se alzó como pudo entre los cascotes para retirar algunos restos.

—¡Aquí hay un hombre! —gritó una voz.

Kiel, desde la distancia, sonrió levemente con algo de optimismo. Se descalzó sin dudarlo y se sumó al rescate. El cónsul también se unió al grupo desde su posición. Bajo las piedras, un hombre seguía respirando. Perdería una pierna, pero podría tener alguna esperanza. Aunque Kiel y Wolf se alegraron, no pudieron disimular un breve gesto de decepción.

Aquel hombre no era Kriegbaum, el héroe.

Kiel colaboró en las faenas.

—¡Ayúdenme! —chilló una mujer a escasos metros—. ¡Aquí hay alguien!

Como una exhalación, Wolf, Kiel y otros diez voluntarios empezaron la operación de rescate. No escucharon sonidos, pero no cejaron en el empeño. Poco a poco, con sumo cuidado, trataron de levantar entre varios los escombros que mantenían a un hombre apresado. Tras unos minutos de intensa agonía, todos supieron que poco más podían hacer. Aquel hombre estaba muerto.

Kiel se llevó las manos a la cara. No podía cerrar la boca.

Wolf cerró los ojos con fuerza, como si aquella imagen fuera una pesadilla de la cual, tarde o temprano, podría despertar.

Muy a su pesar, era la cruda realidad.

La víctima que yacía aplastada por los daños que habían provocado las bombas era el hombre que más amaba Florencia. Era el alma de la ciudad. Era su grandeza y su pequeñez. Sus virtudes y sus bajos fondos. Su voz y su silencio. Su arte y, en ese momento, sus escombros. Pocos habían demostrado una devoción por la ciudad del Arno como él.

Cerca de su mano inerte, algunos caramelos aparecían esparcidos entre los escombros.

Wolf recordó en unos segundos cómo le recibió, cómo confió en él, cómo le auguró ser el defensor de la ciudad, de su patrimonio, de su arte. Pero, ante el cadáver de su amigo, se sintió responsable. No había hecho nada por la ciudad, nada por el arte, nada por él.

Nada salvo verlo morir.

Morir.

Y una parte de Gerhard Wolf murió con aquel hombre.

Al día siguiente, el sol apareció como cualquier otra mañana, indiferente, ajeno a las pérdidas humanas que habían sucumbido bajo los bombardeos. Frente al Kunsthistorisches Institut in Florenz se instaló una improvisada capilla para honrar por última vez a su director, el difunto Friedrich Kriegbaum.

Todos aquellos que lo quisieron o admiraron estaban allí presentes. Gerhard Wolf, su esposa Hildegard, su hija Veronika, Maria Faltien, Wildt y Poppe, Hanna Kiel, Bernard Berenson, Cesare Fasola, Romaine Brooks y Natalie Clifford Barney. Incluso el barbero de Santa Maria Novella, Alessandro, se acercó para presentar sus respetos, con su mujer Daniella y su pequeña Hannah.

A lo lejos, el pétreo testigo del río Arno, el Ponte Santa Trìnita, lamentaba también la pérdida de su guardián.

Berenson dedicó algunas palabras a su amigo caído con uno de sus caramelos en el puño.

—Kriegbaum, una de las personas más sabias de entre todas mis amistades, gentil y tierno, incapaz de albergar maldad alguna, no hacía nada más que el bien. Él era uno entre mil, y si Alemania tuviera setenta y cinco mil personas como él, valdría la pena salvarla y apreciarla.

Afortunadamente para Berenson, allí no había autoridades alemanas, salvo el cónsul Wolf. Su amigo. El único alemán que no le tenía en su punto de mira. Este no se ofendió por la referencia a su Alemania natal. Solo trataba inútilmente de esconder sus lágrimas.

En los últimos minutos de aquel duelo, el nuevo embajador alemán, Rudolf Rahn, se sumó por sorpresa a la despedida. Se colocó al lado de Wolf, su amigo, y se fundieron en un cálido abrazo. El rostro del cónsul hablaba por sí solo: desolación. El embajador trató de consolarlo. No era el mejor lugar para reencontrarse con antiguos amigos.

El círculo de confianza de Wolf entendió la situación. Lamentando profundamente la pérdida de su amigo Kriegbaum y ante la visita del embajador, les dejaron intimidad. Hilde y Veronika permanecieron a su lado.

—Gerhard, quizá no sea el momento, pero has de saber que si bien los alemanes han instalado la República Social Italiana bajo Mussolini, en realidad me han encargado ejecutar el poder real, plenipotenciario alemán, en esta nueva república. Es una orden específica del Führer.

Wolf, aún con lágrimas en los ojos, miró a su amigo.

—Rudolf, tienes que hacer todo lo posible para que se rinda esta ciudad sin combate alguno. Tenemos que declarar Florencia ciudad abierta. No sé qué tipo de implicación práctica podría tener esa declaración, pero debemos intentarlo. No pueden morir más ciudadanos inocentes como Kriegbaum.

—Haré todo lo que esté en mis manos.

Se fundieron en un emotivo abrazo. Wolf se excusó y se dispuso a pasear en soledad. Hilde y Veronika en esta ocasión respetaron la decisión de Wolf. Le dejarían marchar en solitario. Todos sus amigos sabían hacia dónde se dirigía, pero respetaron su necesidad de aislarse de todo. Quería observar el Arno pasar. Tras unos minutos de paseo, con pesar y con el alma de luto, el cónsul llegó al puente. Miró hacia abajo y comprobó la robustez de los pilones de soporte del Ponte Santa Trìnita. El diseño incluía una sección horizontal con ángulos agudos, a menos de un metro de distancia de su posición. Wolf hurgó en su bolsillo y extrajo un reloj. Un Kienzle con un hacha grabada en su parte trasera. «Solo un desalmado destruiría semejante belleza». Lo dejó caer sobre uno de los pilones.

Pensó en Kriegbaum, en su heroicidad en los últimos momentos de su vida, y miró hacia el cielo de Florencia. No pudo evitar recordar una de las primeras conversaciones que compartieron nada más conocerse.

—¿*Sabe? Al final creo que lo mejor que podemos hacer en esta vida es correr riesgos. No perdemos nada. Si ganamos, señor Wolf, seremos más felices, ¿no cree?*

—¿*Y si perdemos, Friedrich?*

—*Seremos más sabios.*

Wolf no tenía la certeza de ser más sabio en ese momento, pero sí era consciente de que tenía el alma partida en dos. No pudo siquiera despedirse de su amigo. Se lo arrancaron de repente, sin avisar, de manera injusta.

«La belleza ya no protegerá tu ciudad, Friedrich. Prometo hacerlo yo por ti».

Y lloró como nunca había llorado antes. Y miles de recuerdos le asaltaron en ese instante.

Ya no pasearían más por el Ponte Santa Trìnita los lunes por la mañana.

Ya no irían juntos a ver a la Fiorentina, a disfrutar de aquel futbolista que tanto admiraban.

Ya no comerían juntos más *cantuccini,* esos que tanto le gustaban.

Ya no visitaría a su familia en Le Tre Pulzelle nunca más.

Ya no jugaría con paciencia infinita cada vez que quisiera regalar un caramelo a un crío.

Ya no le contaría más cuentos sobre Florencia.

Ya no volverían a estar juntos.

Ya no.

Y, por unos instantes, se sintió el hombre más solitario del planeta.

21

Primera semana de octubre.

El recién ascendido a ministro de Interior del Reich, Heinrich Himmler, consciente de las redadas de trabajadores y de los arrestos temporales que se estaban ejecutando en Roma ante la creciente falta de voluntarios, se dirigió durante varias jornadas a miembros del cuadro de dirección de las SS. Aún sacaba pecho tras el éxito de la sofocación del levantamiento del gueto de Varsovia, donde cayeron trece mil judíos y otros treinta y siete mil fueron deportados al campo de exterminio de Treblinka. Allí presentes se encontraban, en el Ayuntamiento de la ciudad, varios rangos militares, Obergruppenführers, Gruppenführers y Brigadeführers de todo el Reich. También estaban invitados por la cancillería del partido todos los Reichsleiters, los líderes del Reich; Gauleiters, los líderes de zona; el jefe de las Juventudes de Hitlerianas, Artur Axmann, y los ministros del Reich Albert Speer y Alfred Rosenberg.

Los discursos se grabarían en un fonógrafo, mientras que Werner Alfred Wenn, de la SS-Untersturmführer, transcribiría las palabras y corregiría algún que otro error gramatical.

Uno de los temas que debían tratar: la Solución Final.

La completa aniquilación del pueblo judío en Europa.

Solo había pasado un año y medio desde la conferencia de Wannsee, aquellos noventa minutos que sirvieron para asegurar la cooperación entre los diversos departamentos durante la extradición de los judíos.

En esta ocasión el objetivo era involucrar a los allí presentes como cómplices.

Himmler habló.

«Ya lo ven. Por supuesto que hay judíos; y es evidente que no son más que judíos. Pero piensen por un momento cuántas personas, incluso camaradas del partido, han formulado una de esas famosas peticiones que llegaron a nosotros en las que se decía que todos los judíos eran unos cerdos; pero "Fulano" es un judío decente que debe ser excluido de lo que se está haciendo. Me atrevería a decir que, de acuerdo con el número de esas peticiones, seguramente hay más judíos decentes que judíos en general. Menciono esto solo para que cada uno de ustedes sepa que en sus respectivas provincias hay nacionalsocialistas buenos y respetables, cada uno de los cuales conoce a algún judío decente. Les pido que solo escuchen, pero jamás hablen de lo que estoy diciéndoles. A nosotros se nos plantea la cuestión: ¿qué hacemos con las mujeres y los niños? Y he decidido también en este punto que debo encontrar una solución final. Pues no me parece que se justifique exterminar, quiero decir matar u ordenar que maten, a los hombres; pero ¿dejar a los niños que crezcan y se venguen de nosotros atacando a nuestros hijos y nuestros nietos? Hay que adoptar la difícil decisión de conseguir que esa gente desaparezca de la faz de la Tierra. La organización que debe ejecutar la orden ha sido la más difícil que jamás hemos tenido. Creo que puedo afirmar que esta orden se ha ejecutado sin dañar la mente o el espíritu de nuestros hombres y nuestros líderes. El peligro es grave y siempre está presente, pues la diferencia entre convertirse en seres crueles y sin corazón, y ya nunca respetar la vida humana, o ablandarse y sucumbir a la debilidad y los colapsos nerviosos es una brecha abrumadoramente estrecha. Me siento obligado, como dignatario más superior del partido de este instrumento político del Führer, a hablar sobre esta cuestión también de manera bastante abierta y a decir cómo es. La cuestión judía en los países que ocupamos se resolverá a finales de este año. Solo quedarán los restos de los judíos que logren encontrar escondites. Nunca perderemos nuestra creencia, nunca nos volveremos desleales, nunca seremos cobardes, nunca estaremos de mal humor, sino que nos esforzaremos por ser dignos de haber vivido bajo Adolf Hitler y que se nos haya permitido luchar con él».

Todos aplaudieron.

Tras escuchar el discurso de Himmler, el ministro para la Ilustración Pública y Propaganda del Tercer Reich, Joseph Goebbels, solo pudo apuntar unas breves palabras a su círculo de confianza.

—Himmler ha dado una imagen franca y sin adornos. Está convencido de que la cuestión judía puede resolverse para finales de este año. Él aboga por la solución más radical y severa: exterminar a los judíos. Por supuesto, aunque es brutal, es una solución consistente. Porque debemos asumir la responsabilidad de resolver por completo esta cuestión en nuestro tiempo. Las generaciones posteriores, sin duda, ya no se atreverán a abordar este problema con el coraje y la obsesión que podemos hacerlo hoy.

El objetivo de aquellas jornadas nada tenía que ver con la mera información para la audiencia.

Desde aquel momento, todos los allí presentes eran copartícipes del exterminio judío.

Las órdenes de la *Endlösung,* la solución final a la cuestión judía, no tardarían en llegar a Italia.

22

Octubre de 1943
Florencia

19 de octubre.

«Protegeré tu ciudad, Friedrich».

Maria Faltien, la secretaria del consulado, estaba intranquila. Wolf llegó temprano a la oficina con rostro serio. Maria esperó a que, como de costumbre, el cónsul depositara su sombrero y su gabardina en el perchero y tomara asiento. No pudo aguantar más.

—Han llamado por teléfono, señor Wolf. Han detenido a la marquesa Beatrice Pandolfini. Se encuentra en la prisión de San Verdiano.

Aquella noticia le desconcertó por completo. Wolf, que aún no se había recuperado anímicamente de la pérdida de su amigo, no encontraba motivos para comprender por qué habían detenido a una mujer que contaba más de ochenta años… Pero era una ciudadana florentina, y Florencia era su ciudad. Tomó de nuevo sus pertenencias, su brazalete escudo y se dirigió a su Fiat 1100.

Tras el bombardeo aliado, Wolf se procuró un vehículo para no depender de convoyes militares. Sus ayudantes consulares, Hans Wildt y Erich Poppe, le acompañaban. Durante el recorrido pudieron comprobar y lamentar las enormes hileras de taciturnos ciudadanos que se hacinaban frente a los hornos temiendo la ausencia de suministros durante la guerra. Llegaron al Palazzo Riccardi, donde se ubicaba la oficina del nuevo prefecto, Raffaelle Manganiello, quien los recibió en su despacho, protegido por un grupo de miembros de la Milicia Voluntaria para la Seguridad Nacional embutidos en sus trajes y gorros negros.

El prefecto de ojos saltones no dejaba de fumar. Instó al cónsul a tomar asiento, pero no le ofreció un cigarro. Era obvio que se encontraba a la defensiva. Wildt y Poppe esperaron de pie, sin decir palabra. Wolf tomó la iniciativa.

—Me han informado del arresto de la señora Pandolfini. Como cónsul me gustaría saber los motivos —exigió oficialmente—. ¿Quién autorizó esta detención?

—Yo —respondió el prefecto con cierta chulería tras una larga pausa.

—¿Cuál es el motivo?

—Realizaron ofensas contra las regulaciones de racionamiento y pronunciaron declaraciones difamatorias contra el nuevo gobierno republicano.

Wolf se levantó de su asiento con actitud autoritaria. Los camisas negras se tensaron y dieron un paso al frente. El prefecto les pidió calma. Wildt y Poppe no sabían qué hacer. Esperaron la iniciativa del cónsul.

—Ahora deme el verdadero motivo de su arresto. —Wolf no se amedrentó.

—La verdadera razón —el prefecto masticaba las palabras— debería ser obvia para alguien de su inteligencia y valor, señor cónsul. El ministro de Interior, Guido Buffarini, ha ordenado el arresto de todos los excortesanos y damas de honor de la Casa Real.

—Pero esa señora renunció a su puesto hace ya más de veinte años. Alguien con su inteligencia y amante de los animales —dijo irónicamente en clara alusión a su escolta de camisas negras— debería saberlo. Debe estar a la altura de su puesto, señor Manganiello.

—Deben ser retenidos por estar en contra de las familias de los principales líderes fascistas. Seguramente está en el interés de nuestros dos países. —El prefecto pronunció la última frase tratando de medir a su adversario.

—A nadie le interesa arrestar a personas enfermas y ancianas. Me gustaría marcharme de este lugar con una orden por escrito para su liberación o tendré que informar inmediatamente a Berlín de vuestro libre albedrío. Florencia es alemana. No lo olvide.

El prefecto Manganiello dudó ante la amenaza de Wolf, pero decidió finalmente que no merecía la pena discutir con un cónsul del Reich. No por una anciana. Firmó con desgana el documento y se lo entregó a su visitante. Este miró desafiante al prefecto y a los camisas negras. Aún quedarían asuntos pendientes.

Salió como una exhalación del palacio junto con sus ayudantes y condujo su Fiat hasta la prisión, con el fin de liberar a aquella pobre octogenaria. Wildt y Poppe se miraron cómplices, pues sabían que el cónsul no tenía el poder como para llamar a Berlín a su antojo. Había demasiado protocolo de por medio, pero Wolf supo jugar sus cartas, farol mediante, y ganó. Tardarían en olvidar el rostro de aquella anciana cuando abrazó al cónsul como si no hubiera un mañana. La marquesa miró a su alrededor, como si en las últimas horas hubiera pensado que ya no volvería a ver el cielo de Florencia. Con lágrimas en los ojos, la mujer regresó a su hogar, aún con el susto en el cuerpo. Wildt y Poppe no pudieron evitar emocionarse.

Al regresar al consulado, Wolf pasó por el aseo. Durante unos momentos se miró al espejo con las manos apoyadas en el lavabo. Se sentía un hombre completo. Útil. Se había convertido, al menos por un instante, en la clase de persona que su amigo Kriegbaum esperaba que fuera. Protegería su ciudad.

Sin embargo, frente al espejo, un pensamiento le asaltó en plena celebración silenciosa. Empezaba a granjearse poderosas enemistades: *Herr* Rettig, el oficial de bienvenida del Partido Nazi, y ahora el prefecto Manganiello. Tenía que andar con pies de plomo. En el caso del alemán, cualquier tipo de actuación sobre su persona resultaba harto complicado. Con el italiano lo tendría más fácil. Florencia era alemana. Así se lo había recordado.

Regresó a su despacho y pidió a Maria Faltien y a sus compañeros que investigaran los nombres de los camisas negras que trabajaban para el prefecto del Palazzo Riccardi. Mientras tanto, Wolf telefoneó a su colega en Roma, el embajador Rahn. La conversación se extendió durante muchos minutos.

Al regresar con la tarea encomendada, su secretaria se encontró al cónsul con el rostro pálido.

—¿Qué sucede, señor Wolf?

—Mi homólogo en Roma, *Herr* Moellhausen, envió a Ribbentrop un telegrama el día 6. La Obersturmbannführer recibió órdenes de Berlín: querían deportar a ocho mil judíos de Roma al norte del país.

—¿Con qué finalidad, si me permite la indiscreción? —preguntó Maria.

—Liquidarlos. —Wolf no se anduvo con rodeos.

—¡No puede ser!

—*Herr* Moellhausen está intentando convencer al mariscal Kesselring para que los reutilice como mano de obra. Eso podría salvarles la vida.

—¿Mano de obra? ¿Dónde?

Wolf se llevó las manos a la cabeza. Sus ojos se movían, como tratando de encontrar algo que nunca llegaría a aparecer.

—Al campo de concentración de Mauthausen —terminó respondiendo.

—No serán mano de obra. ¡Serán prisioneros! ¡Esclavos! —Maria estaba desencajada.

Wolf esperaba que Kesselring retrasara la deportación, ya que se necesitaba a los judíos en las obras de fortificación de Roma. No le importaba demasiado cómo se tomaría Berlín esa petición. Le preocupaba mucho más que el Vaticano no hiciera nada. La Santa Sede sabía que la mayoría de los campos de concentración que se habían construido en Italia no dejaban de ser lugares de tránsito y oficinas para la policía; sin embargo, uno de ellos, situado en Trieste, también era un campo de exterminio. De momento habían sido detenidos más de mil judíos y su destino no sería Trieste, sino Auschwitz. Wolf no acababa de entender por qué el Vaticano no condenaba esas acciones.

De fondo, la radio retransmitía las noticias. De pronto, una crónica paralizó la oficina del consulado alemán.

Hoy, 19 de octubre de 1943, Radio Vaticano informa:
    Para poner fin a los rumores desprovistos de fundamento, difundidos particularmente en el extranjero y referentes a la actitud de las tropas alemanas con respecto a la Ciudad del Vaticano, el embajador de Alemania ante la Santa Sede ha declarado en nombre de su gobierno que Alemania, de acuerdo con la política seguida hasta la fecha y respetando las instituciones de la Curia romana, así como los derechos soberanos y la integridad de la Ciudad del Vaticano, está dispuesto a respetarlos igualmente en el futuro. La Santa Sede, reconociendo que las tropas alemanas han respetado a la Curia romana y a la Ciudad del Vaticano, ha tomado nota de estas garantías.

Wolf empezó a entenderlo todo. Mientas los aliados conquistaban Nápoles, el embajador Rahn aseguraba un pacto de no agresión a la Santa Sede y el Vaticano callaría. No condenaría la deportación. El Papa se convertía así en cómplice mientras Rahn ejecutaba con las manos atadas. Ante el creciente nerviosismo de Wolf, Maria trató de calmarlo y le ofreció una infusión. El cónsul rehusó la invitación. Tenía su mente en el pontífice, que fue nuncio en Múnich y Berlín, y solo recordaba unas palabras del Papa en su mensaje de la anterior Navidad. Hablaba de la marca de la muerte y de una extinción gradual por motivo de nacionalidad y raza. Y, aun así, parecía que no tenía ningún tipo de conflicto con su conciencia. Wolf no tenía claro si la pasividad del Vaticano se debía a Pío XII o a la mujer que dirigía sus hilos, sor Pascualina.

—Relájese, se lo digo en serio.

Wolf preguntó sobre el informe que le había pedido acerca de las camisas negras. Maria intentó restar importancia al asunto, pues lo veía demasiado alterado. Sin embargo, él le señaló que no era el momento de consejos maternales. Maria le entregó unos papeles sin rechistar. Wolf se dispuso a leerlos, como si no pasara el tiempo para él. Ella se quedó a su lado. Tras las primeras líneas, sintió ganas de vomitar. Los miembros de la escoria que hacía las veces de escolta personal del nuevo prefecto tenían todos antecedentes penales: robo, violencia o asesinato. Ninguno estaba limpio. El cónsul empezó a perder totalmente la fe en el ser humano. Lo más grave de la situación era que los que señalaban y condenaban a los judíos o antifascistas italianos no eran los alemanes, sino su propia gente, los civiles italianos; sus propios vecinos eran los que los delataban y vendían al enemigo.

—Debemos evitar que los judíos florentinos sean deportados. —Era lo único que tenía en mente Gerhard Wolf.

El teléfono volvió a sonar. Una y otra vez. Durante dos horas, Maria Faltien apuntó todos y cada uno de los nombres que diferentes voces le dictaban por el auricular. Parecía una plaga difícil de atajar. Wolf entendió enseguida. Se estaban realizando redadas por doquier. Cualquier indicio de que alguien no fuera un amigo de Alemania, un apasionado fascista o un antisemita lo convertía instantáneamente en un enemigo del régimen de Mussolini.

Los acusadores compraban demasiado cara su inmunidad y los ciudadanos florentinos eran encarcelados de inmediato. Como no actuasen con celeridad, tarde o temprano lamentarían otra pérdida como la de Kriegbaum.

Aquella noche Wolf no durmió en su villa. A través de una llamada telefónica, se excusó ante su esposa Hilde y decidió pernoctar en la oficina del consulado. La preocupación generada por los arrestos no le permitió descansar todo lo que habría necesitado.

A primera hora de la mañana recibió una copia de la lista de todas las personas que habían sido capturadas la tarde anterior. Iba a ser una jornada demasiado larga.

Los primeros nombres de la lista eran los de la marquesa Maria Carolina Corsini y sus tres hijas. Una vez más, Wolf se enfrentaría al prefecto. Sin dudarlo, pidió una entrevista urgente con el comandante de la ciudad, el coronel Von Kunowski. Era demasiado trabajo para él y necesitaba apoyo alemán.

«Qué ironía», pensó.

No tardó demasiado en recorrer los ochocientos metros que separaban el consulado en Via de' Bardi y la Piazza Santo Spirito. El coronel, tras una breve explicación y sin dudarlo, se ofreció como apoyo al cuerpo diplomático para solventar el asunto. Wolf, acompañado por Von Kunowski, condujo su coche hasta el centro de la ciudad.

La entrada de los dos hombres sorprendió al prefecto. El cónsul sabía rodearse bien. Esta vez los miembros de las camisas negras optaron por una actitud menos provocadora ante la presencia del coronel.

—Buenos días, señores, ¿qué les trae por aquí?

—Detenciones no autorizadas. Lo de siempre, señor prefecto —contestó con sorna Wolf.

—Vaya, una vez más me acusa de falta de profesionalidad. Ayer se trataba de aquella anciana, ¿hoy?

—Familia Corsini. ¿De qué se les acusa?

—Corsini, ya veo. —Maganiello intentó disimular revisando sus papeles—. Aquí está. Se les acusa de realizar comentarios despectivos al nuevo gobierno —contestó con su típica frialdad el prefecto.

El coronel miró a Wolf en busca de una explicación ante semejante acusación.

—¿Sabe usted a qué familia pertenecen estas damas?

—Ni lo sé ni me importa, señor cónsul. La ley es la ley.

—Por el amor de Dios, usted es un prefecto italiano. No me diga que no es de su incumbencia la propia historia de su patria. —Wolf trató de jugar todas las cartas posibles—. Los Corsini dieron una esposa a Maquiavelo y un papa al trono de San Pedro. Ya se lo dije. Debe estar a la altura de su puesto, señor Manganiello.

Este se sintió algo abrumado ante su falta de cultura, pero no estaba dispuesto a ceder tan fácilmente. No disponía de sabiduría popular, pero la licencia que tenía para ejercer su propia jurisdicción colmaba su apetito. «A quién le importa la historia», pensó.

—Seguramente me amenace con informar a sus superiores en Berlín, señor Wolf, pero cumplo con mi deber.

El prefecto intentó sin éxito buscar la complicidad del coronel, que asistía impávido al combate verbal.

—¿Su deber? —preguntó Wolf—. ¿Acaso sabe usted que la marquesa es una mujer que sufre de histeria, que cambia de parecer cada día y que nadie en la ciudad la toma en serio porque sus palabras no tienen ningún tipo de consecuencia en lo relativo a la política?

—Creo que es usted el que no tiene conocimiento de que la familia Corsini es partidaria de los británicos y se opone a los alemanes como usted.

Wolf aprovechó ese comentario para derribar el muro intelectual que el prefecto trataba de construir.

—Se equivoca, prefecto. Como cónsul alemán soy consciente, y puedo demostrarlo, de que en el hogar de los Corsini siempre ha habido tutores alemanes. Esa familia no habla inglés, habla alemán.

Se hizo un silencio en el gabinete del prefecto. Aquella información era demoledora y demostrable sin esfuerzo alguno.

—Libere a la familia Corsini —sentenció Wolf—. Mañana mismo presentaré un informe médico justificando su trastorno.

Aquella declaración fue suficiente para el coronel Von Kunowski. Nadie sabía si Wolf podría justificar la demencia, ni siquiera el mismo cónsul, pero ya se las apañaría. Lo único que importaba era la liberación de la marquesa y de sus tres hijas.

—Ya lo ha oído, prefecto. Disponga todo para la excarcelación de la familia Corsini —dictaminó el coronel.

Manganiello no pudo evitar una nueva derrota. Con un gesto forzado, instó a uno de sus camisas negras para que iniciara la burocracia pertinente.

—Aún hay más. —Wolf aprovechó la coyuntura.

—¿Cómo dice? —preguntó Von Kunowski.

El cónsul sacó un papel de su chaqueta. Maganiello estaba a punto de estallar de cólera.

—Mire usted esta lista, coronel —dijo Wolf mostrando el registro—. El almirante Notarbartolo, anciano. La marquesa D'Ajeta, anciana. Fiammetta Gondi, de la Cruz Roja florentina. Todos arrestados sin motivo.

El coronel echó un vistazo a aquella lista. Wolf continuó sacando toda la artillería que le proporcionaban su astucia y su privilegio diplomático.

—El escultor Mariani, profascista y antisemita; el marqués Ginori-Venturi, fascista y amigo de Alemania, con estrecha relación con el mariscal Goering... —El cónsul interpretó demasiado bien su papel—. ¿Se han vuelto locos? Son nuestros aliados.

—¿Qué tiene que decir ante esto, señor prefecto? —preguntó con autoridad Von Kunowski.

Manganiello guardó silencio. Prefirió el mutismo antes que pronunciar cualquier palabra que revelara el bochorno que estaba viviendo. El coronel esperó con la mirada fija en él y terminó exigiendo una respuesta.

—No…, no volverá a suceder —acertó a decir Manganiello con un tono de voz menor del que estaba acostumbrado.

—Me encargaré de ello personalmente, señor prefecto —contestó el coronel alemán—. Debe saber que todos estos arrestos no solo pueden causar inquietud e indignación entre la población florentina, sino que pueden dar lugar a una desconfianza totalmente injustificada hacia las fuerzas de ocupación alemanas, pues les harán responsables de ellos. Por este motivo, insisto firmemente en que se me notifique cada uno de los arrestos políticos previstos, incluida la explicación exacta de la razón de ellos, antes de que se realicen. También exijo un examen cuidadoso y una aclaración temprana de los casos que tenemos pendientes, así como la pronta liberación de todas las personas cuyo arresto no se haya justificado.

Wolf respiró tranquilo. «La mejor manera de luchar contra los nazis es trabajar con ellos», pensó. El coronel saludó al prefecto y se dispuso a abandonar la oficina. Gerhard Wolf disfrutó un par de segundos más aquel trance. Manganiello no pudo reprimirse.

—Tengo la sensación, señor cónsul, de que nos vamos a ver muy a menudo —se mofó en la despedida.

—No lo dude ni por un momento.

—¿Es una amenaza, señor cónsul? —preguntó frunciendo el ceño.

—Es una promesa, señor prefecto —replicó Wolf esbozando una sonrisa victoriosa.

Tras cruzar la puerta que daba salida a la Via Cavour, Wolf agradeció el apoyo de la milicia alemana.

—Se lo agradezco, coronel. Para evitar en el futuro este tipo de respaldos improvisados, creo que sería de mucha utilidad que me permitieran colaborar más activamente en todos los asuntos relacionados con temas políticos, administrativos y económicos, a fin de prevenir cualquier tipo de demora en cuestiones tan urgentes como estas.

El coronel Von Kunowski consideró extraña aquella petición, pero valoró más importante ayudar inmediatamente a todos los amigos de Alemania. Guardó silencio y, tras una breve despedida, prefirió volver a pie para atender otros asuntos. El cónsul deshizo el camino con su Fiat hasta regresar a la oficina. Estaba siendo una jornada larga. Demasiado larga. En la puerta principal le esperaba un hombre con una gran frente. Llevaba gafas e iba bien trajeado. Se presentó como Ludwig Heinrich Heydenreich. Era el nuevo director del Kunsthistorisches Institut.

—Sé que usted era gran amigo del antiguo director, el señor Kriegbaum. Lamento mucho su pérdida.

—Gracias por sus palabras, señor Heydenreich.

—Desde la Wehrmacht me han comisionado salvaguardar el arte y trabajar con las autoridades italianas para proteger las obras del daño de la guerra y de cualquier expropiación indebida. Me han dicho que usted estaba al tanto de los trabajos de protección.

—Así es. Me ha de disculpar ahora. No me gustaría ser grosero, pero hoy es un día complicado. Tan pronto como pueda iré a visitarle al Instituto. Le recomiendo que vaya de mi parte a ver al señor Fasola, en Uffizi. Quizá pueda adelantar algo de trabajo.

—Muchísimas gracias, señor Wolf, muy amable. Tenga. —Wolf tendió la mano y recogió un paquete—. No es necesario que lo abra ahora. Cuando tenga un día menos complicado, disfrute de su lectura. Espero que le guste Leonardo da Vinci.

—Otro gran florentino. Gracias, señor Heydenreich.

El cónsul subió a su despacho y depositó el libro en la mesa. Hizo el amago de abrirlo, pero en realidad su mente era una tormenta de dudas tras los acontecimientos. Se acomodó en su silla, tratando de cerrar los ojos unos instantes sin pensar en nada. Demasiado difícil para él. Se levantó y, como de costumbre, abrió la ventana antes de encenderse un Toscano.

Unos pasos a la carrera le sacaron de su breve instante de quietud.

Su secretaria traía la cara desencajada, presa del miedo.

Wolf se apresuró a ampararla.

—Señorita Faltien, ¿qué sucede?

—Señor Wolf, su mujer y su hija han desaparecido.

El cigarro cayó al suelo.

23

Octubre de 1943
Florencia

La comunidad de aquel convento recibió inesperadamente el Juicio Final. Un juicio no demasiado justo, pues el magistrado fue el mismísimo diablo.

La Oficina de Asuntos Judíos no dudó en señalar a los proscritos. Su líder, el fascista Giovanni Marterolli, tenía una gran amistad con el prefecto Manganiello, por lo que toda la información quedaba en un círculo demasiado privado. Demasiado hostil. Ellos señalaban y la banda de Mario Carità ejecutaba. Todos amparados por el paraguas del gobierno fascista, las persecuciones a los judíos se tornaron salvajes e indomables.

El líder de los ejecutores, Mario Carità, era un conocido criminal de guerra que se había unido a la nueva República de Saló. Tras una infancia rodeada de delincuencia, se había instalado en la ciudad como un vendedor de equipos de radio y más tarde como propietario de un negocio de reparación de radios. Tras cumplir servicio militar en Albania y Grecia, había instaurado en Florencia su propia banda de criminales adictos al alcohol, a la cocaína y a la violencia, ante el amparo de las autoridades alemanas, y se dedicaba a saquear las propiedades de los ciudadanos judíos.

Carità apretó el gatillo. La cabeza de un hombre voló por los aires. Sus secuaces reían mientras mujeres y niños, tras ver aquel asesinato, estallaron en gritos de terror. Una treintena de mercenarios italianos y alemanes disfrutaban de ese momento. Algunos terroristas asalariados decidieron extorsionar sexualmente a las mujeres. Aquellas que no se dejaron vejar por las bestias fueron mutiladas automáticamente. Los opresores les cortaron los pechos y las muchachas terminaron siendo empaladas a la vista de todos los presos. Con los hombres y los niños no fueron más benevolentes. No hubo piedad para los más jóvenes. Los verdugos asesinaron a todos y después les prendieron fuego.

El pecado del convento: amparar a la escoria judía. Su mayor infracción: la solidaridad.

La Banda Carità saldría impune de su primer genocidio. Tras celebrar su deshumanizada victoria con una ronda de alcohol sufragada por el expolio del convento, regresaron a la Villa Malatesta.

Gerhard Wolf salió corriendo y se montó en su 1100. Esta vez no esperó a nadie. No se detuvo ante nadie. Empezaba a caer la tarde en la ciudad. Recorrió las calles de Florencia a toda velocidad. El Palazzo Riccardi era el destino, una vez más. La puerta principal recibió una embestida. Wolf la empujó con fuerza. Habría estrellado su vehículo si hubiera sido necesario.

No era momento de protocolos innecesarios. La diplomacia brilló por su ausencia.

—¿¡Dónde están!? —gritó fuera de sí el cónsul.

El prefecto estaba desconcertado. Sus perros de presa, los miembros de las camisas negras, se pusieron frente a él a modo de barrera humana. Uno de ellos posó con agresividad su mano sobre el hombro del cónsul. Craso error. En un rápido movimiento, Wolf agarró su brazo y, tras realizar una palanca con su cuerpo, flexionó exageradamente el codo de su agresor provocándole un gran dolor.

—¿¡Dónde están!? —volvió a gritar sin miedo y sin liberar a su oponente.

—Calma, calma, señor cónsul. ¿Dónde están quiénes? —replicó Manganiello.

—¡Mi mujer y mi hija!

Con un leve gesto de su mano, el prefecto ordenó a sus secuaces que se quitaran de en medio. Wolf soltó al provocador, que se retiró con evidentes muecas de dolor. Algunos intrépidos aprovecharon para empujar violentamente con sus hombros al cónsul.

—No me toquéis, escoria.

—Creo que se ha equivocado, señor cónsul. No sé quiénes son su mujer y su hija, pero le aseguro que no ha sido detenido nadie por debajo de los setenta años. —El prefecto soltó una carcajada—. Además, debo informar al coronel Von Kunowski de todos los arrestos. ¿Ha hablado usted con él?

Wolf no lo había tenido en cuenta. Presa de la ira, se había lanzado a la calle a por el único que podría ser responsable de esas atrocidades. No consideró que el gobierno alemán pudiera tener parte de responsabilidad en el asunto.

—Llámele por teléfono.

Manganiello no se inmutó. Miró fijamente a aquel hombre. El cónsul no tenía miedo. El prefecto tampoco. Sacó su cajetilla de cigarros y se encendió un pitillo. En esta ocasión, sí ofreció uno al cónsul.

—Hágalo o responderá ante el mismísimo Führer. —Wolf no estaba para juegos—. Hildegard y Veronika Wolf. Llame o se arrepentirá.

Manganiello decidió no tensar más la situación. Wolf no tenía tal poder, pero el prefecto lo ignoraba. Tras colgar el auricular, el prefecto le informó de que su mujer y su hija estaban retenidas en la Villa Malatesta, sede de la nonagésima segunda legión de la Milicia de Seguridad Voluntaria Nacional, ubicada en Via Ugo Foscolo, cerca de Porta Romana, la entrada más meridional de la ciudad.

—El comandante Mario Carità opera allí —dijo sin evitar una sonrisa—. Puede que sepa algo.

Sin despedirse, Wolf salió de allí y se introdujo en su coche. Revisó el mapa con ímpetu y localizó el lugar. Condujo, una vez más, saltándose cualquier señal de circulación. La duda le destruía por dentro. La policía alemana no podía haber detenido a la mujer y a la hija del cónsul. Aquello era una quimera.

Milicia de Seguridad Voluntaria Nacional.

«Voluntaria» fue una palabra cuyas connotaciones anárquicas Wolf temió.

El sol se despidió definitivamente de Florencia hasta la mañana siguiente. Wolf tuvo que rendirse ante la evidencia de que tenía que conducir con cautela. Los muros de piedra flanqueaban la calzada y los cipreses de las villas provocaban que la luz de la luna se volviera intermitente. En el primer recodo que encontró a la derecha, a un centenar de metros de la finca, estacionó el automóvil. Así sería complicado que advirtieran la presencia del coche.

A esas horas de la tarde, en las que la oscuridad ya se había apoderado de toda la ciudad y su periferia, no había transeúntes por la zona. Wolf caminó por la negrura mientras escudriñaba todo el terreno. Aquello no parecía ser un lugar de confinamiento regular. De estar en lo cierto, Wolf no tenía duda de que el prefecto Manganiello lo sabría. Había observado su sonrisa irónica. Debería haberle estampado su puño en la cara. Aquel lugar podría ser algo parecido a la boca del lobo. El cónsul no evitó la ironía. Echó un breve vistazo al emplazamiento. Una valla de simple torsión sobre un muro de piedra ejercía como parapeto de la finca. Nada que pudiera suponer un obstáculo entre él y su familia.

Solo pensaba en Hilde y en Veronika.

Hacía muchos años que había dejado de ser un hombre de acción. Tras un lustro de instrucción militar, finalmente se decidió por la Historia del Arte, Filosofía, Literatura, Ciencias Políticas y Economía nacional en Heidelberg, Múnich y Berlín. Estuvo a punto de ser llamado a filas para defender al Imperio Alemán en la Gran Guerra, pero sus dotes diplomáticas le convirtieron en un efectivo preciso en otro lugar, fuera de las líneas de fuego.

Tras decidir qué tramo de valla asaltaría lejos de la puerta principal, se quitó la americana y no dudó en colocarse de nuevo su brazalete en la manga de la camisa. Aquella noche era fresca, pero la chaqueta solo le entorpecería al tratar de sortear la valla. Le sirvió para colocarla encima de la alambrada y saltar con mayor facilidad. Tras burlar el muro de piedra y el cercado de metal, únicamente el chaleco sufrió un rasguño.

Se incorporó y echó un vistazo a la finca. Algunos faroles colocados estratégicamente emitían una luz demasiado débil para discernir con claridad el solar, pero Wolf sí dio cuenta de que había, como mínimo, un par de vigilantes armados. No llevaban uniforme, algo que no le gustó demasiado. Quizá el brazalete no le sirviera de mucho si se trataba de un grupo sin necesidad de rendir pleitesía a ninguna autoridad.

Necesitaba saber dos cosas: dónde estaba su familia y quién era ese tal Carità.

Carità.

«¿Qué relación guarda con Von Kunowski?», pensó Wolf. Fue el coronel el que avisó al prefecto de que su familia se encontraba en aquel lugar. «¿Acaso Carità trabaja para el ejército alemán?». Y la pregunta más importante para él: «¿Por qué me han facilitado la información sin más?».

Demasiadas incógnitas.

Escuchó unos pasos que avanzaban en su dirección. Buscó un lugar oscuro en el corredor que se presentaba ante él. Se camufló en la maleza y dejó que el guarda prosiguiera su camino. Habría sido fácil noquearle, pero no sabía cuál era la posición y el recorrido de los hombres que hacían guardia.

Esperó un tiempo prudencial y buscó un acceso a la residencia. La noche y la lejanía de la ciudad eran aliados más que suficientes para que no se anduvieran con medias tintas en aquel lugar.

Una puerta se abrió. Para sorpresa de Wolf, apareció un hombre ataviado con indumentaria religiosa. Quizá se trataba del encargado de atender las confesiones de los pecadores. Wolf no terminaba de encajar aquella pieza en su lóbrego puzle. Las prisiones de la ciudad no eran lugares disimulados o recónditos. Todo lo contrario. El miedo también era utilizado como arma propagandística.

Decidió esperar.

Las puertas que atravesó aquel hombre de Dios se cerraron. No esperaban visita. Y mucho menos la inspección del cónsul de Florencia.

Observó un detalle que le hizo decidir qué camino tomar. Aquel clérigo no necesitó una llave para abrir las puertas.

Wolf se deslizó por la oscuridad y, tras comprobar que no había nadie en aquella entrada, siguió los pasos del hombre. Una vez dentro del recinto, procuró andar despacio, a pesar de que su corazón latía con más fuerza que nunca. Sabía que era una locura, pero se trataba de su esposa y de su hija.

Mataría por ellas.

Moriría por ellas.

«Los lobos cuidan de su manada».

A lo lejos, unos gritos desgarradores fulminaron el silencio sepulcral que hasta ese momento había acompañado a Wolf. Eran gritos de dolor, de desesperación. Nunca antes en su vida había escuchado esos sonidos. Eran tiempos de guerra, pero aquellos alaridos habrían estremecido al mismísimo

Hitler. El cónsul, angustiado, trató de ubicarse, pero resultaba bastante complicado. La finca era grande, tenía varias dependencias conectadas por galerías exteriores y varias escaleras invitaban a subir o bajar.

Se escuchó un disparo. Tras el estruendo, el alarido de una mujer. A Wolf se le heló la sangre. Parecía que el disparo y el chillido provenían de la parte inferior. Le costó unos segundos moverse. Sus piernas tardaron en responder. Pensó en su esposa.

Hecho un manojo de nervios, bajó atropelladamente por las escaleras interiores, tratando de encontrar la puerta que le proporcionara acceso a aquel recóndito lugar de donde procedían los disparos y los gritos. Probó un par de veces, pero no dio con ninguna que no estuviera cerrada por dentro.

Wolf empezó a enloquecer.

Tenía de nuevo compañía.

El hedor.

«Huele a muerte».

Miró de izquierda a derecha, tratando de adivinar de dónde venían los sonidos y los olores. Deambuló con cautela. También con pavor.

A lo lejos, el umbral de una puerta le invitaba tímidamente a pasar. Era la única que le ofrecía tal generosidad.

Wolf se acercó con astucia y prudencia. La pestilencia era cada vez mayor.

Se acababa de convencer de que el averno no podía oler peor.

Un reguero de sangre seca se esparcía por el travesaño inferior del portón.

Se detuvo un momento. Respiró profundamente para aliviar tensión. No lo consiguió.

Abrió la puerta.

No había demasiada iluminación, pero Wolf terminó por agradecer tal tenebrosidad. Aquel era el lugar de donde venía todo ese repugnante olor a descomposición. La oscuridad no le evitó que se le revolviera el estómago.

Vomitó allí mismo.

Para millones y millones de seres humanos el verdadero infierno es la tierra. «Schopenhauer tenía razón». Aquello era definitivamente el infierno.

El mismísimo infierno.

Aquel cuarto almacenaba cadáveres humanos. No alcanzó a ver demasiado, pero algún cuerpo se encontraba en un avanzado estado de descomposición. Cerró los ojos, como si tratara de convencerse de que esa terrorífica visión no fuera real. Aquel sótano era el infierno.

Wolf no pudo volver a cerrar la puerta. Tan solo quería salir de allí.

Al darse la vuelta, un subfusil Maschinenpistole 40 apuntaba directamente a su pecho a escasos metros de él. Un arma de asalto demasiado efectiva en distancias cortas. Ingeniería alemana. El portador no llevaba ningún tipo de identificación, y tampoco le amedrentó la esvástica que Wolf lucía en su brazo. El cónsul intentó no cometer ningún error y esperó con los brazos en alto.

Aquellos segundos en la oscuridad, abrazado por el hedor de los caídos tras él y con un arma apuntando a su corazón, parecieron una eternidad. Aun así, Wolf no dio el primer paso.

—¿Quién demonios eres?

Fue suficiente. Necesitaba saber la nacionalidad de aquel hombre. Sus palabras en italiano despejaron cualquier duda. Ahora tenía una carta en su poder, una oportunidad, y no podía desaprovecharla.

Solo una oportunidad.

El cónsul amagó la mirada a un lateral del soldado que empuñaba la MP40.

—*Salve,* Carità —dijo Wolf en un perfecto italiano.

Aquellas palabras generaron una breve confusión en el mercenario y se giró para saludar a Carità, su líder. Antes de que se diera cuenta de que allí no había nadie, cayó inconsciente al suelo. Wolf le había dejado fuera de combate.

Sin saberlo, el prefecto Manganiello le había salvado la vida nombrando a Mario Carità. Era el único nombre italiano que no desentonaría en semejante lugar. El hombre yacía bajo sus pies con la MP40 en el suelo. Pensó arrebatarle el arma, pero de nada le serviría. No era ni había sido nunca un héroe de acción. Necesitaba encontrar alguna autoridad alemana en aquel lugar, o a alguien lo suficientemente imbécil, igual que el propio prefecto Manganiello, como para tragarse sus mentiras diplomáticas cada vez que mencionaba Berlín o al Führer.

Wolf arrastró al soldado dentro de la sala donde yacían los cadáveres. Estuvo a punto de vomitar de nuevo. En algún otro momento, si llegara a salvar a su familia, intentaría tomar cartas en el asunto y desmantelar todo ese infierno.

Pensaba en su mujer y su hija. Estaban allí, en algún sitio. Al menos, eso le habían comunicado. Empezó a temer lo peor. Anduvo a través de otro pasillo estrecho, tratando de encontrar una salida. Unos nuevos gritos le guiaron. Un nuevo disparo le indicó la puerta. Wolf echó a correr. Pensó en Veronika y en Hilde.

Disparos.

Gritos.

«Mi familia».

Con un tropezón, abrió una puerta. Aquel salón le habría servido de inspiración a Dante.

Allí había hombres apaleados en el suelo, torturadores arrancando uñas y mujeres atadas por las muñecas desnudas en sus celdas. Arrodillado y en paños menores, un anciano suplicaba tenazmente por su vida. Se acababa de orinar encima. Un hombre grueso se acercó y apretó el gatillo de su Walther P38 a escasos centímetros de la cara del anciano. Sus sesos bañaron parte del lugar.

Wolf se quedó inmóvil, presa del pánico. Su cuerpo no quería responder.

—¡No! ¡En mi presencia no! —gritó un alemán al tipo grueso.

Cuando el alemán se giró, Wolf lo vio perfectamente. Se trataba de *Herr* Rettig, el oficial de bienvenida del Partido Nazi, el hombre que conoció en el comité de bienvenida en 1940.

Ató cabos. Von Kunowski y Rettig. No era cuestión solo de Carità.

No le dio tiempo a ver más. Aquellos mercenarios le apuntaron con sus P38 y MP40, posiblemente donadas por el ejército alemán, y le gritaron en italiano. Levantó rápidamente las manos e intentó identificarse. Un puñetazo lo tumbó al suelo. Wolf escupió sangre.

—Soy el cónsul…

Una patada en el estómago no le permitió terminar su presentación. Cayó de espaldas contra el suelo. Con una intensa sensación de miedo e incertidumbre, Wolf miró a su alrededor. Aún le seguían apuntando. No conocía a nadie salvo a un hombre. Con el rostro serio y los brazos cruzados, aquel alemán lo observaba fijamente.

—*Herr* Rettig…

Wolf y Rettig cruzaron sus miradas, pero un nuevo golpe desvió los ojos del cónsul. Carità se arrodilló sobre él. Era el hombre grueso que asesinó al anciano y al que *Herr* Rettig llamó la atención. Carità le dio un nuevo golpe en el mentón. Wolf trató de protegerse, pero dos mercenarios le impedían mover los brazos. Estaba a merced de aquel lunático, y el oficial nazi hizo caso omiso de la petición de socorro del cónsul. Este no tenía demasiado tiempo. Solo pudo utilizar lo único que haría que Rettig cambiara de opinión: la diplomacia.

—*Herr* Rettig, me esperan en el consulado alemán. El cuerpo diplomático sabe que me encuentro en este lugar.

El aludido se detuvo y volvió a posar sus ojos sobre el cónsul. La ira se apoderó de él.

Carità todavía tenía sed de sangre y golpeó de nuevo el maltrecho rostro de Wolf.

Rettig, con su marcado acento alemán, exigió que pararan. Se acercó a su posición y observó el brazalete con la esvástica. Sonrió con sarcasmo. Por unos instantes, llegó a dudar. No podía saber si Wolf decía la verdad. Si había encontrado aquel sitio, solo significaba que una de las dos únicas personas que conocían la localización de ese sector de mortificación, el prefecto Manganiello o el coronel Von Kunowski, le habían indicado dónde se encontraba ese edificio. Al menos una persona sabía dónde estaba el cónsul de Florencia. Rettig no se arriesgó. Intentó jugar sus cartas con brillantez.

—¡Mario! Sois una panda de estúpidos. Es el cónsul alemán. Levántenle.

Algunos de aquellos hombres levantaron a duras penas a Wolf, que sufría un fuerte dolor en el estómago y sangraba por la boca. Intentó recuperar la claridad, mientras Rettig conseguía interpretar el papel de su vida.

—Dígame, ¿qué demonios hace usted aquí? —le preguntó Rettig con su habitual rostro hierático.

—Estoy… —Wolf trató de expresarse lo mejor que pudo mientras la sangre no paraba de manar de su boca—. Estoy buscando a mi mujer y a mi hija. Han desaparecido.

Rettig escrutó disimuladamente a aquellos hombres, como si los interrogara con la mirada. Los mercenarios se encogieron de hombros. Mario Carità sonreía. Habría disfrutado mucho si le hubiesen permitido apalear a ese hombre. Por otro lado, Rettig sabía que no era demasiado cómodo que el cónsul alemán estuviera al tanto de sus actos en aquella villa, pero tampoco podrían hacer desaparecer una figura diplomática tan importante como él. Fuera o no de farol, no se arriesgaría a provocar una guerra diplomática contra su propio país.

—Bajen las armas —ordenó a los mercenarios; a continuación se dirigió a Wolf a escasos centímetros de su cara—: ¿Qué le hace pensar que están aquí?

—Me mandan desde la oficina del prefecto Raffaelle Manganiello, en Palazzo Riccardi.

Rettig, maldiciendo a Manganiello en silencio, hizo que buscaran a Hilde y Veronika Wolf. El cónsul agradeció a Dios el hecho de que no se encontraran en aquella sala de tortura. Lo llevaron a duras penas a una estancia contigua para que no fuera testigo de las tropelías que se estaban cometiendo en aquel lugar. Un religioso se cruzó con el cónsul. A pesar de estar completamente desorientado, le llamó la atención, de nuevo, la presencia de aquel hombre de la curia en un espacio tan ausente de fe. Su rostro no reflejaba sufrimiento alguno. Mostraba una total indiferencia. Escuchó a lo lejos cómo le llamaban «padre Ildefonso». Era la segunda vez que lo veía. Si su dedo era un instrumento de acusación, a Wolf le habría encantado arrancárselo.

—Su mujer y su hija están aquí —dijo Rettig—. No se preocupe, se encuentran bien. Una planta más arriba.

—Pero… ¿por qué fueron hechas prisioneras?

—Al parecer se negaron a acatar las órdenes de uno de los grupos de Carità. Las consideraron automáticamente enemigas de Alemania.

—Por Dios, Rettig. Estamos hablando de la familia del cónsul. Estoy seguro de que Hilde comunicó su estatus diplomático. ¿Por qué hicieron caso omiso esos mercenarios?

—No lo sé, señor Wolf —respondió Rettig con indiferencia—. Ya se lo advertí hace años. Estaría usted mejor acompañado en el Palazzo Antinori.

—Lo único que tengo claro es que nadie debería estar en este lugar. ¿Saben en Berlín lo que está sucediendo aquí?

—¿Usted qué cree?

Wolf sintió que acababa de perder aquella batalla. Lo mejor que podía hacer en ese momento era retirarse para poder combatir otro día.

Rettig se disculpó fríamente por el malentendido y cerró de un portazo la cancela de la Villa Malatesta, permitiendo así que se marcharan. Se prometió a sí mismo que tarde o temprano Wolf pagaría su desfachatez. Aquel cónsul no era ni de lejos un amigo de Alemania. El delator había sido el prefecto. Debía avisar al coronel Von Kunowski de la imprudencia de Manganiello y de la insolencia de Wolf.

Pasaron varios minutos antes de que Veronika, Hilde y Wolf dejaran de abrazarse. Las lágrimas tardaron algo más en ausentarse. Wolf besó repetidamente a su pequeña. Su esposa, de una fortaleza similar a la de su marido, hacía lo posible por consolarlo.

El cónsul dedicó una última mirada a aquel lugar. No olvidaría nunca el horror tras esa puerta.

El silencio reinó en el Fiat 1100 de la familia Wolf. Hilde abrazaba a Veronika, aún presa del miedo, mientras el padre permitía que se enquistara un único pensamiento en su cabeza. Era demasiado fina la línea que separaba la vida de la muerte. El utilitario llegó a la villa Le Tre Pulzelle.

Sentado en su cama y con una seriedad fuera de lo común, Wolf trató de quitarse torpemente su camisa. Todavía sentía en el estómago la punzada que le provocó el puntapié. Su esposa le ayudó.

—Amor mío, recoge todo. Os vais a Suiza.

—¿A Suiza? —preguntó alarmada Hilde—. ¿Cuándo?

—Mañana mismo. Es un país neutral, al menos de momento. Rahn me ayudará con la urgencia de vuestro traslado.

—Pero…

—No hay peros, mi amor. Saldréis de aquí mañana. Florencia ya no es segura.

Hilde sabía que su marido no cambiaría de opinión. No era una orden, en realidad se trataba de un hombre que deseaba por encima de todas las cosas poner a su familia a salvo. Italia no era el mejor lugar donde conseguir la dichosa seguridad.

—¿Qué harás tú, Gerhard?

—Yo estoy atado. Berlín me vigila. De momento tengo que ocuparme de Florencia.

Hilde se acercó a él y con ambas manos le acarició la cara. Se aproximó lentamente y lo besó. Wolf se apartó unos centímetros. El gesto indicaba que aún le dolían los golpes, pero realizó un esfuerzo titánico por no desperdiciar ese contacto con sus labios.

—Prométemelo —le susurró Hilde.

—¿Que te prometa qué, cariño?

—Que no lo harás.

—¿No lo haré? —Wolf no sabía adónde quería llegar su esposa.

—No intentarás acabar con la banda de Carità. No podrás tú solo.

Él se quedó en silencio, mirando fijamente a la mujer de su vida.

En el fondo de su corazón, Hilde sabía que aquel silencio, el mutismo de su marido, solo podía significar una cosa.

Gerhard Wolf, el cónsul de Florencia, trataría de acabar con la banda de Carità para siempre.

24

La noche anterior fue un cúmulo de extrañas sensaciones. Noa se había enzarzado con una tarrina de helado de *stracciatella* mientras veía un capítulo más de *Juego de tronos*. Yo salí a pasear. Ya conocía el final de la *khaleesi*. Me dirigí al Ponte Vecchio, menos transitado cuando se ponía el sol, decidida a encontrar la placa que encumbraba a Gerhard Wolf. En la entrada que le dedicaba Wikipedia solo aparecía una fotografía de ella. Quería ir en persona y encontrármela. Allí, ajena a la mirada de los turistas y de los propios vecinos florentinos, se erguía la placa de mármol en memoria de la concesión de la ciudadanía honorífica, instaurada por el Comune di Firenze el 11 de abril de 2007.

Gerhard Wolf (1886-1962). El cónsul alemán, nacido en Dresde, posteriormente hermanado con la ciudad de Florencia, representó un papel decisivo en la salvación del Ponte Vecchio (1944) de la barbarie de la Segunda Guerra Mundial y fue determinante en el rescate de prisioneros políticos

y judíos de la persecución en el apogeo de la
ocupación nazi.

Salvación del Ponte Vecchio. Aquello era llamativo y
peculiar.

En realidad, lo único que me importaba de Wolf eran
cuatro palabras y una cifra: Wolf, Hannah, niña, número
treinta y siete.

Y con ese pensamiento volví al apartamento en Via dei
Fossi y me metí en la cama. Durante muchos minutos no
pude evitar pensar en mi abuela. Algunas lágrimas impreg-
naron mi almohada.

A la mañana siguiente madrugué demasiado, así que intenté
aprovechar el tiempo. Me puse al día con *The Walking Dead*.
Para mí había ido a peor, pero estaba deseando saber qué le
sucedería a Negan. Menudo cabrón. Tras un par de capítulos
bastante aburridos leí algunas noticias para saber qué había
ocurrido en la ciudad durante mi ausencia. Dos semanas atrás,
la República Federal de Alemania, en un acontecimiento histórico, devolvió la obra de Jan van Huysum *Jarrón de flores* a
la República Italiana. Seguro que a mi abuela le habría encantado. La obra en cuestión era una de tantas que habían sido
objeto de expolio durante la Segunda Guerra Mundial. Se realizó una gran ceremonia en la Sala Bianca del Palazzo Pitti, en
presencia de los ministros de ambos países, del comandante
general de los Carabinieri, del director de las galerías Uffizi y
de muchas autoridades más.

Parecía que toda mi vida, tras la muerte de mi abuela, giraba en torno a Florencia y a los nazis.

Puse música, como siempre.

Ismael Serrano. *Mi vida, no hay derecho.*

```
Mi vida, no hay derecho a salir con miedo a la calle.
Dentro de poco toque de queda y refugios que arden.
Respondamos antes de que se haga tarde
o quizás un día despiertes y no haya nadie.
```

En ese momento me encontraba en mi apartamento esperando que llegara la hora en la que me habían citado en el consulado alemán de Florencia, frente a la Biblioteca Nazionale Centrale de la ciudad. Doce del mediodía.

Dejé las noticias y rastreé en eBay. Gerhard Wolf. Solo había una entrada, pero, ¡joder!, qué entrada. Una tienda *online* vendía un libro del historiador de arte Bernard Berenson, *Estética, ética e historia en el arte*. Una edición florentina de 1948.

Había algo en particular que justificaba tan alto precio. Una generosa foto del vendedor me puso los dientes largos. En la primera hoja, esa que usan los autores para sus dedicatorias, había una firma manuscrita. El propio autor había dedicado unas palabras a un ávido lector: Gerhard Wolf. Mi lobo de Florencia.

A Gerhard Wolf.
Con todo mi agradecimiento,
de Bernard Berenson.
28 de junio de 1948.

Casi me dio algo.

Sentí la necesidad de hacerme con él. Busque quién lo vendía. Una librería en Berlín. Tuve que decidir entre aquel ejemplar de unos centenares de euros o las cervezas de los próximos meses. En esta ocasión, el deber se impuso al placer. Aquel libro posiblemente habría estado en las manos del protagonista de mi historia.

Decidí hacer un pequeño homenaje a los libreros, esos que estaban a pie de calle, que aguantaban estoicamente el envite de la venta *online* y que además me habían dado tantas alegrías en mi adolescencia. Así que caminé por la ciudad en dirección a la basílica de San Lorenzo y eché un vistazo en las librerías Giorni y Alfani.

La Giorni tenía una gran colección de fotos antiguas, fruto de una colaboración entre Foto Locchi, *La Nazione* y Monte dei Paschi di Siena. Entre ellas se encontraba Florencia en un lluvioso día de 1940, esperando en Piazza Signoria la segunda visita de Hitler a la ciudad. También había una foto de Gino Bartali, el ciclista que rescató a decenas de judíos, junto a su adversario y compañero Coppi. En un documental de *Informe Robinson* supe de su existencia y de sus gestas, deportivas y humanas. Mi sorpresa fue mayúscula cuando el propietario, Francesco, al darse cuenta de que estaba buscando información sobre Florencia durante la Segunda Guerra Mundial, me contó que su bisabuelo regentaba la tienda durante la contienda. Giulio Montelatici, un antiguo profesor de orquesta que se hizo sindicalista y diputado en el grupo parlamentario comunista representando al Comité Toscano de Liberación Nacional. Es decir, desafió a los nazis entre libro y libro. Podría haber conocido a Wolf.

Recordé la letra de Serrano. «No hay derecho a salir con miedo a la calle». Eso vivieron, sin duda, en la Giorni de 1940.

Tras aquella agradable conversación, partí en dirección a la Alfani.

Su dueña, Serena, me enseñó un interesantísimo ejemplar sobre el periodo de la ocupación alemana en Italia. Una traducción completa al italiano de la documentación inédita de los comandos militares alemanes en la Toscana. Quizá era demasiado para mí, pero quise comprobar si tenía un índice onomástico. Así era. En la página cuatrocientos cincuenta vi la luz. Una sola entrada, pero me supo a victoria.

Wolf, Gerhard, 19.

Me fui rápidamente a la página diecinueve. La dueña de la tienda disfrutó de ese momento. Sabía que acababa de vender un libro de cuarenta euros.

Aquello era un informe del Militärkommandanturen. Un testimonio de un comandante militar alemán fechado en 1943 de apellido Von Kunowski. En el reporte informaba al general plenipotenciario de la Wehrmacht en Italia de quiénes colaboraban con las oficinas alemanas en la ciudad de Florencia. Desde la policía hasta la Organización Todt pasando por el consulado alemán. Sin embargo, en este último punto, el comandante indicaba actividades que podrían inducir a la sospecha en torno a la figura del cónsul Wolf.

Me dio la sensación de que tras aquel informe tuvieron al cónsul bajo vigilancia. Este descubrimiento me provocó demasiada tensión. Aunque intenté calmarme y convencerme de que tras la reunión en el consulado quizá podría sacar conclusiones menos precipitadas, no pude evitar estremecerme.

Yo jugaba con ventaja.

Aquel archivo del Instituto de Historia Alemana en Roma que me había proporcionado la embajada italiana en España hablaba de la vida de Wolf tras los juicios de Núremberg. La placa del Ponte Vecchio también.

Con aquel pequeño botín me dirigí al consulado alemán. Atravesar la ciudad me llevó solo veinte minutos. Recorrí la Via Ricasoli con el único fin de presentar por enésima vez mis respetos a Brunelleschi. Rodeé la parte exterior del deambulatorio y continué en dirección al Museo Nacional del Bargello. Me parecía increíble que un lugar como aquel, custodio de algún Michelangelo, Donatello y Verrocchio, hubiera sido hasta 1865 un Palacio de Justicia en cuyo interior se habían celebrado ejecuciones. Giré por la Via dell'Anguillara para desembocar en la Piazza di Santa Croce. Un mes atrás, en junio, se celebraron los míticos encuentros del *Calcio* histórico. Una mezcla de deporte y brutalidad que databa, como mínimo, de 1580. Curiosamente, fue Mussolini el que rescató esta tradición en 1930.

Entre las riadas de turistas que perseguían carteles y puestos de imanes y demás suvenires, un abuelo jugaba con su nieta en uno de los bancos de piedra que rodeaban la plaza. La pequeña trataba de encontrar un caramelo escondido entre los puños cerrados de su abuelo. Tenía que adivinar dónde se encontraba el dulce.

Me detuve a observar. Me pareció muy tierna aquella situación. Saqué mi iPhone y, sin su permiso, inmortalicé la escena. Me juré que no compartiría aquella foto. Era solo para mí. Me recordó la complicidad que tenía con mi abuela. La añoranza no me impidió disfrutar de aquel momento.

La niña acertó y se llevó el premio. Tenía un caramelo. Tenía su tesoro.

—¿Señor Banchelli? —le dijo una joven que parecía ser una guía turística.

—Soy yo —replicó el anciano al tiempo que se guardaba un segundo caramelo en el bolsillo—. Puede llamarme Dino.

—Encantada, Dino. Me llamo Alice. Seré su guía en la basílica. Acompáñenme.

Los tres partieron en dirección al panteón de las glorias italianas. Aquel anciano hizo trampas, pero gracias a esa pequeña estafa, siempre beneficiosa para su nieta, me enamoré de ese tal Dino Banchelli. No lo volvería a ver.

Desde la Piazza di Santa Croce caminé los pocos metros que me separaban del consulado. Frente a un aparcamiento de bicicletas ubiqué Corso dei Tintori, número 3. Allí se encontraba el consulado alemán. El gran portón de madera estaba abierto, así que caminé directamente a su interior. Al fondo a la derecha me topé con un pasillo enrejado. Un cartel indicaba el acceso al consulado, pero no encontré el telefonillo automático. Deshice mis pasos y me situé de nuevo en el exterior del edificio. Me fijé bien. Allí estaba. Llamé al portero. Escuché un sonido al fondo y supuse que se había abierto la verja. Caminé rápidamente y conseguí acceder. A la derecha, la escalera desembocaba en otra puerta de madera, más pequeña, con un escudo redondo sobre ella: una rodela amarilla, enmarcada en un círculo rojo y con un águila negra en su epicentro. Se podía leer «Bundesrepublik Deutschland Honorarkonsul».

Llamé.

Me atendió una señorita con gafas, rubia, con pelo corto y una amable sonrisa. Me hizo rellenar una ficha con mis datos. Entre ellos, «por quién preguntaba». No tenía ni puñetera idea de por quién debía preguntar. Estaba allí porque me habían telefoneado. Suponía que en algún momento podría explicar que eran ellos los que me habían llamado. Me senté en una sala de espera, donde una mujer y un joven aguardaban su turno. Ambos estaban ensimismados en sus teléfonos. Miré a mi derecha. Una ventana ventilaba el lugar y era de agradecer. A escasos metros de nosotros, el Arno seguía su curso.

El muchacho entró primero.

Un cartel de la «Alemania Marina» decoraba la pared sobre la que me había apoyado. Frente a mí, un cuadro de Múnich y, sobre él, una manufactura en forma de corazón que celebraba el hermanamiento de Baviera y Toscana en un encuentro en Volterra en el 2008.

Entró la señora.

Minutos después, otra mujer, con la misma cálida sonrisa que la anterior, me hizo pasar a su oficina. Allí colgaban dos pequeñas plantas de la pared. Un vinilo negro con motivos floreados decoraba la estancia. Me preguntó amablemente y en italiano qué necesitaba.

Tras advertirle que era la Hannah a quien ellos habían llamado y sin explicarme por qué se habían puesto en contacto conmigo, me invitó a que le contara mi odisea. Ella escuchó atentamente hasta que expuse las últimas palabras de mi historia.

—Así que hay otra Hannah luchando activamente contra el régimen nacionalsocialista.

—¿Perdón? —fue lo único que alcancé a decir.

—Hannah Arendt, una alemana apátrida cuando el régimen decidió retirar su nacionalidad. Te sugiero que leas sobre ella. Un claro ejemplo de empoderamiento femenino. Pero no nos desviemos del tema que te ha traído aquí. Nos llamaron de la embajada italiana en España. Nos pusieron brevemente al tanto de lo que buscabas, pero tu historia va más allá. Tiene muchísima humanidad.

No supe qué contestar. Sonreí tímidamente agradeciendo el cumplido.

—El consulado de Alemania ha sufrido muchos traslados desde la Segunda Guerra Mundial. No ha quedado nada del registro de Gerhard Wolf en nuestro archivo.

Callejón sin salida. Ahí terminó todo para mí. En el consulado alemán no guardaron ningún registro. Al parecer, tras la derrota germana, los alemanes se encargaron de borrar esa parte de su historia, llevándose por delante los microrrelatos de aquellos héroes que, en silencio, intentaron separar a Florencia de la oscuridad.

Con un sentimiento de desamparo total agradecí el tiempo a aquella mujer y me levanté para abandonar el consulado.

—Disculpe —me dijo la trabajadora.

—No pasa nada, muchas gracias —contesté amablemente.

—No he terminado.

Me quedé inmóvil, con los ojos abiertos de par en par. Había metido la pata. Solté mi mochila y me giré de nuevo hacia aquella señorita. Ella sonreía.

—El motivo de nuestra llamada es porque tenemos una buena noticia que darle.

Me puse nerviosa. Me estaba imaginando con Noa, celebrando lo que fuera, con un par de birras Moretti. No contesté. No podía. No quería. Aquella mujer me evitó el suplicio.

—Señorita Hannah, la hemos llamado para informarla de que Veronika Wolf, la hija de Gerhard Wolf, está aquí, en Florencia.

25

Noviembre de 1943
Florencia

Ante la ineficacia italiana, la Wehrmacht no cejó en su empeño de seguir reclutando trabajadores. En aquel momento, solo los romanos temían ser reclutados en las redadas. Florencia aún quedaba lejos, pero los italianos se encontraban indefensos, ya que el Cuerpo de los Reales Carabineros, su policía, tras continuas humillaciones por parte de los alemanes, había sido disuelto por la nueva República Social Italiana, acusado de tomar parte en la caída de Mussolini. Sin la autoridad de los carabineros italianos, aquellos que conocían perfectamente la ciudad empezaban a temer el auge de peligrosos brotes anárquicos.

El coronel Von Kunowski no lo había olvidado. Tras las detenciones de los amigos de Alemania, Gerhard Wolf había solicitado algo más de control en determinados asuntos que no eran de su competencia.

A Von Kunowski le había parecido justificable que el cónsul defendiera los intereses de su país por encima de todas las cosas, sobre todo cuando los soldados alemanes estaban luchando en el frente sur y los jóvenes italianos no hacían absolutamente nada fruto del miedo o la holgazanería, pero cada uno debía tener muy claro cuál era su rol en el Tercer Reich. Ese era al menos su pensamiento. También el de Rettig, que contaba con su apoyo. Una llamada fue suficiente para que el coronel enviara el informe.

Florencia, 18 de noviembre de 1943

Comando militar 1003 MVGr
Al general plenipotenciario de la Wehrmacht en Italia.
Reporte de la situación.
Las siguientes oficinas están ubicadas en Florencia y se relacionan con los comités de MVGr o colaboran con las oficinas alemanas:

Comando económico.
Oficial de enlace de la policía.
Destacamento del personal de propaganda de Bolonia.
Oficial de prensa del plenipotenciario alemán Rahn.
Destacamento alemán en el instituto geográfico militar.
Organización Todt.
Policía secreta de campo.
Equipo de empleo de Sauckel en cada provincia.
Sucursal de la Reichskreditkasse.
Consulado alemán.

La posición y el alcance de las competencias del cónsul alemán requieren aclaraciones, dada la situación actual. El cónsul local Gerhard Wolf, con el que existe una relación personal de excelente intensidad, considera oportuno ofrecer su colaboración en temas políticos generales, administrativos y económicos en una medida que va más allá de la idea que tiene el jefe de la administración militar en cuanto a las responsabilidades de un cónsul. Al hacerlo, apela a las disposiciones del plenipotenciario señor Rahn, de las cuales no tenemos conocimiento. E incluso si la forma de pensar del cónsul Wolf, gracias a su personalidad demasiado amable, hasta ahora no ha provocado en ningún caso dificultades, sin embargo, y en vista de los posibles casos que podrían ocurrir en el futuro, parece oportuno llegar a una aclaración de los informes que deben estar entre los cónsules y la administración militar alemana.

Von Kunowski
Coronel y comandante

Ajeno a las palabras que Von Kunowski enviaba al general plenipotenciario de la Wehrmacht en Italia, Gerhard Wolf seguía trabajando en su oficina. Acababa de colgar el teléfono. Tras el incidente con Hilde y Veronika, y después de comprobar el horror que se vivía tanto en alguno de los sótanos de aquella ciudad como en los conventos a plena luz del día, el cónsul vivía excesivamente intranquilo. Demasiados frentes abiertos y las manos atadas. Se sentía solo, en ocasiones desorientado, y no tenía muchos recursos para poder realizar su labor, velar por los inocentes, con la confidencialidad que necesitaba. Sin embargo, aquella llamada le sacó de su tormento durante unos momentos. El embajador alemán tenía buenas noticias para Florencia.

—Tranquilo, Wolf —le había dicho su amigo Rahn tras preocuparse por su familia y conocer su estado en Suiza—, el Führer me ha confesado que Florencia no solo es estratégicamente importante desde un punto de vista militar. Me ha dicho que es también una ciudad demasiado hermosa para destruirla. Me ha pedido que haga lo que pueda para protegerla. Me ha dado autorización para declarar de manera no oficial «ciudad abierta» a Florencia.

Tras colgar, Wolf no respiró aliviado.

«No oficial».

«Joder —pensó Wolf—, es el puñetero Führer, ¿qué diablos significa "no oficial"?».

Al cónsul no le inquietaba el azar de la ciudad, pues sabía perfectamente que para Hitler Florencia no dejaba de ser una especie de escaparate propagandístico. Le preocupaba el destino de los florentinos, que poco a poco mermaban ante la falta de recursos. Las raciones de pan habían caído a la ínfima cantidad de los doscientos gramos cada una.

«El hambre. Eso sí es oficial».

Tenían que declarar Florencia ciudad abierta irrebatible y oficialmente, de una vez por todas, o el pueblo moriría por culpa de la guerra, por culpa del hambre o por culpa de la Banda Carità. Los aliados tampoco respondían ante la petición de declarar Florencia una ciudad abierta pública y legalmente.

Wolf había tenido la oportunidad de visitar aquella mañana temprano al director del Museo Bargello, el profesor Rossi. Desde los mandos de las SS, su mujer había sido señalada como judía y el apartamento del director había aparecido totalmente desmantelado. Wolf había requerido al teniente Schmidt de las Schutzstaffel que le proporcionara algo más de información, pero, ante el silencio administrativo, no tuvo más remedio que recomendar al director del Bargello que su mujer permaneciera oculta. Si las SS la encontraban, nada podría hacer por ella.

—Se supone que un cónsul alemán —explicó Wolf al profesor Rossi— no puede ayudar a los judíos.

Aunque, en realidad, esa era su misión principal como cónsul y como ser humano y así lo haría saber a quien fuera necesario. Aquella misma tarde tuvo su oportunidad.

Tras una modernización necesaria, se inauguraba el Collegino San Pietro, en el municipio de Sesto Fiorentino, al norte de la ciudad, para dar cobijo a todos los niños que habían perdido a sus progenitores en la guerra. La marquesa Maria Teresa Pacelli fue la encargada de dar vida a la iniciativa y el cuidado del centro fue confiado a la Congregación de Don Orione, tan versada en proteger a los pobres.

Al tratarse de un asunto con cariz religioso, tanto el arzobispo de Florencia, el cardenal Elia Angelo Dalla Costa, como el rabino de la ciudad, Nathan Cassuto, asistieron a la ceremonia. Ambos se profesaban mutuamente un absoluto respeto y su relación era excelente. Wolf, en calidad de diplomático, confirmó su asistencia e intentó aproximarse a los círculos eclesiásticos con el fin de sembrar la semilla de su sosegada obsesión: nombrar Florencia ciudad abierta.

Aquella tarde vieron desfilar a una treintena de niños. Los primeros ocupantes de aquel lugar pintado de esperanza. Todos ellos, de entre seis y doce años y con ropajes bastante deslucidos, parecían ajenos a las cuestiones bélicas, a pesar de que todos compartían algo: eran daños colaterales del conflicto.

Wolf se acercó a las autoridades eclesiásticas y saludó al rabino y al cardenal, que se encontraban en el exterior del *collegino*.

En aquel momento, un pequeño se tropezó con la pierna de Wolf y cayó al suelo golpeándose el trasero. El niño se quejó durante un instante. El cónsul lo miró fijamente con indulgencia. A continuación se llevó la mano al bolsillo interior de su chaqueta y se arrodilló frente a él.

—¿Cómo te llamas?

El pequeño no contestó y continuó con sus sollozos.

—Si me dices tu nombre, jugaré contigo.

Entonces el niño dejó de llorar y se incorporó. Wolf le mostró sus manos cerradas.

—Si adivinas dónde está el caramelo, será todo tuyo.

El zagal, emocionado, buscó la complicidad del rabino Cassuto y del cardenal Dalla Costa, quienes, sumándose al juego del cónsul, se hicieron los despistados para obligar al chico a tomar la decisión.

—¿Cómo te llamas? —preguntó el cónsul.

—Dino Banchelli —acertó a decir con los nervios a flor de piel—. Voy a cumplir seis años.

—¡Vaya! —teatralizó Wolf—. Eres todo un hombre. Vas a tener que decidir tú solo, Dino.

Aquellas palabras fueron el empujón que necesitaba el chico. Sin pensarlo más, posó su diminuta mano sobre el puño izquierdo de Wolf. Este, intentando imitar la maestría con la que su amigo Kriegbaum realizaba aquel pequeño pasatiempo, hizo una pausa acompañada de un incómodo silencio, para después abrir la mano lentamente y mostrar el contenido de su puño.

Allí estaba el caramelo. Un Rossana. El pequeño Dino tomó su tesoro y, sin despedirse, desapareció corriendo para unirse a un grupo de chiquillos que correteaban por el recinto.

Wolf se incorporó de nuevo frente al rabino y al cardenal. Sonrió, y no pudo evitar acordarse de su pequeña Veronika.

—«Dejen que los niños vengan a mí, y no se lo impidan, porque el reino de Dios es de quienes son como ellos» —dijo Dalla Costa citando el evangelio de San Marcos.

—Estoy lejos de ser un mesías, señor obispo —contestó humildemente Wolf.

—Pero adora a los niños.

—Adoro a la raza humana. Aún me queda algo de fe.

—¿Tiene caramelos para toda la raza humana? —añadió el rabino Cassuto con una cálida sonrisa.

—Disculpe, no sé qué ha querido decir.

—Para ellos —dijo señalando a los pequeños— siempre tendrá dulces, ¿verdad?

—Eso espero... —contestó con cierto pesimismo Wolf.

—Me refiero —continuó el rabino— a que si el pequeño hubiera elegido la otra mano, siempre habría encontrado un caramelo, ¿no es así?

El cónsul levantó su puño derecho y abrió la mano. Allí estaba, otro caramelo. Era más fácil multiplicar dulces que panes y peces. Miró al rabino y sonrió. Cassuto, cómplice, le devolvió la sonrisa con la misma calidez. Y Wolf sintió un escalofrío. Aquella reminiscencia le hizo viajar en el tiempo un par de segundos hasta el Ponte Santa Trìnita. Recordó una cita de la *Divina Comedia* de Dante: «No hay mayor dolor que recordar la felicidad en tiempos de miseria».

—He oído mucho sobre usted, señor Wolf. Tenemos el mismo peluquero en Novella. Usted quiere salvar el mundo. —Cassuto, miembro del comité de la Delegación de Asistencia a los Emigrantes Judíos, se presentaba así como un confidente aliado.

—Me conformaría con salvar Florencia, me temo.

—¿Cueste lo que cueste? —preguntó Dalla Costa.

—Esa decisión se tomará en el momento adecuado si ha de tomarse, señor cardenal.

—Creo que esa decisión ya la tomó usted, señor Wolf —replicó el clérigo—. Por lo que tengo entendido, su mujer y su hija, lamentablemente, han tenido que abandonar el país.

—Fue una decisión tomada a consecuencia de una situación límite, señor obispo. Creo que usted sabe de eso. Intentar intercambiarse por unas monjas encarceladas por dar cobijo a mujeres y críos judíos es tomar una decisión en una situación límite, ¿no cree?

Dalla Costa quedó sorprendido ante la revelación de Wolf. Sin duda, aquel hombre sabía informarse acertadamente.

—Es mi deber como cristiano —fue lo único que contestó.

—Estamos constantemente en una situación límite —añadió Cassuto—. Y tomamos asiduamente decisiones en función de esas situaciones.

El cardenal, precavido, agarró el brazo de su compañero, tratando de evitar que continuara. No lo consiguió. Wolf se percató y ayudó a que fluyera el coloquio.

—Señor Dalla Costa, no tiene de qué preocuparse —dijo para suavizar hábilmente el ambiente—. Conozco la clandestina Delegación para la Asistencia de Emigrantes Judíos en Via Pucci y sé lo que están tratando de hacer. Lo apruebo.

Cassuto y Dalla Costa se miraron para reafirmarse.

—Cardenal —le dijo el rabino—, solo confiando los unos en los otros lograremos poner fin a la barbarie, ¿no cree? Mi pueblo está siendo sacrificado. —El cardenal asintió. El rabino continuó—. Tenemos hombres que nos ayudan, señor cónsul. Hemos creado una ruta desde Florencia a Asís, abarcable en una jornada, a fin de proporcionar la documentación que sea necesaria para salvar a mi gente.

—¿Qué papel represento yo en esta trama, señores? —preguntó Wolf desconcertado.

—Necesitamos que, como miembro del cuerpo diplomático, entregue los pasaportes a las familias necesitadas.

El cónsul se detuvo un momento. Necesitaba ordenar sus pensamientos, asimilar toda la información. Él trataba de salvar la ciudad de Florencia y, con ella, a todos sus ciudadanos, pero siempre había sido demasiado desconfiado y había intentado realizar esta proeza en solitario. Sin embargo, ante él se abría una nueva posibilidad: establecer una red de contactos que pudiera afianzar y asegurar la viabilidad de su objetivo. Aquellos hombres parecían decir la verdad, aunque no pudo dar con un motivo que le llevara a confiar plenamente en ellos.

—Observo la duda en su rostro, señor Wolf —le dijo Dalla Costa—, pero recuerde que el único nazi en esta conversación es usted. Deberíamos ser nosotros los temerosos.

—¿Quién es el correo? —preguntó el cónsul.

Aquellos hombres de fe dudaron si debían revelar el nombre del infiltrado. Wolf realizó las funciones de árbitro entre los dos.

—Señores, tarde o temprano terminaré por saberlo —se sinceró—. Rabino, usted ha dicho que han creado una ruta abarcable en una jornada. No hay que ser demasiado perspicaz para saber que no son muchas las personas capaces de recorrer más de trescientos kilómetros en un día. Y las carreteras están vigiladas. Solo la admiración podría sortear fácilmente los controles.

Los otros dos hombres se rindieron ante la evidencia.

—Gino Bartali —contestó el rabino.

—El ciclista. Es lógico, aunque es considerado uno de los símbolos y emblemas del Partido Nacional Fascista.

—Efectivamente —constató el cardenal. Wolf esperó con media sonrisa—. Y queremos que lo siga siendo. Bartali es un héroe nacional, señor cónsul. Nadie duda de él. Sin embargo, transporta en su bicicleta la documentación que necesitamos. Es una garantía.

Wolf cayó en la cuenta de que no podía saberlo todo. Eso le volvía vulnerable y no lo terminó de apreciar en demasía. No tuvo tiempo de profundizar en los detalles de la conversación. Súbitamente, el silencio se apoderó de los invitados, que se encontraban fuera del *collegino,* apurando unos cigarros. Tan solo algunos pasos lejanos, el sonido de los niños que no cesaron de corretear por los alrededores, acompañaban el ambiente de terror que se acababa de crear.

Mario Carità, con atuendo burgués, caminaba a escasos metros del convite acompañado de veinte secuaces armados y cinco partisanos apresados que provenían de Monte Morello, cerca del pequeño pueblo de Le Catese. Todos los allí presentes, conocedores de que la banda estaba financiada por los activos expropiados a los judíos florentinos, no pudieron sentir sino aflicción por el destino de aquellos muchachos, guerrilleros de la libertad.

Carità se hizo el importante y sacó pecho entre su comitiva. Reconoció a lo lejos a Gerhard Wolf, al cual saludó con ironía. Este sintió cómo su estómago se revolvía. Una vez más, el tormento de aquella habitación le congestionaba el alma. Su cuerpo se tensó. Deseaba con toda su alma derribar aquella cuadrilla. El rostro de Carità se tornó serio e iracundo cuando reconoció al rabino de Florencia. No le hizo demasiada gracia aquella trinidad: el rabino, el cardenal y el cónsul. «El alemán está buscando aliados», pensó preocupado Carità.

CHRISTIAN GÁLVEZ

Acto seguido dio media vuelta y ordenó a su brigada que se dirigiera a la puerta del albergue. Rápidamente, Teofilo Tezze, un clérigo de tan solo veintiún años que se hacía cargo de los pequeños, los introdujo en las dependencias por temor.

No fue una decisión intrascendente.

Carità y sus secuaces se presentaron frente a Wolf, Dalla Costa y Cassuto. Con un par de gestos con la mano, obligó a los cinco prisioneros a hincar la rodilla en el suelo. El cónsul reconoció el acento de aquellos hombres. No era alemán, no era italiano. Hablaban español.

—Estos hombres no son partisanos. Exijo que se me presenten los cargos.

Carità rio a carcajadas.

—¿A usted, señor cónsul? ¿Por qué motivo?

—Para no iniciar un conflicto diplomático con España. Son nuestros aliados, debería tener conocimiento de ello.

—Comunique a su país aliado, España, que hemos detenido a cinco anarquistas y comunistas veteranos de su guerra civil. Posiblemente el general Franco apruebe lo que estoy a punto de hacer.

Wolf no tuvo argumentos para rebatir aquello. Maldijo su mala suerte. Carità era más inteligente de lo que había imaginado y estaba a punto de salirse con la suya. Miró al cardenal. Este, levemente, negó con la cabeza. Poco podían hacer por ellos, contra esa condena. Si se hubieran identificado como judíos, su destino habría sido la deportación. Al ser declarados miembros de la Resistencia, partisanos, su ejecución debía ser inminente.

Sin ninguna condescendencia, Carità ordenó disponer los fusiles apuntando a los rebeldes. Wolf estaba a punto de ser testigo directo de una ejecución en grupo. El rabino y el cardenal apartaron la mirada. El cónsul había servido en el ejército; no negaría el duelo visual a Carità. Debía mostrarse entero, aunque en su interior sus pilares emocionales estuvieran a punto de quebrarse una vez más. Primero en Villa Malatesta, ahora en Sesto Fiorentino. En ambas ocasiones, frente al mismo Satanás.

De repente, al unísono, cinco voces entonaron una melodía.

Los hombres, a sabiendas de que iban a morir en aquel lugar, en aquel momento, al verse amordazados y no poder unirse en un último abrazo fraternal, se fundieron anímicamente para sucumbir bajo sus ideales.

Aquellos cinco hombres cantaban *La Internacional,* el himno de los trabajadores de todo el mundo.

```
Arriba los pobres del mundo,
en pie los esclavos sin pan,
alcémonos todos al grito:
¡Viva La Internacional!
```

El estruendo de veinte fusiles Mauser Kar 98k también sonó al unísono. Frente a Wolf, aquellos cinco hombres cayeron al suelo sin vida, reventados por las balas.

Los niños hospedados en el *collegino* escucharon irremediablemente el fragor de la descarga. Sería un estruendo difícil de olvidar.

Los mercenarios inclementes abandonaron el lugar dejando los cadáveres en el terreno y una desmesurada sensación de desconsuelo en las almas de los presentes.

El cardenal Dalla Costa se acercó a Wolf, que seguía erguido frente a los cadáveres, observando cómo Carità y sus secuaces se retiraban entre carcajadas.

—Tenga cuidado con ese hombre, con Carità —le advirtió Dalla Costa—. Mussolini le llamó al orden por la violencia extrema que utiliza en sus interrogatorios, pero Carità le contestó simple y llanamente que él se había convertido en Duce gracias a la violencia. Tiene demasiados apoyos.

—Soy consciente de ello. Tiene partidarios en el ejército alemán, como el oficial de bienvenida del Partido, y miembros de la curia trabajando para él. Un tal padre Ildefonso a quien desgraciadamente desconozco.

Dalla Costa no se inmutó ante la revelación, Wolf se dio cuenta de ello. El rabino les apremió a que se retiraran de aquel sitio. Guardaron distancia y se aseguraron de que, al menos durante un tiempo, ningún niño abandonara sus dependencias.

—La ciudad tiene sus propios demonios internos —lamentó el cardenal—. A veces, sus voces resuenan por encima de los espíritus celestes.

—Hablando de demonios, conozco las intenciones del Führer gracias a un informe del embajador Rahn. Berlín no desea la caída de Florencia.

—Entonces tenemos que convencer a los aliados de que no invadan militarmente Florencia. Yo me encargaré personalmente de escribir a la embajada británica en Roma y, si fuera necesario, al mismísimo comandante del ejército británico —concluyó Dalla Costa.

—¿Podemos contar con usted, señor Wolf? —preguntó el rabino.

El aludido miró a su alrededor. Frente a él, los cadáveres, hacinados, mostraban la cruda realidad. Al otro lado de los muros, algunos niños trataban de volver a la normalidad fingiendo mostrar indiferencia ante la descarnada verdad.

Aquellos pequeños eran auténticos supervivientes.

—Tiene usted mi palabra —sentenció el cónsul.

Los tres hombres entraron en el *collegino,* saludaron a las criaturas y se despidieron cortésmente de la marquesa Maria Teresa Pacelli, uno de los espíritus celestes de Florencia.

Al salir, imploraron por las almas de los cinco caídos.

Antes de que el cónsul arrancara su automóvil, el cardenal Dalla Costa se dirigió a él una vez más a través de la ventanilla.

—Por cierto, señor Wolf. Creo que, después de lo sucedido, no podemos dejarlo pasar. El verdadero nombre del presbítero benedictino con el que usted se cruzó, el padre Ildefonso, es Alfredo Epaminonda Troya, otro de los demonios internos de la ciudad. Espero que, tras esta información, pueda confiar totalmente en nosotros.

Elia Dalla Costa se alejó de aquel lugar acompañado por el rabino Cassuto.

Con aquella demostración de lealtad, Wolf tuvo la sensación de no estar solo, algo que le tranquilizó.

Su apetito había desaparecido por completo tras la horripilante visión que acababa de sufrir, así que Wolf volvió a su oficina en Via de' Bardi sin probar bocado. No había podido disfrutar demasiado de la compañía de los muchachos por culpa de la presencia de Carità y sus secuaces, pero al menos había comprobado que la soledad no era un atributo que debiera tener en cuenta a partir de aquella mañana.

Sus amistades se mantenían intactas. Continuaba estando en contacto con Berenson, la señorita Kiel y poco a poco se fortalecía su camaradería con el nuevo director del Kunsthistorisches Institut, Ludwig Heinrich Heydenreich. Pero aquellos leales compañeros no tenían jurisdicción para concluir su gran propósito: convertir Florencia en una ciudad abierta. Sus nuevos socios abrían un minúsculo abanico de posibilidades. Diminuto, sí, pero nunca había gozado de tener alternativas.

Nada más llegar a su oficina, su secretaria le avisó de una nueva visita. Berenson y Kiel se acercaron al consulado tras conocer el alcance del fusilamiento de Sesto Fiorentino. Vieron a un Wolf más apagado de lo habitual. La matanza frente al colegio de los niños le había abatido por completo. Invitó a sus amigos a que le acompañaran al despacho y estos tomaron asiento.

—Debería estar escondido, señor Berenson.

—No puedo estar toda la vida, la que me queda, oculto, señor Wolf.

—Por el amor de Dios, ¿cuántos años tiene? ¿Ochenta? ¿Ochenta y cinco?

—Apiádese de mí, cónsul. Solo tengo setenta y ocho —protestó Berenson.

—Pues si quiere llegar a los ochenta, escóndase. Si no lo hace por usted, hágalo por su esposa.

Kiel guardó silencio. Dejó que la conversación entre los dos caballeros fluyera.

—Verá, señor cónsul, he hecho circular un rumor. —Wolf prestó atención, atónito—. Se supone que soy hijo ilegítimo de un gran duque ruso; por lo tanto, soy ario.

—¿Lo está usted diciendo en serio? Acabo de ser testigo de cómo masacraban a cinco hombres. Eran españoles. Casi me salpica su sangre. Debe de estar bromeando.

Berenson negó con la cabeza. Kiel se mantuvo seria, distante. Wolf se llevó las manos a la cabeza, tratando de hacer caso omiso de lo que acababa de escuchar.

—Esos idiotas de «Nazilandia» se han creído ya que tengo doble nacionalidad: rusa y americana.

El cónsul miró a Kiel buscando una aliada.

—No sé si terminará cumpliendo los ochenta —afirmó ella.

—Se dice que el nuevo prefecto fascista tuvo a bien avisar a los judíos de que abandonaran sus casas y se escondieran. ¡Parece que la naturaleza humana es centrífuga!

Wolf se llevó las manos a la cabeza.

—Amigo, la naturaleza de Manganiello dista mucho de ser centrífuga.

—Tenga cuidado —le aconsejó Kiel a Berenson—. Gerhard está en lo cierto. Hace dos noches cenaba en una *trattoria* y los oficiales alemanes arrestaron a la posadera, acusada de ayudar a la Resistencia por facilitarles el acceso a los túneles ocultos en las piedras de las paredes de la taberna. Su marido y su hija no la han vuelto a ver.

Wolf miró extrañado a la mujer.

—¿Cómo no me ha puesto al corriente, señorita Kiel?

—Porque no habrías podido hacer nada, Gerhard. Era cierto. La posadera ayudaba a la Resistencia a través de esos túneles.

Wolf guardó silencio y agradeció el mutismo de Kiel. Maria Faltien llamó a la puerta. Anunciaba otra visita. Al parecer, aquel hombre llevaba un par de horas allí, sentado en el portal del consulado, sin hacer ruido ni provocar ningún tipo de molestia. La polio había hecho mella en él y tenía la pierna derecha totalmente atrofiada y afectada por la enfermedad. Le hizo pasar a su despacho.

—Me llaman Burgassi, señor cónsul —dijo el hombre—. Trabajo en el Ponte Vecchio. Mi cuerpo maltrecho no me permite hacer grandes esfuerzos, pero me gané la confianza de los joyeros del puente y me encargo de abrir y cerrar algunos de esos negocios. El joyero alemán local, Fritz Cheurle, que siempre ha actuado como intérprete, ha dirigido la incautación de bienes pertenecientes a sus colegas florentinos, debido a su conocimiento de las condiciones locales y del comercio.

—Supongo que ese alemán, el joyero, habrá dejado una impresión bastante desagradable en el puente —dijo Wolf.

—Así es… —respondió preocupado Burgassi.

Wolf abrió el cajón de su escritorio. Sacó su paquete de Toscanos y los observó fijamente durante unos segundos. «Los días son demasiado largos en Florencia», pensó. Se imaginó en el patio de Le Tre Pulzelle, jugando con Veronika, mientras Hilde, con un ejemplar de *Lo que el viento se llevó* entre sus manos, sonreía observando cómo se entretenían.

Volvió a depositar la cajetilla en su lugar, respiró profundamente y miró a sus amigos.

—Señorita Kiel, señor Berenson, váyanse a casa, por favor. —Y se dirigió a Burgassi—: ¿Dónde puedo encontrar a esos saqueadores?

26

Wolf apareció en la taberna, cerca de Orsanmichele, donde habían sido localizados aquellos soldados, miembros del comando Erfassunsg IV de la Wehrmacht. Expoliadores mediocres. Los dos soldados coincidían con la descripción que le había facilitado Burgassi. Se acercó a ellos. Estaban en mitad de una conversación, ajenos al devenir de la taberna a consecuencia del alcohol.

—Deberían saltar todos los puentes por los aires. ¡Kaboom! —le decía uno al otro.

—Buenas tardes —se presentó Wolf en un perfecto alemán.

—¿Usted quién es? —preguntó uno de ellos fijándose en el brazalete.

—Soy el cónsul alemán, y vengo a lidiar en el conflicto del Ponte Vecchio. ¿Quién ha dado la orden de saquear los comercios?

—Son judíos italianos. No necesitamos una orden específica.

—¿También han expoliado el oro de los italianos amigos de Alemania o el de los alemanes cristianos?

Ambos soldados se miraron. No tenían constancia de la diversidad de las nacionalidades de los joyeros. El alcohol que habían ingerido no era una gran ayuda para permitir ningún tipo de reconciliación en aquel momento.

Uno de los alemanes se puso en pie. La gente que atestaba la taberna se volvió hacia ellos.

—No merece portar con orgullo su nacionalidad, cónsul —le reprendió—. Usted no es alemán, parece más un perro de vigilancia de estos italianos.

Su tabique nasal se rompió. Cayó sobre la mesa y el poco alcohol que quedaba en una botella se derramó por el suelo. Los clientes gritaron sobresaltados. El soldado se llevó la mano a la nariz, que sangraba cuantiosamente. Aún con la sorpresa en sus ojos, se incorporó y se situó de nuevo frente al cónsul. Wolf le había partido la nariz.

Aquello solo estaba ocurriendo en su mente. El cónsul abrió los ojos, evaporó aquel pensamiento colérico y destensó su puño derecho. Le habría encantado romperle la nariz a aquel tipo engreído, pero hacía tiempo que se había decantado por la diplomacia y no por la violencia. La incursión en Villa Malatesta fue fruto de la desesperación. Su experiencia tanto en el ejército como en la cancillería debería servirle para lidiar con situaciones como aquella.

—Mi posición en esta ciudad es la de cónsul alemán y representante del plenipotenciario del Reich en Italia, señores. Mi tarea principal es asistir a las fuerzas germanas de cualquier modo, así como actuar de intermediario entre ellos y las autoridades italianas, pero al mismo tiempo estoy aquí para garantizar que se eviten todos los disturbios públicos innecesarios por actos privados y arbitrarios.

El segundo soldado se levantó con el fin de impedir una refriega.

—Me ha informado el joyero alemán local Fritz Cheurle que ustedes han abusado de él —mintió Wolf—. Como ciudadano alemán en Florencia, tengo órdenes desde Berlín de proteger sus intereses.

Una vez más, ambos soldados se miraron.

—Ese hijo de puta… —maldijo el tipo que debería estar sangrando por la nariz—. ¡Solo le cobramos un interés!

—Al parecer son ustedes los que no parecen alemanes. Solo son mercenarios usureros —les acusó el cónsul—. Devuelvan el oro a sus propietarios o tráiganme una orden firmada desde Berlín. Si no, no seré yo el que os despoje de vuestras posesiones. Las órdenes vendrán de arriba.

Wolf se giró con el ánimo de cruzar la puerta y se dio de bruces con un hombre que aparentaba llevar más tiempo en aquel lugar del que él pudiera imaginar.

Herr Rettig.

El cónsul dio un paso atrás. Al ver a aquel hombre, recordó al pobre anciano cuya cabeza explotó frente a él. Se puso a la defensiva. Cualquier paso en falso podría costarle una deportación. Rettig observó la escena. Miró a los soldados, comprobó la humillación verbal de aquellos alemanes y posó su mirada de nuevo en Wolf.

—¿Todo en orden, señor Wolf?

—Todo en orden, *Herr* Rettig.

Rettig observó de nuevo a los soldados, consumidos por la vergüenza. La clientela no hizo ningún aspaviento. Volvió a desafiar con la mirada a Wolf, que seguía frente a él como una estatua, sin amedrentarse.

—Presente mis respetos a su familia, dondequiera que estén. —El sempiterno rostro hierático de Rettig mutó hacia una sonrisa ficticia.

—*Heil Hitler!* —dijo Wolf con mofa.

El cónsul rodeó a su adversario y se aproximó a la puerta. Antes de alcanzarla, se abrió de par en par. Un hombre exhausto apoyó las manos en las rodillas. Jadeó y, tras reponerse, alzó la voz.

—¡Han detenido al rabino en la Piazza del Duomo!

La taberna continuó en silencio. El hombre, aún resollando, miró a su alrededor. Allí se encontraban, casi por accidente, cuatro oficiales nazis. Tres militares y el cónsul. No lo había advertido. Con aquella revelación, acababa de señalar a aquella tasca como un negocio hebreo. Presa del pánico, giró sobre sus pasos y abandonó el lugar maldiciendo a los alemanes. Wolf pensó durante un par de segundos y se volvió.

Rettig no dejaba de mirarlo. Aunque Wolf sabía que era fruto de su imaginación —últimamente su inconsciente estaba trabajando mucho—, le pareció ver llamas alrededor de los ojos de aquel nazi.

El cónsul abandonó apresuradamente la taberna y se dirigió a la Piazza del Duomo. Intentó avanzar con la mayor celeridad posible, pero el traje, sus zapatos y el suelo de la ciudad no propiciaron la velocidad deseada a través de la Via Calzaiuoli.

En la Piazza del Duomo, frente a la Puerta del Paraíso del baptisterio de San Giovanni, se congregaban varios vecinos que, intentando sortear las obras del tranvía y formando un correveidile, iban expandiendo la noticia como la pólvora. Wolf se encontró perdido. La gente hablaba, reinventaba la escena, pero todos los finales llevaban al mismo lugar. El rabino y su círculo de confianza habían sido detenidos. Una redada antisemita.

Una mano amiga le sujetó por detrás. Alessandro, el barbero, estaba descompuesto.

—¿Qué ha pasado? —apremió Wolf.

Alessandro habló atropelladamente.

—Han sido arrestados, ¡todos!

—¿Dónde, Alessandro? ¿Dónde?

—En la sede de Via Pucci. Han sido los secuaces de Carità. El rabino Cassuto, Leto Cassini, ¡todos! ¿Por qué, señor Wolf? —Alessandro no pudo evitar llorar—. ¿Por qué?

Era difícil explicar el motivo del secuestro. La Delegación para la Asistencia de Emigrantes Judíos tenía un propósito específico, aunque trabajara como un comité desde la clandestinidad. Su finalidad era ofrecer asistencia sanitaria, educativa y lúdica a los niños. Esa era la razón por la cual Wolf conoció al rabino Cassuto en la inauguración del *collegino* esa misma mañana. De repente, sin esperarlo, en aquella Florencia ocupada la vida daba un giro de ciento ochenta grados por un único motivo.

Una única razón.

Ser judío.

Wolf arrastró a Alessandro a la fachada principal de Santa Maria del Fiore.

—Son judíos, Alessandro. Ese es el motivo.

—Pero… ¡ayudaban a los niños!

Wolf depositó sus brazos sobre los hombros del barbero.

—Alessandro, en esa sede se buscaban viviendas, adquirían alimentos y proporcionaban tarjetas de identidad falsificadas.

El barbero se quedó estupefacto.

—Usted lo sabía…

Alessandro no pudo continuar. Estaba demasiado conmocionado.

—Sí.

—Y no hizo nada para delatarlos.

—No. Del mismo modo que nunca lo delaté a usted ni a su barbería. Pero alguien sí lo ha hecho, y ya no podemos hacer nada para evitarlo.

Aquellas palabras provocaron que el barbero se desplomara. Wolf abrazó a aquel hombre, que terminó por derrumbarse entre sus brazos.

Elia Dalla Costa se aproximó a ellos. Con un gesto breve, el cardenal les emplazó a ingresar en el *duomo* de Florencia. En el interior de aquella majestuosa catedral, siglos atrás, los Pazzi fueron derrotados por el pueblo florentino, simpatizante de los Médici. Fuera de sus muros, en esta ocasión era el pueblo florentino el que estaba siendo derrotado por el peor enemigo que podía tener: sus propios vecinos delatores.

Kiel y Berenson también se encontraban entre el tumulto. Con un grito, provocaron que Wolf girara la cabeza. Al reconocer de dónde y de quién provenía aquella voz, suplicó a Dalla Costa que les permitieran acompañarle.

Caminaron por la nave central hasta llegar al altar. Los frescos de Vasari eran testigos. Dalla Costa les emplazó a un rincón más apartado. No quería que la acústica del lugar los delatara. Se encontraba inquieto.

—Cardenal, puede hablar en su presencia —dijo Wolf señalando a Kiel y Berenson—. Son de los nuestros.

—Gerhard, los llevan a Auschwitz. —El tono del cardenal era muy afligido.

—¿Qué harás? —exhortó el barbero al cónsul.

—¿Qué haré? —replicó Wolf torciendo el gesto—. ¿Cómo que qué haré?

—¡Solo tú puedes hacer algo!

—¡Mírame, Alessandro! ¡Usted también, cardenal! ¡Todos ustedes! ¿Qué es lo que ven? —preguntó desencajado Wolf señalándose a sí mismo.

Elia Dalla Costa guardó silencio.

—Esperanza —contesto retraído Alessandro.

—Por el amor de Dios, Alessandro. ¿No lo veis? He tenido que expulsar de este país a mi mujer y a mi hija. ¡Soy alemán! ¡Se supone que soy un maldito nazi! —Se arrancó el brazalete con la esvástica y lo arrojó al suelo—. Cada vez que desafío los ideales nazis no solo pongo en riesgo mi trabajo, ¡también mi vida!

A Dalla Costa no le molestó que Wolf tomara el nombre de Dios en vano en aquel lugar. No en aquel momento.

Aquella palabra, «nazi», fue suficiente para que todos ellos entendieran que enfrentarse a soldados ebrios, a prefectos italianos ansiosos de poder o a oficiales de bienvenida del Partido Nazi era una cosa, pero cuestionar órdenes directas del Führer era algo que nadie podía hacer.

Nadie.

Wolf no lo había compartido, pero el embajador Rahn había recomendado su ascenso, con el fin de sacarle de Florencia y evitar así lo que no tardaría mucho en suceder. La ciudad, a causa de un bando u otro, podía ser arrasada. Rudolf Rahn no quería que su amigo Gerhard pereciera defendiendo una causa posiblemente ya malograda tiempo atrás.

El cónsul agradeció la propuesta y la rechazó ante el estupor de su amigo Rahn.

Gerhard Wolf había decidido quedarse en Florencia.

Kiel admiraba profundamente a aquel hombre, se sentía levemente atraída por su coraje. Berenson le consideraba un intelectual, uno de los suyos. Alessandro lo veía como un salvador. Wolf se dejó caer abatido en uno de los bancos de la catedral de Santa Maria del Fiore. Todos esperaban demasiado de él. No era ningún Moisés.

Dalla Costa había observado la evolución de Wolf en una sola jornada. Ese mismo día, temprano, Wolf les había instado a elaborar un plan en favor de aquellos partisanos, prisioneros de la Banda Carità. Sin embargo, esa misma tarde, en la casa de Dios, aquel cónsul no era la misma persona que había conocido por la mañana. En cuestión de horas el pequeño universo del religioso había sido despedazado. De golpe, el cardenal había perdido a un amigo, un socio. El rabino sería deportado a uno de los peores campos de concentración. También estaba a punto de perder a otro hombre para la causa. El cónsul estaba siendo tentado por el sometimiento.

La redención.

Demasiada presión.

Demasiado peso sobre sus hombros.

A lo lejos, una visión angelical arrojó algo de luz sobre aquel grupo. Alessandro recuperó brevemente la vitalidad al ver que se acercaba Daniella, que llevaba en brazos a su pequeña de cuatro años, Hannah. Alessandro le puso al tanto en pocos minutos.

La mujer, ataviada con ropa humilde que no ensalzaba su figura, saludó a los allí presentes y observó al obispo, que daba pasos de un sitio a otro, sin aparente convicción, sumergido en sus pensamientos. En el banco más cercano a ellos, un hombre trajeado hundía su cabeza entre sus piernas completamente derrotado.

El rostro de Daniella, hermoso como pocos, no pudo esconder la tristeza. Se acercó al banco y posó a su pequeña en sus rodillas. Su mano derecha acarició la espalda de Wolf. El cónsul levantó la mirada y, como si se tratara de un milagro, creyó ver a Hilde y a su pequeña Veronika. Cayó en la cuenta: aquella niña era demasiado pequeña. A pesar de ello, fueron segundos de una felicidad ficticia pero reparadora.

La chiquilla miró con angustia al cónsul. Wolf, abatido, intentó hacer una mueca graciosa para no contagiar de pesimismo a la niña, que llevaba un vestido sencillo, con muchas costuras ya. La familia de Alessandro era de clase baja, obrera. Wolf infló sus carrillos como si fuera un globo, un juguete que aterrizó en el mercado hacía apenas un decenio. El rostro de Wolf se deformó y provocó a la pequeña Hannah una risotada. Los ojos del barbero y su esposa se iluminaron. Dalla Costa cesó su desdibujada travesía. Observó la escena con compasión. Wolf realizó otra mueca, igual que las que hacía a su propia hija tan solo unos meses atrás. La pequeña continuó con su festival de carcajadas. En aquel lugar, ajenas a la barbarie, varias personas se concentraron en entretener a una niña.

—Y tú, pequeña señorita, ¿cómo te llamas?

—Se llama Hannah —respondió Daniella con devoción.

—Es usted una Hannah muy hermosa. —Wolf repitió una mueca.

La niña se abalanzó hacia el cónsul, quien, no sin torpeza, cogió en brazos a la criatura. Hannah intentó llenar sus carrillos como Wolf, pero se le escapaba el aire. El cónsul recuperó la sonrisa junto a ella. Kiel lo observaba con fascinación.

—Así que, pequeña Hannah —le dijo Wolf, aunque el mensaje era para todos los allí presentes—, si miramos hacia delante, comprobaremos que existe una delgada línea que nos une con todo lo posterior. Con el último o la última de los nuestros. Algún día lo entenderás.

—Amén —fue la única intervención de Dalla Costa.

El cónsul entregó a la pequeña a su padre.

—Es lo único que tengo en esta vida, señor Wolf —le dijo su barbero—. Mataría por ellas. Moriría por ellas.

Daniella no quiso oír aquellas palabras. Sin embargo, el coraje de Alessandro recordó a Wolf su incidente en Villa Malatesta. Él también mataría por Hilde y Veronika. Moriría por ellas. Y, de repente, se vio reflejado en aquel pobre diablo. No era un militar. No era un cónsul del Reich. Tampoco era Moisés. Era un simple barbero judío en una ciudad que se caía a pedazos.

—No sé si podremos matar por ellas —contestó convencido—, pero sin duda, si hay que morir, moriremos por ellas.

El cónsul de Florencia se levantó con brío renovado y agarró el brazalete que yacía en el suelo. Daniella se asustó. No lo vio venir.

—Tranquila, mi amor —susurró Alessandro—, es solo un escudo.

A pocos metros del cónsul y su compañía, un hombre misterioso salió sigilosamente de Santa Maria del Fiore. Con paso acelerado, sorteó a la muchedumbre aglomerada en los alrededores del baptisterio de San Giovanni en dirección a la capilla de los Médici. Dejó a un lado el complejo monumental de la basílica de San Lorenzo y continuó por Via Faenza.

Al llegar a su objetivo, se detuvo. Apuntó todo lo que necesitaba. La dirección exacta. El propietario. Aquella barbería no era un negocio ario. Se trataba de un comercio judío. Carità sería informado de inmediato.

Con la convicción de haber realizado un gran trabajo, se santiguó y volvió a su casa parroquial.

27

Oficialmente, se abrió la veda dos meses atrás.

Florencia se convirtió en un coto de caza.

El gobierno fascista de la República de Saló proclamó una nueva ley el primer día del último diciembre. Todos los judíos de Italia debían ser encarcelados, deportados y encerrados en campos de concentración. Sus bienes serían automáticamente confiscados.

La Banda Carità no solo gozaba de libertad e impunidad. Desde diciembre estaba respaldada por el estado títere de la Alemania nazi. El embajador Rahn no pudo hacer nada para evitarlo.

Mario Carità no tenía por qué esconderse más fuera de la ciudad. Había expropiado una residencia a un rico florentino judío y se instaló en Via Giuseppe Giusti, a escasos metros del Kunsthistorisches Institut, la entidad que, tiempo atrás, dirigió Friedich Kriegbaum.

El resto de la banda se mudó al edificio donde estaba establecida la sede de la Sicherheitsdienst, la policía alemana, en Via Bolognese número 67, al norte de la ciudad. Sin mucho papeleo de por medio, cedieron a la cuadrilla, ahora convertida en un departamento de la milicia republicana conocida como la nonagésimo segunda legión de la Milicia de Seguridad Voluntaria Nacional, el uso de los sótanos. Desde allí el comandante Carità, apoyado por su séquito de criminales, ejecutaría a sus anchas. Su departamento de servicios especiales, como le gustaba llamarlo al mismísimo Carità, se dividió en tres facciones para poder peinar la ciudad con mayor efectividad. El «Equipo de asesinos de Erno Manente», el «Equipo del laberinto de Perotto» y «Los cuatro santos» se turnaban los barrios en busca de presas a las que confiscar y torturar. Utilizaban como bases secundarias de operaciones el Parterre en Porta San Gallo, al norte, el Hotel Excelsior en Piazza Ognissanti, a orillas del Arno, y el Hotel Savoia en la Piazza Vittorio Emanuele, en pleno centro de Florencia. Uno de los grandes éxitos de la banda llegó cuando desmantelaron la sede partisana de Via Guicciardini, de donde extrajeron todo un arsenal que sin duda reutilizarían contra el pueblo judío florentino. En el núcleo de la ciudad su mera presencia provocaba terror. Cuando los florentinos veían el automóvil de Carità parar frente a un negocio, toda la vecindad abandonaba el lugar con presteza.

Sin embargo, y a pesar de que la banda de Carità había ejecutado al comandante partisano Sinigaglia, los revolucionarios se habían reforzado de nuevo en Monte Morello y las incursiones de los mercenarios de Carità cada vez eran menos efectivas en la periferia de la capital toscana. Comisión Radio, una radiodifusión clandestina que proporcionaba información a los ciudadanos florentinos sobre las actividades de los alemanes en la ciudad y que solicitaba ayuda para los partisanos, acababa de comenzar sus retransmisiones.

Más allá de Florencia, en el norte del país se había celebrado el Proceso de Verona, un juicio político de carácter meramente vengativo contra todos los miembros del partido fascista que habían propiciado la caída del Duce. Los acusados fueron fusilados. Ni siquiera el yerno de Mussolini, Galezzo Ciano, obtuvo el perdón.

En el sur, el curso de la guerra viraba milagrosamente en favor de los aliados. El desembarco sin oposición de cuarenta mil soldados el día 22 de enero en el puerto de Anzio, cincuenta kilómetros al sur de Roma, terminó siendo un éxito a pesar de la falta de suministros. El plan de Normandía como objetivo principal consumía demasiados recursos.

La cuarta división de paracaidistas, la división Herman Guerin, los Panzergranadier y la Luftwaffe provocaron grandes pérdidas aliadas, pero no evitaron que la Operación Single obtuviera la victoria.

Mientras el general Kesselring rearmaba Roma, Hitler ordenaba desplazar tropas desde Alemania, Yugoslavia y Francia a territorio italiano. A principios de febrero, por orden del mismísimo Führer, los alemanes cortarían el acceso sur de la Ciudad Eterna. Ya habían proclamado lealtad absoluta a principios de enero.

8 de enero, 1944

Todo alemán debe saber que:

1. esta guerra es un conflicto ideológico;

2. esta guerra no se resolverá solamente con las armas, sino también con una sólida y nítida ideología difundida por agentes conscientes de su fe;

3. todo el pueblo alemán, inspirado por su fidelidad a nuestra sagrada causa, a nuestro Führer y a la ideología nacionalsocialista, debe formar un frente común.

Nuestra fe y nuestra voluntad nos hacen invencibles.

¡Afrontemos, pues, el espíritu destructivo del adversario con una ratificación todavía más fanática de nuestra inquebrantable fe en la victoria!

Creemos en esa victoria, creemos en la grandeza, legitimidad y santidad de nuestra causa.

Creemos en la inmensa fuerza de nuestro pueblo, unido por el nacionalsocialismo, y en la del Führer.

Creemos que el nacionalsocialismo nos conducirá a una forma de existencia elevada y fecunda, como corresponde a nuestra sangre germánica.

Creemos en la llegada de la gran era germanoalemana, la era de las más bellas creaciones culturales y la máxima eficiencia bajo el signo del socialismo alemán. Creemos en Dios y en un orden universal y excelso que hará triunfar definitivamente a la pureza, la fuerza y la nobleza.

Creemos en el apostolado de nuestro pueblo, inspirado por Dios, como venero de la genuina vida germánica en Europa, y creemos en el apostolado del Reich como poder conservador y ordenador.

¡Esa es nuestra fe!

Vivir con pureza, nobleza y gallardía, darlo todo desinteresadamente por la comunidad nacional:

¡Esa es nuestra honra!

Seguir al Führer hasta el fin, con obediencia y sentido del deber, en la lid de nuestra comunidad nacional: ¡Esa es nuestra lealtad!

¡Hoy todo es lealtad!

Lealtad a nuestro Führer, lealtad a nuestro pueblo. Sabemos que el más fanático de nuestros enemigos puede sucumbir ante una resistencia aún más fanática. La fuerza moral del adversario no es inagotable, como tampoco su material humano. Sabemos que si damos pruebas de perseverancia, podremos responder favorablemente a la gran pregunta que formula el destino sobre la victoria.

Fe, lealtad y voluntad férrea, tanto en el frente como en el suelo patrio: ¡ellas darán la victoria a nuestras armas!

¡Un pueblo, un Imperio, un Führer, una fe y una voluntad...; con eso nadie puede arrebatarnos la victoria!

Jefatura de Personal del Ejército Alemán.

La guerra avanzaba, pero se había perdido el foco principal por culpa de los intentos infructuosos de neutralizar las injustas y despiadadas detenciones que se llevaban a cabo en el núcleo urbano. De vez en cuando, las sirenas de la ciudad y el sonido de las explosiones volvían a reubicar a todos los florentinos en el aún más cruel contexto bélico.

Un mes atrás, una nueva descarga por parte de los aliados había hecho saltar por los aires residencias en Poggio Imperiale, al sur de Florencia, causando diez víctimas mortales tras la escaramuza aérea.

En ese mes de febrero, al sur de Monte Morello, el municipio de Sesto Fiorentino recibía un azote mortal. El sonido de las sirenas no fue suficiente. Nadie tuvo tiempo para nada. A mediodía, un escuadrón aliado surcó el aire y descargó su fatídico lastre. El clérigo Teofilo Tezze intentó salvar a toda costa a los muchachos del *collegino,* pero el área quedó devastada.

Mientras los bomberos trataban de recuperar restos de cuerpos destrozados, Wolf se mantuvo erguido frente a la zona donde se había producido la masacre. A su lado, el embajador Rahn y el cardenal Elia Dalla Costa contemplaban todo atormentados. Aquello no era una zona dominada por las SS. No era un punto estratégico donde convergieran infraestructuras militares. Aquel sitio era un albergue, un lugar de acogida para los más desfavorecidos, los niños.

Nadie entendió nada.

Todo había volado por los aires.

El cónsul observaba a los bomberos, que sin éxito trataban de encontrar a alguien con vida. Pero incluso en tiempos oscuros la esperanza era lo último que se perdía.

—¡Aquí hay un niño! —exclamó uno de ellos.

El optimismo retornó brevemente. Wolf no pudo evitar acordarse de su amigo Kriegbaum, lo que provocó que ese momento fuera bastante más complicado de sobrellevar de lo que ya era.

Al levantar unos trozos de madera, hallaron a un pequeño semiinconsciente. Cuando lo sacaron, observaron que poco podrían hacer por él. Una viga de metal le había perforado el intestino. Trataron de realizar el rescate de la manera más cuidadosa posible, pero la parca ya había entregado su carta de presentación. Era cuestión de tiempo que la peritonitis acabara con la vida de aquel pobre crío. Se encontraba completamente ensartado.

Otro hombre gritó poseído. Habían localizado a otro superviviente.

Mientras levantaban los escombros que le presionaban el pecho, el muchacho solo alcanzó a pronunciar dos palabras.

—Tengo… sed…

El crío murió en el acto y el hombre que le había encontrado se desplomó entre los escombros, quebrantado por la voz de aquel joven inocente que acababa de expirar.

Tras retirar varios cascotes, el panorama fue todavía más desolador. Aquel niño había sufrido múltiples contusiones y le faltaba una pierna. Sobrevivió a un bombardeo y murió minutos después desangrado.

—¡Otro niño!

Wolf maldijo aquella mañana. «¿Cuántos más?», pensó. Algunos bomberos se acercaron al lugar.

—¡Está vivo!

Wolf abrió los ojos como platos y, agarrando a su amigo Rahn del brazo, echaron a correr. El cardenal se tomó algo más de tiempo. Tras un vehículo que había servido de empalizada improvisada, un crío se mantenía en pie. En estado de shock, la criatura no podía pronunciar palabra. Se trataba del pequeño Banchelli, el niño al que el cónsul le había regalado un caramelo el día de la inauguración. Wolf se acercó y se arrodilló ante él. Le cogió la cara con las manos y le habló con dulzura.

—Dino...

Rahn hizo valer su autoridad como embajador ante los que allí se encontraban y le ofrecieron espacio para gestionar emocionalmente aquella situación. Dino Banchelli tenía la mirada perdida, la cara llena de polvo y la mucosidad bajo la nariz completamente reseca. Sus ropas se encontraban completamente desgastadas y portaba un pequeño zapato en la mano.

—Dino..., ¿me recuerdas?

El pequeño miró a Wolf, pero no reconoció su rostro. Volvió a mirar en dirección a la catástrofe.

—Dino... —insistió el cónsul obligándole a que dejara de escrutar el lugar donde sus amigos habían perdido la vida—. Mira.

Entonces sacó un caramelo del bolsillo de su chaqueta, lo depositó en su mano y cerró el puño. Al tratar de jugar con él, el crío recordó. Lejos de querer volver a entretenerse, sus ojos se encontraron con los de aquel hombre. Dino respondió con enorme tristeza y, tras echarse a llorar, buscó el consuelo en los brazos de Wolf.

El embajador Rahn, otro diplomático que, al igual que Wolf, andaba constantemente en la cuerda floja, no pudo contener las lágrimas. Dalla Costa agradeció a Dios el milagro y rezó por el alma del chaval, que ahora estaba totalmente perdida. Wolf se habría quedado abrazando al pequeño hasta el fin de la guerra. Hasta el fin de los días.

—Quiero el caramelo.

Aquella voz inocente le partió el corazón. Entre sus brazos, Dino continuaba con sus pucheros, pero con aquella petición infantil el cónsul se dio cuenta de que gozaba de la confianza del pequeño. Lo depositó en el suelo y le mostró ambos puños cerrados. Dino lo miró de nuevo, haciéndole entender que no quería jugar. Solo quería el caramelo. El crío sentía que lo merecía.

—¿Sabes cuál es el secreto? —le preguntó el cónsul.

El niño negó con la cabeza sin mirarlo directamente. Wolf abrió los dos puños. El chiquillo recuperó brevemente la sonrisa.

El pequeño no se paró a pensar que aquella primera vez, cuando jugó con Wolf, había ganado porque el cónsul así lo había dispuesto. Dino se alegró porque ahora su tesoro se había multiplicado por dos. Rápidamente, cogió los caramelos. De repente, comenzó a llorar de nuevo.

Wolf lo acurrucó.

—Tranquilo, pequeño, tranquilo.

Dino necesitaba sacar lo que le consumía por dentro. Al parecer, el muchacho estaba junto con sus amigos. En un momento determinado, se le salió un zapato y se detuvo un rato a colocárselo. Dino trató de explicar que él no sabía cómo atarse el cordón, pero como no deseaba ser castigado, se lo puso en su sitio tan rápido como pudo y echó a correr de nuevo tras sus compañeros. Cuando se dio cuenta, sus amigos ya no estaban.

—¿Fue aquel hombre malo? —preguntó Dino muy afectado.

Wolf respiró hondo. Aquello era difícil, muy difícil. El pequeño se refería a Carità. Pensó en Hilde. Demasiado tiempo sin verla, demasiado tiempo sin abrazarla. Las horas pasaban lentamente y el fin de la guerra aún parecía distante. Pensó en Veronika. Demasiado tiempo sin besarla, demasiado tiempo sin enseñarle lo dura que era la vida, siempre con una sonrisa. Pensó en Kriegbaum. Él sí habría salido airoso de aquella dramática situación. Habría provocado una carcajada a ese crío en mitad de la catástrofe. Así era Friedrich.

—Hay muchos hombres malos, Dino, pero no es momento de pensar en eso. Tú eres ya mayor y ahora tienes una misión.

El crío levantó la mirada y el tiempo se detuvo entre los dos. Wolf lo contempló. En verdad, en cuestión de minutos, un bombardeo aliado había acabado con la infancia de aquel niño. De repente, sin quererlo, Dino Banchelli se había hecho mayor, aunque el pequeño aún no lo sabía. Observó a aquel hombre; se sentía seguro junto a él.

—¿Cuál, señor?

—Serás un héroe, y tendrás que hacer felices a los demás niños.

—Pero ya no hay niños…

Wolf tragó saliva. Aquel pequeño no era tonto y el cónsul le estaba tratando como tal. Decidió respetarle como un adulto.

—No, Dino. Aquí ya no hay niños. Pero tenemos que hacer todo lo posible por los que hay en otros lugares, para que nunca dejen de sonreír. ¿Quieres ser ese héroe por mí?

—¡Sí! —contestó el muchacho con algo más de alegría.

Wolf lo cogió por la cintura y lo lanzó al aire. Ambos celebraban una pequeña victoria tratando de olvidar la tragedia.

—¡Señor, es usted tan fuerte como Dick Fulmine! —exclamó el pequeño adulando a su protector.

Wolf miró a sus compañeros. No entendió aquella fantasía del crío. Confuso, buscó la mirada de Rahn para que le explicara qué significaba esa analogía.

—Es un musculoso héroe de acción, protagonista de varias historietas. Les encanta a los críos.

Wolf siguió sin entenderlo, pero respondió a Dino con una sonrisa de oreja a oreja y con su mano removió con cariño el cabello del chaval.

—Tenemos un hombre de confianza —susurró Dalla Costa al cónsul—. Está sacando a la gente de la ciudad. Solo necesitamos la documentación pertinente. Esperamos una nueva remesa de falsificaciones de Bartali y los sellos oficiales.

—Los visados son cosa mía. Esperemos que no le falle la bicicleta —dijo con preocupación Wolf—. ¿Quién es el otro hombre de confianza?

—Burgassi, un hombre afectado por la polio. Trabaja en los puentes.

—¿El guardián del Ponte Vecchio? —Wolf celebró la extraña coincidencia.

—¿Le conoce? —preguntó el cardenal.

—El primero que me lo mencionó fue Kriegbaum. Hace poco estuvo en el consulado denunciando la expoliación de las orfebrerías del puente.

—Es nuestro hombre —reiteró Dalla Costa.

—Lo tendré en cuenta.

Wolf dirigió la vista al embajador. Rahn le devolvió la mirada cómplice y observó al cardenal de Florencia. Terminó depositando sus ojos en aquel pequeño superviviente, ensimismado en el intento de abrir el caramelo. No existía ningún otro plan alternativo.

—Gerhard, cardenal, veo que ustedes llevan tiempo tramando algo. ¿Necesitan algo de mí?

El cardenal se hizo cargo de Dino Banchelli hasta que el consulado le facilitara su pasaporte.

Wolf condujo de nuevo su Fiat en dirección al consulado.

—No te hagas ilusiones, Gerhard. No eres Dick Fulmine —le avisó Rahn desde el asiento de copiloto.

—Me lo imagino, Rudolf. No soy un hombre de acción.

—No me refería a eso, querido amigo. Fulmine combate a los criminales, pero en sus historietas los delincuentes siempre son judíos, negros o sudamericanos. Aunque eso, a priori, no lo saben los críos. Usted es mejor que Fulmine.

Ante la mirada amarga del embajador, Wolf no pudo reprimir las lágrimas.

Teofilo Tezze, Giacomo, Gaetano, Littorio, Romano, Valdemaro, Oscar, Brunellesco, Fabio, Marcello, Aldo, Romano, Piero, Silvano, Piero, Raffaello, Gino, Giuseppe, Marcello, Remo, Romano, Athos, Luciano, Simone, dos niños llamados Piero y otros dos de nombre Romano serían los nombres que pasarían a la historia como las víctimas de la masacre del internado de Sesto Fiorentino.

Otro automóvil atravesó la ciudad. El chófer, Antonio Corradeschi, seguía órdenes estrictas. Su labor no solo se fundamentaba en la conducción, también en la defensa personal. A su lado, un miliciano armado. Tras él, otro escolta protegiendo al paladín de la purga, Mario Carità. A su lado, el difamador: Epaminonda Troya, el padre Ildefonso.

El vehículo solo se detuvo cuando encontró el lugar señalado.

Via Faenza. Una barbería judía.

El líder de la banda, vestido como un burgués, se apeó del coche. Los sicarios protegieron sus espaldas. Corradeschi cerró la puerta y se dirigió al local. De una violenta patada, derribó la débil puerta de la barbería. Alessandro, el barbero, se esmeraba en su trabajo cuando de repente la puerta se vino abajo. La cuchilla cayó al suelo del sobresalto. Los milicianos armados obligaron al cliente a retirarse del asiento y arrodillarse ante ellos. Apuntaron a Alessandro, que imitó al otro rehén. Se arrodilló y puso las manos en alto.

El teniente jefe de Carità, el temido torturador de Roma Pietro Koch, impecablemente peinado con raya a un lado y bigote abundante, se acercó a Alessandro y presionó su arma contra el pecho del barbero.

—¡Quiero saberlo todo!

Alessandro no sabía a qué se refería.

—¡Habla, traidor, o lo pagarás caro!

Koch sacudió violentamente la cara de Alessandro, que se precipitó al suelo. El golpe provocó que perdiera un diente. El matón volvió a aupar a Alessandro, que sangraba por la boca. El barbero estaba desencajado. Su cuerpo no reaccionaba, su mente tampoco.

—Este va a ser como ese otro peluquero de la Resistencia, Pretini —advirtió Koch a Carità.

—¡No, por Dios! ¡Yo no sé nada! —clamó con desesperación Alessandro.

Recibió otro golpe en la cara y, una vez más, se estampó contra el suelo. Miró a los secuestradores.

—¿Por qué me golpean? ¡Yo no he hecho nada! —suplicó entre lágrimas.

Carità escupió al suelo. El mero hecho de estar allí, en aquel local, hacía del barbero alguien culpable. El motivo simplemente daba igual.

El cliente, aún con la espuma en el rostro, rompió a llorar. Koch miró a Carità. Este, en un acto de rechazo, sacó su revólver y le voló la cabeza allí mismo. Su cuerpo cayó desplomado al suelo. La sangre y parte de su sesera se mezclaron con la espuma. Los ojos de Alessandro casi se salieron de sus órbitas.

—Marica de mierda —dijo Carità escupiendo al cadáver.

La cara de Alessandro se inundó de terror. Había un muerto en su barbería. Un hombre inocente cuyo único pecado había sido acicalarse en su negocio. Pero aquel era un establecimiento judío. Y aquello estaba prohibido. Ya no le quedaban lágrimas suficientes para poder seguir llorando. Se había quedado sin voz. Su mente solo tenía un recóndito lugar para pensar en Daniella y Hannah.

Koch le agarró del pelo y le puso en pie.

—Al coche —ordenó Carità.

Koch le sacó a trompicones y le introdujo a la fuerza en el automóvil. Corradeschi se sentó al volante y el padre Ildefonso también se ubicó en su interior. Ante la evidente falta de espacio, Mario Carità miró a sus soldados.

—Vuelvan a pie. Y calcinen este puto negocio judío.

Mientras el coche de Carità se alejaba por Via Faenza, la barbería empezaba a ser reducida a cenizas. Un establecimiento judío menos. Alessandro no se fijó en la destrucción de su local. Solo lamentaba una y otra vez una cosa: aquella mañana besó a su mujer y a su hija antes de ir a trabajar, esperando volver a verlas al finalizar la jornada. En aquel momento sintió que no las volvería a ver jamás.

En el consulado se vivían momentos de tensión. El embajador alemán Rudolf Rahn acompañaba a Wolf para servirle de apoyo. Los vicecónsules Hans Wildt y Erich Poppe asistían también a su jefe ante la visita programada del capitán Alberti de las SS.

—Estamos cortos de personal, por eso necesitamos a la milicia italiana. La Gestapo nos informa de que las actividades de los bandidos se están incrementando en los alrededores de la ciudad —se excusó Alberti.

El cónsul defendió su posición. Explicó cómo Wildt y Poppe habían recibido notificaciones para abandonar el consulado y, sin embargo, no tenían desde esa institución la necesidad de generar maltrato y brutalidad contra el pueblo florentino.

—Una cosa es mitigar a los rebeldes y otra muy distinta aplacar a los civiles —increpó Wolf—. Parece que están dando la guerra por perdida. ¿Qué sucederá si ganamos a los aliados?

No creía en aquellas palabras, pero se presentó como un patriota frente al capitán de las SS. Este aprobó la actitud optimista del cónsul.

—Es cierto, señor Wolf, pero necesitamos voluntarios italianos.

—Necesitamos voluntarios italianos, no castigadores, verdugos y justicieros que se apoderan de la autoridad para sembrar el caos a sus anchas y por sus propios intereses. —Wolf se levantó de su silla inquieto—. Si los aliados no conquistan esta ciudad, no tendremos una Florencia que pueda disfrutar el pueblo alemán. ¿Ha visto lo que ha sucedido en Sesto Fiorentino? ¡Los aliados han bombardeado un colegio repleto de niños! ¿No tenemos suficiente?

—Lamento oír eso, señor cónsul, pero nuestros esfuerzos están enfocados en repeler el avance de los aliados.

Wolf no admitió la excusa, puesto que en su territorio, Florencia, los novatos sanguinarios de la Banda Carità que los alemanes albergaban en los sótanos de sus oficinas de la Sicherheitsdienst estaban oprimiendo al pueblo. Le recordó al capitán cómo hacía tres meses ejecutaron a cinco hombres frente a él sin un juicio justo, sin pruebas. También puso sobre la mesa el nombre del profesor Dalla Volta: un anciano de ochenta y dos años medio ciego que había sido detenido porque las habladurías le señalaban como judío. Wolf se dispuso a mentir una vez más.

—Es uno de los economistas más importantes del país y uno de los grandes pioneros en el campo de la ideología fascista. ¿No lo ve? Creo que sería bastante útil un poco de presión desde los mandos superiores.

—Créame, cónsul, no tengo absolutamente nada que ver con el incontrolable de Carità.

—Ahora mismo, capitán, entre las divisiones de la Banda Carità y las oficinas locales de las SS hay al menos once autoridades diferentes arrestando civiles sin un fundamento mínimo. En breve no tendremos a quien arrestar. Desde el cuerpo diplomático estamos intentando conseguir que Florencia sea una ciudad abierta. Necesitamos más poder.

Wolf jugaba con fuego. El capitán de las SS se extrañó y le preguntó directamente si el propio cónsul era el que no tenía fe en que el ejército alemán detuviera el avance de los aliados.

—No es eso, señor. Lo que yo quiero es el bienestar de los ciudadanos alemanes en esta ciudad.

Tanto el embajador como los vicecónsules sabían que Wolf no decía la verdad. Al menos, no en su totalidad, pero parecía creíble. El cónsul luchaba por el bienestar de todos los ciudadanos florentinos, independientemente de su credo y nacionalidad, pero aquella era una información que el capitán no necesitaba saber.

—El Führer está al tanto de nuestra petición —intervino el embajador—. De momento, sus órdenes son salvaguardar Florencia.

—No podemos detener la deportación de los judíos —recalcó el capitán Alberti.

—No pido eso, señor. —Wolf continuaba jugando su partida—. Solo propongo que las investigaciones y las intervenciones se hagan con mayor profundidad y con menor ferocidad. Como nación alemana tenemos una misión, por supuesto. Sabemos soportar el odio de nuestros enemigos, pero será complicado establecer una nación alemana e italiana de carácter ario si nos aborrecen aquí.

Aquellas palabras calaron hondo en el capitán: nación aria. Todos querían disfrutar de un nuevo orden mundial. También en el territorio italiano. Quizá el cónsul tenía razón.

El militar se despidió cortésmente tras garantizar que dedicaría parte de su tiempo a solventar aquellas dudas.

Durante unos minutos, los inquilinos de la oficina del cónsul trataron de reposar la conversación, conjeturando sobre lo que podría ocurrir en los días venideros.

Un sonido provocó que todos miraran a la puerta del despacho.

Daniella entró con Hannah de la mano. Maria Faltien intentó detenerla, pero era demasiado tarde. Wolf se levantó vertiginosamente y se apresuró hacia ellas.

—¡Daniella! ¿Qué sucede, mujer?

—Es Alessandro —dijo entre sollozos.

Wolf sabía lo que venía a continuación. Daniella no podía parar de llorar. Todo el consulado esperaba la fatídica noticia.

—Han quemado la barbería. —Cogió aire, como si no tuviera valor para pronunciar las siguientes palabras—. Mi marido ha desaparecido.

28

Marzo de 1944
Florencia

Montecassino se había preparado para despedirse de la faz de la tierra. El día 15 de febrero, frente a la imposibilidad de seguir avanzando ante el fango y los nidos de ametralladoras alemanas por todas partes, se solicitó un bombardeo aéreo que provocaría una vergüenza internacional. Una oleada de setecientos cincuenta aviones, compuesta por B25, B26 y B17, generó una tormenta que descargó dos mil quinientas toneladas de bombas en el territorio. Un gran número acertó en el objetivo principal, la abadía de Montecassino, donde se atrincheraba el enemigo.

No sería la única oleada mortal.

Durante la semana siguiente, los cañones harían el resto.

Algunos monjes llevaron a cabo la titánica labor de rescatar los restos de san Benito, obras originales de Séneca, Ovidio y Cicerón y pinturas de Tiziano y Tintoretto y trasladarlas al norte, a Rocca Albornoziana, al castillo de Spoleto.

Los civiles fueron evacuados.

El Vaticano, en un acto execrable, levantó la voz para criticar y lamentar la destrucción del monasterio. Muchos tildaron esta acción como un acto hipócrita, ya que hasta el momento su postura había sido «lamentablemente neutral». Los nazis se parapetaban en las ruinas de la abadía, mientras que los aliados luchaban contra los alemanes, contra la lluvia y contra los cenagales. Pero el avance de los libertadores era imparable. Ante el progreso de las tropas americanas, británicas, indias y australianas, los nazis realizaron vacuos ataques a la desesperada, mermando sus propias tropas y multiplicando sus bajas.

El mariscal de campo Albert Kesselring adoptó una postura mucho más defensiva y ordenó el refuerzo de la Línea Gótica por toda la zona de los Apeninos.

Tras el permiso otorgado a la Oficina de los Asuntos Judíos de confiscar propiedades de los semitas, consentimiento apoyado por la Intendeza di Finanza, los aliados continuaron bombardeando la periferia de Florencia. Las estaciones ferroviarias de Campo di Marte, Rifredi y los vecindarios de Porta al Prato y San Jacopino fueron las zonas más afectadas. Se trataba de mermar algunas de las infraestructuras más indispensables para los alemanes, pero lo único que ciertamente menguó fue la población.

Hanna Kiel y Gerhard Wolf no podían evitar pensar en su amigo Kriegbaum cada vez que las sirenas de la ciudad anunciaban un nuevo bombardeo. Nunca pasarían página.

Florencia, ciudad abierta. El cónsul y el cardenal de Florencia aún no habían alcanzado su objetivo.

Las clases obreras, los ciudadanos más damnificados por los ataques aéreos y los bombardeos, perdieron la paciencia. El día 3 de marzo convocaron una gran huelga que solo terminaría trayendo más desgracias a los florentinos. Las calles fueron acordonadas y las represalias alemanas desembocaron en redadas aún más intensas y deportaciones aún más prolíficas. El capitán Alberti estuvo al mando de las detenciones. El veinte por ciento de los manifestantes fueron exiliados a Alemania. Lo último que llegaron a ver aquellos florentinos fue Santa Maria Novella. Después, vagones de madera con alambres de espino. Más tarde, el genocidio.

Gracias a la desorganización militar ante la inesperada y multitudinaria protesta, Gerhard Wolf tuvo la oportunidad de salvar al marqués Amerigo Antinori. Era la primera vez que el soborno sustituía al poder de la diplomacia. El soldado novato se dejó engatusar. Cincuenta liras. Una pequeña victoria frente a la adversidad. Lo trasladó en su Fiat hasta el Ponte Vecchio, desde donde, una vez que el marqués lo cruzara, Burgassi lo llevaría a un lugar desconocido. Aquel alemán principiante jamás volvió a ver al marqués. Tampoco se cruzaría ya con el cónsul.

Ante tantos abusos de poder, los partisanos de los suburbios realizaron incursiones más agresivas. En la toma de la pequeña localidad de Vicchio, al norte de Florencia, la escaramuza se cobró la vida de varios fascistas, pero el precio que se debió pagar nunca llegó a merecer la pena.

Tras las posteriores batidas germanas y de los miembros del ejército de la República de Saló, siete partisanos fueron capturados y llevados a Florencia para ser condenados a muerte.

De poco sirvieron las peticiones de clemencia del cardenal Dalla Costa. Wolf no encontró nada a lo que aferrarse para poder exculpar a todos los reos, a pesar de que no dudó en mandar personalmente a Wildt y Poppe para conseguir un aplazamiento y ganar algo de tiempo. «Las órdenes vienen de arriba». Eso significaba que no habría marcha atrás. Solo dos hombres consiguieron el indulto, Marino Raddi y Guglielmo Bellesi, única y exclusivamente para ser reasignados a departamentos operativos. Todos los demás, cinco reos que aún no habían cumplido los veintidós años, fueron fusilados una mañana del mes de marzo.

Cinco.

«Como los cinco españoles», lamentó Wolf.

Pasaron a la historia como los «mártires del Campo di Marte».

Al norte de la ciudad, en un recóndito sótano, sonaba la *Sinfonía en si menor,* la obra inacabada de Schubert, al piano.

El padre Ildefonso ejecutaba la música.

Santo para algunos, verdugo para otros.

El lugar era oscuro y después de varios días los presos dejaban de tener una correcta noción del tiempo. Nadie en aquel lugar sabía con precisión cuánto tiempo llevaba entre rejas. El sótano no disponía de luz natural, tampoco de ventilación.

Un bofetón le sacó de su sopor.

—¿Vas a hablar?

—Pero ¿qué queréis que os diga? —preguntó Alessandro con terror y sin demasiadas fuerzas para articular palabra.

El barbero había perdido mucho peso en un mes. Estaba colgado de sus muñecas, sus pies se balanceaban a pocos centímetros del suelo y era constantemente torturado, privándole del sueño.

—Quiero que nos digas todo. Quiénes sois. Dónde estáis. ¡Todo!

Alessandro no tenía absolutamente ningún tipo de información que pudiera saciar a sus captores y poco a poco fue perdiendo la esperanza de abandonar aquel lugar con vida. A pesar de que sus pensamientos estaban dedicados única y exclusivamente a Daniella y Hannah, deseaba que aquello acabara cuanto antes. Pero estaba muy equivocado, todavía le quedaba mucho sufrimiento por vivir. Los presos a su alrededor se encogían contra la pared cuando los miembros de la Banda Carità entraban en la celda. Mientras se obstinaran con uno de ellos, los demás tendrían la mínima ilusión de seguir con vida un día más. Fantaseaban con la idea de que tarde o temprano el ejército aliado tumbaría las puertas de aquel lugar, fusilaría a todos aquellos demonios y rescataría a los pobres diablos que estaban siendo mutilados injustamente.

La mandíbula inferior de Alessandro se abrió con brusquedad.

—¿Tienes sed? —le interrogó uno de los mercenarios.

Con un cazón le introdujeron a la fuerza agua hirviendo. Alessandro, vociferando como un animal, sintió arder su cuerpo por dentro. Los verdugos se dejaron llevar por la diversión y sus risas se escucharon en todas las celdas, provocando que más de un reo se orinara encima.

El barbero perdió el conocimiento. Trataron de reanimarle con golpes duros y secos, pero no lo consiguieron. Aquel hombre estaba deseando su propia muerte.

—¿Qué hacemos con él? —inquirió otro de los mercenarios.

—¿Qué más da? Carità lo matará cuando se le antoje —replicó el primero.

Ambos soldados se alejaron cuando el piano dejó de sonar.

El padre Ildefonso se acercó lentamente, en señal de penitencia. Se detuvo frente a Alessandro. El barbero continuaba sin sentido y tardaría bastante en recuperar la conciencia. Restos de heces diluidas surcaban su pierna derecha.

El sacerdote se santiguó y pronunció unas oraciones por el alma del muchacho.

—Que abandone el malvado su camino y el perverso sus pensamientos. Que se vuelva al Señor, a nuestro Dios, que es generoso para perdonar, y de él recibirá misericordia.

Se santiguó realizando la señal de la cruz y se signó pidiéndole a su Señor que le librara de todos los enemigos.

A solo dos kilómetros de aquel desolador lugar, Ludwig Heinrich Heydenreich realizaba las funciones correspondientes a la dirección del Kunsthistorisches Institut en el número 44 de la Via Giuseppe Giusti. Llevaba en el cargo desde la muerte de Kriegbaum y, aunque a Wolf le costaba pasear por aquel lugar sin la presencia de su antiguo amigo, el nuevo comisionado militar de la Wehrmacht para la protección del arte parecía ser más un aliado que alguien con el que difícilmente tuviera que lidiar. Era un hombre apasionado, como Kriegbaum, del arte y de Florencia.

Heydenreich acababa de presentar ante Wolf una ingente documentación fotográfica del estado de las obras en la ciudad, ante los incesantes bombardeos de los aliados, continuando con la labor que habían comenzado el antiguo director del Instituto y el director de la biblioteca de la galería de los Uffizi, Cesare Fasola. Aquella documentación servía, en caso de expolio o de devastación, como testimonio inmortal de lo que una vez albergó la ciudad del Arno. También como terapia para Heydenreich, que, al igual que Wolf, sentía una carga no deseada al representar a una Alemania que no reconocía.

—¿Qué opinión le genera el plan del Vaticano? —preguntó el director para romper el hielo.

Wolf expuso sus contrariedades. A pesar de que en un principio el plan urdido por el mariscal Kesselring, la Administración Central de las Colecciones de Arte Italiano y el Vaticano parecía en mayor o menor medida viable, Wolf estaba de acuerdo con la embajada alemana en el Vaticano: el mayor peligro al que se enfrentaba el transporte terrestre de las obras de arte hasta Roma eran los ataques aéreos. El cónsul decidió no verbalizarlo, pero consideraba muy extraño que trataran de salvaguardar las obras de arte en Roma si en verdad el Führer había considerado Florencia «de manera no oficial» una ciudad abierta.

—Pero aún quedan obras de gran envergadura y transcendencia. Algún Botticelli incluso. Si uno de esos bombardeos termina alcanzando la Uffizi...

—Me preocupa más el pueblo de Florencia —contestó bruscamente Wolf.

—No me tome por un desalmado —replicó alarmado Heydenreich—. Es una obviedad, señor Wolf. Pero alguien tiene que cuidar del arte de la ciudad. Fasola está falto de recursos.

—Intentamos cuidar de toda la ciudad. —Wolf remarcó el concepto de totalidad.

El cónsul hizo ver que no sobraban recursos en ninguna parte, por lo que no terminaban de abarcar lo suficiente. Consideraba que la diplomacia, aunque útil, era lenta. Los aliados se acercaban y el ejército alemán en la ciudad estaba desatado. Era un polvorín. Wolf lo tenía muy claro: o declaraban la ciudad abierta o no tendría Heydenreich suficientes visitantes para la Uffizi. La salvación de la ciudad no solo dependía de los aliados, sino también de cómo se comportaran los comandos alemanes. Corrían rumores de que el ejército alemán estaba utilizando iglesias y hospitales como almacenes de combustible y armamento. Wolf sabía que se acababa de crear un comité en la ciudad, compuesto por cónsules neutrales, el cardenal de la ciudad y representantes de la Cruz Roja, que trataba de hacer llegar dicha información a la sede del Vaticano. Solo ellos podrían convencer a los aliados para obtener el estatus de «ciudad abierta» y no atacar las iglesias y los hospitales florentinos.

—Si lo conseguimos, si Florencia es declarada ciudad abierta, las demás ciudades italianas lo exigirán.

Los ojos de Wolf brillaban con determinación ante aquel utópico panorama. Fue Heydenreich quien tomó la palabra para contar una pequeña historia al cónsul. A veinte metros del Instituto, en el número 58 de esa misma vía, surgió en 1925 la primera hoja antifascista clandestina que se le dio a la Resistencia con la consigna de no rendirse. Fieles a ese pensamiento, Carlo y Nello Rosselli padecieron el exilio en los confines de Italia, España y Francia y sufrieron una emboscada fascista el 9 de junio de 1937 en Bagnoles de L'Orne, a manos de los *cagoulards* por orden de Mussolini. Lo que provocaron aquellos opresores al amanecer, continuó Heydenreich, fue el alzamiento en armas en cada pico de Italia de miles de voluntarios de la llamada Columna Rosselli que alzaron el grito herido lanzado por el pueblo: «Justicia y libertad».

—A veces hay que caer para que otros se levanten —masculló Wolf.

Heydenreich asintió con la cabeza. Wolf había visto caer a demasiada gente. Aún no había merecido la pena. El cónsul se preguntó si Florencia debía caer para que las demás ciudades se levantaran. No lo contempló como un futuro perfecto. Observó un ejemplar sobre Leonardo da Vinci. El mismo ejemplar que el nuevo director tuvo a bien regalarle en el consulado alemán.

—Le agradezco su regalo. En cuanto pase esta locura me pondré sin duda con su lectura.

—Ah, Leonardo. No se preocupe. Los libros tienen su momento en el tiempo. Aquel florentino llegó a escribir en sus manuscritos: «Quien no valora la vida no la merece». Cuánta razón.

—No le faltaba, no. Muy aplicable a los tiempos que corren. Un placer, señor Heydenreich. Enhorabuena por su trabajo.

Wolf caminó hacia la salida del Kunsthistorisches Institut celebrando la productividad del nuevo director. No pudo evitar cambiar a Da Vinci por Goethe. «La vida pertenece a los vivos, y el que vive debe estar preparado para los cambios». El cónsul no estaba preparado para los cambios, al menos no a los cambios cargados de contundencia e iniquidad. La ausencia de su mujer y su hija, la muerte de su amigo Friedrich, las pérdidas humanas en Sesto Fiorentino y en Campo di Marte, la desaparición de Alessandro...

El capitán Alberti, de las SS, no le había conseguido el permiso para acceder a las oficinas de Via Bolognese y comprobar si aquel pobre hombre era prisionero de Carità. Wolf tenía la sensación de que el capitán no se había esforzado lo suficiente y había mirado para otro lado.

Desde que los alemanes habían tomado posesión de la ciudad, Wolf había salvado la vida a unas cuantas decenas de personas. El cardenal de Florencia había cumplido su palabra y el ciclista Bartali entregaba los documentos falsificados casi siempre a tiempo. Desde un punto de vista meramente diplomático, como estadista, poco más podía hacer. Había tenido la fortuna de no haber llamado demasiado la atención durante la detención de Hilde y Veronika. «Un patriota alemán defendiendo con orgullo a los suyos», proclamaron desde Berlín. Pero no podía arriesgarse más de la cuenta. No, al menos, con Rettig tras sus pasos. Lamentaba ser tan brusco con Heydenreich, pero el arte, a pesar de todo lo que él amaba la estética del patrimonio florentino, no podía hacer olvidar el drama de las deportaciones a Alemania, que se habían incrementado. Y, por otro lado, no había conseguido dar con su amigo, el barbero de Novella.

Aquello le consumía por dentro.

Al abandonar el Instituto, una visión le provocó malestar.

No había elegido el mejor día para realizar la visita. Nada más salir, a escasos metros de la puerta principal se hallaba el peor fanático que había conocido en suelo florentino.

Mario Carità.

«Quien no valora la vida no la merece». Definitivamente, en aquel momento Da Vinci ganó a Goethe.

Aquel terrorista no merecía vivir.

En Via Giuseppe Giusti, Carità charlaba con un hombre que le resultaba familiar. Tras observar detenidamente su rostro, llegó a la conclusión de que pocos años atrás aquel hombre de negocios había estado en el consulado. Se trataba del hombre que denunció a la señorita Kiel. Gracias a aquella acusación Kiel y Wolf habían granjeado una estrecha amistad. El empresario reconoció al cónsul y se acercó para saludarlo.

—Señor cónsul, un placer saludarle. Le presento a un verdadero amigo de Alemania, el comandante Mario Carità.

Carità y Wolf se observaron durante unos segundos en silencio. La tensión se mascó en el ambiente. El hombre de negocios intentó suavizar la situación, pero antes de que pudiera hacer nada, Carità le interrumpió.

—El cónsul Wolf y yo ya nos conocemos, ¿no es así?

—Cierto —fue lo único que acertó a decir el cónsul.

El interlocutor se lo pensó dos veces antes de mediar palabra. Aquella no era su guerra. Cogió su maletín y, disculpándose atropelladamente, se dirigió a su trabajo. Dos hombres se postraron tras Carità. Sus fieles perros guardianes.

—¿Por qué trata de frenarme siempre, señor Wolf? ¿Acaso no quiere que ganemos la guerra?

—¿Cuál de todas? —El cónsul no cambió el gesto de su cara: desprecio.

Carità encajó con gusto el inicio del combate dialéctico. Sonrió con desdén.

—¿Cuántas guerras hay, señor Wolf?

—Tantas como cada uno quiera librar en su interior. Tengo la impresión de que usted libra una totalmente independiente, ajusticiando a pobres inocentes solo para satisfacer su falta de masculinidad.

Wolf pensó que quizá debería tener más cuidado en sus respuestas. Gozaba de cierta inmunidad por pertenecer al cuerpo diplomático, pero una réplica fuera de contexto podría perjudicarle en demasía. Jugó con la ironía.

—Usted siempre tan diplomático —contestó Carità con sorna.

—Me estoy empezando a cansar de mi diplomacia.

Carità acusó la directa. Wolf intentó no dejarse llevar por sus primitivos impulsos. Le habría matado allí mismo, frente al Kunsthistorisches Institut, pero habría tenido que dar demasiadas explicaciones y podría no salir con vida. Decidió esperar un poco más. «El genio es paciencia eterna», eso había dicho Buonarroti.

—La guerra. La gran guerra, señor Wolf. Solo hay una guerra. Solo habrá un vencedor. Vamos, señor cónsul —dijo en un tono reconciliador—, solo busco su respeto.

—El respeto no se domina, se cultiva. Dudo mucho que haya sido adiestrado en el bello arte de la tolerancia. Son ustedes una plaga nauseabunda.

Wolf no se amedrentaba y eso le excitaba a Carità, aunque el italiano sabía perfectamente hasta dónde podía llegar y había llegado el momento de dejar de tensar la cuerda. Wolf no tenía ningún tipo de poder ejecutivo y eso le daba mucha ventaja. «Con palabrerías no llegará a ninguna parte», se regocijó Carità.

—Todo depende del punto de vista, señor Wolf. Las plagas son útiles, pues se encargan de exterminar lo que no sirve, lo que se ha quedado anticuado o es imperfecto. La peste negra sirvió para demostrar que el sistema feudal tenía deficiencias. Aquí, en esta ciudad deficiente, solo una quinta parte de la población sobrevivió. ¿Somos una plaga? Gracias a Dios, bienvenida sea.

—Le recuerdo, señor Carità, que Dios mandó las plagas de Egipto para salvar a los hebreos. No me haga informar a mis superiores de sus deslices antialemanes.

Carità no supo qué contestar y solo pudo sonreír. Aquel alemán sí era un hombre tenaz. No como aquella escoria que tenía en su sótano. Meditó una retirada a tiempo.

—Nos veremos, señor Wolf. Nos veremos pronto —dijo con tono amenazador—. Presente mis respetos a su amigo, el barbero judío.

Carità inició la andadura. Un escalofrío recorrió todo el cuerpo de Gerhard Wolf. Aquel asesino, nombrando a Alessandro, le había revuelto por dentro. Le quedaba una última bala. La bala diplomática de la verdad. El cónsul reclamó su atención una última vez.

—La guerra… Solo habrá un vencedor.

—¡Así es! —contestó el italiano sin mirarlo.

—Eso espero, señor Carità. Usted dista mucho de ser ario. Téngalo en cuenta.

Carità sintió como si le hubiera atravesado un rayo. Wolf era demasiado inteligente para él y aquella afirmación, revelada con precisión y firmeza, dejaba en mal lugar a Mario Carità frente a sus hombres y, peor aún, frente a su futuro.

El mercenario se marchó enfurecido caminando en dirección al Museo Arqueológico Nacional para tomar su automóvil.

Wolf se quedó helado sin saber qué hacer ni adónde ir. La mención de Alessandro le dejó atónito. Consiguió no manifestarlo, con el fin de no otorgar otra victoria a Carità, pero no encajó demasiado bien el golpe.

Tras recomponerse, tomó la Via Gino Capponi y se detuvo en la Piazza della Santissima Annunziata. Se sentó en una de las fuentes de los monstruos marinos de Tacca y miró a su alrededor. Paseando entre los tres pórticos de la plaza, los ciudadanos se mostraban ajenos o temerosos de la realidad. Vivían en una ficción autoimpuesta. Leían *La Nazione*, un diario que intentaba alejarse de toda la propaganda fascista para alegrar la vida de los ciudadanos.

«*Panem et circenses*». Pan y juegos de circo.

Frente a él, el Hospital de los Inocentes: un orfanato diseñado por Brunelleschi en el Quattrocento. Al menos, ese hospicio no había volado por los aires. A su izquierda, la basílica de la Santísima Anunciación aún vivía de las rentas del milagro del ángel pintor. En alguna pared habían escrito con pintura «Muerte al fascismo». A continuación, nuevos escritos de diferentes personas repetían al unísono la misma palabra: «*Approvo*».

Un ciclista, con una pesada carga en su velocípedo, cruzó la plaza. Wolf alabó en silencio su equilibrio. Otro hombre cargaba con unas cuantas cajas que, más bien pronto que tarde, terminarían en el suelo. Tras tropezar con un adoquín, aquel hombre moreno, peinado hacia atrás, con cara redonda y traje gris acompañado de corbata negra, soltó la carga y se esparció sobre el suelo.

Zapatos.

Wolf se acercó y le ayudó a recuperar la compostura y la carga.

—Muchísimas gracias, buen hombre. Gracias a gente como usted no todo son penurias en esta ciudad.

El cónsul agradeció el cumplido y decidió volver a su despacho. Al encaminarse hacia Via dei Servi en dirección al *duomo*, la voz de aquel hombre le solicitó un poco de atención.

—¡Disculpe!

Wolf se volvió de nuevo al comerciante.

—Le parecerá una tontería, pero los pies me hablan. Usted camina con determinación. Es un hombre fuerte, decidido. Tendrá éxito, no lo dude.

—Perdóneme. ¿A qué se refiere?

—¿A qué me refiero?

—Cuando dice que los pies le hablan.

—Me revelan el carácter de las personas. Los pies jamás mienten.

Wolf se quedó pensando en aquellas palabras. Según aquel hombre, caminaba con determinación, con decisión.

Quizá era el pequeño empujón que necesitaba esa aciaga jornada.

Con un cordial saludo, los dos hombres se despidieron.

Mario Carità llegó a Via Bolognese. Se apeó del vehículo y entró en las oficinas acompañado de sus perros guardianes. Bajó las escaleras que desembocaban en aquellos despachos clandestinos. El hedor a excremento y la humedad del ambiente se podían sentir desde la puerta de entrada. El guardia de seguridad pelaba una manzana con una navaja de aspecto poco saludable.

—Por favor, limpien este lugar de una maldita vez. Son nuestras oficinas. Si alguien se caga encima, córtenle la cabeza.

Los mercenarios se pusieron firmes ante la llegada del líder y presentaron armas. El padre Ildefonso se acercó con una lista.

—Asuntos pendientes —exigió Carità.

—Aquí tiene, señor. El demonio ha infectado sus almas y no soltarán nada. Lo único que hacen es ocupar espacio y expulsar heces por doquier.

Carità repasó la lista.

—Traedlos a todos. De uno en uno.

Los camisas negras que amparaban las fechorías de Carità comenzaron con la procesión de reos. El primer hombre que fue obligado a arrodillarse ante él había sido acusado de espía. Carità ordenó que lo desnudaran. El hombre se meó encima y los nervios provocaron que gritara como si estuviera poseído.

Carità le agarró el mentón con violencia.

—Ni lo intentes. Ahí arriba nadie puede oír tus gritos.

Le agarró la lengua y tiró de ella tratando de arrancársela. El hombre chilló hasta que se quedó sin voz. Carità no cesó en su intento. Se la arrancaría mediante la fuerza bruta. El guardia se quedó sin navaja. Ante semejante espectáculo, decidió que no era buen momento para continuar dando cuenta de la manzana. Carità le descuajó finalmente la lengua con el cuchillo y la boca del reo se convirtió en un río de sangre y alaridos.

—Matadle.

Un disparo le voló la cabeza en el mismo sitio. La tortura para Carità consistía solamente en un tránsito para el infierno, como si de Caronte se tratara. Aquel magnicida nunca maltrataría a alguien y le dejaría escapar.

Sus secuaces trajeron a tres hombres más: otro espía, un ladrón de comida y un barbero. Todos ellos judíos. El primero se unió a la Resistencia antifascista. Carità, sin dudarlo, se acercó a él y, tras obligarle a mantener los ojos abiertos por la fuerza, le apagó un cigarrillo en la córnea. El pobre desgraciado se llevó las manos a los ojos y no cesó de patalear y de chillar. A su lado estaba otro semita que había sido encerrado por robar comida para sus hijos. Mario Carità se aproximó a él y sacó de nuevo la navaja.

—Abridle la boca.

Los milicianos separaron las mandíbulas de aquel hombre a golpes, provocándole heridas en los labios. Carità se entretuvo mientras le arrancaba los dientes con la navaja. El reo trató de evitar la carnicería moviéndose de un lado a otro, pero dos puñaladas en el costado fueron suficientes para mantenerlo inmóvil.

El barbero observaba todo a escasos metros. Era su turno. Pensó en su mujer y en su hija, y en la depravación de la condición humana que le había llevado hasta aquel lugar. El infierno existía, sin duda, y se ubicaba al norte de Florencia. No le quedaban líquidos que expulsar. Sus ojos, hinchados y enrojecidos, ya no emitían lágrima alguna. Su vejiga y su vientre hacía tiempo que habían dejado de funcionar con normalidad. Solo deseaba la muerte. Pero tras ser un indeseado testigo de la brutalidad de Carità, era consciente de que lo que estaba a punto de sucederle era peor que la muerte.

—Así que tú eres el amigo del cónsul, ¿verdad? Has afeitado su cara, has peinado sus cabellos…

Un hombre se aproximó por detrás.

—También realizaba sus trabajos al rabino Cassuto.

Era el padre Ildefonso, el hombre que había delatado al barbero. Alessandro no pertenecía a ningún grupo de la Resistencia, aunque lo hubiera deseado. Su única preocupación en la vida había sido cuidar de Daniella y de Hannah.

—¿Ha hablado?

—Ni una palabra —contestó el clérigo, a sabiendas de que aquel barbero poco podría confesar.

—Sujetadle.

Alessandro iba a ser torturado sola y únicamente por el hecho de ser judío.

—¡No he hecho nada!

—Te equivocas —le contestó Carità son sadismo—. Naciste. Y eso fue un gran error.

Los camisas negras sujetaron la cabeza, los brazos y las piernas de Alessandro.

—¡El barbero afeita a sus clientes! —gritó Carità como si se tratara de un espectáculo—. Pero ¿quién afeita al barbero?

Todos los allí presentes gritaron al unísono.

—¡Carità!

El líder de aquella manada se abalanzó contra el cuerpo de Alessandro y, tras aprovechar la navaja con la que acababa de arrancar numerosas piezas dentales, procedió a rasurar al barbero.

Algunos giraron el rostro a fin de no ser testigos de semejante martirio. Otros observaron con regocijo. Alessandro no tenía lágrimas, pero sí la fuerza necesaria para gritar y patalear. Carità le estaba arrancando a tiras la piel de su cara.

Cuando le hubo desollado por completo y la cara de Alessandro se presentaba completamente descarnada, situaron al barbero al lado de los otros dos judíos.

—Traedme a la Gran Berta.

El paladín de la justicia fascista no se refería al obús de asedio alemán de la Primera Guerra Mundial. Se trataba de un palo de madera, un instrumento deportivo, un bate de béisbol, perfectamente perforado por una centena de clavos.

Lo agarró por el extremo y lo observó con lascivia. Miró a cada uno de los reos que allí se congregaban, pidiendo clemencia. Todos menos Alessandro, que, con la cara ensangrentada, deseaba ser el primero en caer bajo aquel bate.

Carità lo percibió.

—Serás el último, barbero —le dijo a Alessandro apuntándole con la Gran Berta.

Carità comenzó la masacre con el espía. A todos los allí presentes se les revolvió el estómago, a los presos y a los secuestradores. Al ladrón le bastó un golpe para que el bate le arrancara la ya maltrecha mandíbula inferior. Aún con vida, aguantó dos golpes antes de que su cráneo se quebrara por completo.

Alessandro había muerto en vida. Frente a Carità, ya no tenía nada más que temer. Si hubiera tenido fuerza y los músculos de su cara perfectamente funcionales, habría sonreído. Por fin llegaba su hora. Pidió perdón a Daniella y a Hannah y se dispuso a morir.

—Lo estás deseando, ¿verdad, barbero?

Alessandro no contestó. A Carità no le abrumó aquel rostro deshecho. Se aproximó aún más a él.

—Verás. Cuando termine aquí, buscaremos a tu mujer y a tu pequeña. Les contaremos lo que hicimos y lo replicaremos paso a paso con ellas.

Alessandro, impulsado por la ira, quiso abalanzarse contra Carità. Varios hombres lo impidieron.

—Vaya, vaya… Te voy a prometer una cosa: voy a hacer todo lo posible para que tú tardes en morir.

El primer golpe de la Gran Berta impactó en los genitales, provocando que reventaran al instante. Carità se ensañó con cada una de las extremidades. Después, las embestidas empezaron a provocar graves daños funcionales.

En su enajenación, Alessandro observó cómo Carità levantaba una última vez su bate. Su último pensamiento fue para Daniella y Hannah.

El golpe le partió la cabeza en dos.

Herr Rettig entró en la estancia. Tras ver la terrorífica escena y torcer el gesto con repugnancia, interrogó con la mirada a Carità.

—Enemigos de Alemania, *Herr* Rettig —contestó el propio Carità.

—Von Kunowski requiere información. ¿Quiénes eran?

—El espía, el ladrón y el barbero de la Resistencia partisana.

En la sombra, el padre Ildefonso sonrió.

—Limpien todo esto, hagan el favor. No sé cómo pueden vivir ustedes en estas condiciones.

Con esas palabras, *Herr* Rettig se retiró. Sabía perfectamente que aquel barbero era el peluquero del cónsul de Florencia. Carità se volvió a sus adeptos con la cara cubierta de sangre y una sonrisa de oreja a oreja.

—Podéis dar de comer a los perros.

En el consulado alemán, Wolf maldecía a sus conciudadanos. Acababa de recibir noticias sobre la última redada nazi en Roma. El embajador Rahn le había informado puntualmente.

Trescientos treinta y cinco civiles asesinados.

El Grupo Partisano de Acción Patriótica cometió un atentado contra la undécima compañía del tercer batallón del Polizeiregiment Bozen, dejando decenas de muertos. Hitler fue implacable. Por orden directa, el comandante de la Gestapo en Roma, Herbert Adolf Kappler, llevó a trescientas treinta y cinco personas a unas minas abandonadas a las afueras de la ciudad del Tíber. Miembros de los Grupos de

Acción Patriótica, del Frente Clandestino Militar, pero también estudiantes, profesores y civiles que habían resistido con pasividad el envite alemán. En las Fosas Ardeatinas fueron ejecutados de cinco en cinco mediante disparos en la nuca.

«Una vez más —pensó Wolf— Pío XII ha optado por la pasividad».

Su secretaria entró en el despacho y le explicó detenidamente el asunto en cuestión. Era la carta de un procesado por el Tribunal Militar Extraordinario de Guerra de Florencia, un hombre de veinte años que había sido capturado en una redada de las SS y condenado a muerte por pertenecer a la Resistencia italiana. Acababa de ser fusilado por un pelotón de la Guardia Nacional Republicana, la fuerza de gendarmería de la República de Saló. Alguien se había preocupado de hacer llegar, clandestinamente, aquella misiva al consulado alemán.

De otra manera aquella carta nunca llegaría a las manos de sus padres.

A menos que el cónsul de Florencia interviniera.

Wolf leyó detenidamente la misiva frente a su secretaria.

Florencia, 22.3.1944

Queridos padres,

Mientras pienso en el dolor que sentiréis por la noticia de mi triste destino, quiero escribir para consolaros y aseguraros que he aceptado todo de manos del Señor.

Espero que, como el buen Señor me haya dado la fuerza para soportar tanto dolor, os dé todo el coraje y la resignación. Os pido perdón si no siempre he sido tan bueno como debería haber sido y espero que me perdonéis. Por mí no lloréis porque estoy seguro de que el buen Dios aceptará mi sacrificio y ahora me siento feliz de unirme a él.

Los recuerdo a todos, en particular a mamá y papá, a los abuelos, a los hermanos y a la hermana, a todos los parientes; por mi parte, no se preocupen, no lloren, porque estoy resignado a la voluntad del Señor.

Por este sacrificio os dará todas sus bendiciones y a mí me dará el paraíso donde todos nos encontraremos.

Los beso y los abrazo a todos. Con todo mi cariño,

Leandro Corona

Wolf sintió un nudo en la garganta. No pudo evitar pensar de nuevo en Alessandro. Le imaginó realizando la misma tarea, escribiendo una carta a Daniella y Hannah. Una carta que nunca llegaría. A menos que él interviniera. Encomendó a Faltien la tarea de entregar aquella misiva sin demora a sus legítimos destinatarios.

Como si fuera lo último que hiciese en su vida, Hanna Kiel entró en la oficina del cónsul como una exhalación.

—Gerhard… —dijo jadeante por la carrera.

—Señorita Kiel… —Wolf se levantó de su asiento para atenderla—. ¿Qué ha pasado?

—No se trata de mí, Gerhard. Se trata de Daniella y Hannah, la familia del barbero.

Wolf frunció el ceño. Se temió lo peor. Hanna Kiel se derrumbó en los brazos del cónsul y rompió a llorar.

—Han desaparecido, Gerhard, han desaparecido.

29

Los ojos de los aliados estaban puestos en dos países: Italia y Francia.

El 11 de mayo cayó la Línea Gustav. La línea de fortificación defensiva de los nazis sucumbió ante las escaramuzas aliadas y los alemanes perdieron en la batalla de Montecassino y no pudieron repeler definitivamente a sus enemigos en el desembarco de Anzio. Solo les quedaba replegarse en la Línea Gótica, la franja defensiva al norte de Florencia.

Kesselring se había retirado. Los intentos de Hitler por «desangrar a los aliados» habían fracasado. Roma había sido conquistada el 5 de junio. El desembarco de Normandía se llevó a cabo un día después. Aquella noticia eclipsó por completo la campaña italiana y la toma de la capital romana, a pesar de que los aliados desde el desembarco de Sicilia habían provocado más de cuatrocientas mil bajas alemanas.

—No nos han dejado ocupar los titulares de los periódicos por la caída de Roma ni siquiera por un día —fue lo único que alcanzó a decir el teniente general de las tropas aliadas, Mark W. Clark, tras el Día D.

Desde abril se habían destruido más de veinte puentes e infraestructuras entre la capital de la Toscana y Roma. Las vías ferroviarias en dirección a la Ciudad Eterna habían quedado inservibles. Solo los camiones se atrevían con la travesía.

Ahora sí la ciudad del Arno se encontraba en el epicentro de la contienda.

El área de Grassina fue bombardeada. Campo di Marte sufrió de nuevo violentas sacudidas desde el aire y la zona de Fortezza da Basso fue alcanzada por las bombas de los aliados. El agua potable escaseaba cada vez más. Los ciudadanos formaban grandes hileras y dedicaban gran parte del día a esperar su turno, rezando para que no se agotaran las viandas.

La guerra civil se había acentuado. Más aún cuando fue asesinada una de las autoridades intelectuales más aplaudidas del fascismo, Giovanni Gentile. «El patriarca de la iglesia fascista», tal y como lo definió Berenson. Presidente de la Real Academia de Italia y fiel a Mussolini en la nueva República de Saló, el filósofo del fascismo fue eliminado en unas condiciones que nunca terminaron de esclarecerse. Unos acusaban a un grupo de partisanos del Grupo de Acción Patriótica liderados por Fanciullacci; otras versiones señalaban a Teresa Mattei, discípula de Gentile en la universidad de Florencia, y a su grupo de antifascistas. Las lenguas más venenosas incluso apuntaban a la banda de Carità, ya que Gentile desaprobó públicamente los excesos de violencia de sus interrogatorios. De manera sospechosa, el asesinato de Gentile coincidió con el misterioso despido de Giobbi, el editor de *La Nazione,* por orden del ministro de Cultura Popular.

La incertidumbre inicial sobre el autor del crimen provocó que el enfrentamiento entre los fascistas y los partisanos se volviera más salvaje.

Un estruendo sacudió la ciudad.

Cerca de la sinagoga florentina, en la Piazza Massimo D'Azeglio, el ejército alemán lanzaba una ofensiva contra un edificio. En su interior, la última sede de la radio clandestina Comisión Radio, propiedad del Partido de Acción, que operaba desde enero y mantenía diariamente contactos e intercambiaba información con los miembros de la Resistencia italiana y los comandos aliados que recorrían el país de sur a norte. Gracias a la comunicación bilateral, los aliados habían acudido en su ayuda con una pequeña brigada de paracaidistas.

Los alemanes no dudaron en utilizar la violencia. Uno de los partisanos más jóvenes se lanzó a la desesperada contra los invasores. Tras matar a un soldado germano, fue herido de gravedad y no tardó en expirar.

Nadie se atrevió a moverse.

Todos los colaboradores fueron capturados.

Todos menos uno. Solo uno pudo escapar. El comandante «Nelson», así le llamaban en clave, tras la huida juró que continuaría con la tarea de informar para honrar a sus compañeros capturados.

Días más tarde, los paracaidistas fueron fusilados junto con algunos presos partisanos y una de las líderes de la radio clandestina, Anna Maria Agnoletti. Los trabajadores de Comisión Radio sufrieron un destino peor. Via Bolognese número 67. Banda Carità.

Tras sufrir innumerables torturas, fueron introducidos en trenes con destino a los campos de concentración del Reich, pero lograron salvarse en el último momento escapando de los vagones del ferrocarril.

Los ojos de Wolf estaban puestos en los ciudadanos. Desaparecidos, encarcelados, fusilados. Los soldados alemanes sacaban a los vecinos de sus lechos bien entrada la noche, cometían violaciones, hurtos, descuartizaciones brutales o asesinatos. La oficina del consulado alemán de Via de' Bardi estaba desbordada por las peticiones de familiares profundamente aturdidos ante la ausencia de noticias de los suyos. Las pobres almas que acudían a la oficina esperaban encontrar algo de información. Muchas de ellas habían perdido la esperanza de localizar con vida a sus seres queridos. Se conformaban, únicamente, con hallarlos.

El afán del equipo de Wolf era insuperable, a pesar de que debían ejercer sus aptitudes bajo la más estricta confidencialidad intentando evitar posibles espías de la Gestapo. El cónsul no quería que deportaran a nadie de su oficina a un campo de fusilamiento por ayudar a los florentinos.

Repasó una lista. Algunos de los nombres allí anotados no le eran totalmente desconocidos. Tras el último atentado, Enrico Piaggio, el ingeniero, no había sufrido ningún otro ataque. Salvatore Ferragamo, un zapatero conocido en la ciudad por adivinar la personalidad de las personas por su manera de andar, había tenido algunos problemas con sus mercancías, pero no había ido a mayores. Ambos tenían un gran futuro en sus respectivos negocios, por lo que había podido escuchar de sus colegas.

El siguiente nombre le hizo respirar profundamente. Alessandro, el barbero de Santa Maria Novella. Su negocio había sido encontrado totalmente calcinado.

Habían pasado más de dos meses desde su desaparición y en el consulado alemán no habían tenido noticias suyas. Desafortunadamente, tampoco de Daniella ni de su hija Hannah. Parecía como si tras la desaparición de Alessandro, la tierra se las hubiera tragado. Su círculo de confianza continuaba en estado de alerta, pero cuanto más tiempo pasaba, menos esperanzas tenían tanto Hanna Kiel como Gerhard Wolf de encontrar a aquella familia.

Wolf, a pesar de que estaba al corriente de la investigación sobre su trabajo por parte de algunos superiores, como el general de las SS Karl Wolff o Herman Goering, mariscal del Reich, que le pedía explicaciones de todo cuanto sucedía en Florencia, aprovechó aquel profundo malestar para detenerse y elaborar un diplomático telegrama. Comunicó al embajador Rahn que desde la huelga de la primera semana de marzo el consulado alemán en Florencia era visitado diariamente por familiares, cargados de ansiedad y estrés, de los italianos arrestados durante las redadas tomadas como represalias, preguntando por sus paraderos. Al parecer, y así lo comunicó el cónsul, ni las oficinas de la Gestapo ni las agencias de reclutamiento ni los puntos de concentración ni los militares tenían información al respecto. No reparó en trasladar las atrocidades que estaban cometiendo las fuerzas armadas alemanas.

El embajador Rahn devolvió el correo.

Este telegrama fue enviado por el teletipo militar y, por lo tanto, estaba disponible para las autoridades militares alemanas. A este respecto, puedo recordarle nuestra conversación reciente. En principio, me gustaría decirle esto: las autoridades alemanas han hecho todo lo posible, en las circunstancias más difíciles, para garantizar suministros a la población civil italiana y especialmente a los trabajadores. Sin embargo, las huelgas, asesinatos y actos de sabotaje continúan en una escala creciente. Esto ha implicado el derramamiento de sangre inocente alemana e italiana. Debemos ver que tales tendencias de comportamiento hostil por parte de la población italiana llegan a su fin con la mayor severidad y energía, hasta que se eliminen gradualmente. Es por eso que di instrucciones durante la reciente huelga política de que los líderes del movimiento de inactividad deberían ser llevados a campos de trabajo alemanes, sin que sus familias fueran informadas de su destino por el momento.

Es una medida severa, diseñada para crear un cierto estado de ansiedad entre sus familias, a fin de evitar que otros trabajadores se inclinen a participar en tales movimientos. Este impacto psicológico produjo buenos resultados en varias ciudades y sería la única forma de garantizar que en el futuro se derrame menos sangre inocente de Alemania e Italia.

Por supuesto, estoy listo para examinar todos los casos en los que la inocencia de una persona arrestada pueda probarse sin lugar a dudas y para organizar su posible liberación. Pero no hace falta decir que debo aplicar los criterios más estrictos, incluso a riesgo de que una u otra persona tenga que permanecer en el campo de trabajo, dejando atrás a una familia infeliz, ansiosa por su destino.

Si no trato severamente estos asuntos, tendremos que enfrentarnos a muchas sorpresas en las próximas semanas, que deberán pagarse caras con la sangre alemana y la sangre de nuestros aliados italianos, para la angustia y las lágrimas de sus familias. Me alegraría haber podido convencerlo de la corrección, desde mi punto de vista, que debe tener en cuenta al compilar sus informes.

En sincera amistad y en la camaradería de la batalla.

Embajador del Gran Imperio Alemán en Roma
Rudolf Rahn

El cónsul se quedó frío con la respuesta, pero no esperaba ninguna otra alternativa. Era la respuesta que el embajador del Reich debía dar. Sus últimas palabras de amistad y camaradería evitarían que el cónsul estuviera aún más vigilado. Rahn sabía lo que hacía y Wolf sabía que su amigo no podía hacer mucho más.

Tras la lectura del telegrama del embajador, Wolf se encendió un Toscano y observó a través de la ventana. Trató de no pensar en nada. Era consciente de que necesitaba tiempo, aunque aquel deleite era precisamente algo de lo que pocos podían disfrutar. Tiempo.

Meditó sobre cómo había cambiado todo. En mayo de 1933, en la ciudad de Berlín, los que temían los principios de otros terminaron por incendiar toneladas de libros. No dejó de ser un acto de propaganda para la cultura nazi. Wells, Hemingway, Freud o Proust fueron reducidos a cenizas. En este junio de 1944 los actos propagandísticos se limitaban a quemar a las personas.

Razas superiores o inferiores.

Una sola palabra marcaba la diferencia.

Quemar libros no erradicaba los ideales. Aniquilar a las personas, sí.

La aniquilación de la moral también resultaba efectiva. Las mujeres empezaban a ofrecer servicios sexuales a cambio de comida y la prostitución improvisada, en algunas ciudades del país, llegaba a representar el treinta por ciento de la población femenina. Algunas de ellas, obligadas por sus propios hermanos. El cuerpo como moneda de pago sin ningún tipo de escrúpulos.

Las enfermedades venéreas también causaban estragos. En un intento de evitar cuantiosas bajas, las tropas aliadas realizaban campañas de concienciación durante su avance para que los soldados eludieran a toda costa la sífilis y la gonorrea. A pesar de las advertencias, algunos buscaban la compañía femenina tras largas noches y duros días de combate junto a los hombres de su pelotón. Necesitaban sentir, durante el rato que duraban las monedas, que seguían siendo humanos. Sin importar las consecuencias. Nadie se preocupaba por los contagios cuando podrían morir a la mañana siguiente. Otros, los más zafios, solo ansiaban vaciar su masculinidad del modo más primitivo, sin importar dónde o con quién.

El cardenal Dalla Costa se presentó de manera inesperada en su oficina. Wolf se alejó de la ventana y apagó su cigarrillo para saludar a su amigo.

—Querido Gerhard, traigo malas noticias. —El tono serio de Dalla Costa denotaba extrema preocupación.

—Cardenal, hace demasiado tiempo que todas las noticias son malas. —Wolf tenía razón—. ¿Qué ha ocurrido?

—Nuestro enlace ha sido hecho prisionero.

—¿El guardián o el ciclista?

—El ciclista.

Dalla Costa conocía la inquebrantable fe del florentino Bartali. Un hombre fiel al catolicismo, sobre todo tras la muerte de su hermano. A raíz de aquel fatídico accidente, Gino Bartali se aferró a Dios y a su bicicleta para afrontar la extrema pobreza que azotaba a su familia. Su fe en el Todopoderoso y en el deporte le llevó a ganar su primer Giro con tan solo veintidós años. Cuando ganó el segundo, el régimen fascista de Mussolini no dudó en utilizar su imagen como propaganda en Italia. Hitler tenía su propia metodología publicitaria desde los Juegos Olímpicos de 1936; su homólogo italiano no iba a ser menos.

Era un hombre clave en la encomienda del cónsul y del cardenal. Para evitar las deportaciones a los campos de concentración, Bartali, al igual que Burgassi, representaba un papel esencial. Wolf aplicaba la diplomacia, Dalla Costa la compasión cristiana, Bartali el músculo y Burgassi la picardía. El cardenal otorgaba el perdón y solicitaba clemencia. El cónsul falsificaba la documentación y gestionaba permisos antirreglamentarios. El ciclista recorría la Toscana a golpe de pedal transportando y tramitando la información necesaria. Y el sereno del Ponte Vecchio proporcionaba escondites y resolvía los destinos finales de los judíos que terminarían evitando el exterminio racial en Alemania.

Si una pieza del engranaje fallaba, la misión estaba destinada al fracaso. La red clandestina sería descubierta.

No podían permitir que ninguno faltara.

—¿Dónde? —preguntó Wolf temiendo saber de antemano la respuesta.

—Villa Triste. —La respuesta de Dalla Costa fue contundente.

—Carità…

—No irás solo, Gerhard. Estaré a tu lado.

—Puede que no le guste lo que vea, cardenal.

Wolf condujo su Fiat hasta Via Bolognese. Dalla Costa advirtió que Wolf siempre estaba dispuesto y preparado para todo. Con la ausencia de su mujer y su hija, el diplomático accedía de buen grado a aportar cualquier cosa que estuviera a su alcance. Esa era una de las virtudes del cónsul de Florencia: el comportamiento anticipatorio.

Nada más llegar, aparcaron a un centenar de metros de la finca. Aquel edificio en el casco urbano, tan diferente de la Villa Malatesta, presentaba un aspecto menos solitario, menos tétrico. Wolf recordó la primera incursión tratando de localizar a su mujer y a su hija, cuando se encaró por primera vez con Mario Carità. En este momento todo era distinto. Frente a ellos, un núcleo de viviendas que hacían las veces de oficinas. Los sótanos serían, sin ninguna duda, el infierno.

Intercambiaron unas palabras con el vigilante de la puerta, pues aquellos hombres no tenían permiso del capitán Alberti para acceder a ese lugar.

En esta ocasión, el cardenal estaba totalmente preparado. Bastó presentar una autorización del embajador del Gran Imperio Alemán, Rudolf Rahn. Wolf lo miró extrañado. Dalla Costa le guiñó el ojo. Aquel documento era falso. El cónsul sonrió levemente. El soldado de la entrada, ante semejante documento, no podía impedir el paso a una autoridad alemana como Wolf y tanto el cónsul como el cardenal se introdujeron en el edificio.

Una vez en su interior, les hicieron esperar interminables minutos en una sala de espera. Wolf rezaba por que no hubieran llegado demasiado tarde. Dalla Costa también oraba. No intercambiaron palabras, no contaban con una estrategia definida. Solo tenían la urgencia de salvar al hombre de hierro, Gino Bartali.

Carità se acercó junto a su guardaespaldas, Corradeschi, y su teniente jefe, Pietro Koch. Llevaba en su mano un bate de béisbol, del cual aún se desprendía un hilo de sangre que caía sobre su ropa.

Wolf hirvió por dentro. Se imaginó lo peor. Dalla Costa sintió asco y apartó un momento la mirada.

—Oh, mi Gran Berta. Disculpen. No les he presentado. La Gran Berta, el cónsul y el cardenal de Florencia. Estábamos afanados con la matanza de un cerdo. —Wolf frunció el ceño—. Vamos, cónsul, no empecemos de malas maneras. Me refería a un cerdo de manera literal. No pensará que yo...

Wolf no le permitió que continuara con aquel juego.

—Señores, han hecho ustedes prisionero a un símbolo del régimen, y estamos necesitados de símbolos últimamente.

—Y es un auténtico hombre de fe —intervino Dalla Costa.

—Estaba corriendo por una zona prohibida —afirmó Koch.

—¿En serio es ese el único motivo por el que el gran Bartali ha sido detenido? —preguntó con intención el cardenal.

—En absoluto —replicó Carità, entregando su bate a Corradeschi para que lo mantuviera a buen recaudo—, está aquí para dar testimonio sobre el trato que mantiene con la jerarquía vaticana. Hemos interceptado una carta en la que el Vaticano le agradece la comida enviada por Bartali para los más necesitados.

—En ese caso —aprovechó hábilmente Dalla Costa—, a quien tiene que dar testimonio Bartali es a mí. «Cuando des limosna, que tu mano izquierda ignore lo que hace la derecha, para que tu limosna quede en secreto; y tu Padre, que ve en lo secreto, te recompensará». Mateo 6:3 y 6:4. El pueblo florentino, el que abraza a los alemanes como sus aliados, también está pasando hambre. En Roma, en Florencia y en todo el país. Celebremos la generosidad de nuestro campeón.

Wolf aplaudió en silencio la agudeza del cardenal y pasó a la acción.

—¿Acaso piensa que la Santa Sede apoya a los partisanos? —preguntó directamente al líder de la banda.

Carità se quedó sin argumentos. Koch trató de pronunciar palabra, pero se encontraba en un callejón sin salida. Aquellos hombres, la dupla formada por el cónsul y el cardenal, utilizaban una herramienta mucho más poderosa que la ira.

La inteligencia.

—Creo que tiene serios problemas con las comunicaciones clandestinas. —Wolf, de nuevo, supo jugar sus cartas—. Le sugiero que se centre en lo que de verdad importa y deje de hacer perder el tiempo a aquellos que otorgan honor y gloria a nuestros aliados.

—Si no, avisará a sus superiores…, ¿verdad? —replicó con burla Carità.

—No se equivoque. —Wolf tenía un as en la manga—. También son sus superiores.

Aquel revés jerárquico provocó una herida en la moral de Carità. Las palabras del cónsul no carecían de sentido. El mercenario no tenía poder. Solo autoridad. Bastaba una orden para que le cesaran de toda labor. Wolf sabía lo difícil que sería conseguir esa orden, pero si los aliados se habían hecho con Roma, era cuestión de tiempo que entraran en la capital de la Toscana.

Koch desapareció unos instantes y volvió con Bartali. Empujó al ciclista, que se situó al lado del cónsul.

—Nunca ha estado prohibida una carretera. No al menos para mí. Estaba entrenando —dijo con serenidad Bartali—. Lo único que han hecho ustedes ahí abajo ha sido amenazarme y provocarme.

Con aquellas palabras, el deportista quería denunciar lo que había sufrido en el sótano. Al parecer, no había tenido la oportunidad de comprobar las mutilaciones que se llevaban a cabo. Solo había sido interrogado.

—Gracias, caballeros —agradeció cortésmente el cónsul.

—Haga subir al padre Ildefonso.

Las palabras de Dalla Costa sorprendieron incluso a Wolf, que lo miró desconcertado. Carità dudó. No tenía la intención de doblegarse ante las palabras del cardenal.

—Ahora mismo —sentenció Wolf tratando de reforzar la petición de su colega.

Con un gesto, Carità ordenó que fueran a buscar al clérigo. Se vivieron momentos de tensión en silencio hasta que Epaminonda Troya, el padre Ildefonso, se sumó al grupo.

—Cardenal... —El padre saludó con una mezcla de timidez y vergüenza, intentando evitar cruzar la mirada con Dalla Costa.

—Sois la vergüenza de la Santa Sede. De los Diez Mandamientos habéis vulnerado al menos los cinco últimos. Tarde o temprano arderéis, en la tierra o en el infierno.

Dalla Costa dio media vuelta para abandonar aquel lugar sin despedirse. El padre Ildefonso se quedó helado, consciente de que desde aquel momento, y tras las palabras del cardenal de Florencia, no podría regresar con dignidad a Santa Maria del Fiore. Sin duda Dalla Costa reportaría la situación a la Santa Sede.

—Volveremos a interrogarle, señor Bartali, no lo dude.

Carità se encargó de que aquella amenaza retumbara en la cabeza del ciclista. Este simplemente sonrió, lo que irritó aún más al homicida.

Wolf acompañó a Bartali hasta el coche, que se encontraba a una distancia prudente y considerable. Una vez allí, presa de la ira, el cónsul soltó un puñetazo contra la chapa de su Fiat, dejando una marca ostensible. Dalla Costa se sobresaltó. Bartali depositó su bicicleta en el suelo y se acercó a ese hombre furioso.

—Lo siento, señor Bartali… No pudimos hacer nada antes.

Este le instó a que no prosiguiera. No hacía falta. Le sujetó con delicadeza la cara. Como si de un padre se tratara, lo miró fijamente a los ojos. Wolf solo pudo escuchar.

—No te enfades —le dijo el ciclista—. El fin justifica los miedos.

Wolf grabó a fuego las palabras de aquel héroe: los miedos, no los medios. Acto seguido, tras asegurarse de que nadie indeseado observaba la escena, el ciclista desmontó una pieza de su velocípedo y entregó un pequeño sobre al cónsul.

Sin más alardes, Gino Bartali se despidió de ellos y montó en su bicicleta. Aquel héroe volvería a correr por el futuro.

No solo le esperaba Fausto Coppi; toda una comunidad de judíos dependía de sus pedaladas. Mientras el régimen fascista utilizaba su imagen como emblema de su ideología, él aguantaría esa carga sobre sus hombros y continuaría pedaleando por la justicia, por el pueblo, por la fe. El cuadro de su bicicleta estaba cargado de esperanza. Y estaba dispuesto a guardar ese secreto hasta el día de su muerte.

Wolf invitó a Dalla Costa a que entrara en su vehículo.

Al abrir el sobre, el cardenal sonrió. En aquellos pasaportes se encontraba la primera salvación de una decena de personas. La segunda sería obra de Dios.

Wolf abrió el primer documento.

El nombre le partió en dos.

Se trataba del salvoconducto de Alessandro.

Fisgoneó el siguiente.

Daniella.

No tuvo que mirar el tercero para saber el nombre que encontraría.

Una niña de cinco años.

Hannah.

Y el regocijo se convirtió en pesadumbre.

En el interior del Fiat 1100 se dieron cuenta de que tenían casi todo lo necesario para salvar la vida de numerosas personas.

Únicamente necesitaban lo más importante.

Las personas.

30

Julio de 1944
Florencia

Semanas atrás, mientras la cifra de trabajadores forzados obligados por la Organización Todt ascendía a los veinte mil, el Comité Toscano de Liberación Nacional se había cansado de esperar con los brazos cruzados, sobre todo después del duro golpe sufrido tras la redada de Comisión Radio. Como símbolo de la Resistencia, el Comité pidió al pueblo italiano que se levantara en armas antes de la llegada de los salvadores oponiéndose definitivamente a la ocupación. Estaban convencidos de que la insurrección era la única vía factible para la liberación de Italia.

Kiel entró como un huracán a la oficina de Wolf. El cónsul, ante lo inesperado de una visita sin ser anunciada por su secretaria, guardó los documentos que tenía sobre la mesa. Respiró aliviado cuando comprobó que aquella mujer era de su círculo de confianza. Habían pasado varias semanas desde la desaparición de Daniella y Hannah y la señorita Kiel había aprendido a convivir con la amargura y la incertidumbre.

—Sin avisar. Como siempre, señorita Kiel.

—Gracias a su secretaria, tengo vía libre —coqueteó ella.

Aquella tarde, la señorita Kiel estaba excepcionalmente bella. Wolf observó unos segundos a la mujer. Nunca la había visto tan embriagadora y con un porte tan cautivador.

—Debo hablar seriamente con Maria Faltien —dijo con guasa Wolf.

—¿Qué hacías, Gerhard?

Wolf estaba, como de costumbre, gestionando pasaportes falsos, tratando de evitar deportaciones. Volvió a sacar su papeleo. Kiel se quedó observando, en silencio, la titánica tarea de aquel hombre. Atendía a las familias italianas, falsificaba documentos, presionaba a la policía local, evitaba los exilios a los campos de Bolzano, San Dalmazzo o Fossoli de Carpi y exigía apoyo a los funcionarios nazis que podrían ayudarle en su misión confidencial, siempre y cuando nadie se enterara de lo que en realidad estaba bosquejando. Ella había sido testigo de cómo Wolf se había enfrentado diplomáticamente a los Einsatzkommandos de las Sicherheitsdienst, los servicios de inteligencia de las SS, bajo la dirección de Dannecker primero y de Boßhammer después, saboteando deportaciones de judíos a las oficinas de la Gestapo en Verona. Wolf solía decir que lo único que podía hacer desde su posición diplomática era quejarse u obstruir, pero Kiel sabía que aquel hombre hacía mucho más que eso.

—Sabes que llevo semanas trabajando en Fiesole amparando a familias necesitadas y cuidando de Berenson, pero no puedo hacer mucho más. No puedo moverlos de allí. Siempre me he preguntado cómo consigues que terminen abandonando Florencia.

Wolf miró a Kiel. En verdad estaba arrebatadora.

—Aunque sabe perfectamente qué hago y con quién, nunca me ha preguntado a mí cómo lo hacemos, señorita Kiel —dijo con sorna Wolf.

—*Touché*. ¿Cómo, Gerhard?

Wolf le explicó cómo entre los miembros de la cadena que se afanaban por salvar las vidas de los judíos perseguidos había un hombre tullido, un tipo al otro lado del puente, en el que poder confiar. El guardián Burgassi, tal y como le conocían, se encargaba de llevar a toda la gente, cuyas gestiones se realizaban en el consulado de manera antirreglamentaria, a sitios remotos y desconocidos. Ni siquiera el propio cónsul conocía el destino final. Para Wolf era mejor así.

Tras la explicación, Kiel depositó una carta encima de la mesa. Wolf observó a su compañera. Ella, gracias a la intuición femenina, adivinó el pensamiento de Wolf.

—Nada grave, Gerhard.

Kiel lo dijo con demasiada seguridad.

—No habrá…

—Claro que la he leído. Es de Berenson. Si creías que iba a retener mi curiosidad estabas muy equivocado. Trabajo con él. Vamos, léela.

Gerhard abrió el sobre y leyó detenidamente la carta.

Cuando termine la guerra, si me saliera con la mía, debería instituir una nueva Orden: Pour l'Humanité. Se otorgaría a aquellos que hubiesen hecho todo lo posible, todo lo que fuese compatible con su deber: dar un giro humano a la promulgación de actos y aliviar a todos los que hubiesen sufrido.

En tal orden le daría a usted, señor Wolf, un lugar elevado. Puedo asegurarle que no tengo ningún amigo o conocido que no comparta la misma opinión que yo. Espero verle pronto en mi casa algún día. Mientras tanto, permítame que le pregunte: ¿Hay algo que pueda hacer por usted? Si así fuera, no dejaría de intentarlo al máximo.

Con todos los buenos deseos.

Cordialmente.

Bernard Berenson

Wolf, conmovido, miró a la señorita Kiel en busca de complicidad. Ella pensaba lo mismo desde hacía tiempo. Le consideraba un tipo atractivo, fascinante, recto. Le devolvió la mirada, pero desafiante y seductora.

Wolf se ruborizó. No pudo evitar media sonrisa.

Kiel, ante ese gesto, se acercó a él con sugestión.

—Señorita Kiel... —susurró Wolf con cierto sofoco.

Ella no se amedrentó en ningún momento. Continuó con el curso de su travesía, preparada para el inevitable desenlace.

—Por favor, Hanna...

El cónsul, en un movimiento involuntario, se levantó como un resorte de su silla, tratando de evitar la incómoda situación.

—Hanna... Yo... lo siento...

—Lo sé, tranquilo. —Kiel trató de rebajar la tensión sexual—. Por eso me atraes tanto. Porque a pesar de que podríamos morir mañana, eres imposible. —Se retiró con dignidad, puso unos metros de distancia y se dirigió de nuevo al cónsul—: ¿A qué esperas? —preguntó pícara sin rencor.

Wolf la miró totalmente desconcertado. Se encogió de hombros.

—Gerhard, ve a esa fiesta. Ve a salvar Florencia.

Wolf sonrió.

—Mi secretaria. —Cayó en la cuenta.

—«Nuestra» secretaria. —Kiel guiñó un ojo.

Abrió el cajón de su escritorio, recogió sus Toscanos y se acercó a la puerta para recoger su sombrero. Antes de abandonar el consulado, deshizo sus pasos y besó a Kiel en la mejilla.

—Gracias.

—Corre, ve. Acaba con ellos. O terminaré desnudándote. —Kiel aceptó noblemente la derrota sin menguar su autoestima.

Wolf volvió a sonreír y abandonó su despacho, no sin antes observar, como siempre, la litografía de Goethe. «La fidelidad es el esfuerzo de un alma noble para igualarse a otra más grande que ella». Ella era Hilde. Cuando encaró las escaleras, observó cómo la señorita Maria Faltien sonreía con vergüenza. Wolf la miró preguntando con sus ojos y ella quiso desaparecer. Él levantó una ceja, incrédulo. Aquella mujer, su secretaria, parecía una chiquilla guardando un secreto.

—Ya hablaremos usted y yo —dijo el cónsul al tiempo que se colocaba el sombrero.

Acto seguido abandonó Via de' Bardi.

En el Palazzo Antinori, antigua sede del Partito Nazionale Fascista en la Via Tornabuoni, tenía lugar una fiesta para celebrar la llegada de una brigada de paracaidistas cuyo objetivo era reforzar las líneas defensivas en el Arno.

En una mesa, el sustituto del capitán Alberti en las SS, Giuseppe Bernasconi, el coronel Von Kunowski, el mariscal de campo Kesselring y el cónsul de Florencia disfrutaban de un Chianti Colli Fiorentini. Frente a ellos, ocupando otro tablero, algunos soldados alemanes gozaban de un momento de distensión. A lo lejos, Rettig, el oficial de bienvenida del Partido Nazi; el coronel Fuchs, jefe de la guarnición alemana en Florencia; el coronel Dollmann, del grupo armado «C» de las SS, y Seifarth, su oficial militar administrativo, que no quitaba sus ojos de encima de una muchacha que se paseaba por aquel salón. Los ojos de Rettig buscaban a Wolf.

El cónsul se encendió, como de costumbre, uno de sus Toscanos, tratando de aparentar relajación y deleite.

—Señores, tengo que informarles de que el pueblo está molesto con los recortes de los racionamientos.

Gerhard Wolf tenía muy claro que si los aliados se hacían con la Toscana, aquellos mandos germanos exigirían a los florentinos que lucharan por Alemania. No le parecía la mejor idea del mundo dejar que se murieran de hambre. Antes de luchar por los invasores, los ciudadanos de Florencia esperarían la liberación.

—Entonces lo que obtendrán será miedo —sentenció Bernasconi.

Wolf respiró, procurando medir sus pasos con prudencia.

—¿No creen que lo mejor sería declarar Florencia ciudad abierta?

—¿Alemania? Para nada, señor cónsul —continuó Kesselring—. Los mandos nos exigen otras prioridades. Debemos preparar la Línea Gótica hasta Rímini. O nos quedamos Florencia o nadie la tendrá.

—Pero… ¿qué sucederá con todos los habitantes? Italia es nuestra aliada.

—Si tenemos que retroceder, señor cónsul —intervino Bernasconi—, lo haremos como siempre lo hemos hecho: con la mayor agresividad posible.

—Pero si los aliados consiguen alcanzar el Arno, no podremos repeler su ataque.

—Claro que sí —sonrió Bernasconi—. Destruiremos los puentes.

—¿Disculpe? —preguntó asombrado Wolf.

Kesselring depositó encima de la mesa un mapa de la ciudad en el que aparecían señaladas todas las zonas que debían ser demolidas en caso de que el enemigo alcanzara Florencia. El plano mostraba no solo los objetivos sobre el Arno, también los edificios colindantes que debían ser destruidos. Operación Feuerzauber. Fuego mágico. Era una masacre. Muchos florentinos se quedarían sin hogar en mitad de una guerra que ellos nunca desearon. Kesselring le explicó que se trataba de órdenes de los altos mandos. Al mariscal, por otro lado, le había sido encomendada la tarea de salvar todo lo que fuese culturalmente significativo, pero no se encontraban en una posición de ofrecer ventajas al enemigo.

—Mariscal Kesselring —comentó Wolf intentando no parecer demasiado nervioso—, el embajador ya me puso al tanto de sus intenciones, pero como cónsul de la ciudad permítame al menos convencerle de lo contrario.

—Señor Wolf —replicó el mariscal—, solo me atrevería a dejar uno de los puentes en pie siempre y cuando los enemigos declararan Florencia ciudad abierta. Han alcanzado Siena y el valle de la Valdichiana. Se avecina tormenta.

—Desde un punto de vista meramente diplomático, creo que ninguna de las partes beligerantes ha sido demasiado franca a la hora de pactar la «no agresión» sobre Florencia. Es un asunto que parece demasiado enturbiado, pues nadie se decide a dar el primer paso. No podremos negar que los puentes de esta ciudad son demasiado significativos desde el punto de vista cultural. Destruir el Ponte Santa Trìnita dejará heridas incurables en la memoria del pueblo florentino. Si ganamos la guerra, los ciudadanos odiarán a los perpetradores.

—Un puente es un puente —dijo el coronel Dollmann, que se acababa de sumar con el coronel Fuchs a la conversación tratando de aprovecharse del maravillo Chianti que estaban degustando—. El cardenal Dalla Costa también nos ha mostrado su inquietud ante la posibilidad de que la ciudad se reduzca a polvo y ceniza. Creo que algunos no alcanzan a entender a qué nos referimos cuando hablamos de la guerra. Recuerden que el Arno es la última gran trinchera natural.

—Señor Wolf, no dejaremos que ocurra lo mismo que en Roma. Aquella decisión de no volar los puentes del Tíber provocó numerosas bajas en nuestras filas —añadió el coronel Fuchs.

—No volverá a suceder —dijo con solemnidad Kesselring—. Veremos qué sucede con el Ponte Vecchio, es el *Lie-
blingsbrücke* del Führer.

Su puente favorito. Wolf se sintió acorralado. Exponer
a las tropas alemanas no era un buen consejo. Sabía que aquellos hombres no cometerían de nuevo el mismo error. Si las
tropas aliadas pretendían conquistar Florencia, no lo harían
caminando sobre el Arno. La destrucción de puentes era una
consecuencia lógica y natural tras la tragedia romana. Karl
Wolff, el comandante supremo de todas las fuerzas de las SS
en Italia, tras el desengaño por no cumplir la misión de se-
cuestrar al Sumo Pontífice, estaba demasiado ocupado disfrutando de su ascenso a general plenipotenciario de todas
las fuerzas armadas unificadas de la Alemania nazi en Italia
como para pensar en el futuro de unos cuantos puentes.

De repente, Wolf se sorprendió. Frente a él apareció una
persona de la que no sabía absolutamente nada desde hacía
semanas. Ella tampoco pudo exteriorizar sus sentimientos,
pero era evidente que se hizo pequeña de la vergüenza, pues,
aunque conocía a aquel hombre y podría llegar a ser su última esperanza, estaba a punto de descubrir a qué se dedicaba
en aquel lugar.

Wolf adivinó sus sentimientos. No era demasiado alen-
tador encontrársela allí, en aquel sitio, aunque podría haber
sido mucho peor: un campo de concentración.

En la mesa de enfrente los soldados paracaidistas humi-
llaban a Daniella. Una mano nazi recorría el trasero de aquella
judía.

—¡Vamos, Karl! Es judía. Será como follarte a una rata.

—Que te jodan, Hermann, ¡podemos morir mañana!

Los otros alemanes, en un avanzado estado de embriaguez, rieron.

—Seguro que ni sabe leer. Pertenecen a una raza inferior y no dejan de ser una panda de analfabetos.

Todos volvieron a estallar en una sonora carcajada. Wolf, testigo de la doble moral de aquel soldado y consciente de que Daniella no podía soportar semejante denigración, se sumó al jolgorio.

—Di, muchacha, ¿sabes leer? —preguntó el cónsul en italiano mientras fumaba su Toscano.

Rettig observó con detenimiento la actitud de Wolf. No esperaba aquello.

Daniella se sorprendió ante su actitud, pero se mantuvo en silencio con la mirada baja, presa de un oprobio aún mayor. No entendió qué pretendía el cónsul y se quedó totalmente desconcertada. Uno de los soldados que llevaba tiempo en Florencia, ante la impertinencia de la mujer, se levantó y se encaró con ella. Wolf le llamó la atención ante la atenta mirada de sus superiores, que aguantaron confundidos. El cónsul se levantó con autoridad, se aproximó a ella y le cruzó la cara de un guantazo.

—Te he hecho una pregunta. ¡Contesta! —le ordenó, airado.

—¡Joder! Me la pienso beneficiar en un rato —le susurró uno de los soldados a su compañero.

Daniella, con la mano tocándose el rostro del dolor y embargada por el miedo, la decepción y la frustración, asintió con la cabeza. Wolf volvió a la mesa, tomó un bolígrafo, arrancó un trozo de un periódico y se apresuró a escribir una sola palabra. Se volvió a la judía y se lo entregó.

—¡Léelo en voz alta!

Daniella, tratando de evitar otro duro golpe en su cara y una humillación aún mayor por parte de un hombre al que creía conocer, pronunció aquella palabra titubeando por el temor.

—«Escoria».

—¡Vaya! ¡Sabe leer! —se jactó el cónsul frente a sus colegas.

—Eso es lo que te define a ti y a los tuyos —sentenció Bernasconi señalando a la mujer.

Wolf volvió a su asiento y dirigió su mirada a Rettig, con una sonrisa llena de soberbia. Este lo miró y aplaudió su intervención. Los alemanes celebraron aquella estúpida victoria frente a la pobre mujer escupiendo en su dirección y brindando con cerveza germana. Los superiores, satisfechos con la actitud de Wolf, unieron sus copas de vino al unísono.

Avanzada la velada, Bernasconi, Von Kunowski, Kesselring, Rettig, Fuchs, Dollmann y Seifarth, complacidos, se dispusieron para retirarse a descansar. A pesar de todo, eran tiempos de guerra y no querían ver cómo se mancillaba la raza superior mientras cualquiera de los soldados se beneficiaba a aquella mujer.

—Disfrutaré un rato con los chicos —fue lo único que dijo Wolf al despedirse de ellos mientras alzaba la copa de su Chianti.

Aquel gesto fue aplaudido por los superiores militares. Wolf no había dejado de estar en el punto de mira de algunos de los representantes de la Gestapo. Al conocer que el cónsul alemán, representante del nacionalsocialismo del Reich, compartiría unos momentos con los soldados, se marcharon con mucha más tranquilidad. Sobre todo Von Kunowski, quien había recelado de las intenciones de Wolf en más de una ocasión y quien, desde ese momento, no albergaba ninguna duda de que el cónsul era definitivamente uno de los suyos. El capitán Bernasconi se acercó a la mesa de los soldados.

—¿Han rellenado todos ustedes las autorizaciones de ingreso?

Los soldados asintieron. A Giuseppe Bernasconi la idea de practicar sexo con una judía le revolvía el estómago. Ninguno de los altos cargos que allí se encontraban habría cometido semejante deslealtad al Reich y, aunque no le agradara que los muchachos quisieran beneficiarse a aquella mujer, les arrojó un puñado de preservativos Odilei y desapareció junto a Von Kunowski, Kesselring, Fuchs, Dollmann y Seifarth. Rettig lanzó una última mirada de desconcierto a Wolf. Quizá el cónsul había terminado por rendirse ante la evidencia. Alemania era la cúspide y la glorificación de la humanidad.

Wolf solo tuvo que esperar minutos.

Observó a su alrededor. Estaba tan preocupado por situar Florencia, sus puentes, sus gentes, encima de la mesa junto a los oficiales que no había reparado en el lugar donde se encontraba. Se trataba, sin ninguna duda, de un *Wehrmachtsbordell,* un burdel de guarnición controlado para calmar las tentaciones de los soldados ubicado dentro del Palazzo Antinori. Hitler sabía lo que hacía. Sexo, alcohol y juegos para los soldados que daban la vida por el Führer. El cuerpo diplomático no gozaba de semejantes pasatiempos.

Bajo el estatus de prisionera de guerra, Daniella había sido forzada a ejercer la prostitución. Sexo o patíbulo.

Tras una gran ingesta de alcohol, los soldados y los altos cargos del Reich iban disfrutando de la velada con sus sentidos cada vez más mermados. Wolf aprovechó un momento de distracción para tomar el bolígrafo y conseguir un nuevo trozo del diario.

Bajo el mantel, apuntó tres palabras. Con eso sería suficiente.

Fingiendo una risa descontrolada y un estado de embriaguez totalmente impostado, se levantó y se dirigió a las cocinas.

Daniella, todavía con lágrimas en los ojos, al verlo allí se atemorizó. Acobardada, retrocedió unos pasos hasta verse acorralada contra la pared de la estancia. No sabía si aquel alemán que se había presentado frente a ella era el mismo hombre que vio abatido en Santa Maria del Fiore o un monstruo como todos los que estaban allí presentes. Wolf se llevó el dedo a la boca, tratando de preservar el silencio. Daniella, perpleja, no entendió sus intenciones hasta que este le entregó el trozo de papel y el bolígrafo.

Wolf la miró con compasión. Ninguna mujer merecía estar en el lugar donde Daniella se encontraba. Maldijo el no poder hacer nada por ayudarla y rezó para que ella, además, supiera escribir. Consciente de que en cualquier momento podría entrar algún soldado alcoholizado, abandonó la cocina y se reunió de nuevo con sus colegas.

—¡O vaciamos nuestras vejigas o el alcohol se nos va a salir por los ojos!

Aquellos camaradas rieron la debilidad del cónsul y le hicieron brindar de nuevo.

—¡Por una nueva raza! ¡Por el Führer!

Wolf habría estampado la copa contra la pared, pero la diplomacia le obligó a celebrar aquella proclama. Necesitaba la respuesta de Daniella antes de abandonar ese lugar.

En la cocina, Daniella abrió con prudencia el papel. Solo tres palabras bastaron para que supiera que el cónsul de Florencia seguía de su parte. Dos nombres y una palabra escritos de su puño y letra.

Hannah / Alessandro, ¿dónde?

La mujer abrió los ojos ante la oportunidad que se le estaba brindando. Aquel hombre preguntaba por su hija y su marido. Ella se encontraba con las manos atadas, siendo poco más que una camarera y una esclava sexual. No tendría ninguna oportunidad. Sin embargo, el cónsul sí podría hacer algo por su pequeña y el amor de su vida. Durante un instante se preguntó por qué el cónsul no la rescataba de ese lugar, pero enseguida se dio cuenta de que eso pondría la vida de ambos en peligro. Daniella siempre quiso ser actriz, aunque Alessandro le había comentado una y otra vez que era una tontería en los tiempos que corrían. Entendió que Wolf estaba interpretando un papel y se dispuso a escribir rápidamente en aquel trozo de diario. Debía dejar de pensar en ella misma y mirar por su hija. Por un momento se imaginó que ese ridículo pedazo de periódico haría las veces del tan deseado pasaporte para su pequeña con destino a la libertad.

Se lo guardó en un bolsillo y esperó.

Los soldados alemanes no tardaron en exigir su presencia de nuevo. Daniella se presentó ante ellos y escuchó las peticiones de los inmorales sedientos. Wolf levantó la mano y exigió otro vaso de Chianti. Ella solo asintió con la mirada en el suelo. A los pocos minutos regresó con las consumiciones. Entregó a los soldados, ya ebrios, sus respectivas Poretti y a Wolf su copa de vino. En un rápido ademán, depositó una servilleta al lado de la copa y miró a Wolf durante dos segundos.

No hizo falta más.

Wolf agarró con rapidez la servilleta y la escondió en su chaqueta.

En ese mismo instante, Karl, el soldado alemán, la cogió con fuerza del brazo y tiró de ella con violencia. Daniella no intentó oponer resistencia. De poco le habría valido. Con determinación, el soldado la empujó al pasillo.

Wolf observó la escena con impotencia. Solo podía mirar y blasfemar en silencio contra aquel violador. No habría podido evitar lo que estaba a punto de suceder. Su capacidad de deducción estaba mermada, ya que en ningún momento se había imaginado aquella situación, en aquel lugar, con aquella mujer. Además de los beodos militares, el cónsul había observado cerca de una decena de soldados armados haciendo guardia en las entradas principales. Sacar a Daniella de allí era imposible. Incluso podría haber fingido que él mismo iba a practicar sexo mercenario con el cuerpo de aquella mujer con el fin de poder tener una dilatada conversación sobre el paradero de su hija, pero alguien habría recelado de él. Un cónsul nacionalsocialista no habría descargado su testosterona con una judía, y mucho menos alguien con la hoja de servicios de Wolf y con su fama de buen padre de familia. Tenía las manos atadas y el corazón encogido.

Lo que vio fue lo último que habría esperado observar. Antes de desaparecer, su mirada se cruzó con la de Daniella. En aquellos ojos no había lugar para la ira ni para el asco ni para el desprecio. Ella no tenía puesta su atención en aquel alemán que estaba a punto de destrozar sus muslos. Daniella miraba a Wolf de manera distinta, con esperanza y gratitud. Antes de desaparecer por el quicio de la puerta, le regaló una sonrisa. Aquel gesto significó una dedicatoria con un destino muy especial: su hija Hannah.

Wolf tragó saliva y se despidió entonando el *Die Fahne hoch!* mientras los soldados apuraban sus cervezas y brindaban por el cónsul.

Al salir de aquel antro, se apresuró a ubicarse en un lugar oscuro en las escalinatas de la iglesia de Santi Michele e Gaetano.

«Di, muchacha, ¿sabes leer?». Daniella había afirmado. Aquella simple afirmación había despertado en Wolf una ridícula idea.

Había forzado la situación, sumándose a la mofa desde su mesa, pero Wolf había obtenido lo que quería. Quizá había pagado un precio demasiado elevado, pero todo había salido relativamente bien.

Abrió aquel pedazo de papel.

Hannah - Santa María del Carmine
Ale?

Alessandro seguía en paradero desconocido, pero al menos sabía dónde podría encontrar a la pequeña Hannah. Se encontraba a salvo con las hermanas franciscanas misioneras de María, en su convento de la Piazza del Carmine. Intentó respirar buscando un poco de alivio, algo bastante complicado para Wolf, pues no dejaba de pensar en Daniella y en lo que estaría sufriendo.

El sonido de una bocina le provocó un sobresalto.

En la cálida noche de aquel julio de 1944, Wolf creía estar solo, pero no era así. Frente a él, a escasos metros, un vehículo encendía sus luces y se aproximaba a su posición, avanzando unos metros a través de la Via Tornabuoni. Cuando estuvo frente a él, identificó el modelo.

Zündapp KS 750 sidecar. Una motocicleta de la Wehrmacht.

—Un placer saludarle de nuevo, señor Wolf.

El cónsul no alcanzó a ver el rostro del piloto, pero conocía perfectamente la voz del hombre que ocupaba el sidecar.

—*Herr* Rettig me ha dicho que usted estaba disfrutando con los muchachos. Por fin ha visto la luz.

Wolf se fijó en el chófer. Era Corradeschi. A su lado, el hombre al que más había odiado durante su estancia en Florencia.

Mario Carità.

Apeó su grueso cuerpo de la moto y se encaró con Wolf. El cónsul sostuvo su mirada y su aliento.

Carità sonrió.

Wolf mantuvo el rostro inexpresivo, inalterable.

Carità le dio un par de palmadas en la mejilla.

—Así que follándose a las esposas de los barberos, ¿eh?

Wolf apretó el puño.

Carità continuó. Disfrutaba con aquello.

—Estos judíos de mierda... Solo han infectado esta ciudad. ¿Cómo dijo usted? —Hizo el ademán de pensar durante un par de segundos—. ¡Ah, sí! La plaga. Nosotros éramos la plaga. La epidemia ha realizado su trabajo. Hemos sido el azote de los judíos. —Carità seguía teatralizando su discurso—. ¿Entregó mis respetos a su amigo el barbero? —le preguntó al cónsul.

Wolf permanecía en silencio, ante la atenta mirada de Corradeschi.

—¡Oh, claro! No pudo hacerlo. ¿Cómo podría? Su cerebro aún decora parte del suelo de mi sótano. —Carità rio histriónicamente.

Wolf deseó matarlo allí mismo. Apretó la mandíbula. Luchó contra sus impulsos más primitivos. Quería asesinar a Carità, a Corradeschi y a todos los malnacidos que se hallaban dentro del palacio. «La venganza más cruel es el desprecio de toda venganza posible». Por primera vez no estuvo de acuerdo con Goethe. Un único pensamiento le salvó de aquel suicidio.

Su familia y Hannah.

Simple y llanamente porque podría ser su hija.

Wolf se mordió la lengua y respiró hondo.

—Si le cuento todo esto, señor cónsul, es porque no volverá a verme. Al menos eso espero. Nunca pretendí cultivar su respeto. Muera con su gente, húndase con sus puentes, púdrase con Florencia, señor Wolf. Muestre mis respetos al ciclista. Lamento haberlo dejado escapar.

Carità se dio la vuelta y se montó en la Zündapp KS 750. Tras recibir una orden, Corradeschi puso el motor en marcha.

—*Heil Hitler!* —gritó en alto de una manera grotesca y burlona.

Con una sonrisa de oreja a oreja, Carità, sin mirar a Wolf, desapareció en dirección a la Via Rondinelli. Horas más tarde, una ambulancia robada de la Venerable Archicofradía de la Misericordia de Florencia le escondería a él y a alguno de sus fieles durante su evacuación de la ciudad. Lamentablemente, su ausencia no acabaría con las matanzas en la urbe.

Wolf se quedó absorto. Frente a él, en aquel palacio, una de tantas mujeres sufría una terrible denigración. En unos segundos, uno de los mayores asesinos de la ciudad de Florencia acababa de escapar. Había ejecutado a Alessandro.

Y Wolf comprendió la totalidad del significado de las palabras «frustración» y «soledad».

La vida no se parecía a los cuentos de ficción con los que se trataba de lavar los cerebros de los iletrados. No era el final feliz de una de las películas del Reichsfilmkammer. Paul Wendlandt no terminaría dichoso con la mujer que amaba en *Die große Liebe* si la historia hubiera transcurrido en la vida real. Ningún barbero judío subiría al atril del Sportpalast de Berlín para proclamar a la humanidad el final de las dictaduras, tal y como sucedía en *El gran dictador*, en la Alemania que él conocía en ese 1944.

Aquel mes de julio Florencia estaba más cerca de ser

Cassino que de ser la ciudad floreciente de los Médici.

Wolf comprendió que su historia, y la de aquellos que orbitaban a su alrededor, era nada más y nada menos que el conjunto de las memorias de los derrotados y los perdedores.

Solo pudo llorar.

A través de las lágrimas, intuyó que su papel solo se limitaba a decidir cuánto quería perder. Y tras perder a su familia, a algunos de sus amigos y la paciencia, Gerhard Wolf no estaba dispuesto a desaprovechar mucho más. Cuando menguaron sus lágrimas, miró de nuevo el papel. Aquel signo de interrogación ya no tenía ningún sentido. Sabía que Alessandro no volvería junto a su mujer y su hija. Nunca recogería el pasaporte que le había entregado Bartali.

Por un momento, pensó si ese era también su destino. No tenía la certeza de que tarde o temprano volviese a ver a Hilde y a Veronika. A pesar de ello, en aquella noche florentina donde lo único que tenía utilidad era un pensamiento a corto plazo cuando se trataba de sobrevivir, solo tenía en mente un nombre.

Alguien a quien no perdería.

Una niña.

Hannah.

31

El mes de julio fue demencial.

Llegaron noticias sobre un atentado fallido contra Hitler. Al parecer, se trató de un complot dirigido por oficiales de la Wehrmacht cuyo objetivo era asesinar al Führer y provocar así un golpe de Estado que no había tenido éxito. Hitler sobrevivió a la explosión en su cuartel general y las consecuencias resultaron aterradoras. Alrededor de doscientas personas fueron ejecutadas. Goebbels, que trató de convencer a la población alegando que se trataba de un grupo reducido, no pudo evitar que el rumor circulara y se expandiera. La Gestapo sacó partido de la incontrolable situación y utilizó el atentado como excusa fundamental para continuar con sus redadas y encarcelamientos.

Los consecuentes arrestos en territorio italiano por la muerte de Gentile seguían mermando la población. No contentos con las reclusiones sin escrúpulos, las bandas fascistas locales se aprovechaban de la incertidumbre del pueblo para hacer correr ríos de sangre.

La Piazza Torquato Tasso, frente a los jardines Torrigiani en el barrio de San Frediano, fue testigo reservada de la matanza que llevaron a cabo los simpatizantes del nazismo y de República Social Italiana. Liderados por el sucesor de Carità, Giuseppe Bernasconi, se presentaron en la plaza en un camión y, sin previo aviso, abrieron fuego contra los residentes de un barrio considerado enemigo de la República e inclinado a la Resistencia.

Un niño y cuatro adultos perdieron la vida por una sospecha.

Wolf apuró los últimos días en la capital toscana.

El consulado recibió la noticia de que la partida de Carità de la ciudad se debía al consejo del coronel del grupo armado «C» de las SS, Dollmann. Wolf había compartido algo de tiempo con él cuando encontró a Daniella en el prostíbulo nazi. Definitivamente, Carità se había salido con la suya y los superiores del cónsul le protegían.

Ante la inminente llegada de los aliados, ya nadie dudaba de que se harían con Florencia fácilmente y, tras utilizar dicha información como débil justificación, el expolio artístico de la ciudad se convirtió en el pasatiempo favorito de los soldados alemanes. Miembros del *kommandantur* habían expoliado el museo del convento de la Piazza San Marco, cuyo claustro había servido en otros tiempos de residencia del dominico Savonarola y de Fra Angelico.

Tanto el profesor Poggi, superintendente de Arte, como Gerhard Wolf trataron de evitar desfalcos en los traslados por precaución, tal y como lo llamaban los coroneles alemanes. A pesar de los esfuerzos de supervisión y del traslado de numerosas obras de arte al castillo de Montegufoni, no pudieron impedir que desaparecieran grandes obras maestras de Cranach, que tarde o temprano terminarían colgando de las paredes del Führermuseum en Linz.

A nadie más le importaba el arte de la ciudad.

Las centralitas de teléfono estaban siendo saboteadas, los depósitos de agua potable habían sido destruidos y los molinos de grano habían saltado por los aires. La gente estaba incomunicada y moría de hambre. A nadie le importaba Botticelli.

Sin embargo, a Wolf le importaba una niña. Tras los atentados de la Piazza Torquato Tasso, a tan solo trescientos metros del convento de la Piazza del Carmine, donde las hermanas franciscanas misioneras de María cuidaban de los desamparados, el cónsul no dudó en visitar una vez más a la pequeña Hannah. Si realmente el barrio de San Frediano se hallaba en el punto de mira de la Gestapo y de las milicias italianas por las supuestas afiliaciones antifascistas, la niña corría un grave peligro en aquel lugar.

Sin dudarlo, y con la ayuda del cardenal Dalla Costa y de Jehoshua Ugo Massiach, el hombre que estaba llamado a ser el próximo rabino de Florencia en sustitución del deportado Nathan Cassuto, trasladaron a la pequeña muchacha a la sinagoga de la ciudad.

Si bien en un primer momento no parecía el lugar más adecuado para ocultar a la niña, tras un primer atentado fallido en julio de 1943 que solo afectó a los cimientos que sustentaban la galería de las mujeres, no volvieron a producirse actos vandálicos más allá del latrocinio de los tesoros hebreos que albergaba el templo. Massiach supo esconderse demasiado bien.

Este prometió que cuidaría de la pequeña como si fuera su propia hija.

Pero aquella jornada, la del viernes 29 de julio, mientras los soldados americanos recibían correspondencia en Normandía, los ingenieros anglosajones utilizaban puentes metálicos para salvar los destrozos de los alemanes y los miembros del nuevo gabinete italiano habían formalizado su primera reunión, Gerhard Wolf debía cumplir las órdenes desde Berlín, una disposición que se presentaba tan clara como tajante: «Abandonar Florencia».

Wolf observó los pasaportes.

Alessandro. Su pasaporte no serviría de nada. Lamentó no haber podido hacer nada más por aquel hombre.

Daniella. Su pasaporte reposaba en el consulado, esperando ser entregado a su propietaria. Sin embargo, aquella mujer estaba confinada en un prostíbulo alemán. Era demasiado peligroso intentar acceder a ella y hacérselo llegar. Aunque pudiera estar frente a ella y dárselo, Daniella tendría que escapar de aquel lugar con vida. Toda una quimera.

Hannah. Aquella niña descansaba en algún escondrijo de la sinagoga. Disponía de su pasaporte y nunca tuvo claro qué hacer con ella. Solo había un kilómetro y medio de distancia entre la madre y la niña y él no podía hacer absolutamente nada por reunirlas.

Wolf cerró su cajón.

Ya no depositaría sus Toscanos allí. Miró por la ventana y la pena se apoderó de él. Fue un suspiro largo, pesado. Un gesto de derrota. Florencia moriría desangrada. Era una cruel realidad. Echó un último vistazo a su oficina. El papeleo no serviría de mucho. Lo más importante estaba en manos de su fiel secretaria. Él solo se encargaría de llevar consigo la documentación necesaria para poder conducir hasta el norte de Italia. Sin ninguna duda, echaría de menos a aquella mujer. Maria Faltien. Sus cuidados, sus consejos, sus chismorreos con la señorita Kiel. Cogió su sombrero, su brazalete y se dirigió a la puerta.

Allí descansaba, desde el primer día que ocupó el despacho, la litografía de Goethe.

«La magia es creer en ti mismo: si puedes hacer eso puedes hacer cualquier cosa». Pero Wolf había dejado de creer en el filósofo alemán, en los alemanes, en los aliados y en él mismo. Solo tenía la fe suficiente para conducir su vehículo al norte de Italia. Únicamente tenía la necesidad de ver a los suyos.

Tomó aquella litografía y fue a cerrar la puerta, pero antes detuvo su mirada al fondo. Allí, a lo lejos, tras el escritorio, continuaba como testigo la imagen del Führer, aquella estampa que decidió ningunear a pesar de la insistencia de los miembros de su equipo. En ese momento, Wildt y Poppe le esperaban en la calle frente al automóvil. Hitler le clavó la mirada en esos últimos instantes. Frente al cartel, Wolf escupió y cerró la puerta del consulado alemán en Florencia para siempre.

Necesitaba despedirse de determinadas personas.

Condujeron a través de Florencia, salvando los escombros de algunos edificios dañados mientras observaban cómo los ciudadanos florentinos abandonaban sus hogares con las pocas pertenencias con las que podían cargar, hasta llegar a la catedral, el impresionante centro neurálgico del cristianismo en la ciudad.

Santa Maria del Fiore.

El cónsul se apeó y sus compañeros esperaron en el automóvil. Una madre se acercó al vehículo con su criatura en brazos pidiendo algo de hospitalidad.

Nada más verlo en el interior del templo, el cardenal adivinó las intenciones de Wolf. Estaba convencido de que se trataba de una despedida y, aunque le habría gustado recibirle con buenas noticias, Dalla Costa fue tan sincero como siempre.

—A pesar de que Kesselring se mostraba totalmente opuesto tras el atentado contra Hitler, contactamos con el mariscal de campo, Alexander. No ha respondido a ninguna petición de hacer de Florencia una ciudad abierta.

Ni el general mariscal de campo, Albert Kesselring, ni el comandante británico de los aliados en Italia, Harold Alexander, dieron el paso necesario para salvar la ciudad de Florencia.

Acto seguido, el cardenal le puso al corriente de un par de temas que requerían de su conocimiento. Por un lado, se había erigido al parecer un nuevo paladín de la ciudad. El cónsul suizo en Florencia, conocedor del valor histórico de los ornamentos de la urbe, estaba tratando de exigir el perdón por parte de las autoridades alemanas para, como mínimo, las estatuas situadas en el Ponte Santa Trìnita. Wolf celebró el arrojo de su homónimo suizo. Por otro, Dalla Costa se hallaba a punto de pasar a la acción.

Se había convocado una reunión urgente en el arzobispado para debatir el futuro de Florencia. Habían confirmado su asistencia un par de diputados, la superintendente de Bellas Artes y el nuevo defensor de la ciudad, el cónsul suizo, Steinhäuslin. Su objetivo era redactar un memorándum para garantizar la protección de la ciudad y entregárselo al comandante Fuchs, tras la publicación de la notificación en *La Nazione* que transmitieron las autoridades nazis para tranquilizar a los ciudadanos. En dicho comunicado el ejército alemán se comprometía a salvar la ciudad de las consecuencias de un posible conflicto bélico librado en el núcleo urbano. En la inminente reunión, inevitablemente y por razones obvias, se hablaría sobre cómo presionar a los partisanos para que no realizaran actos vandálicos contra las tropas germanas, con el fin de garantizar el armisticio para la ciudadanía, ya que el Comité Toscano de Liberación Nacional no dejaba de exhortar a los florentinos a recelar de las intenciones alemanas.

El cónsul atendió con esmero los planteamientos del cardenal cuando de repente, como una visión celestial, una mujer entró en Santa Maria del Fiore. Avanzó lentamente por la nave central hasta detenerse en uno de los bancos. Una vez allí, se santiguó y se arrodilló frente al altar.

Wolf se quedó atónito. Como si hubiera visto un fantasma.

Notó una leve presión sobre su espalda.

Al girarse, observó cómo la mano del cardenal Dalla Costa le invitaba a caminar.

El silencio de Wolf también transmitía información y sus ojos reclamaban un porqué.

—El Señor todo lo sabe. Recuerde que se halla en la casa del perdón.

El cónsul aplaudió aquella parábola. Sin duda, Dalla Costa estaba al tanto de uno de sus pocos pecados.

Dejándose llevar por el impulso de su amigo, se acercó prudente. Cuando alcanzó a la mujer, depositó suavemente su mano sobre su hombro. Ella alzó la cabeza. No esperó encontrarse a aquel hombre allí. No en aquel momento.

—Es usted... —balbuceó.

—Soy yo, señora Comberti. Yo... —Wolf trató de localizar las palabras correctas.

Aquella mujer advirtió el dolor, la vergüenza y el arrepentimiento en los ojos de Wolf. Ese hombre estaba profundamente derrotado frente a ella y, sin embargo, había tenido el valor de acercarse, depositar su mano sobre ella y desnudar su alma, aunque las palabras no le acompañaran. Una lágrima recorrió la mejilla del cónsul.

—Señora Comberti...

La dama se alzó y se situó delante de él. En sus ojos no se reflejaba el odio. Por extraño que pudiera parecer, su rostro permanecía sereno, amable. Su mirada cálida abrumó a Wolf.

—No debería haber dudado...

Comberti no le dejó terminar.

—Usted no tiene que explicarme nada. Está perdonado desde el momento en el que depositó su mano sobre mi hombro.

Aquellas palabras intensificaron sus lágrimas. A escasos metros, Dalla Costa era testigo del pequeño milagro, como lo habría descrito en sus círculos de confianza. Esa mujer, a pesar del rechazo de aquel alemán nada más llegar al consulado de la ciudad, se erigió como otra de las defensoras del sentido común en la etapa más oscura de Florencia. Como él, se había encargado de procurar albergue y manutención a los necesitados. Wolf se había equivocado con ella, pero la dama no le reprochó absolutamente nada.

Maria Comberti lo abrazó.

Wolf sintió que estaba en la casa del perdón.

Tras despedirse de la mujer, se dirigió una última vez al cardenal.

—Definitivamente, los ángeles existen, señor Dalla Costa. Usted es en verdad un emisario de Dios. Por favor, despídase del director del Kunsthistorisches Institut de mi parte.

Con aquellas palabras, el cónsul abrazó al cardenal y, antes de marchar, le entregó un sobre. Dalla Costa, con delicadeza y sigilo, observó su contenido. Dos pasaportes. Acto seguido miró a Wolf. El cónsul asintió. No hizo falta más. El cardenal comprendió que las destinatarias de aquella documentación eran madre e hija. No preguntó más.

—Cuiden a la pequeña por mí.

Profundamente afectado por la obligación de tener que pasar el testigo a su compañero, Gerhard Wolf abandonó la formidable catedral florentina rumbo a la despedida más complicada.

La señorita Kiel.

Esa vez, Poppe y Wildt acompañaron al cónsul. Habían granjeado una sincera amistad con la charlatana e imprudente señorita Kiel.

—Así que nos abandonas —protestó.

—Sí, con la vergüenza de tener la misma nacionalidad que aquellos que planean destruir nuestra ciudad.

La mujer se acercó y le abrazó. Era un abrazo cargado de afecto. Una muestra de su sincera admiración. Se aproximó al oído y, ante un controlado nerviosismo de Wolf, le susurró unas palabras:

—Las personas que tienen la osadía de creer que pueden cambiar el mundo son las que terminan cambiándolo.

Cuando Kiel se apartó, él le agradeció profundamente aquellas palabras con la mirada, aunque considerara que estaba equivocada. El cónsul tuvo la osadía de querer cambiar una pequeña parte del mundo, pero no terminó renovando absolutamente nada. Extrajo un cuadernito de su pequeño portaequipajes, lo miró detenidamente y, tras unos segundos de titubeo, se lo dio.

Ella le sondeó con la mirada.

—Si no vuelves a saber de mí, me gustaría que se lo entregaras a mi hija.

—¿Yo? —preguntó totalmente perpleja Kiel—. ¿Por qué crees que soy la persona indicada?

—Amo a mi hija, señorita Kiel. Y sé que usted sabe amar. —Ella entendió la alegoría al instante—. No conozco a muchas personas que comprendan el concepto veraz del amor.

Kiel agarró el diario con todas sus fuerzas. Una vez más, Wolf se acercó a ella y la besó en la mejilla.

—Gracias, señorita Kiel. Despídase del señor Berenson de mi parte.

—Así lo haré, Gerhard. Lleva muy mal no poder salir de su villa.

—Que siga como está, sin dejarse ver demasiado. Y usted, por favor, no cometa ninguna insensatez.

La señorita Kiel miró a aquel hombre. Sabía que era la última vez que lo vería. Suspiró levemente y las lágrimas empezaron a brotar. Wolf no quiso alargar el padecimiento. No la amaba, pues su corazón estaba a miles de kilómetros de allí, pero la admiraba desde lo más profundo de su alma. El trabajo que realizaba desde el Santuario de Fontelucente, cerca de Fiesole, con la ayuda del joven prior Formelli para ayudar a los más necesitados era encomiable. Con un gesto cortés y rostro afligido, se dirigió a su automóvil. Wildt y Poppe también se despidieron de aquella formidable mujer.

Durante la tarde del 29 de julio, mientras el humo de la metralla azotaba las colinas, Wildt, Poppe y Wolf abandonaron Florencia rumbo al norte.

Aquellos hombres llegaron a su destino tras veinticinco horas al volante, gracias a la conducción por turnos y a los pequeños bidones de gasolina que guardaban en el maletero.

Durante las primeras horas de la mañana siguiente, en la Villa Bassetti, a orillas del Lago di Garda, se produjo un encuentro fraternal. El embajador alemán recibía a su amigo de la infancia, el cónsul de Florencia, en momentos complicados para el Reich.

Wolf, tras efusivos abrazos y las pertinentes preguntas de cortesía, demandó noticias sobre Kesselring. Necesitaba saber si había ordenado definitivamente que no volaran los puentes. Rahn negó con la cabeza en silencio. Wolf lo interpretó de dos maneras diferentes. O bien no había noticias del mariscal o bien habían hecho oídos sordos ante la petición de clemencia para con los puentes y su amigo no quería enojarle demasiado. El cónsul, al no ver ningún tipo de esperanza en ambas hipótesis, se marchó a su improvisado aposento consumido por la tristeza.

Tras una refrescante ducha matinal, volvió a tumbarse en la cama nervioso. «No debería haberme movido de allí», murmuró.

Los ejércitos aliados avanzaban hacia el norte de Italia a una velocidad portentosa. Las defensas alemanas caían como moscas. La campaña italiana estaba siendo demasiado fácil. Wolf celebraría la presteza de los aliados si las víctimas no fueran sus hermanos alemanes.

Un sentimiento agridulce que nunca le había abandonado.

Pensó en su familia.

Desde que dejaron Florencia, nunca había estado tan cerca de ellas. Solo Brescia, Bergamo y Lugano los separaba de las dos mujeres que más quería en la vida.

Era cuestión de tiempo.

Un sonido interrumpió aquel placentero propósito.

Se levantó de la cama y abrió la puerta.

Frente a él, sus dos hombres de confianza. Ambos en un evidente estado de nerviosismo.

—Señor, tenemos noticias para usted.

El diplomático invitó a sus compañeros a ingresar en la estancia. Ambos cruzaron el umbral y Wolf cerró la puerta discretamente.

—¿De qué se trata? —preguntó de nuevo el cónsul alarmado.

—De Florencia —contestó Wildt.

—¿Qué pasa con Florencia?

Poppe le reveló lo que acababan de escuchar en la comandancia. Los soldados en la ciudad habían recibido la orden final por parte del coronel Fuchs. Wolf se estremeció. Sabía muy bien a qué se refería con la orden final.

Operación Feuerzauber.

Fuego mágico sobre Florencia.

Todo saltaría por los aires.

El cónsul, descorazonado, imploró que le dejaran a solas.

Pasaron las horas.

Nadie supo nada de él durante toda la jornada.

Cuando el sol ya se había despedido del Lago di Garda, Wolf salió de su alojamiento y se dirigió firme hacia su vehículo, ataviado con su traje y cargando el portaequipajes en soledad. Había recorrido tranquilamente unos metros cuando una mano le agarró el brazo desde atrás.

—¿Dónde te crees que vas? —preguntó Rahn.

—Rudolf, van a partir Florencia por la mitad. Lo han dicho en la comandancia.

—Te prometo que me acabo de enterar. Gerhard, por el amor de Dios, dime que no vas a volver solo para salvar un puente.

—Siempre te has mantenido al margen, amigo mío, lo entiendo, pero tú no has terminado de comprenderlo. No se trata del puente. Se trata del trayecto que marca la diferencia entre la vida y la muerte. Allí se quedaron Dalla Costa, Bartali y Burgassi. Sin mí, la cadena se romperá. Si no hay cadena, madres y niñas no podrán escapar de la masacre. Lo sabes de sobra.

—¡Harás que te maten! —clamó el embajador—. Y si no te matan, ¿qué dirás a tus superiores?

—No diré nada, amigo mío. Lo harás tú. —Wolf miró fijamente a su aliado.

—¿Yo?

—He recibido órdenes de Berlín. El Führer quiere que recupere unas obras de arte de la Uffizi. Una apresurada operación secreta. Eso es lo que comunicarás.

—Gerhard —replicó Rahn negando con la cabeza—, eso es una locura.

—Precisamente por eso. Si Hitler no estuviera loco, estaría bebiendo cerveza y comiendo salchichas, como todos los alemanes.

Wolf extrajo de su americana un folio doblado y se lo entregó a su amigo. Se trataba de un documento redactado a máquina por el mismo cónsul en el que el embajador le instaba a ejecutar dichas órdenes con el fin de contentar al Führer.

—¿Cómo diablos…?

—Tenías una Silenta maravillosa en el despacho.

El embajador rio. Nadie había visto salir al cónsul de su habitación. Wolf recordó cómo Dalla Costa había actuado ante la detención de Bartali.

—Continental Silenta de la Wanderer-Werke. Alemana. 1940 —explicó Rahn de manera jocosa, con el fin de que aquel orgullo de máquina destensara la situación—. Entiendo que ahora está en tu habitación.

Rahn volvió a mirar el documento.

—No te preocupes, ya he firmado por ti.

El embajador entendió aquel movimiento. Siempre podría acusar a Wolf de haber falsificado la firma para exonerarle de cualquier acusación.

—Aquí hay más nombres, Gerhard. Fasola, Dalla Costa, Heydenreich...

—Querido amigo, no voy a recoger ningún cuadro. Y si tú crees que pretendo salvar Florencia por mí mismo, estás tan loco como Hitler.

Rahn, consciente de que la voluntad férrea de Wolf nunca se doblegaría, le abrazó.

—Si no vuelvo, diles a mi mujer y a mi hija que Hanna Kiel, en Florencia, tiene algo para ellas. Diles que siempre las he llevado en mi pensamiento.

—Espero que lo hagas tú, querido amigo.

Wolf se dirigió a su Fiat 1100, cerró la puerta, arrancó el motor y puso rumbo a Florencia. Recordó las palabras de la señorita Kiel: «Las personas que tienen la osadía de creer que pueden cambiar el mundo son las que terminan cambiándolo». Sonrió amargamente. Su amiga acababa de destronar a Goethe.

Wildt y Poppe trataron de alcanzar el automóvil, pero el embajador Rahn se interpuso en su camino. Su mirada lo manifestaba todo. El cónsul deseaba estar solo.

Wolf volvía a Florencia.

Los tres hombres observaron cómo su amigo se perdía en el horizonte, frente a la oscuridad de la noche, en una misión suicida. Rudolf no tuvo ninguna duda. Si alguien era capaz de lograr su cometido, ese era Gerhard Wolf.

Rahn no pudo evitar exteriorizar su íntimo deseo.

—A por ellos, lobo.

32

«Señorita Hannah, la hemos llamado para informarla de que Veronika Wolf, la hija de Gerhard Wolf, está aquí, en Florencia».

Eso fue lo que me dijeron en el consulado alemán.

No me dieron más datos, por aquello de la privacidad y la confidencialidad, pero sí pudieron decirme el motivo por el cual la hija del cónsul se encontraba en la ciudad.

Operación Feuerzauber.

Fuego mágico sobre Florencia.

Todo saltó por los aires.

Aquella maniobra nada tenía que ver con el secuestro de un avión por parte del grupo terrorista alemán Fracción del Ejército Rojo en 1977. Compartían el mismo nombre, pero no hablaban del mismo fuego mágico.

La hija del cónsul rememoraba cada año la caída de los puentes. Al parecer, el cónsul había dedicado todo su empeño en salvar aquellos monumentos florentinos. Nunca, hasta ese momento, alcancé a comprender la razón de su tenacidad y de repente esa era la motivación de aquella mujer. La hija del cónsul.

Solo había un lugar donde podría encontrarla. El Ponte Vecchio. Así se lo hice saber a Noa mediante un mensaje. Allí se encontraba la placa que conmemoraba el valor de Gerhard Wolf, el salvador de Florencia. A esas alturas ya había leído algo más sobre aquel hombre. Documentos a su favor y escritos en su contra. Titulares opuestos por el mero hecho de ser alemán. Algunos periodistas trataban de enaltecer únicamente a figuras italianas. Yo tenía en mi poder el libro de Berenson dedicado a Wolf, el Ponte Vecchio tenía su placa en honor a Wolf y mi abuela tenía un pasaporte nazi gracias a Wolf. Me daba bastante igual la discrepancia de opiniones.

Faltaban piezas del rompecabezas, sin duda, pero mi corazón palpitaba con fuerza cada vez que pensaba que aquel podría ser el día.

Me senté a un lado, cerca del busto de Benvenuto Cellini, obra de Romanelli. Deposité mi mochila en el suelo y dejé que el tiempo pasara. Rozalén me acompañó en mis auriculares durante algunos minutos de mi espera en el Ponte Vecchio. Qué importante era la música en la vida.

```
Calla,
no remuevas la herida.
Llora siempre en silencio,
no levantes rencores
que este pueblo es tan pequeño;
eran otros tiempos.
```

Rencores de otros tiempos.

Yo vivía a caballo entre España e Italia, dos países divididos de una u otra manera en dos mitades a causa del enfrentamiento entre ideologías. Dos países afectados también por la corrupción política sin tapujos.

Y a pesar de las evidencias, rencores de ayer, inquinas de hoy.

Dos países que se partieron por la mitad por culpa de las guerras civiles. Y aunque las heridas se curaron, las cicatrices aún son demasiado visibles. Algunas llagas todavía supuran.

Tuve un antojo. Era agosto, sábado y el termómetro estaba por encima de los treinta grados. Quería helado. Pistacho y *stracciatella*. Me encontraba a tan solo unos metros de la que para mí era la mejor heladería de la ciudad, La Strega Nocciola. Sabía perfectamente dónde se ubicaba. Ciento cincuenta metros. Via de' Bardi. Y, de repente, caí en la cuenta.

Via de' Bardi.

Ahora, en 2019, el consulado alemán se ubicaba en Corso dei Tintori, pero durante la Segunda Guerra Mundial su localización era otra bien distinta.

Via de' Bardi.

La oficina de Gerhard Wolf.

La cabeza me dio vueltas. No podía marcharme de allí. Por mucha hambre o sed que tuviera. No podía permitirme tentar a la suerte.

Seguí disfrutando de la canción cuando alguien me tocó en el hombro.

Noa.

Siempre Noa.

Se sentó a mi lado y pude explicarle tranquilamente qué estaba haciendo en aquel momento. Apostada en el Ponte Vecchio, aquel 3 de agosto, esperando a una desconocida, tratando de descifrar el enigma que suponía la vida de mi abuela, una superviviente judía de la Segunda Guerra Mundial.

Una maravillosa locura.

—Gracias, Noa.

—¿Por qué, niñata?

—Porque fuiste la primera en dar el paso.

—Hannah, el paso lo diste tú. Yo solo te di un rato el coñazo y te empujé a todo esto.

—Sin ti no habría llegado hasta aquí.

—Eso ya lo sé yo.

Ambas nos reímos y algunos turistas depositaron sus miradas en esas dos locas que reían sin parar. No era la primera vez ni sería la última que llamaríamos la atención sin intención.

Reconozco que me aproveché de mi amiga. Noa sería la encargada de traerme el pistacho y la *stracciatella* que tanto reclamaba mi cuerpo.

Solo se quejó un momento, porque sabía lo importante que era para mí esperar en aquel lugar lo que hiciera falta. Se marchó a por un par de helados mientras yo esquivaba con la vista a los centenares de peregrinos que deambulaban por el puente en busca de una instantánea con la que poder alardear.

Una vez más, busqué en mi iPhone alguna canción para acompañar la agónica espera.

Morgan. *Sargento de hierro.* ¿Cómo no?

Cada estrofa me recordaba a parte de mi historia desde que la escuché en mi apartamento madrileño con Noa.

> Voy a pensar en ti
> y no olvidar tu nombre.
> Creo que me perdí,
> no sé por qué ni dónde.

Pensaba en Gerhard Wolf. Ese era su nombre. Nunca lo olvidaría. Comencé perdida y no sabía muy bien por qué debía buscar ni dónde. Al final, por preservar la memoria, encontré la motivación. El dónde llegó solo. Bastaba voluntad y, por supuesto, alguien que me abriera los ojos.

También pensaba en Veronika Wolf. Esperaba a una mujer que no conocía, pero que tenía la llave necesaria para abrir lo que podía ser la particular caja de Pandora de mi abuela.

> No me despedí
> y lo siento.
> No me dio tiempo a decir
> lo mucho que te quiero.

Pude despedirme de mi abuela. Llegó al final de la vida, se apagó por momentos. Gracias a Dios, o a lo que sea que crea cada uno de nosotros, no tuve el infortunio de ver cómo la consumía un cáncer o cómo el alzhéimer devoraba sus recuerdos. Pero aquella estrofa me provocaba sentimientos encontrados. A pesar de aquella incongruencia, sentía que esa canción, por un motivo que aún no alcanzaba a comprender, tenía algo que conectaba con lo más profundo de mi ser.

De repente la vi.

Una mujer entrada en años, vestida de negro, se acercó al lugar donde reposaba la placa de Wolf. Aquella señora divisó durante un tiempo la inscripción y, pasado un rato, se asomó a la balaustrada del puente.

Decidí pasar a la acción.

Sin tener muy claro si se trataba de Veronika Wolf, me acerqué lentamente, obligada por la cantidad de transeúntes que abarrotaban el puente, pero también frenada por la incertidumbre. Aquella mujer de ochenta años estaba quieta, observando el Arno pasar, bajo la placa que conmemoraba la figura de su padre.

No sabía cómo saludarla. Supuse que hablaría alemán. Dudé si lanzarme en inglés o en italiano. El sentido común me advirtió de que aquella mujer debería hablar la lengua de Dante. Durante sus primeros años de vida fue ciudadana italiana. Si sus padres se preocuparon de que no olvidara el idioma, sería la opción correcta.

En realidad, le estaba dando vueltas a una tontería. «Saluda, Hannah, y punto», me gritaba la conciencia. Me armé de valor. Con un *Salve* y un *Buona sera* fue suficiente.

—¿Es usted Veronika Wolf?

—Sí, así es.

Mis piernas temblaron. Era ella. La hija de Gerhard Wolf, el hombre que había escrito el nombre de mi abuela en un pasaporte nazi.

Traté de no caerme.

Me presenté.

—Verá, soy… —dudé—, soy periodista. Me llamo Hannah y estoy realizando una investigación sobre los héroes olvidados en los conflictos bélicos. Me han informado desde el consulado alemán de que usted estaba en Florencia. Me parece que su padre, Gerhard Wolf, tuvo el reconocimiento en su debido momento, pero… —Frené.

Aquella anciana me entendió enseguida. Con su mirada cálida y su rostro sereno, terminó la frase en mi lugar.

—Sí, la gente lo ha olvidado.

—Bueno, no quería decir eso exactamente… —mentí.

—Oh, sí, muchacha. Sí querías decir eso, lo que no querías era ofenderme —me replicó con una sincera y gran sonrisa.

Desde ese momento supe que todo sería más fácil.

—La gente vive con demasiada prisa. No se detiene a saborear los pequeños detalles. Ni siquiera yo, no se lo voy a negar. Llegué a su padre por una serie de coincidencias.

—Pero te detuviste en él. Fíjate bien. Nadie se para a leer las placas conmemorativas de los lugares. Tú lo hiciste. Gracias por querer honrar la memoria de mi padre. Además, es una bonita coincidencia que te llames Hannah.

Aquellas palabras me estremecieron. No entendí muy bien la referencia a mi nombre, pero me hallaba frente a la hija del protagonista de mi historia. Quizá aquella anciana sobre el Ponte Vecchio tuviera alguna de las respuestas que estaba buscando. Había algún tipo de conexión entre mi abuela y el cónsul de Florencia. Estaba convencida de que me encontraba muy cerca de atinar con algo que me permitiera completar el puzle. Nunca imaginé que lo lograría con la descendencia directa de Gerhard Wolf.

—Será un placer atender a tus preguntas, muchacha.

Después de conocerla, no me cabe duda de que habría sido todo mucho más fácil si me hubiera dejado llevar por lo emocional, pero no tenía la valentía de echarme atrás y desvelarle que todo era un cuento para poder sacar cierta información para uso personal.

Vi a Noa a lo lejos con un par de helados en sus manos. Simplemente sonrió y se apartó. Creí ver una lágrima caer por su mejilla y una sonrisa que iluminaba todo su rostro.

Noa, simplemente, estaba allí. Lejos, pero al mismo tiempo a mi lado.

Saqué mi iPhone y activé la grabadora. En realidad se trataba de una simulación, y me sentía bastante estúpida tratando de engañar a aquella pobre mujer, pero no se me ocurrió mejor manera de abordar la situación que haciéndome pasar por una cronista intentando rescatar un pedacito de historia.

—¿Ahora? —preguntó extrañada Veronika.

—Bueno, estamos sobre el Ponte Vecchio, bajo la placa de su padre, y hoy es 3 de agosto. Algo me dice que no es coincidencia el hecho de que esté usted aquí, y me parece el mejor de los momentos —contesté con una sonrisa tan sincera como la suya.

Veronika Wolf miró a su alrededor. Nos sentíamos aisladas. Parecía un instante mágico. Centenares de personas atravesaban el puente, se detenían frente a las joyerías e inmortalizaban su estancia allí a través de sus palos-*selfie*. A pesar de ello, Veronika y yo teníamos la atención depositada exclusivamente en nosotras dos. Allí no había nadie más. Nadie que se interpusiera entre nosotras.

Aquel era nuestro momento. Nuestro lugar. Nuestra historia.

Estaba dispuesta a dejarme llevar. A escuchar. A aprender. A comprender.

Veronika se convenció. Aquel era el sitio idóneo.

—Está bien, Hannah, pero te lo advierto: quizá no sea la historia que te hubiera gustado escuchar.

33

Florencia sangraba.

Tras los bombardeos en L'Impruneta, al sur de la ciudad, la Wehrmacht había dado órdenes dos días atrás de destruir parte de los aledaños de los puentes sobre el Arno. Extensos tramos de las vías Por Santa, Bardi, Guicciardini y Borgo San Jacopo resultaron casi impracticables. Solo a través de los escombros uno podría cruzar al otro lado. Al menos, hasta que demolieran los puentes.

Los florentinos tuvieron que abandonar todas sus propiedades en sus hogares. Hogares que ya no volverían a ser habitados, pues serían reducidos a escombros para siempre.

Acompañados únicamente por la impotencia y la oscuridad tras la destrucción de la central eléctrica, dieron todo por perdido y se marcharon a un lugar donde las bombas y la metralla no los alcanzaran. El espíritu solidario de la ciudad floreció y tanto los hogares de parientes y conocidos como los templos religiosos sirvieron de búnkeres improvisados ante la inminente contienda. Gracias a su director, el Palazzo

Pitti también abrió sus puertas, como si se tratara de unos brazos que quisieran abrigar a los desamparados.

Los alemanes, ante la posibilidad de la derrota, trazaron por la ciudad posibles rutas de escape dibujando flechas en las paredes de los edificios y colocaron francotiradores en lugares estratégicos próximos a los puentes.

Tenían órdenes de disparar a cualquiera que no conocieran.

El cardenal Dalla Costa y algunos miembros de la curia acudieron en un acto casi suicida a la Piazza San Marco, donde operaban los comandos alemanes, para mostrar su desaprobación.

Sobrevivieron a aquel desafío.

Soledad.

En las oficinas del consulado, en el Oltrarno, no quedaba nadie.

Ni rastro de su secretaria *Fraülein* Maria Faltien, de sus apuntes ni de sus consejos.

Sus compañeros Hans Wildt y Erich Poppe, los encargados de recordarle que debía tener al Führer frente a su despacho, le esperaban en el Lago di Garda.

Tampoco estaba Goethe, que descansaba en Fasano.

«Un hombre no aprende a comprender nada a no ser que lo ame».

El cónsul de Florencia amaba su ciudad.

A pesar de que Kriegbaum ya no estuviera. A pesar de que Hilde y Veronika se encontraran lejos de allí.

Adoraba aquella ciudad, su historia, su gente, su río, sus puentes.

Idolatraba la luz del sol y los cipreses que dibujaban un panorama sin parangón en la Toscana.

Odiaba todo lo que tuviera que ver con la aniquilación.

El brazalete que portaba no significaba nada para él.

Una esvástica.

«Un escudo», solía decir Faltien.

Aquel lugar estaba sumido en el desconcierto. No había luz, los suministros de gas se habían terminado, la población se había reducido hasta límites insospechados.

Soledad.

No quedaba mucho en aquel lugar. Material de oficina y algún que otro mueble que aún servía de austera decoración.

Silencio.

Nadie hablaba.

Nadie festejaba las victorias de los alemanes. Nadie criticaba las deportaciones a los campos de concentración.

Nadie discutía.

Silencio.

Wolf se hallaba solo, en un lugar que pronto sería arrasado por una guerra inconcebible. Florencia no era una ciudad abierta. Los alemanes iban a defenderla por un solo motivo. Aún no se habían apoderado de todos los recursos.

Sobre la mesa, un pasquín impreso por la imprenta Vallechi obligaba a cincuenta mil vecinos a desalojar sus casas por orden del coronel Fuchs. Pensó en la radio. La voz de Alberto Rabagliati cantando a las *madonnas* y a las flores florentinas. La música le habría distraído un poco. Una pausa necesaria para ordenar sus pensamientos. Fuera del consulado, a escasos metros de su oficina, los alemanes habían cerrado el tránsito de los puentes a todos los que no pertenecieran al Reich. Wolf sabía que iban a desaparecer de la faz de la tierra.

Leyó una octavilla que los aliados habían lanzado en Florencia el 30 de julio, donde el general Alexander instaba a los habitantes, por su propio interés y por el de las tropas aliadas, a impedir que el enemigo hiciera estallar las minas que podrían haber colocado bajo los puentes, en los edificios públicos y en cualquier otro lugar de la ciudad.

Un sonido extraño le hizo volver de su reflexión.

Un paso. Algo arrastrándose. Un golpe seco.

No supo descifrar quién o qué provocaba semejante sonido.

Poco a poco se hizo más presente. Más cercano.

En el quicio de la puerta se detuvo.

—Adelante —indicó sencillamente Wolf.

Aquel hombre entró en la oficina con algo de dificultad apoyado en su bastón. Ese era el sonido que el cónsul de Florencia escuchaba. Un paso, un pie atrofiado, un bastón.

—Soy Burgassi —dijo aquel hombre—. Nos conocimos durante los expolios del oro del puente, pero, como sabe, trabajo en el Ponte Vecchio.

—Lo recuerdo, señor Burgassi. Usted es al que llaman «el hombre al otro lado del puente». Aunque nos hayamos visto poco, es parte esencial de la cadena. Le agradezco su contribución a la ciudad, tanto a nivel personal como patrimonial. Estará al tanto de que hay órdenes de abandonar todo el perímetro del Arno. Desde hace un par de días, como bien sabrá, está cerrado el tránsito a los viandantes como usted. Yo mismo tuve la obligación de dejar mi automóvil en la Piazzale degli Uffizi. Mucho me temo que pronto gran parte de la ciudad desaparecerá.

Wolf deambulaba por su oficina presa de la desesperación, pensando que lo único que podrían hacer se limitaba a huir o morir. Se sentó y se llevó la mano al mentón. Miró hacia abajo. Trataba de buscar una solución a toda aquella locura. «La mejor manera de luchar contra los nazis es trabajar con ellos», recordó. «Menuda farsa».

—Su fama le precede, señor, en algunos círculos de la Resistencia. Salvó la vida de varios familiares de mis amigos. Le debemos mucho a usted, el «lobo de Florencia».

—La gente puede llamarme como quiera, pero no me deben nada, Burgassi, y lamento decirle que estoy atado de pies y manos. Aquello que admiran es una imagen que se han creado de mí. Hemos sufrido más de trescientas alarmas, más de veinte ataques y siete bombardeos pesados. No puedo hacer más, salvo permanecer en los puentes y volar con ellos. Yo debería estar en el norte y usted no debería estar aquí. Solo soy un socio no deseado en una guerra no deseada. Váyase. Aún está a tiempo.

El tullido permaneció en silencio y recorrió con la mirada a aquel hombre derrotado. Al «lobo» solo le faltaba dar la vida por la ciudad. Se había encarado a sus superiores, había evitado el expolio de obras de arte y, por encima de todo, había salvado vidas. Las suficientes para, llegado su momento, morir con la conciencia tranquila. Sin embargo, a pocas horas de la invasión aliada, se había quedado sin fuerzas.

—Y ¿por qué ha vuelto?

Se detuvo el tiempo en aquella oficina. Wolf levantó de nuevo la vista. Sus miradas se encontraron. Pasaron varios segundos antes de que el cónsul pudiera articular palabra.

—¿Cómo dice?

—¿Por qué ha vuelto? —repitió sin maldad el lisiado.

—Porque… —Gerhard Wolf no tenía valor para pronunciar determinadas palabras que aún debía encontrar. Era la pregunta que se había formulado desde que había entrado en su despacho.

—Vamos, señor cónsul, usted tiene corazón. Ese brazalete lo porta como protección. Usted vale más que eso. Dígame la verdad.

Wolf no pudo evitar encenderse otro Toscano, rehuyendo así, de nuevo, la mirada directa de aquel hombre. Dio una larga calada antes de responder. Le ayudaría a calmar los nervios.

—Amo Florencia. Amo a sus gentes, su historia, sus puentes, su arte…

Burgassi sonrió satisfecho.

—Pero sabe que no puede hacer nada por la ciudad y, aun así —Burgassi hizo una pausa dramática para que el cónsul no perdiera atención—, ha venido.

—Sí, he venido. Para nada.

—Se equivoca, señor. Usted es un líder, una inspiración. Ha venido para dar el último empujón que necesitamos los más cobardes. Usted, señor cónsul, ha cambiado el *Heil Hit-*

ler! por una nueva *Bella Ciao,* ¿no lo entiende? Usted es el lobo de Florencia.

—Los lobos son oportunistas. Siempre buscan una presa fácil y vulnerable.

—Puede ser, pero todos los miembros de una manada también forman parte de la cría de los lobeznos. Hay un fuerte vínculo tanto físico como emocional que hace que los lobos permanezcan juntos. Usted, querido cónsul, se ha ganado por derecho propio ser el lobo alfa.

El cónsul lo observó con detenimiento.

—Señor cónsul, soy tullido, no gilipollas.

Aquellas palabras provocaron una sonrisa sincera en el alemán.

—Le…, le agradezco sus palabras, Burgassi, pero todo está a punto de derrumbarse.

Gerhard Wolf se asomó a la ventana. Las vistas del Arno y sus puentes. Otra enorme calada que no disfrutó.

—Conozco el lugar exacto donde los nazis han colocado las conexiones que harán explotar las minas de los puentes —afirmó el tullido.

El cónsul se separó de un sobresalto de la ventana.

—¿Qué dice? Repita eso.

—Lo que oye, señor. Lo he visto todo. Los alemanes me dejaron hacer. Tal y como estoy —dijo señalando su cuerpo— no me consideraron peligroso. Creo que me insultan en esa lengua tan ruda que tienen ustedes y se mofan de mí, mientras me encargo de abrir y cerrar negocios.

A Wolf le venían multitud de pensamientos a la cabeza.

—¿Puede dibujarme un mapa?

Como buenamente pudo, el tullido hizo un pequeño esquema del Arno, los puentes y los barrios circundantes. Marcó con una equis el emplazamiento de un par de conexiones que Kesselring y los suyos habían manipulado.

—¿Y las demás? —preguntó nervioso Wolf.

—Lo siento, señor, no puedo estar en todas partes a la vez…

—Cierto, lo siento.

El cónsul escudriñó aquel garabato que pretendía ser un mapa. Sendas equis marcaban los dispositivos de demolición de dos puentes. El Ponte Santa Trìnita y el Ponte Vecchio. Hermosa coincidencia.

—Tenemos que desconectarlos…

—¿Ambos? Señor cónsul, es una locura. Nadie en su sano juicio haría eso. Hay francotiradores alemanes en toda la avenida de Lungarno Corsini, desde el Ponte Vecchio hasta el Ponte Santa Trìnita. Podríamos tener un margen pequeño de acierto si pretendiéramos salvar un puente. Solo un puente. Pero los dos es prácticamente imposible. No sin bajas.

Gerhard Wolf dio un golpe en la mesa. Estaba furioso. Aquellos puentes separaban a los aliados del núcleo nazi toscano y a los oprimidos de la libertad y, sin embargo, sus horas estaban contadas. Su demolición era inevitable e inminente.

—Tenemos que elegir —susurró Wolf.

—Tenemos que elegir —asintió Burgassi.

El cónsul viajó en el tiempo. Se trasladó a aquella placentera mañana, tras el albor de su primera jornada en la ciudad del lirio, cuando disfrutó de una Florencia como nunca antes volvería a ver de la mano de su amigo desaparecido Friedrich Kriegbaum. Ambos, deleitándose con unas vistas sin igual, se preguntaban en 1940 quién querría destruir semejante belleza.

«Solo un desalmado».

Wolf admiraba el Ponte Vecchio. Kriegbaum defendía el Ponte Santa Trìnita. El cónsul prometió hacer todo lo posible por salvaguardar el arte, los puentes y las almas de Florencia.

—¿Solo un puente?

—Solo un puente —reiteró Burgassi sin un ápice de duda.

Wolf sabía que la duda, la vacilación, no giraba en torno a los puentes. Ni siquiera a las obras de arte. No en aquel crítico momento. El asunto primordial de su misión era las personas. Una sola vida humana terminaría decantando la balanza.

—Dígame una cosa, Burgassi. ¿El Ponte Vecchio está habitado?

—Sí, algunas familias descansan en sus negocios. Intentan de esa manera evitar el expolio de los alemanes.

El diplomático lo vio cristalino. Estaba a punto de romper la promesa a Kriegbaum. Cualquier vida se situaba por encima de la trascendencia artística, ornamental o histórica. El Ponte Vecchio estaba habitado, y era razón más que suficiente para permitir que volaran cualquier otro monumento.

—Ponte Vecchio pues.

—Via dei Ramaglianti, detrás de Borgo San Jacopo —contestó como un autómata Burgassi.

—Estamos solo a quinientos metros… —Wolf se quedó pensativo—. ¿Cree que podrá hacerlo?

—¿Yo, señor? Solo soy el amigo lisiado de los joyeros. Usted es el héroe de la ciudad.

—No, Burgassi, para nada. —El cónsul depositó sus manos sobre los hombros del tullido—. Si yo soy el lobo de Florencia, usted es el guardián del Ponte Vecchio.

Aquellas palabras estremecieron a Burgassi, quien rápidamente hizo desaparecer la lágrima que corría por su mejilla.

—Somos. —Resaltó aquella palabra—. Somos, usted y yo, los guardianes del Ponte Vecchio.

Wolf sonrió con condescendencia. Soltó a aquel hombre con delicadeza y le invitó a abandonar la estancia.

—¿Qué hará usted? —preguntó aún compungido.

—No me queda mucho tiempo aquí —resolvió Wolf—. Tengo un asunto pendiente al otro lado del Arno. ¿Cuántos han cruzado el puente?

—Ciento ochenta y cuatro adultos y treinta y seis niños.

—Insuficiente —lamentó Wolf—. Siempre insuficiente. Gracias, Burgassi. Yo no debería necesitarle más, pero no deje de prestar atención, amigo mío, hasta el último momento. Por favor. Una vez vuelen los puentes, rompa nuestra cadena y huya.

—A la orden. —Burgassi se detuvo un momento—. ¿Piensa cruzar los puentes hacia el centro de Florencia? No… No se puede…

—Lo haré —respondió Wolf asintiendo con la cabeza y señalando su brazalete—. Soy el cónsul nazi.

—Pero no podrá volver…

—No lo haré —contestó con determinación.

Burgassi, aplacado por el arrojo de Wolf, se alejó. Pero antes de salir de aquel despacho, no sin dificultad, giró su cuerpo hacia el cónsul.

—Señor Wolf…

Sorprendido por ver cómo aquel hombre le llamaba por su apellido, sin ningún tipo de protocolo de por medio, prestó atención.

—¿Sí?

—Puede que no lo sepa, pero Gerhard Wolf es el hombre que separa a Florencia de la oscuridad.

Y después, con su cuerpo maltrecho y su bastón, abandonó agradecido la oficina del cónsul de Florencia.

Wolf se quedó unos minutos con la mirada depositada en la puerta, mientras su Toscano se consumía en soledad y una nueva lágrima comenzaba a brotar en el borde de su ojo.

Burgassi se marchó a cambiar el rumbo de la historia.

Wolf se quedó un rato pensativo.

Algo le llamó la atención. Un libro. *Viaje a Italia,* 1816, de Johann W. von Goethe. «¿Cómo pude olvidarlo?», pensó.

Abrió sus páginas. Volvió a leer el capítulo dedicado a la tarde del 25 de octubre de 1786.

```
La ciudad refleja la riqueza del pueblo que la
construyó, uno percibe que ha disfrutado de una
sucesión de buenos gobernantes. Todo aquí tras-
luce eficacia y atildamiento, se ha perseguido
la unión de lo práctico y útil con lo agradable
```

y por doquier se observa una diligencia estimu-
lante.

«Cuánto han cambiado las cosas, querido Johann», re-
flexionó Wolf.

Miró su teléfono. Intentó marcar con decisión un número que tenía apuntado en su diario. Imposible establecer
contacto. Las líneas telefónicas habían caído. Decidido, caminaría por esa Florencia desgastada, quizá una última vez.
La travesía en automóvil resultaría demasiado complicada.
Solo pudo acceder al centro de la ciudad desde la entrada este,
donde la Torre della Zecca aún se erguía majestuosa frente a
los avatares de la historia. Su destino, la sinagoga de la ciudad,
sería complicado de alcanzar con el Fiat.

Su brazalete y su posición como diplomático evitaron
que los francotiradores, situados en las proximidades del
Arno, se fijaran en él. Se trataba de una figura conocida y
respetada, sobre todo después de que sus aventuras en el prostíbulo se expandieran gracias al boca a boca. Los soldados no
tenían ninguna inquietud de saber qué hacía el cónsul de
Florencia atravesando los escombros. Era un hombre que
caminaba con determinación. Durante unos instantes, recordó a aquel comerciante que trabajaba diseñando zapatos.

«Le parecerá una tontería, pero los pies me hablan. Me
revelan el carácter de las personas. Los pies jamás mienten.
Usted camina con determinación. Es un hombre fuerte, decidido. Tendrá éxito, no lo dude».

Durante unos instantes, Wolf tuvo fe en aquel hombre,
en su caminar y en la consecución de su objetivo.

Una obligada parada en mitad del camino le reconfortó. Necesitaba de nuevo aquellos pasaportes. Sonaban campanas. La catedral de Florencia parecía celebrar su vuelta. Una vez en su interior, no tardó en localizar a su amigo, a pesar de la multitud que se refugiaba en la casa del Señor.

—Dos milagros en una semana son demasiados milagros, señor Wolf.

—No sé si es el tipo de milagro que los florentinos esperan ver, amigo mío. Ahí están —dijo señalando la nave central—, esperando el verdadero milagro.

Dalla Costa y Wolf se abrazaron.

—¿Qué hace aquí?

—¿Usted qué cree?

—Mantener la cadena... —dijo sonriendo el cardenal.

—Así es. ¿Tiene el pasaporte?

—Sígame.

Una vez estuvieron en el interior de su despacho, Dalla Costa entregó los pasaportes de Daniella y Hannah al cónsul.

Wolf observó el pasaporte de Daniella con nostalgia, como si ya no tuviera valor alguno.

—Lo necesitará, señor Wolf —comentó Dalla Costa leyendo sus pensamientos—. Daniella está con su pequeña en la sinagoga.

Wolf lo miró con una mezcla de sorpresa y alegría, pues se le antojaba una utopía poder sacar a Daniella de aquel miserable lugar.

—Usted paró la cadena, pero no la voluntad —manifestó el cardenal con una sonrisa cómplice—. El avance de las tropas aliadas ha provocado una estampida. Se han centrado en el expolio y han abandonado a las prostitutas. También a los rabinos. Massiach está ileso.

Wolf respiró aliviado y, con un fuerte apretón de manos como despedida, se dirigió hacia la sinagoga a través de la Via de Servi. Pensó en Daniella. Seguía viva, junto a Hannah. Desde el prostíbulo hasta la sinagoga. Era la segunda vez que tenía que improvisar con aquella mujer, pero no pensaba dejarla en Florencia. Tenía su pasaporte falsificado. Ya improvisaría algo. No podía dar marcha atrás. La ciudad estaba en silencio. Los florentinos no salían de sus casas, bajo amenaza de ser fusilados. La quietud sepulcral de la ciudad caló en el alma de Wolf. Caminó con decisión hasta llegar al cruce de la Via degli Alfani. Desde allí solo se encontraba a seiscientos metros de su objetivo.

Un estruendo rompió la calma. Una ráfaga de metralla sonó demasiado cerca del cónsul. Asustado, permaneció inmóvil en el cruce. Un grupo de partisanos corría escapando del fuego enemigo hacia su posición. En breve alcanzarían la rotonda de Santa Maria degli Angeli. Wolf tomó una decisión, no tuvo más remedio que improvisar. Continuó corriendo todo lo rápido que sus zapatos le permitían hasta llegar a la Piazza della Santissima Annuziata. Desde allí solo tuvo un lugar donde poder guarecerse.

El Kunsthistorisches Institut.

Al llegar a las oficinas, llamó con insistencia.

—*Pronto?* —sonó al otro lado de la puerta.

—¡Señor Heydenreich! —La voz era demasiado conocida. El director, confiado, abrió la puerta.

—¿Señor Wolf? ¿Es usted?

—Así es —dijo respirando entrecortadamente.

—El cardenal me transmitió sus palabras. Pero usted…
—titubeó el director del Instituto.

—Estoy aquí, señor Heydenreich, estoy aquí. Están masacrando a los ciudadanos.

Una nueva ráfaga rasgó el momentáneo silencio de la ciudad. Algo estalló en las calles aledañas. Las sirenas, de nuevo, rasgaron el ambiente florentino. Alerta máxima. El director tragó saliva e hizo pasar rápidamente al cónsul. Se cercioró de que nadie en los alrededores estuviera mirando y cerró con discreción la puerta del Instituto.

—Somos de Dresde, amigo mío —continuó Wolf una vez recuperado el aliento—, y los habitantes de Dresde no nos rendimos fácilmente.

Heydenreich esbozó una sonrisa sincera, cargada de esperanza.

Tras las pertinentes explicaciones, Heydenreich instó a Wolf a que descansara aquella noche en el Instituto. No tenía fuerzas para regresar al consulado ni opciones para llegar a su automóvil e intentar pasar la noche en su antigua morada, Le Tre Pulzelle, en Fiesole. Allí se encontraba el grueso del ejército alemán.

Wolf, agradecido, no dudó en aceptar la invitación. El director se acomodó como pudo en un despacho y trató de conciliar el sueño tras el silencio de las sirenas.

La noche cayó para dar paso a una de las jornadas más funestas de la historia de Florencia.

Heydenreich se despertó y encontró a Wolf apurando una taza de café mientras leía un panfleto. La oficina estaba llena de recortes de periódico, mapas de la ciudad e informes del Instituto. Miró al cónsul, cuyas ojeras marcadas mostraban a un hombre que no quería dejarse llevar por la pereza, la tregua o el sosiego.

—No ha descansado nada, ¿verdad, señor Wolf?

—No se lo tome a mal, pero si la ciudad no duerme, yo tampoco.

Heydenreich no pudo evitar cierta vergüenza por haber dormido unas horas.

—¿Cómo se encuentra Florencia? —preguntó el director.

—Está claro que los puentes van a ser destruidos —contestó taciturno el cónsul.

—Ayer supe que su homólogo suizo, el señor Steinhäuslin, intentó por todos los medios que se guardaran al menos las cuatro estatuas del Ponte Santa Trìnita. El comando alemán denegó el permiso alegando el excesivo tamaño y peso de las piezas.

Wolf suspiró con decepción.

—Lea esto. Es de esta mañana. Lo repartía una camioneta alemana.

Heydenreich leyó con atención.

```
Ordenanza.
Por la seguridad de la población se ordena:
1. A partir de este momento se le prohíbe a cual-
quiera que abandone su casa y camine por las ca-
lles o las plazas de la ciudad de Florencia.
```

```
2. Todas las ventanas, también las de las bode-
gas, así como la entrada de casas y vestíbulos,
deben permanecer cerradas día y noche.
3. Se recomienda a la población pasar tiempo en
las bodegas o, en el caso de que no hubiere, ir
a las iglesias u otros edificios grandes.
4. Las patrullas de las Fuerzas Armadas germanas
tienen la orden de disparar a las personas que se
encuentren en las calles o se asomen a las ventanas.
```

Aquel 3 de agosto toda la ciudad de Florencia se había convertido en una trampa.

Wolf necesitaba actualizar su plan.

El objetivo seguía siendo claro: sacar de la ciudad a Daniella y Hannah.

La situación había mejorado y al mismo tiempo se había enmarañado.

Daniella estaba viva y esa era una de las mejores noticias que podría haber recibido el cónsul. Por otro lado, su plan se había vuelto algo más vulnerable. No era lo mismo tratar de llevar a cabo la evasión de una niña de cinco años que ejecutarla con una mujer que no podría esconder tan fácilmente.

El incidente de la tarde anterior se lo recordó.

Aun así no se acobardó.

—¿Qué quiere que haga, señor Wolf? —preguntó Heydenreich.

—Necesitamos una coartada. Quiero llegar a la sinagoga y una vez allí regresaré a por mi automóvil a la Piazzale degli Uffizi, donde aparcan los trabajadores.

—Hizo bien en dejar su vehículo allí, ya que los escombros en las calles de la ciudad dificultan la conducción y hay zonas que están demasiado afectadas para poder circular. Aunque le confesaré que nunca me gustó que estacionaran los vehículos en esa plaza.

—Si sobrevive Florencia, prohíba que se aparque ahí. Sería maravilloso ver a la gente pasear y disfrutar de la galería, si es que continúa en pie tras esta noche. Pero ahora es mi única ruta de escape.

—Así sea. ¿Qué necesita?

—¿Cuántas obras de arte quedan en la Uffizi?

Heydenreich calculó que aún quedaban unas cuantas. Algunas de un valor incalculable. Le contó cómo Fasola había visto con sus propios ojos cómo los soldados alemanes habían dormido y cocinado alrededor de las obras de arte. Algunos cuadros, incluso, habían servido como mesas improvisadas. Fasola, sin más armas que las palabras, intentó en vano evitar el expolio de la sinagoga y de los tesoros de la Loggia dei Lanzi. En aquel momento resultaba casi imposible salir de la ciudad y solo los grandes edificios servían de guardia y estarían, a priori, a salvo de la destrucción. Todos menos los puentes.

Recorrió su mapa mental de Florencia. Zona centro, los edificios emblemáticos que él conocía perfectamente. El Duomo no era factible. De haberlo sido, Dalla Costa no habría mandado a Hannah y Daniella a la sinagoga. Algo le decía que Santa Maria del Fiore no era un lugar para partir de la ciudad. Museo Nacional del Bargello, demasiado céntrico. Basílica de la Santa Croce, mucho más accesible. Necesitaba su coche y un motivo. La excusa barata de la Uffizi que presentó ante Rahn como justificación empezó a convertirse en algo mucho más sustancial.

—Necesito un armazón de los que usan para proteger las obras que han de ser transportadas.

—Pero, señor Wolf, no podemos realizar llamadas telefónicas. Para ello hay que llegar a la galería.

Wolf meditó durante unos segundos. Se estaba quedando sin opciones.

—Podría intentarlo —sugirió Heydenreich.

—Es una locura —contestó Wolf.

—Esta ciudad no conoce la sensatez desde 1938.

—9 de mayo de 1938. El día que se perdió la cordura —lamentó el cónsul.

—Lo haré, señor Wolf. Lo intentaré.

El cónsul lo meditó durante unos segundos. El director del Instituto estaba dispuesto a arriesgar su vida en una guerra que no era de su incumbencia. Wolf tenía en su bolsillo un salvoconducto, pero no esperaba utilizarlo tan pronto. Si la diplomacia era un arma, aquel informe que redactó en nombre de Rudolf Rahn constituía la única bala disponible.

Tenía que decidir si abría fuego o aguardaba otra oportunidad. El cónsul tenía claro que nunca saldrían a pie de la ciudad, por lo que tenía que llegar a su automóvil sí o sí. Y necesitaba un armazón como mínimo para poder esconder a la muchacha. Tendría que improvisar con su madre. Wolf terminó por ceder ante la evidencia. Aquel papel, como una justa premonición, indicaba cuál sería el plan a seguir. Esa estratagema falaz con la Uffizi como protagonista se convirtió en cuestión de minutos en la realidad más plausible.

—Utilizaremos el patrimonio de Florencia para salvar a dos personas —sentenció Wolf.

—Así sea, señor.

El cónsul extrajo de su bolsillo la ordenanza mecanografiada y se la entregó al director del Kunsthistorische Institut, que leyó con atención.

—Señor Wolf, usted ya sabía que …

—Para nada, amigo mío, para nada. Pero si usted no cree en las señales tras leer ese documento, quizá sea el momento de agradecérselo a la Providencia. De todos modos, aún tenemos que alcanzar la sinagoga y apoderarnos de mi vehículo. Espero que ese documento le exima de problemas. Manténgalo a la vista. No va a ser un trayecto fácil.

—Iré a preparar el armazón. Nos vemos en la Uffizi, señor Wolf.

—Cuídese de las tropas alemanas. Y una cosa más, señor Heydenreich.

—Dígame.

Se hizo un breve silencio. El cónsul de Florencia no pudo evitar dedicar un pensamiento a su amigo Friedich Kriegbaum.

—Llámeme Gerhard.

34

Florencia acababa de entrar en estado de emergencia.

A partir de las dos de la tarde, los florentinos disponían de tres horas para aprovisionarse y encerrarse en sus casas.

Viandas, agua potable, medicinas.

Wolf dibujó el plan en su cabeza. Tenía solo tres horas para realizar aquella gesta.

Desde el Kunsthistorisches Institut trataría de alcanzar la sinagoga. Una vez allí, acompañaría a Daniella y Hannah hasta la galería de los Uffizi. Intentaría localizar el armazón dispuesto con anterioridad por Heydenreich y procuraría cargarlo en su Fiat 1100. Entre algunos bultos, madre e hija podrían estar ocultas hasta que salieran de la ciudad. El cónsul pretendía conducir hasta Bolzano, abandonando la ciudad por la Via Carlo Alberto y la Piazza Beccaria. Una vez en el norte, Suiza se le antojaba tan evidente como factible.

Tres horas.

Heydenreich se encaminó directamente a la Piazzale degli Uffizi. Para Wolf, intranquilo ante la ruta de su com-

pañero, aquellos setecientos metros no fueron comprometidos. La Via Giuseppe Giusti desembocaba en la Piazza
d'Azeglio, el mismo emplazamiento donde fue asaltada la
última sede de la clandestina Comisión Radio por un comando nazi. Wolf rezó para que el rayo no cayera dos veces en el
mismo lugar.

Aquella ubicación estaba desolada, salpicada por algún
cadáver y por escombros que imposibilitaban el tránsito regular de vehículos. A intervalos la quietud se veía rota por
sonidos lejanos de metralla. Fiesole parecía sufrir una batalla
campal. Avanzó de nuevo unos cuantos metros por la Via
Farini, no sin dificultad, y, tras comprobar que nadie se en-
zarzaba en un tiroteo, alcanzó la casa de la asamblea hebrea
desde 1882, la sinagoga de Florencia. La inconfundible cú-
pula verde aún se alzaba majestuosa sobre la barbarie.

Wolf, receloso, escudriñó los alrededores. Sería bastante embarazoso que el cónsul alemán en Florencia tuviera que
explicar, en mitad de la alarma de guerra, por qué había ingresado en uno de los lugares que más odio provocaba entre
el ejército usurpador.

Cuando se cercioró de que la gente permanecía en sus
hogares, con las ventanas cerradas y las puertas trancadas a
cal y canto, tal y como había ordenado la comandancia germana, procedió a la aproximación del edificio decorado con
losas de travertino blanco y piedra caliza rosada.

En el recinto debía tener cautela, pues los alemanes habían utilizado aquel sagrado lugar como instalación de alma-
cenaje en numerosas ocasiones. Al parecer, con el acercamien-
to del ejército de liberación, los pocos militares que pudieran

estar de guardia se habían esfumado. Era uno de los inmuebles prescindibles de la ciudad.

Para Wolf aquel edificio no solo era imprescindible más allá de toda concepción teológica; constituía un búnker para las personas que había jurado proteger. Por un momento quedó fascinado por las vidrieras policromadas, los mosaicos y los arabescos. Independientemente del credo, seguro que su amigo Kriegbaum habría pronunciado aquellas legendarias palabras.

«¿Quién querría destruir semejante belleza?».

Solo que en aquel instante, ese agosto de 1944, Florencia estaba atestada de desalmados.

Jehoshua Ugo Massiach salió a su encuentro. Se dio cuenta de que Wolf no era el hombre del que tanto le había hablado su colega Dalla Costa. Ahí, frente a la sinagoga, el cónsul de Florencia distaba mucho de ser el elegante alemán, impoluto e intachable, que tantas veces había mencionado el cardenal de Florencia. No era el mismo hombre al que había recibido días atrás para proteger a Hannah. El individuo que tenía enfrente era una versión más desgastada de sí mismo. Aquel traje no luciría como antaño nunca más y su rostro era la viva imagen del cansancio y la desesperación. Sin embargo, la mirada de aquel tipo no parecía congruente con su aspecto. Era firme, rotunda, agresiva y resuelta. Muy posiblemente, la cabeza de aquel mortal no estaba en absoluto de acuerdo con el reposo que demandaba su cuerpo.

Ambos se saludaron cordialmente, a pesar de que el panorama resultaba desconcertante. El próximo rabino de Florencia, si la ciudad sobrevivía al embiste de los aliados, frente a un hombre con su alma desgastada, su traje raído y una esvástica en el brazo. Massiach no pudo evitar estremecerse ante aquel distintivo.

—Es un escudo —aclaró Wolf.

—Un emblema agresivo reutilizado como un elemento defensivo.

Wolf nunca lo habría definido tan bien. El cónsul aguardó impaciente. Massiach no le hizo esperar y le instó a que siguiera sus pasos.

Ambos caminaron a través de la nave derecha hasta el final, donde un pasillo a la diestra les mostraba el camino. Llegaron hasta un oratorio en el que se celebraban rituales ashkenazíes. Allí, en aquel lugar, aguardaban Daniella y Hannah.

Nada más entrar en aquel sector, Daniella lo miró con una mezcla de alegría, esperanza y vergüenza. La última vez que tuvo frente a ella a aquel hombre fue en un lugar desagradable, en una situación repugnante. Dudó si levantarse y abrazarlo o si, por el contrario, permanecer junto a Hannah y no separarse de ella. Preguntó con la mirada. No hicieron falta palabras. La cara de Daniella demandaba todo lo que necesitaba saber. Wolf tomó aire y, mientras sus ojos empezaban a humedecerse, se vació con prudencia.

—Alessandro no nos acompañará —fue lo único que pudo verbalizar el cónsul—. No pienso permitir que os pase nada.

Daniella lo entendió al instante. El amor de su vida no respondería nunca más ante su llamada. Aquella mujer agazapada comenzó a llorar, mientras el insubordinado alemán, en ese momento su único protector, se arrodillaba con lágrimas ante ella. Entre sus brazos, una pequeña trataba de dirigir su mirada hacia aquel hombre. Hannah se deshizo como pudo del abrazo de su madre y se irguió frente a Wolf, sin miedo, con osadía.

El tiempo se detuvo.

Aquella niña miró pausadamente al hombre. Con sus diminutas manos acarició el rostro de Wolf. El cónsul no pudo librarse de pensar en Veronika, en Hilde y en Alessandro. Trató de evitar su llanto frente a aquellas mujeres. La pequeña Hannah se conmovió viendo a ese hombre llorar. Sin apartar la mirada, infló todo lo que pudo sus carrillos. Wolf, en mitad de sus sollozos, no pudo eludir mezclar las lágrimas con una carcajada. La pequeña se unió al alborozo y terminó abrazando al lobo de Florencia.

Sabía perfectamente quién era. Repitió los mismos gestos que les hizo fraguar una pequeña pero inquebrantable unión en Santa Maria del Fiore, frente a su padre y su madre. Era el hombre que la había llevado a la sinagoga. Entonces, Wolf la abrazó como si de repente tuviera la necesidad de convertirse en el último baluarte que aliados y nazis tuvieran que derribar para arrebatarle a esa chiquilla de sus brazos y de su corazón.

Daniella no necesitó más.

Se incorporó y se sumó al abrazo.

—Lo siento, Daniella, lo siento tanto... —susurró Wolf entre lágrimas para que Hannah no lo oyera.

La mujer no contestó. Abrazó aún más fuerte a aquel redentor.

Wolf estaba dispuesto a salvar a aquella mujer como fuera. Su vestido desgastado podría generar algún problema, pero estaba decidido. Su misión, en ese momento, se acababa de duplicar: Hannah y Daniella.

Tras un par de minutos, Massiach no tuvo más remedio que interrumpir ese mágico momento.

—Señor Wolf, deberían irse.

Este comprobó la hora. La esfera de su Stowa se había quebrado en algún momento. El toque de queda final se había programado para las siete de la tarde y el sol se pondría aproximadamente una hora después. Disponían de mucho tiempo, pero debían apresurarse. Massiach lo sabía. En apenas unos segundos, un acto vandálico en una maniobra de repliegue y retirada de la ciudad podría arrasar con la sinagoga. Era un blanco perfecto para los que evacuaran Florencia con rencor. No había sucedido todavía, pero tras el toque de queda de los últimos días cualquier cosa era posible. Wolf sabía perfectamente cómo se retiraban los alemanes. Sembrando el caos por doquier. Ya habían comenzado sus infames estragos.

El cónsul tomó a la pequeña en brazos y se aseguró de que Daniella estuviera lista. Con una leve afirmación con la cabeza, la mujer alentó a Wolf para que iniciaran su pequeña epopeya. Antes de abandonar definitivamente la sinagoga, el cónsul se giró hacia aquel hombre.

—Gracias por su valentía, señor Massiach. Debería usted esconderse también.

—Llevo haciéndolo meses, señor Wolf. Nos iremos todos. En este lugar ya nadie está a salvo.

El futuro rabino cerró la puerta con un semblante de agradecimiento. Wolf, con Hannah en sus brazos, y Daniella estaban a punto de empezar una carrera contrarreloj para salvar sus vidas.

El cónsul decidió salir por la parte trasera a través de la Via Carducci. Para evitar las arterias principales de la ciudad, caminarían hasta la basílica de la Santa Croce. Intentaron cruzar la pequeña Piazza Sant'Ambrogio. Wolf se detuvo y frenó a Daniella. A pocos metros de su posición, un reducido comando militar cargaba sus armas. Entre voces, patearon la puerta de la iglesia de Sant'Ambrogio y abrieron fuego contra los que allí se encontraban. El sonido de las descargas de munición apagó los gritos de desesperación en cuestión de segundos.

Wolf empujó a Daniella y cruzaron la plaza mientras decenas de inocentes eran ejecutados. Aterrorizados, enfilaron a través de la Via dei Macci. Wolf recordó el tercer punto de la ordenanza nazi: «Se recomienda a la población pasar tiempo en las bodegas o, en el caso de que no hubiere, ir a las iglesias u otros edificios grandes». Los alemanes no habían respetado el tratado de no agresión a los florentinos. Tampoco los lugares sagrados. La sinagoga, definitivamente, no habría sido una buena opción. Wolf se detenía en cada esquina para comprobar que a ambos lados no había ninguna patrulla de partisanos o militares alemanes que pudieran ponerlos en serias dificultades. En el cruce con la Via Ghibellina, cerca del domicilio que en otra época habitó el divino Buonarroti, observó cómo un adolescente salía de un negocio abandonado tras desvalijarlo, ajeno al desastre bélico. El hambre había hecho mella en los florentinos y algunos atormentados exponían sus vidas a cambio de un pequeño bocado y una saciedad a corto plazo.

Demasiado corto plazo.

Su cabeza estalló y el cuerpo cayó inerte al suelo.

Un francotirador.

Wolf evitó que la pequeña mirara y empujó a su madre, que se había quedado paralizada ante aquel crimen de guerra, para que se parapetase en un pequeño portal. No tenían tiempo para lamentaciones. Daniella no pudo dejar de sentir pavor. Aquella bala podría haber alcanzado a su hija.

Esperaron unos minutos.

Sonaron disparos lejanos.

Un nuevo soniquete de las alarmas de la ciudad se convirtió en la banda sonora de su travesía.

Reanudaron su itinerario.

Debían alcanzar la Santa Croce. Algo ardía en la ciudad. El humo se vislumbraba entre los edificios. Continuaron andando con paso ligero. Se encontraban a pocos metros de Via San Giuseppe. La avenida de la Santa Croce.

Tras la espeluznante visión de lo acontecido en Sant'Ambrogio, la basílica de la Santa Croce no era un refugio donde poder guarecerse, pero sí un lugar de tránsito. Eso evitaría que tuvieran que atravesar Piazza di Santa Croce. Demasiada extensión sin que nada los protegiera de los francotiradores. No se fiaba de la pequeña tregua alemana. Tres horas. Desorden, caos, anarquía. Palabras que definían Florencia en aquel momento. Para Wolf, atravesar el panteón de las grandes glorias italianas era su mejor elección.

La puerta lateral estaba cerrada.

Daniella llamó con insistencia. Su voz femenina y su perfecto italiano hicieron que se entreabriera el portón. Al ver la cara de desesperación de la mujer y al hombre con una niña entre sus brazos, los ocupantes del interior no lo dudaron. Gerhard, Daniella y Hannah ingresaron en la basílica. Aquel lugar había sido un centro de referencia no solo teológica, también política durante la época del Risorgimento, la unificación italiana. Se había convertido en el destino favorito de personajes cruciales de la Florencia de siglos atrás, como Michelangelo Buonarroti o Galileo Galilei, para su descanso eterno. Un sitio espiritual que ahora hacía las veces de albergue improvisado. Años atrás, la Santa Croce fue utilizada para evitar el expolio de obras de arte; en ese mismo momento para evitar incrementar el número de víctimas civiles de la guerra.

Avanzaron unos pasos. Los allí parapetados se sintieron incómodos ante la presencia de Wolf. Todos lo miraban y susurraban. El cónsul vigilaba a uno y otro lado, sintiéndose violentamente observado. Cuanto más avanzaba, mayor era la distancia que los inquilinos querían mantener. Daniella se giró hacia el cónsul.

—Es tu brazalete.

Él lo entendió enseguida. Estaba tan preocupado por sacar a Hannah y Daniella de aquella ciudad que no reparó en ello. En algunos lugares podría servir como un salvoconducto, pero en aquel sitio, en aquel momento, solo provocó tensión. Demasiada.

No había tiempo para lamentos, tampoco para explicaciones. Wolf no estaba dispuesto a permanecer allí demasiado. La luz natural se despedía de aquella jornada y la ciudad quedaría prácticamente a oscuras.

Debían alcanzar la galería de los Uffizi.

Un hombre se acercó y le agarró del brazo. Wolf estuvo a punto de revolverse, pero la presión de aquel instigador no fue violenta. Todo lo contrario. Se trataba de una invitación para apartarse a un lugar resguardado.

—¿Qué demonios hace usted aquí?

Wolf observó al hombre. En sus brazos aún seguía Hannah, sin querer tocar el suelo.

—¿Su hija?

El cónsul estuvo a punto de asentir, pero se dio cuenta de que no tenía ningún sentido mentir a aquel hombre. Miró a Daniella.

—Es suyo, señora —comprendió aquel hombre—. Un placer. Enrico Piaggio.

Daniella le devolvió el saludo de manera cortés pero algo desconfiada. Piaggio lo notó.

—No se preocupe, nadie podría hacerles daño aquí. Este hombre, el cónsul, me salvó la vida hace un año.

Wolf sonrió. Se acordaba perfectamente. Ognissanti, Hotel Excelsior, la señorita Kiel y *Herr* Rettig. Los médicos salvaron su vida mediante la extracción de un riñón.

—¿Necesitan algo, señor cónsul?

—Debemos llegar a la Uffizi.

—Es una locura, tenemos prohibido salir de la basílica.

—Lo sé, pero acabo de ser testigo de cómo un comando alemán ha acribillado a ciudadanos inocentes en Sant'Ambrogio. Nadie está a salvo en este lugar. Es apremiante llegar a la Uffizi. Tengo mi automóvil allí.

—¿En la Uffizi? Por Dios, señor cónsul, van a volar toda la zona esta noche. Yo que usted no me fiaría de los vehículos con tantas ruedas. No podrá circular entre tanto escombro.

Un estallido enorme sacudió la ciudad y la basílica. Los ocupantes de la nave lateral donde se encontraban gritaron y se estremecieron. Seguramente los alemanes empezaban a destruir todo aquello que no deseaban que llegara de manera intacta a las manos de los enemigos.

Hannah no se inmutó. Wolf miró a Daniella extrañado.

—Se ha acostumbrado a los estruendos de las balas, las explosiones y el bullicio de las alarmas de la ciudad.

Wolf consideró a Hannah, con tan solo cinco años, una superviviente nata. Piaggio los dirigió hacia una posible salida. Atravesaron la dilatada nave central en dirección a la capilla Pazzi, situada en el claustro, mientras el cónsul sospechaba que aquella explosión podría provenir de uno de los puentes. No podían perder más tiempo.

La escasa luz que acariciaba Florencia era más que suficiente para admirar aquel recinto que obnubiló a Stendhal un siglo atrás, pero no podían disfrutar de semejante panorama. Mientras los nervios se calmaban en el interior de la basílica tras la partida del hombre de la esvástica, Piaggio, Wolf, Daniella y Hannah cruzaron los jardines.

—A la izquierda, Borgo Santa Croce. Apresúrense.

—Venga con nosotros —le suplicó Wolf.

—No estoy solo en este lugar, y solo entorpecería su huida. Váyanse. Rezaremos para que lleguen los aliados antes.

—Gracias, señor Piaggio. Si sobrevive esta noche haga usted algo con su compañía para mejorar los medios de transporte.

Era la segunda vez que insuflaba algo de esperanza a la persona con la que hablaba. «Fruto del cansancio», intentó justificarse a sí mismo Wolf. Su cabeza no deseaba aletargarse en ningún momento y buscaba estar alerta constantemente.

La plaza principal de la Santa Croce parecía desierta. Al fondo continuaba ardiendo un edificio. La humareda era un testimonio irrefutable. Wolf observó con atención los tejados de la plaza, pero no pudo advertir ningún francotirador. Escuchó cierto bullicio a pocos metros de su posición. Una pequeña avanzadilla de partisanos penetró en el recinto a la carrera desde Via dei Benci. Con los rifles en alto, irrumpieron en ese emplazamiento para tratar de montar una barricada donde poder atrincherarse. Uno de ellos fue alcanzado en una pierna, lo que provocó que cayera de bruces contra el suelo, partiéndose los dientes. El sonido de un segundo disparo constató que aquellos guerrilleros no estaban solos.

Wolf, al otro lado de la plaza, no lo dudó. Corrieron para resguardarse de los francotiradores y alcanzaron Via de' Neri. Los rebeldes constituían blancos fáciles para los alemanes. Tras ellos, una bala atravesaba el corazón de un adolescente que pretendía enarbolar la bandera imaginaria de la libertad. La incursión en la plaza fue desgraciadamente un acto suicida para aquellos muchachos.

El cónsul no pudo evitar la ironía del destino. Si la ciudad que intentaba proteger no estuviera atravesada por el Arno y no existiera el Ponte alle Grazie, se encontrarían a tan solo quinientos metros del consulado alemán, de su despacho. Desde allí, alcanzar el Palazzo Pitti sería un paseo casi confortable.

La tarde anterior estaba sentado allí, leyendo a Goethe y conversando con Burgassi. El destino quiso que el cónsul tuviera que recorrer la ciudad entera para volver casi al mismo punto de partida, solo que al otro lado del Arno. Piazzale degli Uffizi.

Encararse con la milicia apostada en el puente para dejar atrás su automóvil y alcanzar el Oltrarno, con el fin de esperar en el propio consulado a los aliados, era poco más que una imprudente quimera. Un nuevo estruendo hizo temblar la ciudad y una nube de humo negro se dibujó sobre la Piazzale Michelangelo, al otro lado del río. Los restos de un escuadrón alemán, cubiertos de polvo y con el miedo dominando sus rostros, cruzaron el Ponte alle Grazie. Wolf miró en dirección contraria. Trescientos metros. El edificio de Giorgio Vasari. La galería de los oficios.

El sonido de otra explosión provocó que la cuadrilla no se detuviera más.

Los negocios, las tabernas, los hogares. Todos cerrados a cal y canto. Ni un alma en las calles.

Frente a ellos, la fachada posterior del Palazzo Vecchio y la propia galería de los Uffizi. Giraron levemente a la izquierda en la Via dei Castellani hasta llegar a la Piazza Castellani, a la fachada trasera de los Uffizi. Algunos automóviles habían sido abandonados en aquel lugar. Wolf, que se encontraba más pendiente de un sobresalto inesperado a pie de calle, lamentó que a esas alturas la Uffizi no tuviera un acceso trasero. Inevitablemente tendrían que alcanzar la galería a través de la Via de la Ninna, dejando a un lado la desaparecida San Pier Scheraggio, la iglesia absorbida por el propio museo. Las calles eran demasiado estrechas para que un francotirador operara con facilidad, pero debían permanecer en alerta. El escuadrón que arrasó Sant'Ambrogio podría estar en cualquier sitio de la ciudad.

La Piazza della Signoria se encontraba desierta. Nadie caminaba por aquel lugar. Nadie pronunciaba discursos infames, nadie se dejaba llevar por la propaganda fascista, nadie vendía los metales de sus hogares para fabricar munición, nadie celebraba los triunfos de la Fiorentina.

No había nadie.

Ni aquel hombre, junto a una mujer y una niña entre sus brazos, pudo violar el silencio que reinaba en la histórica plaza. Giraron a la izquierda, para ingresar en la Piazzale degli Uffizi, y caminaron adheridos a la pared hasta alcanzar una de las puertas principales que accedían a los tres vestíbulos que daban la bienvenida a la Uffizi.

Ni rastro de Heydenreich. Tras un primer vistazo constataron que en aquel lugar no había nadie. Florencia estaba al borde del abismo, fruto de la hipocresía alemana, y el arte no era una prioridad para nadie, «salvo para alguna petición excéntrica del Führer», pensó Wolf.

Restos de armazones de madera, poleas y alguna obra de arte menor decoraban la amplia entrada de la galería. Seguramente, Fasola hizo lo que pudo ante el expolio alemán, pero en ese momento una de las mejores pinacotecas del mundo se asemejaba más a un camposanto abandonado que al epicentro del arte del Renacimiento, devastado por la guerra, por el expolio y por el mismo paso del tiempo. La austeridad había terminado abrazando los corredores y pasillos cuyas colecciones hasta hacía nada habían rememorado tiempos pasados, tiempos de gloria.

Trataron de evitar algunos enseres de cocina que los que utilizaron aquel lugar como improvisado centro de operaciones abandonaron a su suerte tras las noticias de los heroicos aliados, pero Wolf no pudo evitar caer de bruces contra el suelo tras tropezar con una pieza de artillería abandonada de cualquier manera. El cansancio, sin duda, hacía mella en él. Desde el suelo se giró. Un trípode Lafette 42 había provocado su torpe tropiezo. Junto al soporte, una Maschinengewehr 42 desmontada. Wolf lamentó su caída, pero aún más que aquella ametralladora estuviera inhabilitada.

Daniella se acercó para brindar su mano a Wolf mientras se incorporaba, al mismo tiempo que Hannah se soltaba de la mano de su madre. Quedó asombrada por la soledad de aquel lugar. El silencio y el polvo eran su única compañía. Allí dentro parecía que la guerra había acabado. Algún que otro cuadro intentó robar el protagonismo al sosiego que se respiraba entre aquellas paredes.

Una explosión quebró la magia. Daniella se asustó y Wolf sintió cómo la desesperación se apoderaba de su cuerpo. Hannah, sin embargo, seguía deambulando con la curiosidad propia de una niña de cinco años. Los atronadores estallidos no la inmutaban. Tenía que pensar rápido, actuar rápido. Heydenreich no estaba y no podían invertir ni un solo segundo más allí.

Hannah sintió una atracción irresistible por una pequeña obra que reposaba sobre un conglomerado de madera. Se acercó hasta ella y la observó durante unos segundos.

Wolf se aproximó y contempló junto a la niña aquel cuadro de cuarenta y siete por treinta y cinco centímetros. Una obra pequeña. Un jarrón con flores. A su lado, un documento en alemán. «Bodegón holandés», definía aquel escrito. Provenía del Palazzo Pitti y durante los últimos años había sido trasladado de una villa a otra. Las últimas líneas llamaron su atención: el destino final de aquella pequeña obra era Bolzano, al norte del Lago di Garda, donde residían y aguardaban Rudolf Rahn y parte del ejército alemán. Posiblemente, algún comando, en algún momento, abandonó a toda prisa la galería dejando allí parte del material que debían extraer. No consideraron a Jan van Huysum uno de los grandes maestros.

Wolf lo consideró un regalo divino. Con aquel documento y aquella obra en un armazón de madera tendría un nuevo salvoconducto y un nuevo pretexto para viajar hasta el norte. El bastidor que protegería a Hannah pasaría aún más desapercibido.

Sin dudarlo, y tras acariciar los cabellos de Hannah para felicitarla por aquel descubrimiento, introdujo con esmero el cuadro en una estructura donde se podían leer tres palabras: «*Alto*» y «*Basso*», para indicar la colocación correcta, y «*Fragile*». Una vez cerrado, lo levantó con fuerza y lo condujo al exterior. Daniella y Hannah esperaron dentro de la Uffizi.

Había caído la noche.

El tiempo, inexorable, pasaba volando.

El tiempo, inapelable, podía quebrar sus esperanzas.

Su deteriorado Stowa era testigo del avance implacable de cada minuto.

Caminó unos metros.

Allí seguía, indemne, su Fiat 1100. Con él, su billete de vuelta. Depositó el pesado armazón junto al vehículo y regresó a uno de los accesos principales de la Uffizi. Hannah continuaba vagando bajo la atenta mirada de su madre, que no le quitaba ojo de encima. La niña, ajena, disfrutaba de aquellos ingenuos instantes de felicidad y libertad. Daniella era cómplice del libre albedrío de su hija. Dirigió su mirada al cónsul cuando ingresó en la estancia.

—Debemos ocultar a Hannah —dijo él mientras se frotaba los ojos y comprobaba el tamaño de algunos armazones que sobraban en la galería.

—¿Qué pretende, señor Wolf?

—Si los comandos nos detienen para una inspección, el cuadro del jarrón con flores nos podría servir como salvoconducto y su informe como licencia. Hannah debe ir en un armazón.

—¿Quiere meter a mi hija en una caja de madera? —cuestionó Daniella con incredulidad.

—¿Quiere sacarla de Florencia? —replicó con severidad Wolf.

La mujer no pudo oponerse al plan del cónsul. Era un planteamiento bastante débil, pero definitivamente no disponían de otro mejor. Wolf no reparó en el modo de ocultar a Daniella. Ella no se preocupó de su seguridad. Solo querían sacar a la pequeña de aquel lugar que estaba a punto de ser devastado.

Gerhard eligió la caja que más se podía ajustar a sus necesidades y a la comodidad de la niña. La depositó en el suelo verticalmente y dirigió la vista a la madre, suplicando con la mirada que colaborara con él.

Daniella se acercó a la pequeña Hannah. Le acarició el pelo y le dio un beso en la frente. Agarró su manita y juntas caminaron al encuentro de Wolf. Rodearon alguna escultura, presa de su propia jaula de madera, y esquivaron restos de mobiliario que habían pasado a mejor vida. Al llegar a la altura del cónsul, Daniella se arrodilló ante su hija.

—Hannah, nos toca jugar otra vez.

La niña miraba atentamente a su mamá. El rostro de esta, ensombrecido por la tristeza y por la creciente falta de esperanza, dio a entender que no se trataba de los juegos que le gustaban a ella, sino que se refería a los juegos necesarios de su madre.

Hannah se puso triste. La parte externa de sus diminutos ojos y la comisura de sus labios cayeron levemente hacia abajo.

—¿Lo harás por mí, amor?

Hannah asintió con la cabeza.

—¿Recuerdas cómo nos escondíamos en la sinagoga? —preguntó con dulzura Daniella.

La niña volvió a afirmar sin articular palabra.

—Tienes que meterte en esa caja y no hacer ruido. Nada de nada, escuches lo que escuches, hasta que mamá abra la caja. ¿Lo has entendido?

Hannah afirmó de nuevo.

—Sí, mami.

—Te quiero, tesoro. —Daniella besó de nuevo a su hija.

Hannah, en un pequeño y postrero acto de rebeldía, se separó de su madre a la carrera y se acercó a un cuadro que había observado minutos atrás. Se quedó mirando aquella maravilla pictórica. Besó su pequeña mano y, con la palma, tocó la cara de la joven que aparecía en el lienzo, como si tratara de entregar esa pequeña caricia que había partido de sus labios. Tras aquella simbólica despedida, la chiquilla volvió junto a su madre y ambas se acercaron a Wolf.

El cónsul alzó a la pequeña, la besó en la frente y la introdujo en el armazón.

Antes de cerrar la tapa, Wolf le regaló aquella expresión que tanto le gustaba a la pequeña. Infló sus carrillos como un globo y Hannah le devolvió una sonrisa espontánea antes de dejarse abrazar por la oscuridad. El hombre miró a la madre.

—Volverás a verla, Daniella —dijo con calidez Wolf.

Ambos alzaron el chasis de madera y lentamente avanzaron hacia la salida. Cada pocos metros realizaron paradas reconfortantes. Daniella se mostraba entera, vigorosa, pero las fuerzas de Wolf menguaban a cada minuto que pasaba.

Tras comprobar que la plaza aún estaba despoblada, alcanzaron con dificultad su vehículo y depositaron el armazón en el suelo. Frente a su automóvil lamentó que no se tratara de un modelo 2800, de esos que acostumbraban a utilizar el rey y el Papa. Su amplitud habría facilitado mucho las cosas. Intentó aprovechar el espacio que le brindaba su vehículo, con su característico «hocico grande». Cargaría ambos armazones en los asientos traseros. No eran demasiado grandes y solo el peso de la pequeña entrañaría alguna dificultad, nada que no se pudiera solventar con cierta agilidad y destreza.

Gerhard Wolf se llevó la mano a su chaqueta.

—¡Joder! —gritó.

El cónsul entró en pánico. Se tocó de nuevo el bolsillo. No había absolutamente nada en él. Daniella se inquietó también.

—¿Qué sucede?

—Vuestra documentación. ¡No está!

Repasó una vez más el bolsillo de su americana. Quizá el cansancio le impedía ver con claridad. Introdujo las manos en los bolsillos de su pantalón.

Nada.

«La caída», pensó, tratando de ordenar sus pensamientos y localizar el momento justo en el que pudo perder aquellos valiosos pasaportes. «El maldito trípode». Golpeó con fuerza la puerta del coche, fruto de la frustración.

—Tranquilícese, señor Wolf, no pasa nada.

La mujer trató de calmarlo al ver que estaba a punto de perder el juicio.

—Claro que sí, Daniella. Esos documentos acreditan, en el caso de que lo necesitáramos, que no sois judías. —La desesperación se iba apoderando del cónsul de Florencia—. Son acreditaciones que pueden cambiar la muerte por la vida. Daniella, Hannah estará escondida. Tú no. Necesito esos documentos. Necesitas ese documento.

Ella, tras las palabras y el semblante de Wolf, entendió que no había futuro sin aquellas credenciales.

Cruzaron sus miradas y al instante simultanearon sus pensamientos. Wolf volvería sobre sus pasos, en dirección al vestíbulo de la Uffizi, mientras Daniella hacía guardia frente a su tesoro.

El cónsul, tras prometer que tardaría pocos minutos, deshizo el camino a la carrera.

Daniella se encargó de vigilar los soportes. No estaba demasiado convencida de que su pequeña se encontrara cómoda en aquella estructura de madera, pero no dejaba de ser un refugio improvisado tan óptimo como cualquier otro. Si el plan de Wolf salía bien, estarían muy cerca de la frontera con Suiza. Con aquellos pasaportes en regla sería cuestión de tiempo alcanzar territorio neutral y encaminarse a la residencia de la familia Wolf.

Daniella no pudo evitar emocionarse con aquel pensamiento. Hannah y la hija del cónsul jugando juntas en el jardín de alguna bella mansión, en libertad, con un futuro prometedor.

La noche se cerraba cada vez más y, a pesar del calor de agosto, se podía sentir la humedad del Arno, a escasos metros de su posición.

Aquellos minutos parecieron una eternidad.

Una voz al otro lado del camión provocó que Daniella se quedara helada.

—*Bewegen Sie sich nicht!*

Era una voz alemana.

No entendió absolutamente nada.

La mujer escuchó cómo cargaban sus armas de fuego.

Daniella se giró lentamente.

Frente a ella, la peor de las visiones.

Se arrodilló, presa del pánico.

La ciudad olía a pólvora y a restos de mármol. También a derrota.

El legado de los Médici se caía a pedazos.

Dos minutos atrás estaba convencida de que el futuro no la separaría jamás de su hija Hannah. Todo dependía de un hombre y dos pasaportes.

Dos minutos después comprobó cuán equivocada podía estar. Qué lejos quedaban Bolzano y Suiza.

En aquel momento, en el patio de la galería de los Uffizi, Daniella se encontraba cara a cara con su destino final.

35

Agosto de 1944
Florencia

La bota militar impactó en su boca. La mujer cayó de espaldas.

El bullicio de las sirenas de la ciudad amortiguó el sonido del golpe contra el suelo de la Piazzale degli Uffizi. Entre sollozos comprobó que había perdido alguna pieza dental, mientras la sangre caía sobre su vestido desgastado. Dirigió su mirada con terror a los dos miembros que portaban la temida esvástica. Uno de ellos, el más alto y fuerte, comprobaba su bota con asco; tenía sangre en la punta. Llevaba un brazalete de la Organización Todt. El otro, más bajo, con entradas prominentes y raya a un lado, observaba la escena con indiferencia. Le faltaba el brazo izquierdo y la mano derecha la tenía parcialmente paralizada. Era miembro del cuerpo de combate de élite de las Schutzstaffel, las temidas SS. Tras ellos, una manada de soldados alemanes empuñaban subfusiles Maschinenpistole 40 a la espera de órdenes. Frente a ellos, un par de armazones, que contenían valiosas obras de arte, aguardaban la deportación en un Fiat 1100. La mujer apoyó sus manos temblorosas sobre el suelo, con el ánimo de alzarse con la poca dignidad que le quedaba. El fornido militar pisó con fuerza su mano. Daniella gritó desgarrada. Acababa de perder su dedo meñique.

—¡Es suficiente! —Se alzó la voz de un tercer hombre en la plaza, que también se identificó mediante un brazalete con una cruz gamada.

No necesitó introducción. Los dos agentes sabían perfectamente quién era. El cónsul de Florencia. Los soldados bajaron las armas. El hombre sin brazo tomó la palabra.

—*Heil Hitler!* —gritó emocionado—. Soy Walter Reder, comandante de la decimosexta división de Granaderos Panzer Reichsführer SS.

Ambos soldados eran miembros de escuadrones de ejecución.

—*Heil Hitler!* Como sabrán, los aliados están a punto de entrar en Florencia. En breves momentos se activará la Operación Feuerzauber. Kesselring ha ordenado volar los puentes de la ciudad. Deben marcharse —enfatizó el cónsul Wolf.

—¿Sabe usted quién es? —preguntó Reder señalando con la cabeza a la judía malherida.

Wolf no tenía nada que pudiera justificar la presencia de aquella mujer en aquel lugar. No había localizado los pasaportes. Posiblemente los perdió antes de entrar en la galería de los Uffizi.

—Una prisionera. Estaba escondida en la galería.

Daniella no entendía ni una palabra del alemán, pero sabía perfectamente que estaban hablando de ella. Se encontraba aterrada, contando los que quizá fueran los últimos

minutos de su vida. Su mente solo podía pensar en su pequeña de cinco años, tan cerca, tan lejos.

—Como toda la escoria. ¿Qué hace usted aún aquí? Esta
ciudad ya no es segura. ¿No le esperan en Bolzano? —insistió Reder.

—Así es, pero alguien tiene que asegurarse de que las
pocas obras de arte que siguen en este edificio queden dispuestas para ser llevadas al Führer. Yo soy la persona al cargo. Esperan estos cuadros en Bolzano —dijo con autoridad
el cónsul.

—Es cierto.

—Yo debería estar allí, pero tanto usted como su compañero, como miembro de los Einsatzgruppen, están muy
lejos de su zona habitual de actuación.

—Desde la Operación Barbarroja en el frente ruso la
Todt ha tenido cierto… descontrol. —Sus palabras mostraban
desaprobación—. Está aquí para ofrecer apoyo logístico a la
Wehrmacht con la OT-Einsatzgruppe Italien. Órdenes del
general Fischer. Nosotros hemos perdido Montecassino y
han caído las líneas defensivas de Roma y Trasimeno.

—Y a punto está de caer la Línea Arno —señaló Wolf
con ironía.

—No veo que tenga ningún material para realizar el
registro de las obras.

—Los aliados se encuentran a las puertas de la ciudad.
No he tenido tiempo de equiparme —se excusó Wolf.

Walter Reder instó al gigante a que buscara en su bolsillo. Extrajo un pequeño cuadernillo.

—Tenga —dijo Reder.

El miembro de la Todt le entregó un *wehrpass* de la 129 división, el cuaderno de registro de un soldado. Pertenecía a un joven, Genz Klinkerfuts, caído en combate en el frente ruso en el 42. A continuación, el gigante, que aún no había soltado palabra, miró fijamente a la judía. Su bota ya se había cobrado dos dientes y un dedo. Ella se había agazapado horrorizada en un rincón bajo la escultura de Leonardo da Vinci, sujetando su mano mutilada. No se atrevía a intentar levantarse otra vez. La sangre formaba un charco en el suelo, pero ni por un momento había dejado de pensar en su hija.

—Apunte lo que necesite ahí, ese cuaderno ya no tiene otra utilidad. Podrá llevar el registro de las piezas que considere —continuó el miembro de las SS—. El Führer es un amante del arte y ha dado la orden de evacuar todas las obras que posee en Austria a las minas de Altaussee.

—Estoy al tanto, gracias. A Florencia le quedan solo horas. —Wolf se guardó el *wehrpass* en su bolsillo interior—. ¡Váyanse ya!

—*Heil Hitler!* —gritó Reder.

Sin embargo, el gigante no se movió. Sus ojos estaban clavados en Daniella, la judía. Rompió su silencio.

—Nos marcharemos. Pero antes limpiemos la galería. Como hicimos en Lituania.

Los miembros del escuadrón de ejecución se acercaron a la mujer. El soldado corpulento sacó su Walther P38. Se oyó una explosión en las inmediaciones de la galería Uffizi.

—¿No me han oído? ¡Váyanse! Ahora la necesito para cargar las obras. Después yo mismo lo haré. —Wolf trataba de ganar tiempo.

El gigante miró a Gerhard Wolf mientras apuntaba a Daniella. Tras un vistazo breve, observó que el encargado de la galería no portaba un arma. Mirándole a la cara, con cierta desconfianza, le entregó su Walther P38.

—¡Hágalo usted! —ordenó sediento de sangre, repitiendo una y otra vez—. ¡Hágalo!

Muy lentamente, Wolf agarró la semiautomática. Dirigió su mirada a Daniella, que no dejaba de derramar lágrimas por sus mejillas. Los dos nazis, y todo el escuadrón, esperaban que actuara. Él volvió a mirar a los soldados.

—Solo tiene una bala —dijo con intención el gigante de la Todt.

Los soldados mantuvieron sus armas en alerta. Los ojos del hombre acorralado escudriñaron el panorama. Allí reposaban, dentro de sus estructuras de madera, el *Jarrón de flores* de Jan van Huysum y una niña llamada Hannah. Sin hacer el menor ruido, la pequeña Hannah no era consciente de lo que allí sucedía. Gerhard volvió a mirar fijamente a Daniella. Ella, aprovechando sus últimos segundos de vida, dirigió también su mirada hacia el armazón donde su pequeña se ocultaba. Allí estaba su hija, su todo. Era consciente de la utopía. No saldrían de la galería de los Uffizi con vida. Al menos, no las dos. Y Suiza desapareció de su mente.

Alessandro lo había sacrificado todo.

El hombre frente a ella, Gerhard Wolf, el cónsul de Florencia, lo estaba sacrificando todo por ellas.

Quedaba pendiente un último sacrificio. Un acto que permitiera salir a su pequeña de allí. Daniella lo tuvo claro.

No volvería a abrazar a Hannah, pero todavía había un atisbo de esperanza. Quizá Wolf podría sacarla de aquel lugar, lejos de los monstruos. No tenía los pasaportes, pero nadie sabía que en el interior de uno de los armazones reposaba un símbolo de la infancia, de la libertad, de la curiosidad, del futuro.

Momentos después, sus ojos se encontraron con los de aquel hombre que la miraba, con un arma en la mano, con una mezcla de tristeza y desesperación. Gerhard Wolf, sin remedio, apuntó a su cabeza.

Daniella asintió levemente, mientras las lágrimas empapaban su rostro, y terminó cerrando los ojos.

Aquellos segundos fueron esclarecedores para ella.

Daniella no permitiría que ese hombre portara la carga de su muerte durante toda su vida. Ya había cargado demasiado, ya había perdido demasiado.

Su última mirada se dirigió, una vez más, al armazón de madera. En su interior, miles de virutas de madera compacta ejercían labores de protección frente al amor de su vida. Su pequeña Hannah. La niña, ajena a lo que acontecía en el exterior, respiraba lentamente, tratando de hacer caso a las últimas palabras de su madre.

Daniella no se despidió. Y lo sentía. No le dio tiempo a decir lo mucho que la quería.

Susurró un «te quiero» imperceptible en aquella dirección y, con sus últimas fuerzas, se levantó y se abalanzó contra los soldados nazis en un acto de valentía.

El bullicio de las alarmas de la ciudad, en pleno estado de emergencia, amortiguó el sonido del arma. Un único disparo. Certero. Algo rápido. El cuerpo inerte de Daniella cayó de espaldas contra el suelo.

El comandante Reder se relajó. Wolf observó incrédulo la situación. Había estado a punto de apretar el gatillo, pero todo sucedió demasiado rápido. Alguien lo había hecho por él. Al soldado alemán no le tembló el pulso. Tampoco le habría temblado si el objetivo hubiera sido el propio cónsul.

Todos lo miraron. Un tirador hábil que no había bajado la guardia. Un soldado desconocido se convirtió en ese momento en el protagonista. Con la mirada, interrogó a Reder, esperando una nueva orden.

Reder se limitó a sonreír y a agradecer con el gesto la presteza del soldado.

—Solución final. —Fue lo único que pronunció la mole de la Todt, con un gesto de desprecio en su rostro hacia el cuerpo inerte de la judía.

Wolf trató de reponerse de la situación. Empezó a sudar. Reder lo observó detenidamente. El cónsul entregó el arma al gigante de la Todt.

—¿Se encuentra bien? —preguntó con incertidumbre el comandante.

—Sí, sí… —respondió atropelladamente Wolf ante la presión.

Ante la sospecha de Reder, y como acto reflejo, todos los militares dirigieron sus Maschinenpistole 40 hacia el cónsul. Este levantó las manos.

—¿Qué hacen? Soy miembro del partido 7024445.

—¿Hay algo que nos tenga que contar, señor cónsul?

Wolf tragó saliva. Cualquier cosa que pudiera decir podría firmar su sentencia de muerte. Ni la diplomacia ni la deducción le sacarían de aquella situación. Respiró profundamente, tratando de bajar sus pulsaciones.

—¿Señor cónsul? —volvió a repetir Reder.

El último pensamiento de Wolf fue para Hilde y Veronika.

El cónsul de Florencia cerró los ojos.

36

Gerhard Wolf cerró los ojos.

Frente a él, un escuadrón nazi con todos sus fusiles apuntándole.

Su último pensamiento fue para Hilde y Veronika.

—¡Alto! —gritó una voz a lo lejos.

Un hombre con uniforme militar nazi se acercó. Se presentó ante ellos. Wolf abrió los ojos y no dio crédito. Definitivamente, ante aquel hombre perdió todas las esperanzas de salir de allí con vida. Era el oficial de bienvenida del Partido, *Herr* Rettig.

—Señores... —saludó cortésmente el recién incorporado.

—*Herr* Rettig... —contestó con camaradería Reder—. Una última redada antes de que los puentes vuelen por los aires. Una judía, en la galería de los Uffizi. Junto a ella, el cónsul de Florencia, el señor Wolf.

Rettig, por su cargo, gozaba de un gran respeto y consideración dentro de la jerarquía alemana. Había aportado suficientes pruebas de su lealtad como para no tomar sus palabras con la seriedad oportuna.

Se colocó a escasos centímetros del cónsul, cara a cara.

El diplomático, el estadista, sabía que había perdido. No saldría de allí con vida. No salvaría a Hannah.

Pero en aquel momento algo distinto brillaba en la mirada de Rettig. No había odio.

—Este hombre, el cónsul de Florencia, está sirviendo al mismísimo Führer y, por lo tanto, a los alemanes y a los amigos de Alemania. Doy fe por mí mismo.

Wolf, que no podía mirar el cuerpo inerte de Daniella, observó con incredulidad a aquel hombre. No terminaba de entender lo que acababa de suceder. Trataba de no mostrar sus verdaderos sentimientos. Recordó la primera vez que lo vio, aquel diciembre de 1940 en el consulado. Portaba una invitación para un comité de bienvenida en el Kunsthistorisches Institut. Desde aquel día pensó que Rettig sería un enemigo de por vida. Así había sido siempre, hasta aquella noche. Sin embargo, ese hombre no era el oficial despiadado que había conocido.

El gigante miró con menosprecio al cónsul y escupió en el suelo.

—Diplomáticos…

Herr Rettig se acercó a Reder y le entregó un documento. Era la carta que, supuestamente, había firmado el embajador Rahn para Wolf. Una prueba irrefutable de la inocencia del cónsul.

—Gracias, *Herr* Rettig. Discúlpenos, señor cónsul. Carecíamos de esta información. Después del último atentado contra el Führer no nos andamos con tonterías. Bien, ya hemos perdido demasiado tiempo. Continuaremos el trabajo del general Globocnik —informó Reder a Rettig—. Nos marchamos a Marzabotto, al sur de Bolonia. Allí nos espera un escuadrón de las Schutzstaffel para realizar un barrido antipartisano.

Rettig asintió. Wolf no pronunció palabra. Se limitó a escuchar. Debía mantenerse frío, no temblar, no dudar.

—¿Qué hará usted, señor cónsul? —inquirió Rettig con una leve sonrisa juguetona—. ¿Quiere venir con nosotros?

El diplomático respiró profundamente. Trató de hablar, pero no pudo emitir palabra. Tosió.

—Vaya..., ¿cómo era? —Rettig disfrutó de la ironía—. Ah, sí, debería cuidar su garganta. Lástima que no tenga un caramelo.

Wolf recordó aquel momento en la fiesta de bienvenida. Dudó al hablar, pero no pretendía claudicar. Lo intentó. Esta vez las palabras salieron de su boca.

—No, *Herr* Rettig, tengo un automóvil esperando a ser cargado. Soy responsable de las obras, tal y como indica el documento. Hay pinturas que deberían estar ya, como mínimo, de camino a Bolzano.

Rettig entendió perfectamente lo que en realidad quería decir Wolf. Observó el cadáver. Aquella mujer era la judía del prostíbulo. Miró a Wolf y sonrió breve e imperceptiblemente. Sabía que más allá de las pinturas se escondía una misión de mayor envergadura. No sabía a qué se refería, pero ya no era de su incumbencia. Solo tenía claro que Gerhard Wolf, el cónsul de Florencia, no iba a morir por un lienzo.

—Sentimos no poder echar una mano, pero Florencia caerá esta noche. —Rettig hablaba en voz alta a propósito, con el fin de que los allí presentes no adivinaran sus intenciones—.

No arriesgaremos nuestras vidas por una tarea que no se nos ha encomendado, ¿verdad?

—¡No! —gritaron los soldados.

—Lo siento, señor cónsul, está usted solo en eso. *Heil Hitler!*

—*Heil Hitler!* —voceó Wolf sin sentimiento alguno pero con convicción diplomática.

Los asesinos, el escuadrón y *Herr* Rettig comenzaron a abandonar la Piazzale degli Uffizi. Rettig se acercó a Reder y apoyó su mano sobre el hombro del comandante.

—Intelectuales… Hay que darlos por perdidos.

Reder se rio del comentario y, sin volver a prestar atención al cónsul, inició el repliegue de su escuadrón. Rettig, aprovechando el momentáneo desorden del pequeño batallón, se retrasó a propósito y se dirigió a Wolf.

—Sea lo que sea que tenga que hacer, no tarde. Hay cosas que ya no podemos cambiar y aunque yo, personalmente, no esté de acuerdo con sus acciones, Alemania necesita hombres valientes como usted.

—Gracias, *Herr* Rettig.

—No les he mentido. Quizá haya omitido parte de la verdad. Hay gente que cree que esta guerra es una contienda entre los buenos y los malos. Nada más lejos de la realidad. Se trata de una lucha de ideologías. Cada uno defiende lo que cree que es mejor para los suyos, para el pueblo, para la nación. Es lo único que respeto de usted, señor Wolf. Lucha por lo que cree que es mejor para la gente. Quizá, como diplomático, piense que el diálogo es el método más plausible para la consecución de determinados objetivos. Muera según sus creencias, señor Wolf, pero no olvide que para ellos usted es un miembro del Partido Nacionalsocialista Obrero Alemán, y si le hacen prisionero, le tratarán como tal. Y en esa situación sí será el enemigo. Espero que aquello que tenga que hacer, más allá de la petición del Führer, merezca la pena.

—Siempre mereció y merecerá la pena —le contestó Wolf con tristeza.

Rettig no estaba de acuerdo con Wolf. Nunca habrían granjeado una férrea amistad y se habría opuesto a cualquier actividad ilícita de alguien como el cónsul, pero Wolf tenía algo que él siempre había admirado entre las principales cualidades de un hombre: arrojo y determinación. En una ciudad al borde del abismo como Florencia, no iba a privarle de caer ante lo que consideraba parte de su destino.

Le acababa de ofrecer la oportunidad de elegir cómo morir.

—Es la segunda vez que salvo su vida. No lo volveré a hacer. Actúe con premura. Por cierto, el director Heydenreich está a salvo en su Instituto.

Con aquellas palabras, *Herr* Rettig introdujo en el bolsillo de la americana de Wolf un objeto alargado y se retiró para siempre. El cónsul recuperó la respiración y la esperanza. Desde Villa Malatesta hasta la Piazzale degli Uffizi había comprobado de primera mano que un hombre vil y despreciable podría llegar a cambiar o, al menos, a condescender. No se trataba de una redención, pues Rettig jamás renunciaría a sus ideales. Pero algo en aquel hombre había cambiado. Había aprendido el verdadero significado de una palabra: respeto.

Durante un par de segundos pensó en la señorita Kiel.

«Las personas que tienen la osadía de creer que pueden cambiar el mundo son las que terminan cambiándolo».

A pesar de que sus piernas aún temblaban, Wolf esperó hasta comprobar que aquellos alemanes habían abandonado el lugar, desapareciendo por la Piazza della Signoria. Se giró en dirección al cadáver de Daniella.

Apartó la vista. La vergüenza pesaba como plomo.

Volvió a mirar, tratando de buscar su propio perdón. Cerró los ojos.

Buscó atropelladamente en su memoria. No tenían ninguna otra opción. Él lo sabía. Daniella lo sabía. Ella hizo de cómplice. Intentó restar culpabilidad, aunque no fuera él quien finalmente apretara el gatillo.

Una bala.

El gigante sabía lo que hacía.

Una bala.

El soldado sabía cómo se hacía.

Posiblemente era el escuadrón que arrasó con los florentinos en Sant'Ambrogio.

Le invadió un sentimiento de responsabilidad. No lo comprobó. No sabía si de verdad el cargador de la Walther P38 tenía una sola bala. De poco había servido su entrenamiento militar años atrás. En ese momento, como un mero diplomático, intentó salvar una vida sin poner en riesgo las demás. Por mucha munición que tuviera el arma, habría resultado catastrófico enfrentarse a ellos.

«Malditos pasaportes».

Había prometido a Daniella que volvería a ver a su hija.

No cumplió su palabra.

Con su alma hecha añicos, volvió la mirada al armazón de madera.

Solo le quedaba un único objetivo.

Hannah.

Wolf abrió los ojos. No podía dejarse llevar por el cansancio, por el sueño.

Necesitaba un plan alternativo.

Habían cruzado la ciudad.

No tenía pasaportes.

No tenían a Daniella.

Pero Hannah podría atravesar un puente. Llegaría al Oltrarno.

Una vez allí, todo sería mucho más fácil. Burgassi debería estar esperando. Hasta el final, sin romper la cadena. En el peor de los casos, si todo sucedía como él sospechaba que estaba a punto de ocurrir, los puentes iban a volar por los aires y Hannah, en mitad de la confusión, podría cruzar sin ser localizada por los posibles francotiradores alemanes.

Wolf se enfrentaba a una gran disyuntiva.

El automóvil o el puente. No parecía una tarea sencilla, pero no tenía alternativa. Deseaba con todas sus fuerzas salir de la ciudad sobre ruedas, pero ante los últimos acontecimientos no tenía tan claro que esconder a la pequeña Hannah en su Fiat pudiera brindarle una escapatoria.

Tenía un problema aún mayor.

El cansancio.

No podría conducir cuatrocientos kilómetros en semejante estado.

Debía parar, debía descansar.

Eso significaba dejar a Hannah a su libre albedrío.

No podía, no debía.

Había regresado a Florencia por ellas, por ella.

Una voz en su interior le recordó las palabras que él mismo pronunció frente a su amigo Rahn en su mansión, antes de regresar a la ciudad. «Si tú crees que pretendo salvar Florencia por mí mismo, estás tan loco como Hitler».

Esa era la razón que terminó desequilibrando la balanza. No podía salvar a aquella niña él solo. Debía confiar en los demás, mantener la fe en la cadena. Lo intuyó la última vez que pisó el consulado. Se lo dijo a aquel noble hombre consumido por la polio.

«No deje de prestar atención, amigo mío, hasta el último momento. Por favor. Una vez vuelen los puentes, rompa nuestra cadena y huya».

Aquella declaración resumía la importancia del trabajo en equipo, de la fidelidad y de la confianza en los demás.

Su mente, cansada, no le permitió debatir mucho más.

Wolf desmontó la parte superior del armazón. Una fatigada voz infantil surgió entre la penumbra.

—¿Mamá? —preguntó Hannah entre sollozos.

—Soy yo, Hannah, el amigo de mamá. Ven conmigo. Vamos a buscarla juntos.

La niña, desorientada, trató de mirar a su alrededor. Wolf lo impidió, evitando que Hannah contemplara el cadáver de su madre. La cogió en brazos y caminó rápidamente en dirección al Arno, sintiéndose un despojo humano tras mentir a una criatura de cinco años.

Comprobó la hora en su Stowa. Estaban a punto de cumplirse las diez. Avanzó rápidamente hasta la orilla del río. Continuó su caminata bajo el corredor de Vasari. A su derecha se asomaba tímidamente Santo Stefano al Ponte, superviviente de la masacre que el ejército alemán había realizado entre los edificios adyacentes. Frente a él, la Via Por Santa Maria se presentaba semidesnuda. Las demoliciones habían hecho desaparecer parte del barrio. La única conclusión positiva que extrajo Wolf de aquel páramo fue la imposibilidad de que algún francotirador se apostara en los tejados. No quedaba nada donde camuflarse.

Para el cónsul todo se tornó algo más fácil.

Bajo el corredor vasariano estaban protegidos. Se encontraban fuera del alcance de las balas. Hannah solo tenía que correr hasta el otro lado. Solo correr. En el momento oportuno. Nada más.

La niña empezó a ponerse nerviosa. Dirigía la mirada a uno y otro lado, tratando de localizar a su madre, haciendo caso omiso de las ráfagas intermitentes de ametralladoras que se escuchaban a lo lejos. Wolf, por el contrario, intentaba reclamar su atención, inflando de nuevo los carrillos como otras veces. En ese instante, ante la inquietud de la niña, no funcionó. Hurgó en el bolsillo de su americana. Donde horas atrás custodiaba un par de credenciales de libertad, ahora guardaba el pasaporte de un soldado nazi caído en combate y algo que *Herr* Rettig había introducido. No había prestado atención. Pelikan 100N, una estilográfica algo deteriorada. Rettig era refinado.

—Pequeña, ¿sabes cómo se escribe tu nombre?

Hannah no atendió a las palabras del cónsul. Solo gimoteaba. Wolf evitó las primeras páginas del *wehrpass* con el fin de no toparse con la foto de aquel muchacho caído en desgracia. Se detuvo en las últimas páginas del cuaderno de reclutamiento.

—Mira, Hannah, tu nombre.

El cónsul escribió lentamente para que la niña observara su caligrafía.

«Hannah».

—¿Sabes contar? —preguntó con ternura Gerhard.

La pequeña asintió con la cabeza y alzó sus manitas. Intentó, mostrando cada uno de sus dedos, alcanzar la decena.

Allí, en mitad de la batalla por Florencia, en plena Segunda Guerra Mundial, se hizo un silencio breve, efímero, caduco. Pero un silencio placentero.

El cónsul de Florencia estaba arrodillado ante una niña que solo trataba de llegar hasta diez.

El resto del mundo poco importaba.

Una vez más, el sonido de una explosión aplastó el hechizo que envolvía momentáneamente a los dos.

Hannah volvió a mirar a su alrededor.

Wolf intentó recuperar su atención.

Debía ganar tiempo. Estaba en la obligación de esperar a que el primero de los puentes sobre el Arno volara por los aires.

—Mira, Hannah, he llegado hasta el número treinta y siete.

La chiquilla volvió a mirar sus pequeñas manos. No alcanzó a comprender aquel número.

Wolf se frotó los ojos una vez más. El esfuerzo era titánico, pero merecía la pena. Sin duda.

—¿Sabes cómo me llamo?

Hannah dudó.

—Amigo de mamá —dijo la niña.

—Amigo de mamá…, eso es.

El hombre sintió un gran nudo en la garganta. Amistad. Aquella palabra tan bonita, tan incompleta, pero a la vez tan llena de significado para Hannah, acarició el corazón del cónsul. Amistad, el afecto personal puro y desinteresado.

Entonces escribió su nombre en el *wehrpass*.

G. Wolf.

—Me llamo Gerhard Wolf.

—Wolf. —Hannah trató de emular al amigo de su mamá.

—Eso es pequeña, eso es. Con «b».

El cónsul repasó la anotación.

Hannah, niña número 37. G. Wolf.

Convencido, guardó la estilográfica, cerró el *wehrpass* y se lo entregó a la muchacha.

—Para mamá. Agárralo muy, muy fuerte.

La niña sostuvo aquel *wehrpass* con firmeza. Era para su mamá. Tenía una pequeña misión y se sintió fuerte, importante. Recuperó levemente la sonrisa.

—Cuando yo te diga, Hannah, debes correr todo lo que puedas hacia allí. —Wolf señaló en dirección al Ponte Vecchio—. No pares en ningún momento. Allí te esperará mamá. ¿Lo harás por ella?

La niña asintió con la cabeza.

Wolf, arrodillado frente a ella, la miró con dulzura. Tan solo unos segundos, aunque para él pareciera toda una eternidad. Pensó en Veronika, su pequeña, pero Hannah no era su hija. Sin embargo, aunque había hecho todo lo posible por salvar su vida, aún tenía que dar el paso más importante.

Para salvar la vida de su hija Veronika tuvo que dejarla marchar.

En aquel momento, frente al Ponte Vecchio, estaba en la obligación de dejar ir a Hannah para salvar su vida.

Una vez más, la despedida no era sino un saludo a un nuevo amanecer, y ese crepúsculo matutino debía ser, de manera inapelable, lejos del lobo de Florencia.

Aquella explosión superó a todas las demás.

La ciudad vibró, tembló, gritó de dolor.

Comenzó la Operación Feuerzauber.

El fuego mágico alemán sobre Florencia.

El primero de los puentes saltó por los aires, provocando que la ciudad del lirio empezara a desangrarse.

Una nueva explosión empujó a Wolf a pasar a la acción.

—¡Ahora! ¡Corre, Hannah, corre!

Y Hannah corrió.

Y Gerhard rezó.

Y una sucesión de explosiones producidas por las minas esparcidas por los puentes de Florencia provocaron que volaran por los aires.

Todos menos uno.

El cónsul, cerrando los ojos mínimamente para tratar de enfocar, observó cómo corría la pequeña. Los francotiradores, asombrados por la demolición de las históricas pasarelas sobre el Arno, no se fijaron en la niña y poco a poco, tras comprobar que los aliados tardarían mucho en sortear el río, se batieron en retirada, intentando salvar sus vidas.

Parecía que un terremoto hubiera sacudido la ciudad. Una nueva descarga y un nuevo rugido atronador recorrieron sus arterias.

Las descargas de las minas, mediante ráfagas, arrasaron las conexiones que unían una mitad del corazón de la ciudad con la otra.

Florencia se partió en dos.

Hannah corrió. Sin mirar atrás, sin girar la cabeza a derecha e izquierda. Mientras las minas continuaban volando los demás puentes, mientras la luna llena regalaba algo de luz y esperanza, ella solo quería reencontrarse con su madre. Estaba acostumbrada al fragor de la batalla. Sus pequeñas manos agarraban con fuerza el cuaderno que le entregó el cónsul, el amigo de su mamá.

Los cascotes de piedra empezaron a inundar el Arno, algunos escombros atravesaron el techo de la Uffizi, el humo dibujaba el desastre en el ambiente y los edificios que aún se mantenían en pie fueron golpeados con fuerza.

Pero el Ponte Vecchio no había saltado por los aires.

Al menos, todavía no.

Silencio.

Hannah atravesó la última humareda y se paró desconcertada. Aquella chiquilla no reconocía lo que tenía delante.

—¿Mamá?

La niebla no dejaba ver absolutamente nada. Alguna mina detonó a lo lejos. Explotarían unas cuantas más. Una figura emergió de la polvareda. Andaba con dificultad.

—¿Mamá? —Su tono se volvió temeroso.

No era su madre. Era un héroe anónimo que había cumplido su palabra. Era uno de los guardianes del Ponte Vecchio. Burgassi, apoyado en su bastón, se acercó a la pequeña, que estalló en lágrimas.

Otra explosión hizo que temblara.

—Ven, pequeña… —dijo el tullido con dulzura mientras el entorno, fruto de la destrucción bélica, asustaba a la muchacha.

—¡Mamá! —gritó Hannah mientras las lágrimas barrían parte de los restos de polvo que cubrían su cara.

Burgassi se percató del pequeño cuaderno que sostenía. Sin mucho esfuerzo consiguió agarrar el *wehrpass* y, tras una rápida ojeada, lo entendió todo.

Hannah, niña número 37. G. Wolf.

Gerhard Wolf se había quedado para salvar a una niña más. El cónsul de Florencia había cumplido su cometido. Nadie en su sano juicio habría aguantado hasta el último momento. Menos aún sin saber realmente si el puente iba a volar por los aires, desapareciendo de la faz de la tierra. Pero ni él ni Wolf estaban en su sano juicio. Tenían un compromiso con la ciudad, con su historia, con sus gentes y decidieron ser fieles hasta el final.

Cumplieron su palabra.

Los guardianes del Ponte Vecchio.

Con todas sus fuerzas, Burgassi gritó hasta desgarrarse las cuerdas vocales.

—¡Treinta y siete!

Y, tras mirar por última vez la humareda que inundaba el Ponte Vecchio, dirigió la vista a la pequeña y le devolvió el *wehrpass*.

—Vamos a buscar a tu mamá, Hannah.

Al otro lado del puente, entre las ruinas de lo que antes eran los edificios que conformaban la Via Por Santa Maria, se alzaba Gerhard Wolf entre el humo de los incendios, el polvo de las demoliciones, la melancolía de la guerra y la esperanza del Ponte Vecchio.

Sonrió.

Lo habían conseguido.

Giró la vista a la derecha.

—Lo siento, amigo Friedrich. Los puentes siempre se pueden reconstruir, pero nunca se puede recuperar una vida —dijo el cónsul mirando con tristeza en dirección al Ponte Santa Trìnita, que terminaría de caer tras la tercera descarga a primera hora de la mañana.

Hannah, la niña número treinta y siete, desapareció junto a Burgassi.

El cónsul inició el camino hacia su Fiat, aparcado en la Piazzale degli Uffizi, que le llevaría a Bolzano.

Al llegar, no pudo dejar de enfrentarse a su tormento. El lugar se encontraba prácticamente desierto, aunque las esculturas de la Uffizi parecieran testigos y, a su vez, jueces de lo que allí había ocurrido.

Un automóvil aguardaba una carga que nunca portaría.

Un cadáver aguardaba un funeral que nunca llegaría.

Wolf se aproximó lentamente arrastrando los pies. El cansancio le consumía por dentro.

Parecía que aquella noche no fuera a acabar nunca. Caminaba como si nunca quisiera alcanzar su destino.

A sus pies.

A los pies de Daniella.

Allí tendida, en el pétreo suelo de Florencia, aquella mujer era el ejemplo manifiesto de la persecución antisemita. Inocente, luchadora, perdedora. Un hostigamiento sin sentido que en la mayoría de los casos había terminado de manera funesta. A veces, sin poder levantar la voz; otras, tras alzarse por no querer vivir arrodillados.

Daniella luchó hasta el final. Por la memoria de Alessandro, por el futuro de Hannah. Incluso por la conciencia de Wolf. Aquel hombre, Gerhard Wolf, era el mejor pasaporte que Hannah podría tener. Y jugó sus cartas.

Sin poder comprobarlo, Daniella ganó aquella partida de manera post mortem.

Wolf se arrodilló ante ella.

Se llevó las manos a los ojos. No pudo evitar llorar de nuevo.

Lamentó la catastrófica casualidad. Él había intentado salvar la vida de los judíos florentinos. Nunca imaginó que regresaría a casa, junto a los suyos, gracias al sacrificio de una judía florentina. Daniella no solo salvó a Hannah, también le otorgó una segunda oportunidad a él.

Y tras presentar su agradecimiento en silencio, escuchó unas voces que se aproximaban a su posición.

```
... Noi siamo i partigiani,
fate largo che passa
La Brigata Garibaldi,
la più bella, la più forte,
la più ardita che ci sia.
```

Ni siquiera el comienzo de aquel mes de agosto evitó que su cuerpo se helara ante la visión que tenía frente a él.

Una veintena de partisanos se erguían a escasos metros del cónsul.

Miró su brazo.

Lamentó portar el brazalete. Aquella esvástica no le serviría como escudo.

Ya no.

No, al menos, delante de aquellos partisanos que estaban barriendo las calles de la ciudad rematando a los alemanes que huían hacia Fiesole.

Todos los hombres armados apuntaron al cónsul, que dedujo que se trataba de miembros de la división Spartaco Lavagnini de la brigada Garibaldi, aquellos que azotaban el sur de la ciudad. Sabía, por sus contactos, que solo el treinta por ciento de los partisanos florentinos tenían armas. Aun así, para él, en su situación, eran demasiados. Seis hombres le encañonaban. Por segunda vez, en el mismo lugar y durante la misma noche, Wolf era el objetivo al que disparar. La Uffizi era testigo. Algunos mostraban su ira, otros se mantenían prudentes esperando una orden.

Cerró los ojos y vio su vida pasar. No tenía a Daniella frente a él, presa del pánico. No tenía a Hannah encerrada en el armazón de una obra de arte.

Solo estaba él.

Soledad.

Frente a aquellos revolucionarios, se sintió el hombre más solo del mundo.

Recordó a Kriegbaum, su gran amigo.

A Rahn, su compañero de infancia.

A Berenson, que le debía un libro dedicado.

A Kiel, la mujer más valiente que había conocido.

A Maria y a los chicos de su oficina, siempre tan leales.

A Alessandro, del que nunca se despidió.

A Daniella, la mujer que le regaló un futuro a su hija.

A Hannah, la última niña, la niña número treinta y siete.

Al rabino Cassuto y al cardenal Dalla Costa, enviados celestiales a Florencia.

A Bartali, el ciclista cuyo nombre quedaría manchado por el fascismo.

A Burgassi, el guardián del Ponte Vecchio.

A Rettig, el hombre que, contra todo pronóstico, le había salvado la vida.

También pensó en Carità, la rata que evitó un juicio que le hiciera pagar todas y cada una de las atrocidades que había cometido impunemente.

Finalmente, dedicó sus últimos pensamientos a Hilde, la mujer más maravillosa que había conocido, y a Veronika, la niña más generosa que había pisado el mundo cruel en el que se estaba criando. Sabía que su esposa haría una gran labor con su educación y la colmaría de amor.

Aquel mutismo no era normal. El silencio que los acompañaba en la Piazzale degli Uffizi contrastaba en demasía con la voladura de los puentes.

Wolf abrió los ojos.

Los partisanos habían bajado las armas.

Se frotó la cara, intentando despejarse, tratando de comprender.

Frente a él, un hombre con barba y cabellos descuidados, ropas desgastadas y el espíritu intacto lo miraba fijamente. Wolf trató de unir aquel rostro a alguno de sus recuerdos, pero no consiguió ubicarlo. Le faltaban demasiadas horas de sueño.

—No me conoce, señor cónsul. Pero yo a usted sí. Salvó a mi abuela, Beatrice Pandolfini —le reveló aquel partisano.

El cónsul repasó una vez más sus recuerdos.

—La marquesa... —dijo con tono apagado.

El hombre asintió con una sonrisa. Otro joven alzó la voz.

—Salvó a mi padre, Mariani.

—El escultor...

—Y a mi suegra, Maria Carolina. Salvó su vida junto a la de mi mujer y sus hermanas —añadió otro hombre.

—La familia Corsini... —Recordaba a todos, a todas.

—También a mi madre, Fiametta Gondi. —Fue la voz de una mujer la que proporcionó aquella información.

—De la Cruz Roja —contestó mirando a la muchacha.

Todos guardaron silencio unos segundos. Ningún guerrillero había osado levantar su arma de nuevo. El hombre frente a él lo miraba directamente a los ojos. Y ese partisano empezó a llorar. Wolf sintió un nudo en la garganta ante sus lágrimas.

—Usted, señor cónsul... —El hombre tragó saliva—. Usted..., ¿cómo se acuerda de todos ellos?

Wolf los miró a todos. Sus ojos también se humedecieron, pero casi no le quedaban lágrimas. La partisana se apiadó de ellos y sus ojos también se inundaron.

—Me acuerdo de todos ellos porque... —Wolf hizo una pequeña pausa. La tensión y la emoción no le dejaban hablar. Tragó saliva. Respiró profundamente. Ya no tenía prisa—. Me acuerdo de todos ellos porque... también son parte de mi familia.

Aquellas palabras encogieron los corazones de los allí presentes. El hombre situado frente a él depositó su mano en el hombro del cónsul.

—No... No pude salvarla... —dijo Wolf entre lágrimas señalando el cuerpo de Daniella.

—No podemos salvarlos a todos. Y Florencia le agradece todo lo que usted ha hecho, señor. Quizá sea el momento de que se salve a usted mismo. ¿Tiene adónde ir?

—Sí —contestó el cónsul mirando el Fiat 1100—, me espera mi otra familia.

El partisano asintió con la cabeza y, con una orden, sus compañeros cargaron el armazón en el automóvil. Uno de sus colegas le entregó el informe.

—*Jarrón con flores*, Jan van Huysum. Palazzo Pitti. —El hombre hizo una mueca al no entender qué hacía esa obra en la Uffizi y no en manos de los nazis—. Entiendo que eso será su excusa ante sus líderes. Ojalá pueda hacer algo para recuperar todas las obras de arte cuando acabe esta locura.

El cónsul asintió sin más. Tampoco le quedaban muchas palabras.

Tras la despedida, todos los partisanos se dirigieron al Ponte Vecchio, dejando de nuevo a Gerhard Wolf en soledad. Encarando el Arno, aquellos hombres empezaron a entonar una canción.

```
Una mattina mi sono alzato,
o bella ciao, bella ciao, bella ciao, ciao, ciao.
Una mattina mi sono alzato
e ho trovato l'invasor.
```

—¡Viva Florencia! —gritó a lo lejos uno de sus miembros más jóvenes.

Wolf, abatido y afligido, miró a aquellos hombres. Había estado a punto de morir dos veces esa noche. Dirigió la vista al Fiat 1100, su único salvoconducto a Bolzano. El arte. Así justificaría su ausencia.

—Que viva Florencia, sí —se dijo a sí mismo con tono derrotista—. Pero Florencia ya no tiene el Ponte Santa Trìnita.

Para Wolf, la destrucción de aquel puente significaba mucho más que una demolición colateral de una estructura por cuestiones bélicas. Se trataba de la metáfora perfecta que resumía lo que había sucedido en la ciudad. Era el resumen demoledor de todo lo que se había perdido en Florencia.

Obras de arte, puentes inmortales y, sobre todo, vidas humanas. Se había perdido el derecho.

El derecho a la dignidad.

El derecho a vivir.

El derecho a la historia.

El derecho a la justicia.

La obligación de preservar la memoria.

La memoria histórica.

Wolf subió a su automóvil y miró hacia delante. Divisó su futuro, en otro lugar, con su mujer Hildegard y su pequeña Veronika.

Abandonó Florencia, de nuevo, con lágrimas en los ojos.

A la mañana siguiente, cuando la ciudad despertó, los ciudadanos observaron con horror el desastre en el Arno. El Ponte San Niccolo, el Ponte Alle Grazie, el Ponte Santa Trìnita y el Ponte alla Carraia. Todos aquellos puentes ya no existían. Los nazis los habían destruido.

Escombros, fuego, humo, desolación.

La ciudad del lirio desgarrada.

Solo un ápice de optimismo.

El Ponte Vecchio.

Junto con el sol, amaneció también la esperanza.

En mitad de la madrugada, la segunda división de Nueva Zelanda y los soldados sudafricanos del Regimiento Kimberly del Caballo Ligero Imperial habían entrado en Florencia por Porta Romana enarbolando la bandera de la libertad.

Hannah, en un lugar desconocido, lloraba preguntando a Burgassi por su madre.

Wolf, de camino al norte, realizaba una breve parada para cerrar los ojos durante unos minutos. El merecido descanso del guerrero.

A pesar del miedo, a pesar de los sacrificios, Florencia estaba a punto de ser liberada.

El fin de la barbarie se hallaba cerca.

37

Las lágrimas formaban un reguero en mis mejillas. Aquella anciana había contado una historia desgarradora sobre la Segunda Guerra Mundial, sobre la barbarie nazi, sobre Florencia, sobre aquel puente, sobre mi propia abuela. Mi corazón se acababa de romper del todo. Un pedazo de mi alma también. Aquella declaración era una historia sobre la vida, la muerte y el pequeño, débil y tenue hilo que las unía.

O puente.

La historia de Wolf era en verdad un acto heroico que se había repetido en Brünnlitz, Varsovia, Mauthausen o Auschwitz. Todas aquellas historias se conocían.

Diversos fotogramas de películas asaltaron mi mente. Las imágenes de *La lista de Schindler*, *El pianista* o *La vida es bella* revoloteaban en mi cabeza. Se inmortalizaron nombres como Oskar Schindler o Irena Sendler. Sin embargo, casi nadie había oído hablar de Gerhard Wolf, el «guardián del Ponte Vecchio».

La anciana se aproximó y posó afectuosamente sus manos sobre mis hombros. Me miró con una ternura extraordinaria. Aquella historia había unido nuestros latidos.

—Usted … —intenté verbalizar a pesar de mi aflicción—. ¿Cómo sabe esa historia?

—Verás, querida mía. Mi padre, Gerhard Wolf, escribió un diario. Lo guardó una amiga suya aquí, en esta ciudad. —Una lágrima acarició el rostro de la anciana mientras señalaba la placa en el Ponte Vecchio—. Cuando volvimos a encontrarnos tras la guerra, mi padre recuperó el diario y, una vez cumplí la mayoría de edad, me lo contó todo.

Se hizo un silencio entre nosotras. Ambas nos fundimos en un interminable abrazo. El tiempo se detuvo. La música no sonaba. Los turistas no transitaban.

Poco a poco la anciana recuperó la compostura y, tras secarse las lágrimas, me alzó cariñosamente la cara.

—Jovencita…, ¿a qué viene tanta tristeza?

Sumida en una profunda amargura, miré a aquella mujer. Escudriñé por unos segundos sus rasgos, sus arrugas, sus pliegues. Testimonios imperecederos de su sabiduría, de su conocimiento, de su historia. Ella era la respuesta a todas las preguntas que me había formulado en los últimos meses. Traté de sonreír cortésmente, pero solo se quedó en un breve amago. Me llevé las manos a la mochila y saqué una pequeña libreta que entregué a la anciana. Veronika alcanzó a ver el cuaderno de registro de un soldado de la división ciento veintinueve. Cuando abrió la primera página, comprendió todo lo que estaba sucediendo en aquel puente inmortal. Genz Klinkerfuts, caído en combate en el frente ruso en 1942. Burgassi también cumplió su palabra. Era una maravillosa coincidencia.

—Señora —dije aún con lágrimas—, no soy una periodista en busca de justicia.

No pareció importarle. No cambió la expresión de la cara. Había dudado, sin duda, desde el primer momento de mi profesión. Pero no le supuso un impedimento para contar su historia.

Nuestra historia.

—La niña número treinta y siete era mi abuela.

Fue en ese instante cuando Veronika, con la viva imagen de la sorpresa y la felicidad, observó mis rasgos.

—Profundamente bella, triste, pero con la energía y la curiosidad suficientes para cambiar el mundo. Por lo que veo en tu rostro no hay sitio para la ira ni para el desprecio. Solo para una profunda tristeza y una generosa comprensión. Y también, aunque no seas periodista, para mantener viva la memoria y la justicia.

Yo pensaba en mi bisabuela, Daniella, que tuvo que morir para que mi abuela viviera. Una decisión de vida o muerte en pocos segundos. Desgarradores daños colaterales de una guerra sin sentido. Un sacrificio necesario, totalmente ineludible.

Veronika me devolvió el *wehrpass*. Lo sujeté con delicadeza con ambas manos. Mis ojos recorrieron todo el puente con la mirada. Mi abuela Hannah era la niña que se salvó gracias a los restos de arte que aún quedaban en la galería de los Uffizi. Se quedó grabado en su mente para siempre. La obsesión de mi abuela: el Renacimiento italiano. Todo cobraba sentido. Me imaginé a mi abuela corriendo a través del

Ponte Vecchio la noche del 3 al 4 de agosto de 1944, sin mirar atrás, con aquel mismo cuaderno en sus manitas, esperando reencontrarse con su madre, mientras los puentes de la ciudad volaban por los aires. Todos menos aquel que reposaba bajo mis pies. Bajo los suyos.

El Ponte Vecchio.

Mi abuela.

Hannah.

La niña número treinta y siete.

—Le pido disculpas por haber mentido. Ha sido un honor conversar con usted, Veronika.

—El honor ha sido mío, créeme.

Le deseé lo mejor y le agradecí que mantuviera vivo el recuerdo de mi abuela. La anciana me miró con una gratitud interminable.

—Gracias a ti, Hannah, por mantener vivo el recuerdo de mi padre.

Volví a secarme las lágrimas y me dispuse a abandonar con Noa el puente en dirección al centro histórico de Florencia a través de la Via Por Santa Maria. Algo me hizo detenerme. Como aquella vez, en el hospital, frente al doctor, antes de que mi abuela muriera. Una última duda asaltó mi mente y me volví en dirección a Veronika.

—Disculpe, tengo una última pregunta.

—Por supuesto, jovencita. ¿De qué se trata?

Volví a rebuscar brevemente en mi mochila. Extraje un pequeño bote de medicinas. Tenía una pegatina con el número treinta y siete escrito a mano en ella. Era el bote que sostuvo mi abuela antes de morir.

—Mi abuela fue la niña número treinta y siete de su padre. Curiosamente, fue la paciente número treinta y siete en el hospital donde falleció. Ella se aferró en el último momento a este botecito y, aunque ya sé de dónde provenía el apego a este número, solo alcanzó a decirme que mirara más allá de lo que los demás ven. Nunca entendí qué quiso decir mi abuela con eso.

Veronika tomó el bote con suma delicadeza. Observó durante unos breves segundos aquel dispensador de medicamentos y después sonrió con dulzura.

—Acércate —susurró la anciana.

Me aproximé a la mujer.

—Mi padre, Gerhard Wolf, trabajó para los nazis, ¿verdad?

Asentí, sin saber adónde quería llegar. La anciana prosiguió, como si no quisiera terminar con aquel pequeño juego nunca.

—A pesar de lo que hizo, de ese enorme y horrible sacrificio que tuvo que realizar al trabajar para esos criminales, ¿consideras que mi padre fue un hombre cruel, despiadado, inhumano?

—No, señora, para nada.

—Pero si solo hubieras visto una foto de mi padre con un brazalete de esos que portan una esvástica, tu percepción sería bien distinta, ¿verdad?

—Sí, supongo que sí.

—Los testigos antifascistas definieron a mi padre como un hombre moderado que se opuso a todos los disturbios del régimen nazi. Fue reclutado por el Führer en contra de su voluntad. Todo depende, joven Hannah, de cómo se miren las cosas. De quién, cuándo y cómo te narren los hechos. Tu abuela nunca te contó esta historia, bien porque nunca llegó a conocerla del todo, bien porque tenía la esperanza de que llegaras a descubrirla por ti misma. En el fondo, eso es lo de menos. Lo más importante es que ella nunca perdió lo que a ti te ha traído hoy hasta aquí.

Dudé. No terminaba de entender aquella reflexión. Miré a los ojos de la anciana. Tan generosa, tan complaciente. En determinados momentos parecía hablar como mi abuela. Ella también me empujó a ir más allá. «Hagas lo que hagas, nunca juzgues sin conocer», me dijo antes de morir. Ambas sabían dar lecciones con cariño. Una maestra en la escuela de la vida.

—Observa —dijo Veronika—. Tú hablas español.

La mujer levantó el bote con la pequeña pegatina y lo giró. En ese momento, ambas podíamos ver a través del plástico del recipiente, al otro lado, el reverso de la pegatina. Ya no aparecía aquel enigmático número.

37

Como si de un ejercicio de escritura especular se tratara, desde otro punto de vista aparecía una palabra. Siempre había estado allí, pero nunca llegué a identificarla.

ⅎƐ

Abrí los ojos desbordada por la sorpresa.

—Fe —pronuncié sonriendo.

—Fe —repitió Veronika—. Mi padre nunca lo hizo con esa intención; tu abuela, al parecer, solo lo vio en el último momento y, sin embargo, esa es la palabra que le dio esperanza. Esa palabra, «fe», es la que te ha movido. No hablo de religión. Hablo de confianza y rectitud. Tu bisabuela nunca perdió la fe en Gerhard Wolf. Mi padre nunca perdió la fe en tu abuela y, por lo que veo, tu abuela nunca perdió la fe en ti. Tu determinación en lo que crees y en lo que deseas conocer es lo que te ha llevado hasta mí.

Repetí aquella palabra, «fe», casi susurrando, mientras sentía que acababa de cerrar un círculo.

Volví a abrazar a Veronika. Esta vez fue un abrazo firme, de despedida, acompañado de un sonoro beso en la mejilla. La hija del cónsul de Florencia sonrió. Nunca volveríamos a vernos. Inicié el camino al centro de la ciudad.

—*«Zeige deine Wunde»* —dijo Veronika en alemán.

Me giré. Yo sabía por qué lo decía. Mi mochila favorita.

—«Muestra tu herida». Me encanta. —Me guiñó un ojo.

—David Delfín. —Sonreí.

La mención a mi mochila me hizo recordar algo. La deposité en el suelo con cariño, rebusqué brevemente en su interior y extraje un libro. Se lo entregué a Veronika. Ella lo observó con dulzura. Era un libro de un antiguo conocido.

Bernard Berenson.

—Para usted —le dije.

—¿Para mí? —preguntó extrañada.

—Usted me ha regalado una historia que también me pertenecía. Creo que este libro debe ser suyo.

Veronika no lo entendió. Le insté a abrir la primera página. Su rostro cambió por completo. Nuevas lágrimas brotaron de su interior.

A Gerhard Wolf.
Con todo mi agradecimiento,
de Bernard Berenson.
28 de junio de 1948.

Veronika no articuló palabra. Me lo agradecía infinitamente solo con la mirada. Aquel libro mostraba una realidad. Era una prueba tangible de la victoria de Wolf. Una de tantas personas que obtuvieron el permiso de vivir en la Florencia de 1944 le daba las gracias.

Tres años después del fin de la guerra.

Creo que Veronika siguió mis pasos unos segundos, hasta que me reuní con Noa, paciente, inmensa. Después descansó sus ojos en la placa que honraba la figura de su padre. Más allá de un mero marcador histórico, era un símbolo. Un hombre que arriesgó su vida en busca del sentido común.

Gerhard Wolf.
El cónsul alemán representó un papel decisivo en la salvación del Ponte Vecchio de la barbarie de la Segunda Guerra Mundial.

Tras dedicarle una última mirada al Ponte Santa Trìnita, caminamos con determinación entre las joyerías que poblaban el Ponte Vecchio. Mi próxima parada sería la plaza de la galería de los Uffizi. Murakami tenía razón. Yo ya no era la misma Hannah.

Era una Hannah mejor.

Era una Hannah completa.

Una niña se soltó de la mano de su madre y corrió feliz a lo largo del puente, sin dirección determinada. Solo tenía la necesidad de correr, aquello le daba una infantil sensación de libertad. Imaginé a mi propia abuela, con cinco años, corriendo como aquella muchacha, en busca de la felicidad. Sin embargo, ella nunca encontró a su madre al otro lado del puente. Lo que halló fue libertad, y un futuro.

Perdí de vista a la chiquilla.

Recordé unas palabras de Gabriel García Márquez.

En todo momento de mi vida hay una mujer que me lleva de la mano en las tinieblas de una realidad que las mujeres conocen mejor que los hombres y en las cuales se orientan mejor con menos luces.

Aquella mujer, la que siempre me llevó de la mano, fue mi abuela. Yo aún portaba un cuaderno de registro de un soldado nazi en una mano y un pequeño bote de plástico con el número treinta y siete en la otra.

—Fe.

Gracias al relato de Veronika, mis últimos pensamientos en aquel lugar fueron para mi abuela, Hannah, para Burgassi y para el cónsul de Florencia, Gerhard Wolf. Todos ellos, los guardianes del Ponte Vecchio.

Sonreí. Curiosamente, en mitad del puente inmortal, frente al monumento a Benvenuto Cellini, aquella tarde llegaba a su fin. Y mientras los *ranaioli* navegaban por el Arno, Noa me regalaba un abrazo imperecedero. De fondo, un violín emitía las notas de *Smile,* de Charlie Chaplin.

il popolo

Después de diez meses de dominación nazi-fascista,
Florencia saluda a la aurora de la nueva libertad

— — —

LA NAZIONE DEL POPOLO

Órgano del Comité Toscano de Liberación Nacional
El pueblo de Florencia, insurgente y libre, saluda
a los valerosos aliados

— — —

Avanti!

Jornal del Partido Socialista Italiano de Unidad Proletaria
Florencia se regocija en la libertad resucitada

— — —

l'Unità

¡Proletarios de todos los pueblos, uníos!
Pueblo florentino, muéstrate digno de tus
tradiciones de lucha

— — —

L'OPINIONE

Periódico Toscano del *Partito Liberale Italiano*
La hora de Florencia

— — —

LA LIBERTÀ

Periódico Toscano del *Partito d'Azione*
Firenze Liberata

Nota del autor

La historia de Gerhard Wolf está basada en hechos reales.

En las estimaciones escritas del Holocausto judío, de la población judía previa, calculada en 8.861.800 personas, 5.933.900 fueron exterminadas. Un 67% de la población.

En Italia un 20% de la población judía fue aniquilada. De las 40.000 personas, 8.000 nunca volvieron a sus casas. En 1943 1.661 judíos fueron deportados al campo de concentración de Auschwitz. En 1944 se triplicó la cifra: 4.924. Turín, Milán, Génova, Padua, Merano, Venecia, Pisa y Florencia fueron las principales ciudades que sufrieron deportaciones.

El director Friedrich Kriegbaum, que gozó de una gran reputación entre los colegas italianos, murió el 21 de septiembre de 1943 por un bombardeo aliado. Fue nombrado ciudadano honorario de la ciudad de Florencia a título póstumo.

El crítico de arte Bernard Berenson murió a los noventa y cuatro años en Villa I Tatti, Settignano, el 6 de octubre de 1959.

La escritora antifascista Hanna Kiel trabajó con Berenson al finalizar la guerra como traductora y editora de sus libros. Murió en Florencia en 1988.

El embajador Rudolf Rahn fue absuelto en la desnazificación de los juicios de Núremberg. Exonerado en 949 Clase V. Murió el 7 de enero de 1975 en Dusseldorf.

El rabino Nathan Cassuto murió en febrero de 1945 en el campo de concentración de Gross-Rosen, Polonia.

El cardenal de la caridad Elia Dalla Costa falleció a los ochenta y nueve años, el 22 de diciembre de 1961, y fue enterrado en la catedral de Florencia.

El director Ludwig Heinrich Heydenreich falleció el 14 de septiembre de 1978 en Múnich, tras ejercer de director en el Zentralinstitut für Kunstgeschichte de Múnich desde el final de la guerra hasta 1970.

El ciclista Gino Bartalli murió el 5 de mayo de 2000. Fue nombrado «Justo entre las Naciones» por el Gobierno de Israel a título póstumo en septiembre de 2013.

El terrorista Mario Càrita murió en un tiroteo contra soldados americanos el 19 de mayo de 1945. Las versiones de su muerte son diferentes y la información nunca fue contrastada.

El cónsul Gerhard Wolf fue declarado exculpado por el Tribunal de Desnazificación de Nord-Württemberg en Ludwigsburg. En otoño de 1954 el consistorio municipal de Florencia nombró a Wolf hijo predilecto en agradecimiento a su lucha por la preservación de la ciudad y su patrimonio artístico, así como por la protección de los ciudadanos perseguidos por sus ideas políticas u origen racial durante la guerra.

En marzo de 1955 el alcalde de Florencia, Giorgio La Pira, le nombró ciudadano honorario de Florencia. Se retiró de la diplomacia en agosto de 1961 y falleció en marzo de 1971 en Múnich. El Comune di Firenze instauró el 11 de abril de 2007 una placa en el Ponte Vecchio en memoria de la concesión de la ciudadanía honorífica.

Los personajes de Hannah, Daniella y Alessandro fueron creados para representar a todos los judíos víctimas de las persecuciones, deportaciones y asesinatos que se cometieron en Italia bajo la opresión del fascismo y del nacional-socialismo alemán.

* * *

25 de marzo de 1955

Su excelencia.

Tengo el honor de transmitirle, en nombre del consejo municipal de Florencia, la siguiente resolución, aprobada en su sesión del 19 de noviembre de 1954:

El Ayuntamiento

recordando las numerosas instancias registradas de actos meritorios llevados a cabo por el Dr. Gerhard Wolf en constante riesgo para su persona en su calidad de cónsul alemán durante la ocupación alemana de la ciudad; y habiendo acordado que tales acciones deberían recibir un tributo apropiado de la Comunidad

ha resuelto
que la libertad de la ciudad de Florencia debería conferirse al
Dr. Gerhard Wolf.

Así que ahora tengo el honor de otorgar oficialmente la
Ciudadanía Honoraria de la Ciudad de Florencia a Su
Excelencia.

Permítame felicitarle de todo corazón y hacer algunas observaciones adecuadas para la ocasión.

En primer lugar, a través del honor que se le ha otorgado,
usted se ha convertido en una parte integral de esta gloriosa
y misteriosa ciudad, que es uno de los centros vivos de la cristiandad y la civilización. De ahora en adelante podrá participar aún más de cerca en esta comunidad de gracia y cultura,
de arte y belleza, paz y trabajo que constituyen las características del ejercicio de esta ciudad, una ciudad considerada
por todos los pueblos del mundo como perteneciente a ellos.
También de alguna manera particular, hacia la cual se sienten
atraídos por algún centro ideal.

Y en segundo lugar, Florencia no es pródiga al conferir la
libertad de la ciudad, (…) ya que tales ocasiones requieren la
comisión de algún acto de humanidad conspicua, de importancia cultural e histórica.

En su caso, Su Excelencia, tales actos de gran consecuencia
espiritual e histórica se han demostrado plenamente a través
de sus actos de incalculable coraje, humanidad, sentido de
hermandad y sentimiento de Cristo, en uno de los períodos
más trágicos en la historia de Florencia, Italia y el mundo.

¿Cómo no recordar todo lo que usted hizo en esos días de
tribulación, Su Excelencia? ¿Debo nombrar a todos aquellos

cuya liberación se debe a usted, o describir las circunstancias dramáticas, felizmente resueltas siempre que fuera posible, a través de su heroica intervención?

Ciertas páginas solo pueden ser escritas por manos de ángeles. Estos han sido inscritos por manos angelicales en el libro de oro en la Ciudad de Dios para que todos lo lean.

A través de sus esfuerzos en nombre de la gente de Florencia, entre ellos los florentinos de origen judío, los más injustamente ejecutados, se convirtió en parte del espíritu y la historia de nuestra ciudad: en virtud de esas acciones ya se había convertido en un ciudadano honorario de Florencia. El otorgamiento oficial de la Libertad de la Ciudad simplemente confirma lo que ya había tenido lugar en ese período de la historia de Florencia. Permítame agradecerle una vez más por todo lo que ha hecho. Dios mismo dará sus gracias en el Gran Día del Juicio.

Y, finalmente, Su Excelencia, llego a la última reflexión evocada por la ceremonia de hoy. Me refiero a las comuniones entre naciones y al significado de la ciudad misma.

(…) Su Excelencia, ¿alguien tiene derecho a erradicar estas florecientes ciudades de la faz de la tierra? ¿Qué generación puede tomar sobre sí misma malgastar esta herencia de bondad y belleza acumulada a través de las épocas pasadas para el beneficio y disfrute de la humanidad?

Estas preguntas seguramente estarán en nuestros labios y en nuestros corazones en la ceremonia de hoy que tiene un significado tan profundo para nosotros. Es un verdadero recordatorio para todos los pueblos del mundo de apreciar sus ciudades. Cada ciudad tiene su propia atmósfera particular, su genio distintivo. Así como cada uno de nosotros tiene su propio ángel guardián, cada ciudad tiene su propio protector. Nadie tiene derecho a traerles violencia y destrucción. ¿Se puede imaginar lo que habría significado para la historia de la civilización si Florencia hubiera desaparecido de la faz de la tierra?

Su excelencia, he llegado al final de mi discurso. Permítame compartir una parte de su felicidad y agradecerle una vez más todo lo que hizo por nuestra ciudad.

Puedo expresar la sincera esperanza de que la ceremonia de hoy tenga un significado simbólico, tanto como una afirmación del deseo genuino y profundo de paz por parte de toda la humanidad y como un augurio del avance y la prosperidad de todas las ciudades de los hombres. Que florezcan en virtud, en paz, en el trabajo y en libertad bajo el cuidado y la protección amorosa del Padre Celestial.

Extracto del Discurso pronunciado por el entonces Alcalde de Florencia, el Profesor Giorgio La Pira, en la Sala Clemente VII del Palacio Vecchio. 25 de marzo de 1955.

Agradecimientos

A vosotros, lectores, que no perdéis la fe.

A Gerhard Wolf, por regalarme una historia que nunca fue mía, pero que merecía ser contada.

A todo el equipo diplomático de la Embajada de Italia en Madrid. Definitivamente, la embajada era y es, tal y como escribió un periodista en algún momento, una casa abierta al diálogo y un lugar de integración.

Al consulado alemán en Florencia, por abrir las puertas a curiosos como yo.

A la librería Giorni, en Florencia, por ofrecerme desinteresadamente algunos de los secretos de aquellos infames años cuarenta en la ciudad del Arno.

A la librería Alfani, también en Florencia, por ayudar en la búsqueda de la historia del Ponte Vecchio.

A los correctores Isabel Sánchez y Alfredo Blanco, que aportan su granito de arena para que, juntos, alcancemos la excelencia.

A Javier Castillo, por seguir mirando a los ojos a tus compañeros mientras otros, con mucho menos éxito que tú, miran por encima del hombro.

A Giuseppe Silvestroni, que nunca has dejado de creer en mí.

Al Dr. José Miguel Gaona, por facilitarme los artículos sobre la herencia de los recuerdos traumáticos.

A José Manuel Querol y Aurora Antolín, por seguir siendo tanto maestros como amigos, por los cafés y por las palabras que me regaláis.

A Laura Caballero, por tu generosidad al prestarme un pedacito de tu vida.

A José Enrique Cabrero, por demostrar que el periodismo no solo informa, también emociona.

A Patricia Zapico, por estar ahí siempre, al pie de cañón.

A Juan Tranche, mi *frater*, por compartir risas y lágrimas en esta maravillosa aventura llamada literatura.

A mi familia, que me guía a través de la tristeza y la alegría y me permite canalizar esos sentimientos en estas páginas.

A Morgan (Nina de Juan, Paco López, David Schulthess, Alejandro Ovejero y Ekain Elorza), por generar a través de vuestra música la inspiración suficiente para que las palabras fluyan.

Al equipo de Penguin Random House, en especial a Núria Cabutí y Núria Tey, por la confianza inquebrantable que me profesáis y por los libros que nos quedan por celebrar juntos.

A Gonzalo, mi hombre al otro lado del puente. Eres el eslabón imprescindible de esta cadena. Sin tu cariño, tu flexibilidad y tu capacidad de hacerme sentir alguien grande este libro no tendría ningún sentido. Eres ciudadano honorífico de mi corazón.

A Almudena, eres mi río y mi puente. Mi invasora y mi salvadora. Mi artista y mi musa. Florencia no significa nada sin ti a mi lado.

Gerhard Wolf, 1955.